凤台报业文集

《凤台报》1957年5月1日创刊

1961年2月停办

1993年12月26日复刊

1996年1月8日更名《硖石晚报》

2004年1月1日更名为《凤凰台》

凤台集

献给凤台报复刊25周年

孙友虎◎主编

凤台县信息产业中心　编

经济日报出版社

图书在版编目（CIP）数据

凤台集 / 孙友虎主编. -- 北京：经济日报出版社，2019.1
ISBN 978-7-5196-0454-7

Ⅰ. ①凤… Ⅱ. ①孙… Ⅲ. ①新闻报道-作品集-中国-当代 Ⅳ. ①I253

中国版本图书馆 CIP 数据核字（2019）第 010102 号

书　　名：凤台集
主　　编：孙友虎
责任编辑：王　含
责任校对：力　扬
出版发行：经济日报出版社
地　　址：北京市西城区白纸坊东街 2 号（邮编：100054）
电　　话：010-63567690　（编辑部）　63567687（邮购部）
　　　　　010-63516959　63559665　83558469（发行部）
网　　址：www.edpbook.com.cn
E - mail：edpbook@sina.com
经　　销：全国新华书店
印　　刷：成都勤德印务有限公司
开　　本：787mm×1092mm　1/16
印　　张：21
字　　数：415 千字
版　　次：2019 年 1 月第一版
印　　次：2019 年 1 月第一次印刷
书　　号：ISBN 978-7-5196-0454-7
定　　价：60.00 元

目 录
CONTENTS

第四部分 《凤台报》寄语篇

[序]

有凤来仪当奋起

——写在《凤台报》复刊25周年之际

李大松

凤台，一个有凤来仪的宝地，创生传说与传奇。

《凤台报》，作为县委机关报，责任重大，使命光荣。

今年是《凤台报》复刊25周年，累计办报近30年。《凤台报》，1957年5月1日创刊，1961年2月停办，1993年12月26日复刊，1996年1月8日更名为《硖石晚报》，2004年1月1日更名为《凤凰台》报，一路走来，使命与荣光同在。结集出版纪念文集《凤台集》，颇见匠心。

《凤台集》，古有名之。宋代的王得臣，自名"凤台子"，与明代的高启等把各自的作品集取名《凤台集》，寄托祥和、愿景。回眸《凤台报》办报史，今以《凤台集》为名结集，承载着一代代凤台办报人的梦想与期待。

这个文集，共分四个部分："凤台报业大事记"，记录刊发重大新闻、特色新闻及报社发展重要节点；"人文凤台篇"，有淮河第一峡及其旅游开发、人"名"凤台、古城寻迹、北宋凤台大公园、千年古刹维驾寺、烟墩山炮楼等；"新闻作品篇"，展示《凤台报》复刊主编岳炯等编采人员在《人民日报》《解放军报》《光明日报》《安徽日报》《淮南日报》《凤台报》等主流媒体发稿情况；"《凤台报》寄语篇"，刊发有创刊时期第三任主编、现年87岁的梅怀让访谈录，复刊25周年寄语文章。内容丰富，值得一读。

这是凤台办报人的新答卷。

这是托起“报业梦”的新实践。

办报无止境，新媒体竞相发展。在喜庆《凤台报》复刊25周年之际，至少有两点必须铭记：一要办好。把握政治导向，突出区域特质，报道经济闪光点、社会关注点、文化兴奋点，引领时代风尚。彰显服务理念，突出特色化、实用性，以鲜明的价值取向对海量信息做出正确的选择和取舍。二要用好。当下《凤凰台》报已实现纸质版、网络版、微信版等多元“推送”。全县各乡镇、各部门务必在“用”字上多作文章，采取不同形式，把党报变成促进工作的平台，架好政策桥、信息桥、服务桥，让新闻有“体温”、易律动、赢共鸣，昂首唱响新时代赞歌。

有感于此，是为序。

2018年9月于凤台

（作者系淮南市政协副主席、中共凤台县委书记）

第一部分　大事记篇

凤台报业大事记

1957 年

5 月 1 日，《凤台报》创刊，系建国后我省首家创办的县委党报。建立了党报工作委员会，由县委书记藏秀生同志亲自抓，并委托宣传部具体管理。创刊时，凤台报为八开四版，五日刊。平均每期发稿约为 17~20 篇，平均发行量达 3139 份。主编由县委常委、宣传部长王运法兼任，岳平任副主编（主持工作）。

1958 年

11 月 1 日，县委决定将报纸改为八开两版双日刊，缩短出版周期。平均发行量达 5066 份，最高期发行量达 8000 多份。

11 月 12 日，李多寿任副主编（主持工作）。

1959 年

元月 1 日，改为四开四版双日刊，平均每期发稿量便增至 35 篇左右。

7 月，凤台县人民印刷厂划归报社，更名为凤台报社印刷厂。

9 月改为八开两版双日刊，发行量下降，平均为 1964 份。

12 月，梅怀让任副主编（主持工作至 1961 年 2 月停办）。

是年，主编由县委常委、县委办主任杜默兼任。

1960 年

4 月 1 日，改为四开四版双日刊。

是年，主编由县委第二书记胡成功兼任。

1961 年

2 月，《凤台报》停办。

四年来，报纸开办的栏目有：党委书记手记、支部生活、党的生活、读者来信、生活顾问、茶话会、故事园地、四方八达、谈天说地、光荣榜、农业技术、技术交流、要紧话、学理论、科学与卫生、生活顾问、慰农亭等。

1993 年

12 月 26 日，复刊。县委书记孙多贤指示：《凤台报》复刊后，要用延安精神创业，面向市场办报。当时，县政府解决开办费 3 万元。主编为岳炯。

办公地址在县委招待所（一所），系租用。当时，仅 3 名办报人员。

1994 年

3 月 22 日，报道张春生同志在县十二届人大二次会议上当选为县长。（以下辑录凤台大事均系本报所发，不再注明“报道”二字）

5 月 1 日，报社搬迁至振兴旅社四楼，租用。

5 月 8 日至 12 日在北京举行的 1993 年度《求是》发行工作经验交流会上，我县获得发行奖，名列全国 36 家受表彰单位前列，也是安徽省唯一一家赴京接受表彰的单位。

7 月 4 日，县委、县政府召开千人动员大会，拉开了我县企业推行股份制工作序幕。

7 月 13 日，毛集镇申报国家社会发展综合实验区成功，在北京正式授牌。

10 月 6 日，省委书记卢荣景来凤台视察工业和乡镇企业。

是年，凤台路桥公司总经理王聚才被评为“全国劳动模范”。

1995 年

1 月 1 日，凤台县国防教育中心——凤武宾馆落成。

1 月 8 日，《凤台报》由半月刊改为周刊。

1 月 25 日，县委邀请 18 个乡镇党委书记、乡镇长的“贤内助”走进常委会议室。

1 月 31 日，《凤台报》“硖石月末”版第一期出版。分别为“社会大透视”、“潇潇洒洒度人生”、“大千世界真精彩”、“社会文艺大观园”四个版。

是月，国家体委命名凤台为“田径之乡”。

2 月中旬，凤台城乡电话号码升 7 位。

2 月下旬，州来系列啤酒荣获中国保护消费者基金会授予的“中国优质产品”荣誉称号。

5 月 1 日，州来商城竣工，成为当时皖北最大的综合性商业网点。

5 月 16 日，淮南市第一家乡镇企业集团——“安徽州来集团”挂牌。

6 月 9 日，全县房改拉开帷幕，是我县经济改革的又一重大举措。

8 月 28 日，张蒲舲应“’95 华联杯国际妇女书法美术作品大展赛组委会”特邀，专程赴秦皇岛参加大展赛，荣获了“国际金奖”。

8 月 31 日，全市第一所希望小学——焦岗希望小学教学楼落成。

9 月 12 日，凤台县城建监察大队正式成立。

9 月 15 日，在’95 中国豆腐文化节上，由凤台第二机械厂自己生产的“五叶”面包车隆重亮相。

10 月 18 日，“中日合作神鹿保健醋开发基地”在顾桥醋厂挂牌。

10 月 22 日，凤台一中隆重纪念建校 50 周年。

11 月 23 日，我县西淝河上第一座大桥——杨村西淝河大桥奠基开工。

11 月 30 日，凤台县在全省率先实现全部行政村通程控电话。

12 月 26 日，在《凤台报》复刊两周年之时，安徽省新闻出版局正式批准《硖石晚报》为凤台县委机关报，省报协秘书长亲临我县颁发刊号并祝贺。

12 月 26 日，我县十里长街一期工程正式开工。

是年，报社上激光照排设备。

1996 年

1 月 8 日，《硖石晚报》（前身《凤台报》）创刊，市、县主要领导为凤台县委机关报《硖石晚报》题词。岳炯任总编辑。

2 月 16 日，凤台首家台商独资企业来福大饭店开业。

4月12日，全国政协常委、原安徽省省长傅锡寿来凤考察焦岗湖度假中心筹建工作。

4月12日，副省长汪洋在凤台化肥厂现场办公。

5月3日，国务院总理李鹏来凤视察毛集镇国家社会发展综合试验区灾后重建和91大水后国家治淮重点项目——凤台县硖山口拓宽工程。

5月23日，省委书记卢荣景来凤开展农村奔小康专题调研。

6月12日，省人大主任孟富林来凤视察夏收工作。

7月21日，省人大主任孟富林来凤视察东风湖行洪区，并看望慰问灾区群众。

7月22日，中共中央政治局常委、书记处书记胡锦涛来凤视察灾情和农村经济工作。

11月8日，全国人大常委会委员迟海滨来凤检查《农业法》执行情况，并视察新集一矿、二矿。

1997年

3月14日，省委书记卢荣景来凤调研农村工作。

9月6日，魏耀民同志任中共凤台县委书记。

9月25日，第四节安徽省花鼓灯会在凤台隆重开幕。省委书记卢荣景题词祝贺："东方芭蕾"。

12月13日，国家农业部部长刘江视察毛集镇小城镇建设和稻茬麦万亩高产攻关示范片。

是年起，报社每年投入近万元为城区正科级以上离退休老干部赠报。

1998年

从1月起，硖石晚报由周报改为周二报。

1月6日，凤台创建全国科技工作先进县通过国家验收。

1月8日，硖石晚报印刷厂开业运营。

5月1日，凤台首家大型超市凤台县百货公司祥泰商场开业。

6月6日，省人大主任孟富林来凤视察"三夏"工作。

7月8日，省人大主任孟富林来到东风湖行洪区查看汛情，视察指导我县防汛工作。

9 月 11 日，淮南市唯一一所艺术职业中专学校——凤台县艺术职业中专学校成立。

9 月 16 日，凤台县公共交通公司正式成立。

9 月 23 日，中共中央总书记江泽民第三次视察凤台。

10 月 3 日，全国政协副主席陈锦华视察凤台县毛集镇灾后重建和经济发展工作。

10 月 30 日，《硖石晚报》“周末文萃”创刊。（11 月 6 日第二期改为“硖石周末”）

11 月 27 日，全国政协常委王森浩深入我县丁集乡张巷村调研“两公开一监督”工作开展情况。

1999 年

1 月 29 日，安徽省首届“乡村青年科技文化节”在我县毛集镇举行。

7 月 27 日，凤台一中本科录取人数逾 300 人，首次超过淮南二中，全市理科前四名均来自凤台一中。

7 月 16 日至 8 月 6 日，凤台花鼓灯艺术团代表中华人民共和国赴芬兰、英国演出。《硖石晚报》对此予以报道，8 月 11 日刊发通讯《国旗不展，我们就坚决不演》。此文先后被《人民日报》《安徽日报》转载，《人民日报》总编办致电本报总编高度赞扬凤台人民的政治素质。

9 月 28 日，西城河治理首期工程青年北路竣工通车。

10 月 17 日，全国政协副主席李贵鲜视察毛集镇。

10 月 22 日，原全国人大常委会委员乔石在省人大常委会主任孟富林的陪同下视察凤台县和国投新集公司新集矿。

12 月 20 日，由凤台船厂建造的淮河流域吨位最大、江海直达货轮下水。

是年，报社投资 30 万元购买四开三色轮转胶印机，实现采、编、照排、印刷一条龙。报纸改为周二报四开八版。

2000 年

4 月 20 日，凤台首家民办中学——精忠中学复校开办。

4 月 25 日，国家民委主任李德洙视察李冲回族乡硖石站人畜饮水工程。

4 月 25 日，省长许仲林来凤视察水利建设和防汛准备工作。

5 月 8 日，省人大主任孟富林视察人大和农业工作。

5 月 14 日，央视著名节目主持人倪萍为《硖石晚报》题词："向凤台的读者问好!"

6 月 20 日，全省万里绿色长廊工程补植现场会在凤召开。

6 月 21 日，省委书记王太华来凤调研。

8 月 9 日，凤台政府网站正式开通。

9 月 5 日，省长许仲林来凤调研水利基础设施建设和农村税费改革工作。

10 月 8 日，《硖石晚报・家庭版》出版第一期。

11 月 3 日，全县新闻记者、编辑济济一堂喜迎新中国成立后的第一个记者节(11 月 8 日记者节)。

2001 年

1 月份，安徽天石水泥集团有限公司生产的"天石牌"水泥经审查，获国家质量技术监督局授予的《采用国际标准产品标志证书》殊荣。

1 月份，我县城建系统 82 岁的王克民老人和宣传系统 83 岁的陈敬芝老人分别被评为"第五届全国健康老人"和"安徽省第五届健康老人"。

3 月份，由凤台县教委教研室和凤台县政协文教卫委员会联合编写的乡土教材《凤台史话》正式出版。

3 月 13 日，高晓牛同志任中共凤台县委书记。

4 月 3 日，凤台县南平山烈士陵园爱国主义教育基地揭碑仪式举行。

4 月 25 日，全国政协常委、国家民委副主任江家福一行来我县李冲回族乡调研。

5 月 1 日，县棉麻公司经理余良荣获全省"五一"劳动奖章。

5 月 4 日，凤台电力抢修 110 服务中心成立。用电客户只要拨打电话 8610110，抢修队即在 45 分钟内到达故障现场进行紧急抢修。

5 月 8 日，《硖石晚报》社从凤台县振兴旅社四楼搬迁至县政府招待所四楼办公。

5 月份，刘集乡谢郢村村民张士利家生产的千张经与文氏食品（淮南）有限公司达成供求协议，远销美国等国家和地区，加工过后的五香豆干、五香厚干、炸千张等产品，每小袋 1 美元。

5 月 20 日，凤台县"乡镇事业单位机构改革人员竞争上岗考试"在凤台三中举行。

6 月份，县纪委、县监察局开设“581”党员干部廉洁自律专用账户。

6 月份，我县决定从今年起，将有计划地从县直机关和事业单位选派优秀年轻干部到农村任村支部书记。首批选派到村任职的有 27 名干部。

6 月份，美国曙光油桃在凤台林场试种成功，单株产量可达 50 公斤。

6 月底，亚洲最大主井系统在张集矿安装成功。

9 月 8 日，因创办全省独家民营鱼类研究所——淮王鱼研究所，詹可和父子应中央电视台《走近淮河》节目之邀，成为此次节目上被邀请的唯一两位农民。

11 月份，由凤台武术技击学校输送到省体工队的凤台籍选手廖先利，在世界武术（散打）锦标赛 48 公斤级散打比赛中荣获冠军。

12 月 8 日，大圆盘路口改造工程拉开序幕。

从 12 月 1 日开始，由中国电信总局推出的磁卡换 IC 卡活动在我县开展，这标志着磁卡将退出电信舞台。

2002 年

1 月 24 日，凤台县十三届人大五次会议选举牛向阳同志为县人民政府县长。

3 月 23 日，凤台至大兴客运班线开通，首批投入营运的 10 台车辆实行定点发车。

3 月 27 日，凤台县看守所荣膺国家一级所。获此殊荣的看守所全省仅有 4 家。

3 月 31 日，圆盘路口综合改造工程之一的县水利局综合楼设计方案初步敲定，大厦名称定为“淮上明珠”。

4 月 12 日，凤台县法律援助中心挂牌成立。

5 月 1 日，县建行新办公大楼竣工启用。

5 月 3 日，1997 年正式“停栖”大圆盘中心的“凤凰”雕塑 5 年后被搬迁至凤台县茅仙洞风景区。

5 月 8 日，大圆盘人行天桥和马缪路建设工程破土动工。

“五一”前夕，县路桥公司工程技术组荣获全国“五一”劳动奖状，受到中华全国总工会的隆重表彰。此次全省有 7 家单位荣获全国“五一”劳动奖状，淮南市仅凤台县路桥公司一家。

5 月 21 日凌晨，中国电信宽带网在凤台开通，我县居民坐在家中轻击鼠标，就能上网。

5月30日，本报一版报道《〈十送红军〉的曲作者朱正本是咱凤台人》。7月8日，本报在《家庭版》又以《弹拨心灵音符，谱写生命乐章——记凤台籍著名作曲家朱本正和他的一家人》为题进行整版报道。朱正本兄妹8个，他排行老大，其母周传贞是原国家冶金部副部长周传典的姐姐。

6月6日，我县首批扶贫培训班学员启程赴江苏无锡海澜集团就业，试用合格签订劳动合同后年薪万元以上。

6月16日，凤台与山东胶州结为友好市县。

6月20日，是凤台程控电话开通10周年纪念日。全县程控电话用户逾5万人，全县电话普及率达9.8%，八成以上城市居民户装上电话。

从6月18日起，县公安局与县邮政局协商达成协议，开办特快制作寄递居民身份证业务。

6月26日，省长许仲林就淮河防汛工作来凤台视察。

6月26日，凤台县药品监督管理局成立。

7月19日，省委副书记、省政协主席方兆祥一行来凤台视察创建工作。

7月30日，省委书记王太华就县域经济发展现状来凤台视察。

8月1日，凤台县新四军历史研究会成立。

8月22日，顾桥撤乡建镇正式挂牌。

8月26日凌晨，关店乡遭遇龙卷风袭击，伤两人。

9月4日，我县向山东胶州市劳务输出工作启动，首批确定2080人。此次由政府组织的大规模劳务输出在我县尚属首次。

9月13日，《硖石晚报》推出“2002年中国豆腐文化节特刊”，共12个版面。此特刊为本报首次彩印版。

9月15日，全国人大常委会委员、民族委员会主任委员王朝文一行来凤就少数民族地区经济、社会发展情况进行调研。省人大常委会主任孟富林等陪同。

9月15日，全长1300多米、宽30米的胶州路竣工通车。

9月28日，我县三位省劳模（新运实业总公司总经理李会林，县供销社主任余良，县硖山口淮王鱼研究所所长詹同连）赴合肥出席全省劳模表彰大会。

9月底，县电信局投入近100万元购置200多部智能网IC卡公用话机及有关装配。“十一”期间，30部智能网IC卡公用话机在城区主干道闪亮登场。

10月底，县委书记高晓牛在常委会上宣布，今年，县委常委每人自费订阅一份《硖石晚报》带回家看。

12月6日，凤台县地方海事处（凤台县港航管理处）正式挂牌。

12月11日，县十四届人大一次会议胜利闭幕。高晓牛同志当选县十四届人大常委会主任，牛向阳同志当选县十四届人民政府县长。

是年，报社被市委、市政府命名为“市级文明单位”。

2003年

2月28日，《硖石晚报》岗位聘用大会举行，18位同志签订新一年岗位聘用合同。至此，《硖石晚报》全面推行岗位聘用工作进行了第10个年头。

3月10日，凤台县地标性建筑“淮上明珠”大厦破土动工。

3月17日，“泸天化·九禾”收购凤台县化肥厂资产签约仪式举行。

4月22日，县委常委会专题研究部署防治“非典”工作。防治非典成为当时压倒一切工作的政治任务。

6月15日，凤台县老城区改造全面启动。首批拆除工程包括县政府第二招待所、新华书店小楼至县委宣传部段建筑物、县委县政府前院等。

7月1日，凤凰工业园（凤台经济开发区）开工建设。

7月12日，省委书记王太华来凤台检查抗洪救灾工作。

8月4日，省长王金山来凤台检查指导救灾工作。

8月8日，凤台县电信小灵通正式开通。

9月22日我县召开领导干部大会宣布市委决定：牛向阳任中共凤台县委书记，提名为县人大常委会主任人选；姚多咏任中共凤台县委委员、常委、副书记，提名为县人民政府县长人选。

10月21日至10月25日，中共凤台县委工作会议先后在安徽繁昌、宁国和浙江嘉兴召开。会议期间，我县与嘉兴秀城区缔结友好区县。

11月13日，凤台县信息产业中心硖石产业大楼破土动工。

12月31日，《硖石晚报》正式停刊。

2004年

1月1日，《硖石晚报》社按中央“两办”文件精神原建制转型为凤台县信息产业中心。原《硖石晚报》更名为《凤凰台》。整合了原设在县计委的政府网站，建立开通《凤台网》。

元旦前夕，省委书记王太华深入重灾区城北乡刘巴村看望慰问困难群众。

1月19日，凤台县信息产业中心挂牌。县信息产业中心的挂牌是县委、县政府适应凤台发展的新形势，以改革创新的思路，全方位、多形式发展凤台大宣传信息产业的重要举措。

3月21日至25日，我县参加皖粤经济技术合作活动取得成果，签订合同2项，总金额1.17亿元。

4月，我县克服2003年“非典”和洪涝灾害等不利因素，国民经济稳步发展，综合县力明显增强，在全省61个县（市）宏观经济效益排序中，位居第6位。

5月25日，凤台县政务服务中心成立。

6月，凤台船厂与江浙两大电厂联手打造“万吨”船队。

7月3日，凤台孪生姐妹胡珂、胡珣圆梦北大。其中高三14班的胡珣同学以645分荣获高考淮南市文科状元，胡珂获全市文科第4名。

6月28日，丁集矿井正式开工建设。

7月28日，凤台县污水处理厂管网一期工程开工。

8月1日，《凤台网》选登来自中国驻曼彻斯特总领事馆的留言。

8月15日，凤台全力抢救硖山口千年古皂角树。

8月28日，本报报道《凤台女孩李丽从深圳走进联合国》的文章。

8月28日，十届中国豆腐文化节凤台招商引资资金2.24亿元。

9月16日，我县“银凤”糯米3年增收近4000万元。

10月15日，我县3000尾河豚人工试养获得成功。

2005年

1月1日，凤台县政务中心正式启用。

1月28日，凤台县民间艺术“火老虎”首次在《凤凰台》报道，引起社会各界及上级有关部门关注。

2月22日，安徽省委副书记张平在凤台人民会堂为全市党员干部作保持共产党员先进性专题活动报告。

3月30日，凤台县板张集革命烈士陵园揭碑。

5月28日，农业部部长杜青林来凤台考察“三夏”工作。省长王金山等陪同。

6 月 3 日，凤台县“村村通”水泥路工程启动。

9 月 1 日，侵华日军三里沟大屠杀遇难同胞纪念碑揭碑。

9 月 21 日，来自十几个国家和地区的海内外蔡氏宗亲联谊会成员一行 300 余人来凤台寻根问祖。

10 月 13 日，中国煤矿文工团来凤台慰问演出。

11 月 16 日，安徽省“江淮情”艺术团来凤台慰问演出。

12 月 30 日，凤台县奥体中心奠基开工建设。

是年，县信息产业中心建立 17 个乡镇和县直委办局网站 70 多家。

2006 年

1 月 11 日，凤台县水厂与上海艾葛赛贸易有限责任公司合资建设水厂日供水 4 万吨改扩建工程项目签约。

1 月份，凤台县工商局被评为全国 2005 年“红盾护农”行动先进单位。

2 月份，凤台工业园区通过国家发改委的园区设立审核，并更名为安徽凤台经济开发区，升格为省级开发区。

2 月份，凤台县花鼓灯艺术被列为首批国家非物质文化遗产名录推荐项目。

2 月 21 日，凤台县花鼓灯艺术学校暨县宣传文化中心开工建设。

2 月 25 日，《凤凰台》由四开四版小报正式改为对开四版大报。

3 月份，凤台荣膺全省粮食丰产科技工程先进示范县。

3 月 17 日，国家建设部部长汪光焘率国家建设部有关工作人员来到安徽视察指导新农村建设工作，第一站选择了凤台。

3 月份，我县的“亮晶晶”牌南美白对虾、北湖“淮健”牌美国斑点叉尾回和草鱼等 3 个水产品，通过农业部无公害农产品认证。

3 月份，凤台县政务中心大楼主楼荣获安徽省最高建筑奖——“黄山杯”奖。

3 月份，凤台达康纯净水厂生产的系列桶装饮用纯净水通过国家质量检验检疫总局 QS 生产许可认证，这是凤台首家通过国家 QS 许可认证的饮用水生产企业。

4 月 9 日，省委书记郭金龙来凤台视察水利工程和新农村建设。

4 月 20 日至 21 日，在黄山市召开的全省精神文明建设工作会议传出喜讯：我县荣获“全省创建文明县城工作先进县”称号。

4 月份，凤台率先在全省县级实现提取住房公积金归还住房贷款。

4月27日，县委宣传部组织召开新闻发布会，发布2005年，我县人均GDP首次突破1万元大关。

截至4月底，作为全省11个“村村通”试点县之一的凤台县“村村通水泥路”一期工程竣工，至此，全县60%的行政村实现了“村村通水泥路”目标。

5月16日，2005年度全省县（市）经济运行评价考核结果揭晓，凤台县跻身前十强并位居第四位。至此，凤台已连续四年跻身全省经济十强县行列。

5月底，中国首批赴苏丹维和部队在济南军区组建。此次赴苏丹维和的工程兵大队有2名军人为凤台籍，他们分别是城关镇的22岁青年韩巍和顾桥镇的24岁青年童树江。

6月2日，中国·凤台政府网站群和凤台新闻网开通。

6月初，县农技推广中心选育的中粳稻新品种“R96-2”通过省农业委员会发布的安徽省第二十四次农作物品种审定，被命名为“皖稻90”。至此，我县已有3个水稻品种在全省范围内推广。

9月份，皖北第一人文洞府——凤台县茅仙洞真洞扩容工程告竣，并对外开放。

9月20日，国家“十一五”规划重点工程项目——凤台电厂工程开工建设。

11月6日，第七届安徽省花鼓灯会暨首届淮河花鼓灯文化节在凤台开幕。

11月7日，由安徽省文化厅批准的“安徽省花鼓灯陈氏流派原始生态村”揭牌仪式在新集镇陈巷村举行。

11月17日，我县提前一个半月超额完成全年财政收入10亿元预算任务，成为全省第一个实现财政收入超10亿元的县（市）。

11月19日，英国林克斯国际集团财务总监加里·格兰丹宁先生，英国斯特力集团亚太事务总经理梅达德先生，林克斯国际集团执行总监高维嘉先生率英国公司有关人员来凤台考察。

11月28日，由安徽海创房地产开发有限公司投资1.2亿元人民币的凤台国际饭店盛大开业。

11月28日，凤台农村信用合作联社正式挂牌。

12月中旬，凤台跻身全国“中部百强”，位列第38位。

12月12日，凤台县率先在全省县级利用网络科技——凤台县政府网“在线访谈”栏目，实现老百姓与政府官员直接交流。

12月12日，凤台县被确定为农业部基层农业技术推广运行机制创新研究试点县，也是2006年我省唯一被列入的试点县。

12月份，凤台县顾桥皖北米面批发大市场被批准为农业部定点市场。全省共有6家，淮南市仅此一家。

12月28日省长王金山来凤台调研经济社会发展情况。

12月29日安徽省庆祝元旦专场文艺演出在安徽大剧院举行。该场演出180余名演职人员全部来自凤台县“两团一校”、一民间代表团。省、市县几大班子领导和全省各界2000多名人士观看演出，并给予演出高度评价。

2007年

2月16日经省政府同意，省建设厅、省林业厅授予凤台县“安徽省园林县城”称号。全省首批仅9个县获此殊荣。

3月15日，凤台县第十五届人民代表大会第一次会议选举姚多咏同志为凤台县十五届人民政府县长。

4月25日，辽宁省政协主席郭廷标来凤台考察。

7月7日至8日，凤台县遭遇百年不遇洪灾，短短两天间突降暴雨达584mm，全县上下紧急动员全力以赴抗击洪魔。

7月10日，凤台县抗洪救灾宣传报道组在凤台县防汛抗旱指挥部成立。凤台县信息产业中心《凤台新闻网》《凤台政府网》全体采编及后台制作十几位同志移师防汛抗旱指挥部，实行24小时工作制，通过互联网，第一时间将凤台灾情、凤台干群众志成城抗击洪魔消息传递到世界各地。

7月10日至8月1日，武警安徽总队、武警8690部队应凤台县委县政府请求，先后派遣近2000名武警官兵进驻凤台，与凤台干群并肩作战抗击洪魔。武警部队司令员吴双战上将、解放军总政治部群众工作办公室主任常生荣少将先后亲临凤台抗洪一线视察并指挥作战。

7月10日至8月1日，国家民政部部长李学举、省长王金山等领导，先后深入凤台抗洪救灾一线视察指导。

9月15日，省政协主席杨多良来凤台调研灾后重建工作。

9月，第七届中国中部县域经济基本竞争力百强县名单揭晓，凤台县排名第36位，再次荣获“中部百强县”荣誉称号。

9月29日，凤台县首个经济适用房“和谐家园”开工建设。

10月19日，由凤台县委宣传部、凤台县信息产业中心编印的画册《党旗下的画卷》首发仪式举行。画册记录了2007年凤台县抗洪救灾斗争全过程。

2008 年

1月3日，孙友虎主持《凤凰台》报工作。

1月，凤台县继2004年和2006年被农业部授予“全国粮食生产先进县”称号后，2007年再次获此殊荣。

2月28日上午，县几大班子领导在县政务中心举行欢送全国人大代表鲁中祝赴京参会仪式。

12月26日，在第十五届人民代表大会第三次会议上，赵春阳同志当选县人民政府县长。

12月29日，安徽省花鼓灯艺术研究会成立大会在凤台举行。

2009 年

凤台县委县政府决定，自1月1日起，免征永幸河灌区一级农业排灌水费。

3月23日，海螺集团淮南水泥粉磨站项目落户凤台，标志着我县工业经济进入发展新时代。

4月20日，凤台县统计局发布消息称：凤台县地区生产总值首次突破百亿元大关，连续六年跻身全省县域经济综合“十强县”。

5月6日，县委召开常委扩大会议，专题研究部署推进环城北湖新区开发建设有关事宜，标志着凤台县凤凰湖新区建设工作正式启动。

5月25日，省政协主席杨多良来凤台调研西淝河综合治理工作。

7月6日，安徽省首批采煤沉陷区村庄搬迁应急工程试点项目在凤台县举行奠基仪式。

9月4日，凤台县“淮上明珠”水利风景区被水利部授予“国家水利风景区”称号。

9月21日，凤台县首次评选出“凤台县十大名小吃”。

10月13日，全国政协副主席张梅颖来凤台调研现代农业发展情况。

12月25日，全省县级规模最大的保障性住房小区“和谐家园”在凤台建成启用。

2010 年

2 月 8 日，全国春季麦田管理启动仪式在凤台举行。

3 月 11 日，“凤台颂”石碑在茅仙洞风景区揭碑。

3 月 25 日，国家水利部部长陈雷来凤台考察指导西淝河治理工作。

5 月，凤台县人民政府首次设立“县长质量奖”。

8 月，凤台县首次开展“道德模范”评选活动。

8 月 30 日，中国首届毛泽东诗词全集书法邀请展在凤台县开幕。中国军事科学院战争理论和战略研究部副部长毛新宇少将出席开幕式。

9 月 17 日，凤台县首届农产品交易会开幕。

9 月 25 日，白塘庙革命纪念园竣工开园。

10 月 22 日，顾桥煤矿首采区塌陷村庄搬迁安置入住仪式举行，首批安置的 2589 户、1.02 万群众正式入住搬迁安置区。

12 月 18 日，皖北首家村镇银行在凤台开业运营。

2011 年

1 月，正式启用网上协同办公 OA 系统。

5 月 23 日，中央国家机关青年“百村调研”实践活动安徽团一行 23 人抵达我县，将深入李冲回族乡和钱庙乡，以同吃、同住、同劳动的形式，开展为期一周的调研实践活动。

7 月 3 日，“放飞理想、舞动新集”——第二届安徽省新农村少儿舞蹈汇演在“花鼓灯艺术之乡”凤台县新集镇拉开大幕。

7 月 12 日，凤台县荣获“全国粮食流通监督检查示范单位”授牌仪式在县政务中心会议室举行。

10 月 21 日，在凤台县第十五届人民代表大会第六次会议上，选举李大松同志为凤台县人民政府县长。

12 月 20 日，从北京举行的全国精神文明建设工作表彰大会上传来喜讯，凤台县荣获全国文明县城称号，系我县首次荣获。

12 月 19 日、21 日，本报以《黑龙潭捕获巨鲶》《“景点”巨鲶如何“观”》为题连续报道了李冲回族乡淮磷村民金宝旭在淮河凤台黑龙潭段意外捕获一条体长 1.1 米、近 27 斤重的野生鲶鱼的新闻，及其有关思考。

应中华人民共和国驻新加坡共和国大使馆和新加坡“春城洋溢华夏情”筹委会的邀请，安徽省文化厅组派以凤台县花鼓灯艺术团为主的安徽省艺术团于2011年12月30日出访新加坡，参加2012新加坡农历新年系列庆祝活动暨第十九届“春城洋溢华夏情”牛车水亮灯仪式。

2012年

1月31日（农历龙年正月初九）晚，在凤台县西城河公园表演“火老虎”。

3月19日，《凤凰台》改为周三报。

4月25日，全国小麦赤霉病防控现场会在凤台县举行。

8月15日，省民政厅下文，同意撤销凤台县杨村乡设立杨村镇。

10月11日，省委书记张宝顺率队来到凤台视察经济社会发展情况。

10月份，凤台县23位100岁及以上老人全部领到3000元健康保健费。

11月5日，本报策划的“提升凤台”系列述评开评，至次年2月18日，共发述评12篇。

2013年

1月7日，凤台县被省政府定为全省农村金融改革试点县。

1月25日，凤台新闻网荣获“首届安徽省文明网站”荣誉称号。

2月1日，凤台县人民政府荣获安徽省采煤塌陷区综合治理工作2012年度先进集体。

3月1日，全省水稻标准化集中育秧现场会在凤召开。

3月15日，凤台县法律援助中心荣获2012度全国法律援助“便民服务示范窗口”称号。

3月16日，凤台淮河公路二桥开工建设。

4月4日，板张集革命烈士陵园升为省级爱国主义教育基地。

4月11日，致公党中央副主席杨邦杰、严以新来凤调研。

5月14日，省委副书记、代省长王学军来凤调研社会经济发展。

6月20日，凤台成为全国首批农技推广机构星级服务试点县。

7月19日至20日，省长王学军来凤调研。

9月27日至10月2日，凤台县推剧团代表安徽文化艺术远赴韩国进行文化交流。

11 月 12 日，凤台县第一届运动会隆重开幕。

11 月 25 日，我县第五次荣膺“全国科技进步先进县”。

11 月 29 日，新疆建设兵团原司令员金云辉来凤考察。

是年，时值《凤台报》复刊 20 周年，信息产业中心举行了纪念活动。整理出版了“凤台报业”发展之旅《心仪“凤”视界》、岳炯新闻作品选辑《无悔新闻梦》、孙友虎新闻作品自析集《头条・回头》等三本系列文集。

2014 年

2 月，县信息产业中心与县财政局合办《凤台财经与发展》杂志，该杂志为双月刊。

5 月 10 日，凤台县“远学焦裕禄、近学郭新吉”活动启动大会在县影剧院召开。

5 月 29 日，凤台县劳动模范协会成立。

7 月 1 日，凤台农村商业银行股份有限公司隆重开业。

9 月 3 日，安徽省首届“柔和种子杯”全民健身示范县（市、区）男子篮球赛在我县举行。

9 月 11 日，国家粮食局局长任正晓来凤调研指导粮食银行工作。

9 月 23 日，省军区司令员于天明少将来凤检查。

9 月 26 日，省委常委、省军区政委宋海航来凤。

11 月 3 日，省委书记张宝顺来凤调研。

11 月 8 日，本报《家・天下》特刊创刊。创刊号刊发记者远赴浙江省湖州市南浔区，对尚塘乡驻南浔流动人口党支部、流动人口服务中心，以及尚塘在南浔创业的成功人士，进行集中报道。共出 6 期，2015 年 6 月 10 日为最后一期。

是年，县信息产业中心承办《凤台手机报》。

2015 年

1 月 28 日，全县“党员活动日”暨“心系群众　温暖冬日”行动启动仪式在县政务中心大院举行。

2 月 28 日，全国精神文明建设工作表彰暨学雷锋志愿服务表彰大会在北京召开。新集镇荣膺全国文明村镇，成为我县目前唯一获此殊荣的单位。

3 月 31 日，安徽省文明委公布全省创建全国文明县城名单，凤台县蝉联“全国文明县城”称号。

4 月 21 日，凤台县老年大学开学典礼在县会议中心大礼堂隆重举行。

5 月 1 日晚，2015 年“桃花源杯”中美篮球争霸赛在县体育馆举行。

6 月 7 日，以国家税务总局局长王军为组长的国务院第十一督查组，就贯彻落实国务院重大政策措施情况来我县进行督导检查。

6 月 26 日下午，李冲回族乡、凤台经济开发区及管理的社区委托凤台县管辖签字仪式在市政务中心举行。

12 月 23 日，县人大工作研究会成立大会在县会议中心举行。

12 月 27 日，全国人大常委会通过决定，我国将在 232 个试点县（市、区）开展农村承包土地经营权贷款抵押试点。其中，凤台县被列入试点名单。

2016 年

4 月 18 日，北京师范大学与凤台一中合作办学签约。

4 月 29 日，2016 中美男篮争霸赛在县体育馆举行，由安徽文一男篮迎战美国密歇根湖旗舰队。

5 月 19 日，《凤凰台·人文特刊》创刊。

5 月 26 日，《凤凰台·社会特刊》创刊。

6 月 2 日，《凤凰台》周四特刊《特别关注》开办。

6 月 16 日，《凤凰台·生活特刊》创刊。

7 月 1 日，凤台淮河公路二桥正式通车。本报出版特刊《特别关注》一期，以四个版的篇幅对凤台渡口、凤台淮河大桥（一桥）的回顾，凤台淮河二桥开通的展望等进行扫描。

9 月 2 日，凤台一中西校区正式启用。

9 月 28 日，县不动产登记局揭牌成立。

10 月 16 日，2016 中国·凤台警营马拉松赛暨凤台县第五届警营马拉松赛正式开赛。

10 月 26 日晚，中国乒乓球俱乐部超级联赛在凤台县体育馆隆重开赛。里约奥运双冠王丁宁、中国乒乓名将木子、韩国乒乓名将徐孝元等参加比赛。

2017 年

2 月 18 日，大兴集撤乡设镇揭牌仪式举行。

3 月 25 日，原中共安徽省委书记黄璜来凤考察。

是月，县政府县长办公会议研究决定，由县信息产业中心承办政务公开工作。

9 月 24 日，2017 中国·凤台警营马拉松赛暨凤台县第六届警营马拉松赛开赛。

11 月 2 日，原创大型推剧现代戏《永幸河》首场汇报演出在县影剧院举行。

11 月 11 日至 12 日，由国务院参事室社会调查中心、北京大学社会学系共同主办的"乡土中国的转型与社会建设"研讨会暨首届"费孝通田野调查奖"颁奖仪式在我县举行。

11 月 22 日，2017-2018 中国乒乓球俱乐部超级联赛安徽赛区第二场争夺战在凤隆重开赛，世界冠军樊振东等参加比赛。

12 月 20 日，安徽省新兴产业协会二届十九次会长办公会暨一带一路走进凤台。

12 月 22 日，2017 年度安徽"十大新闻人物"候选条目新鲜出炉，我县丁集镇郭徐村接力守护烈士墓的三代好人李文传、李学成、李杰榜上有名。

2018 年

7 月 27 日，全国青少年航天模型教育竞赛（安徽赛区）暨 2018 年安徽省青少年航天模型锦标赛在凤举行。

7 月 27 日晚，凤台推剧首次走上央视 CCTV-11 戏曲频道《一鸣惊人》栏目"梦想微剧场"节目。

8 月 8 日，央视《新闻直播间》报道新版红色舞剧《立夏》首登国家大剧院，凤台花鼓灯艺术团首次参演国家推广剧目演出。

8 月 17 日，凤台县第十七届人民代表大会第三次会议隆重开幕，选举刘居胜同志为凤台县人民政府县长。

12 月 6 日，凤台县融媒体中心挂牌。它标志着县两家新闻媒体迈出融合发展的新步伐。

（《凤凰台》报编辑部）

第二部分　人文凤台篇

吕蒙正吕夷简吕公著“一门三相”年谱简编

孙友虎

北宋吕氏家族吕蒙正、吕夷简、吕公著“一门三相”，吕蒙正是河南人，吕夷简、吕公著是安徽凤台人。吕公著“从祖蒙正，相太宗，溢曰文穆；父夷简，相仁宗，溢曰文靖。一族之中为宰相者三人，而公父子又皆以三公、平章军国。”（《宋宰辅编年录》卷九）至今没有专门之年谱。宫梦仁《读书纪数略》卷20《人部·望族》：“三吕：（三世宰相。夷简、公著父子平章）吕蒙正（圣功，文穆），夷简（坦夫，文靖），公著（晦叔，正献）。”《锦绣万花谷》前集卷24《子部·类书类·贵》：“本朝吕蒙正夷简一门二相二十年居政府，又文靖公子公弼公著公亮公儒俱为内翰长有名德。”今据《续资治通鉴长编》《宋史》《宋会要辑稿》《玉海》《全宋文》《全宋诗》《宋大诏令全集》及宋代笔记等，考证吕蒙正、吕夷简、吕公著之事迹，以合谱的形式予以简编。

后晋开运三年（946），**吕蒙正**1**岁**。

是年，吕蒙正出生于莱州。其曾祖吕韬、祖父梦奇、父龟图。

后汉高祖天福十二年（947），**吕蒙正**2**岁**。

居莱州。

后汉隐帝乾祐元年（948），**吕蒙正**3**岁**。

居莱州。

后汉隐帝乾祐二年（949），吕蒙正4岁。

居莱州。

乾祐三年（950），吕蒙正5岁。

居莱州。

后周太祖广顺元年（951），吕蒙正6岁。

祖父吕梦奇仕后周，仍为户部侍郎。吕蒙正居莱州。

广顺二年（952），吕蒙正7岁。

居莱州。后周初，父吕龟图可能进士及第。

广顺三年（953），吕蒙正8岁。

居莱州。

后周世宗显德元年（954），吕蒙正9岁。

居莱州。

显德二年（955），吕蒙正10岁。

居莱州。

显德三年（956），吕蒙正11岁。

居莱州。

显德四年（957），吕蒙正12岁。

居莱州。

显德五年（958），吕蒙正13岁。

居莱州。

显德六年（959），吕蒙正14岁。

居莱州。大约是年，父吕龟图官后周起居郎、泗州知州。

宋太祖建隆元年（960），吕蒙正15岁。

父吕龟图仕宋，官起居郎，迁居洛阳城。可能是年，吕蒙正遂父居洛阳，为河南府洛阳人。

建隆二年（961），吕蒙正16岁。

居洛阳城。

建隆三年（962），吕蒙正17岁。

居洛阳城。

乾德元年（963），吕蒙正18岁。

居洛阳城。

乾德二年（964），吕蒙正19岁。

居洛阳城。

乾德三年（965），吕蒙正20岁。

居洛阳城。

乾德四年（966），吕蒙正21岁。

居洛阳城。

乾德五年（967），吕蒙正22岁。

居洛阳东南坞流村（俗称“寒窑”所在地，今河南省偃师市佃庄镇相公庄村）。

开宝元年（968），吕蒙正23岁。

是年，吕蒙正侍母亲，移居洛阳城外的龙门利涉院士室，并开始苦读。

开宝二年（969），吕蒙正24岁。

在洛阳龙门山侍母，并苦读。

开宝三年（970），吕蒙正25岁。

在洛阳龙门山苦读。

开宝四年（971），吕蒙正26岁。

在洛阳龙门山苦读。

开宝五年（972），吕蒙正27岁。

在洛阳龙门山苦读。

开宝六年（973），吕蒙正28岁。

在洛阳龙门山苦读。

开宝七年（974），吕蒙正29岁。

在洛阳龙门山苦读。留多首诗及句。

开宝八年（975），吕蒙正30岁。

宋太祖令吕龟祥（吕蒙正之叔、吕夷简之祖父）前往金陵运送李煜宫中藏书。大约是年左右，吕蒙正开始游历山东、湖南、河南及周边。未仕前已有诗名。

开宝九年（十二月改太平兴国元年）（976），吕蒙正31岁。

是秋，就舍建隆观，参加府试。与张齐贤、王随、钱若水、刘烨同学赋于洛人郭延卿之际，问命于“师道士”。与胡旦结识，胡旦因吕蒙正有诗句“挑尽寒灯梦不成”称其“渴睡汉”。是年，吕夷简的祖父吕龟祥任殿中丞、知寿州。

太平兴国二年（977），**吕蒙正** 32 **岁**。

正月，与叔叔吕龟祥同科中进士，吕蒙正擢进士第一，太宗宴新及第进士于开宝寺并赐诗。三月，授将作监丞、通判升州，从六品下。是年，梅询闻吕蒙正中状元等情形，颇有感言。

太平兴国三年（978），**吕蒙正** 33 **岁**。

任升州通判，“有善誉”。

太平兴国四年（979），**吕蒙正** 34 **岁，吕夷简** 1 **岁**。

吕蒙正由升州通判升任著作郎、直史馆，旋加右拾遗，服银绯。大约是年，吕蒙正判铨，举荐南唐状元邱旭试学士院。吕夷简生于寿州（治今安徽凤台）。

太平兴国五年（980），**吕蒙正** 35 **岁，吕夷简** 2 **岁**。

吕蒙正转左补阙，知制诰，服金紫，把父母接到府上赡养。吕夷简在寿州生活。

太平兴国六年（981），**吕蒙正** 36 **岁，吕夷简** 3 **岁**。

吕蒙正左补阙，知制诰，服金紫。吕夷简在寿州生活。

太平兴国七年（982），**吕蒙正** 37 **岁，吕夷简** 4 **岁**。

九月，吕蒙正受命编辑前代文集。吕夷简在寿州生活。

太平兴国八年（983），**吕蒙正** 38 **岁，吕夷简** 5 **岁**。

吕蒙正，正月与贾黄中、李至等权同知贡举；五月以左补阙、知制诰为都官郎中，拜学士；十月，撰《大宋重修兖州文宣王庙碑铭（并序）》；十一月由翰林学士都官员外郎进参知政事，正二品；十二月，赐吕蒙正丽景门宅。是年，父亲吕龟图及妻宋氏相继去世。吕夷简生活在寿州。

太平兴国九年（**即雍熙元年**，984），**吕蒙正** 39 **岁，吕夷简** 6 **岁**。

三月，吕蒙正等以诗颂太宗习射，太宗和赐之；十二月，吕蒙正加给事中，参知政事如故。大约是年，吕蒙正娶继室薛氏。吕夷简生活在寿州。

雍熙二年（985），**吕蒙正** 40 **岁，吕夷简** 7 **岁**。

三月，吕蒙亨因堂兄吕蒙正任参知政事之故而罢进士举。吕夷简生活在寿州。

雍熙三年（986），**吕蒙正** 41 **岁，吕夷简** 8 **岁**。

二月，柳开致书吕蒙正；七月，吕蒙正等荐张宏。吕夷简父亲吕蒙亨任下蔡县主簿，吕夷简仍生活在寿州。

雍熙四年（987），**吕蒙正** 42 **岁，吕夷简** 9 **岁**。

吕夷简之父继续任职下蔡县主簿。生活在寿州。

端拱元年（988），**吕蒙正** 43 **岁，吕夷简** 10 **岁**。

二月，吕蒙正首次入相，正一品，系“国朝状元为相”第一人；闰五月，吕蒙正、张宏等主持科考引争议。是年，吕蒙正生母刘氏去世，因朝廷事物繁多而难以丁忧，太宗命其“起复”到任。吕蒙正以坐赃免张绅知蔡州，建言宰相子止授九品京官。王禹偁致书吕蒙正《上史馆吕相公书》。吕夷简随父在武平场生活。

端拱二年（989），**吕蒙正** 44 **岁，吕夷简** 11 **岁**。

八月，吕蒙正答太宗君子、小人之议；十月，吕蒙正等诣长春殿因旱灾请罢免，田锡因忤宰相吕蒙正而出知陈州。吕夷简随父在武平场生活。

淳化元年（990），**吕蒙正** 45 **岁，吕夷简** 12 **岁**。

正月，吕蒙正撰太宗尊号法天道崇册文；二月，太宗因宴射赋一章赐宰相吕蒙正等；九月，应吕蒙正之请，吕蒙正弟吕蒙叟为郾城县主簿，吕蒙庄为楚丘县主簿，吕蒙巽为沈丘县主簿。吕夷简随父由武平到福州某县。

淳化二年（991），**吕蒙正** 46 **岁，吕夷简** 13 **岁**。

正月，太宗与吕蒙正论将帅；三月，宋太宗作《旱蝗罪己诏吕蒙正等》；九月，吕蒙正因援引亲昵、窃禄偷安而罢为吏部尚书。吕夷简随父在福州某县生活。

淳化三年（992），**吕蒙正** 47 **岁，吕夷简** 14 **岁**。

有人诋毁吕蒙正、王沔，太宗认为吕蒙正“有大臣体”。吕夷简父吕蒙亨选集吏部铨，授僰道县令。

淳化四年（993），**吕蒙正** 48 **岁，吕夷简** 15 **岁**。

十月，吕蒙正第二次拜相。以张洎为例，吕蒙正认为选人当“德行先行”。闰十月，吕蒙正与太宗谈论黄老治国之道。吕夷简随父在僰道县（992～994）生活。

淳化五年（994），**吕蒙正** 49 **岁，吕夷简** 16 **岁**。

二月，吕蒙正对舟人水工有少贩鬻而不查，认为符合黄老之道；四月，从其言，诏堕夏州故城；九月，太宗与之谈论重用寇准的看法；十一月，太宗令其等举贤才所知以闻。吕夷简随父在僰道县生活，吕蒙亨当年返京等待课考；回淮南，吕夷简与马亮之女订婚。

至道元年（995），**吕蒙正** 50 **岁，吕夷简** 17 **岁**。

是春，吕蒙正言“今升平之代，远方忽有狂寇，亦恐天垂警戒”；四月，罢为右仆射，出判河南府；六月，因河南县民张之远家芝草生而上表。是年，作《尹洛日作》，刘昌言作《上吕相公蒙正》诗。吕夷简父吕蒙亨任大理寺丞，去世。

至道二年（996），**吕蒙正** 51 **岁，吕夷简** 18 **岁**。

二月，吕蒙正为左仆射，王禹偁替吕蒙正撰谢表《代吕相公让左仆射表》。吕夷简仍居父丧守孝。

至道三年（997），**吕蒙正** 52 **岁，吕夷简** 19 **岁**。

吕蒙正为左仆射，判河南。大约是年初，宋太宗与钱若水等谈论吕蒙正之事。太宗崩，营奉熙陵，吕蒙正奉家财三百万以助用。吕夷简居丧。大约是年，吕蒙正请恩俸悉推之寺僧。

咸平元年（998），**吕蒙正** 53 **岁，吕夷简** 20 **岁**。

吕蒙正仍为左仆射，判河南；吕夷简与马氏结婚。

咸平二年（999），**吕蒙正** 54 **岁，吕夷简** 21 **岁**。

三月，吕蒙正大女婿孙暨考中状元。是秋，吕夷简参加寿州秋试，考中举人。吕蒙正第九子吕居简、吕夷简长子吕公绰出生。

咸平三年（1000），**吕蒙正** 55 **岁，吕夷简** 22 **岁**。

三月，吕夷简进士及第，选为绛州（今山西新绛县）军事推官；九月，吕蒙正诏回朝，官职是左仆射。大约是年，吕蒙正荐杨覃。

咸平四年（1001），**吕蒙正** 56 **岁，吕夷简** 23 **岁**。

三月，吕蒙正第三次入相；八月，吕蒙正建议商贸实边；十月，宋真宗问选才，吕蒙正对“才难求备”；十二月，议城绥州之事，吕蒙正等以为不便。是年，吕夷简仍任绛州推官。

咸平五年（1002），**吕蒙正** 57 **岁，吕夷简** 24 **岁**。

正月，宋真宗与吕蒙正等谋划“秋防”；三月，王曾中状元，吕蒙正曾见其《早梅》诗早有预言，并有意纳婿；十一月，吕蒙正加司空、门下侍郎、平章事。吕夷简任绛州推官。大约是年，吕蒙正荐晁迥应贤良方正科。

咸平六年（1003），**吕蒙正** 58 **岁，吕夷简** 25 **岁**。

正月，吕蒙正赞同梁鼎解盐通商；二月，与宋真宗议封西凉府六谷首领潘啰支之名号；三月，请罢近臣期功之丧赠，诏不许；五月，再表求罢，诏不许；九月，罢为太子太师，封莱国公。吕蒙正任相期间，备有《夹袋册子》，以便于举官。吕夷简任盐城监判官。

景德元年（1004），**吕蒙正** 59 **岁，吕夷简** 26 **岁**。

吕夷简仍任盐城监判官。

景德二年（1005），**吕蒙正60岁，吕夷简27岁。**

二月，吕蒙正表请归洛，二子迁官：从简太子洗马，知简奉礼郎。吕夷简仍任盐城监判官。

景德三年（1006），**吕蒙正61岁，吕夷简28岁。**

是夏，吕夷简任大理寺丞时设宴，伯父吕蒙正等到场；十一月，宋真宗与冯拯论寇准，冯拯说，“吕蒙正尝云：准轻脱好取声誉，不可不察。”是年，吕夷简任大理寺丞，署西溪盐官。

景德四年（1007），**吕蒙正62岁，吕夷简29岁。**

正月，帝幸巩县，吕蒙正从洛阳驱车接驾；二月，宋真宗幸吕蒙正府第。是年，吕夷简继续任大理寺丞，署西溪盐官；次子吕公弼出生。在西溪期间，吕夷简筑瀚海堰，作《西溪看牡丹》。后人思之，建亭曰“思贤”。

大中祥符元年（1008），**吕蒙正63岁，吕夷简30岁。**

四月，吕夷简考中才识茂名体用科；约五六月间，吕夷简通判通州；十二月，吕蒙正进封徐国公。

大中祥符二年（1009），**吕蒙正64岁，吕夷简31岁。**

吕夷简任太常博士、濠州通判。时任知州是梅询，与其有神交。

大中祥符三年（1010），**吕蒙正65岁，32岁。**

吕蒙正预测富弼可入宰相。吕夷简任太常博士、濠州通判。梅询有诗致吕夷简。在濠州，吕夷简曾留有含桃阁、三槐亭等遗迹。

大中祥符四年（1011），**吕蒙正66岁，吕夷简33岁。**

三月，吕夷简任太常博士、颍州推官，受堂伯父吕蒙正的举荐；四月，吕蒙正进封许国公，“甫下而卒”，赠中书令，谥文穆。

大中祥符五年（1012），**吕夷简34岁。**

任太常博士、颍州推官。

大中祥符六年（1013），**吕夷简35岁。**

任太常博士、颍州推官；七月，知滨州，奏言免农器税。在滨州治水、省赋，引起王曾的关注。

大中祥符七年（1014），**吕夷简36岁。**

知滨州。滨州人为吕夷简建祠。

大中祥符八年（1015），**吕夷简37岁。**

十一月，提点两浙路刑狱。是年，迁尚书祠部员外郎，仍提点两浙路刑狱。

大中祥符九年（1016），**吕夷简** 38 岁。

十月中旬前仍任祠部员外郎、提点两浙路刑狱，请求缓建宫殿，游越州、台州，并留诗《天花寺》《送僧归护国寺》《江南立春》《忆越州》《重游雁山》等；十月下旬改任刑部员外郎、兼侍御史知杂，与李迪等查办李溥；十一月受命审结石普案；十二月，同详定茶盐制度。大约是年，吕夷简为寇准辩诬。

天禧元年（1017），**吕夷简** 39 岁。

仍任刑部员外郎兼侍御史知杂事，权同判吏部流内铨。五月，上《转运使等只得保举本部内幕职州县官奏》；十一月，上《台直所劾公事望行条约奏》，奏明李延志案真相。

天禧二年（1018），**吕夷简** 40 **岁，吕公著** 1 岁。

四月，吕夷简参与减省文书；五月，同勾当通进银台司兼门下封驳事；六月，任起居舍人，查办妖言食人案；九月，上《乞许配罪人父母妻子免问同行奏》，出使契丹任契丹国主生辰使；十一月，建言收购澶、魏丰熟之粮，从之；十二月，出使契丹（辽国）。是年，举荐李紘，第三子吕公著出生。吕公著，寿州（治今安徽凤台）人。

天禧三年（1019），**吕夷简** 41 **岁，吕公著** 2 岁。

任起居舍人，纠察刑狱司纠察官。二月，令与陈尧咨等具析贡举不公事；三月，为是科科举参详官，处理亳州等民变，参与审理钱惟演案；十月，上《乞许配罪人父母妻子免问同行奏》，诏纠察刑狱司自今免鞫劾公事。是年，吕夷简荐钱象先为国子监直讲。

天禧四年（1020），**吕夷简** 42 **岁，吕公著** 3 岁。

正月，建言诸路提点刑狱司常检视；三月，任益梓路安抚使赈恤饥民，建言两浙路县镇酒务量增课税；五月，针对秦、陇、利等州饥民稍多，望令逐处募充本城诸军；六月，上《蜀民从寇情重者请配潼关已东牢城奏》，改寇准判雷州制词头；七月，奏察看益梓路官员情况，刘随、赵稹、杨曬等受到奖励及重用，上《滑州河决暂缓修塞事》；八月，吕夷简上《乞制定沿边刑名奏》；九月，任刑部郎中、龙图阁直学士、权知开封府，言河防修塞事，诏令其举荐人才；十月，因开封府狱空受奖；十二月，上《依法刺配贼人奏》。是年，因治开封有声，真宗识吕夷简姓名于屏风。

天禧五年（1021），**吕夷简** 43 **岁，吕公著** 4 岁。

吕夷简仍任龙图阁直学士、权知开封府（从三品）。正月，举荐章得象、程琳；九月，因开封府狱空受奖。是年，四子吕公孺生。大约是年，刘随《上仁宗乞去妖人张惠真》，事牵知开封府吕夷简；吕夷简举荐梁适。

乾兴元年（1022），**吕夷简 44 岁，吕公著 5 岁**。

二月，以行真宗丧，为桥道顿递使；六月，受命覆视皇堂，与鲁宗道验治雷允恭案；七月任给侍中、参知政事（正二品）；九月，建议天书从葬永定陵；十月，言报先帝真宗之策。是年，太后初临朝，吕夷简入《时政记》以提醒，并倾心于年少仁宗皇帝之成长。吕公著幼嗜学，未尝博戏，人或问其故，曰："取之伤廉，与之伤义。"

天圣元年（1023），**吕夷简 45 岁，吕公著 6 岁**。

仍任参知政事。正月，与张士逊、鲁宗道一同负责计置司；三月，诏令其等详定茶盐利害。是年，请罢（宫观）使名。

天圣二年（1024），**吕夷简 46 岁，吕公著 7 岁**。

仍任参知政事。十一月，恳请取消逢朝廷大礼辅佐大臣照例升官"旧例"。是年，梅询寄信问候吕夷简；王曾举荐侍御史王耿调查陈绛贪污枉法之事，结果王耿反而被陷，吕夷简曾预言"王耿亦可惜也"。

天圣三年（1025），**吕夷简 47 岁，吕公著 8 岁**。

仍任参知政事。十二月，加礼部侍郎。是年，次子吕公弼"以水部员外郎即知庐州"。天圣初，果断处置交趾迎丁谓之事。

天圣四年（1026），**吕夷简 48 岁，吕公著 9 岁**。

仍任参知政事、礼部侍郎。二月，张知白建议把宋仁宗对乐的把握纳入吕夷简等修的《时政记》；三月，上《条析李咨茶法奏》。以改更茶法计置粮草前后数目不同事理失当受罚一月俸；七月，从吕夷简言，诏"两川弓手自今不得雇人代役"。

天圣五年（1027），**吕夷简 49 岁，吕公著 10 岁**。

仍任参知政事、礼部侍郎。二月，命修真宗国史；五月，命详定《天圣编敕》。

天圣六年（1028），**吕夷简 50 岁，吕公著 11 岁**。

二月，因处理雄州民妻张氏事，与王曾等赞皇上至仁；三月，让相位于张士逊，加户部侍郎，其官职为：金紫光禄大夫、行尚书户部侍郎、参知政事、修国史、充会灵观使、上柱国、东平郡开国公。

天圣七年（1029），**吕夷简 51 岁，吕公著 12 岁**。

二月，任户部侍郎、同中书门下平章事、充景灵宫使、集贤殿大学士（正一品）；三月，妹婿陈诂被诬"以嫌不敢辨"，上《两浙县镇酒务请仍旧买扑奏》；五月，参定令文《删修令》；六月，助力阻止重修玉清昭应宫；七月，请罢辅臣所领诸宫观使名；八月，任行尚书吏部侍郎、同中书门下平章事、昭文馆大学士、监修国史（正一品），提议调整夏竦参知政事一职，由陈尧佐易之；九月，吕夷简辄升班次，议者非之；十月，建言诏封过世岳母刘氏为彭城郡夫人。大约是年，测试诸子谁作宰相，认为吕公著必作相。

天圣八年（1030），**吕夷简**52**岁，吕公著**13**岁**。

五月，范仲淹致书，有《上时相议制举书》；六月，上新修宋真宗史一百五十卷，进秩，固辞，范仲淹又作《上吕相公书》（三）；七月，以亲郊，为大礼使，上表请加尊号；十二月，充奉御容礼仪使。

天圣九年（1031），**吕夷简**53**岁，吕公著**14**岁**。

闰十月，帝赐飞白书。是年，刘涣上疏言请太后还政被罚，因其等力谏得免；举荐晁宗悫知制诰。

明道元年（1032），**吕夷简**54**岁，吕公著**15**岁**。

二月，监修国史，上《三朝宝训》三十卷，赐器币，加中书侍郎，皇上生母宸妃李氏薨，因其廷争用宫仗葬之；三月，诏以《天圣编敕》等付崇文院镂版施行，由其等提举管勾；六月，注释御制三宝赞等；八月，兼任修葺大内使；十一月，改门下侍郎、兼吏部尚书；十二月，任恭谢太庙籍田大礼使。吕公著自少讲学，少时的座右铭是"不善加己，直为受之"。

明道二年（1033），**吕夷简**55**岁，吕公著**16**岁**。

正月，上所注御制三宝赞、皇太后发愿文，请赐其子大理丞吕公弼进士出身；二月，上《乞许父老乡民观望籍田礼奏》、上皇太后尊号册文，命撰《籍田记》；三月，因皇太后刘氏卒而兼任山陵使；四月，罢相，判澶州，荐张士逊为相，长子吕公绰出知郑州；十月，复相；十一月，请褒擢刘涣；十二月，劝皇上不要事事皆听览，弹劾李迪自用台官，力主废郭皇后。

景祐元年（1034），**吕夷简**56**岁，吕公著**17**岁**。

正月，五上表，为请听乐，不允；六月，助宰相李迪之子李柬之擢任直集贤院、知邢州；七月，力黜范讽知兖州；大约八、九月间，仁宗病愈，欲食淮白鱼，其妻应允献上；九月，上疏阻止封陈氏为后，诏立皇后曹氏，吕夷简撰曹皇后受封册文；十一月，令与宰臣李迪分撰摄事乐章；十二月，谏官孙沔言事被问责，与其有关。是年，范仲淹撰《上吕相公并呈中丞咨目》，任译经润文使。大约是年，欧阳修代内兄湞投其书，以求引荐。

景祐二年（1035），**吕夷简**57**岁，吕公著**18**岁**。

二月，致力再贬范讽，出手罢相李迪，当月加右仆射，上《乞杀馀哀表》；三月，宋仁宗《宰臣吕夷简等上表请听乐不允诏》；四月，与王曾并任都大管勾铸造大乐编钟，长子吕公绰判吏部南曹；七月，以亲郊，为大礼使；九月，提议编成《中书总例》；十一月，上《景祐体天法道钦文聪武圣神孝德皇帝册文》，任南郊大礼使，封为申国公；十二月，范仲淹权知开封府，与其有关。

景祐三年（1036），**吕夷简**58**岁，吕公著**19**岁**。

正月，三司吏员聚众滋事于吕夷简等府邸前；五月，知开封府范仲淹因言"官人之法"及上《百官图》被贬，欧阳修作《猛虎》讥讽吕夷简，刘平因附吕夷简意改高阳关副总管；七月，参修《景祐乐髓新经》；八月，主持修成睦亲宅；十二月，请编次法音后集、法宝录。大约是年，建言兴办州郡学校；认为文彦博能当宰相，举荐任殿中侍御史。

景祐四年（1037），**吕夷简**59**岁，吕公著**20**岁**。

二月，吕夷简奉册宝，庄惠皇太后上尊溢；四月，以译经使的身份上修定《景祐法宝实录》二十一卷，当月罢相、判许州；十一月，宋祁作《上许州吕相公嗣崧许康诗二首》并书。是年，吕公著与苏颂相识，并可能于年初与鲁氏结婚。

宝元元年（1038），**吕夷简**60**岁，吕公著**21**岁**。

七月，吕夷简请加上尊号；十月，诏戒朋党，与吕夷简有关；十二月，吕夷简改判天雄军。估计，是年吕夷简夫人马氏去世。

宝元二年（1039），**吕夷简**61**岁，吕公著**22**岁**。

吕夷简二月，上《雷简夫除官奏》；五月，以其荐命试，刁约充馆阁校勘；六月，上疏论平叛元昊不当事；八月，梅询借其力而知许州；是秋，作诗句："人归北阙知何日？菊映东篱似去年"；十一月，二子受牵连被罚铜十斤，仁宗下诏抚慰之。大约是年，贬杨景宗为齐州都监。吕公著长子希哲出生。

康定元年（1040），**吕夷简**62**岁，吕公著**23**岁**。

五月任昭文相，请超迁范仲淹，折中坚持并用林瑀、王洙天章阁侍讲。离任大名（判天雄军），民思之，建"吕公亭"。是年，范仲淹多次致书；上《请募勇敢士分营永兴奏》；罢除宦官监军；挽留章得象留任同中书门下平章事、集贤殿大学士；张方平致书，有《上丞相吕许公书》；尹洙作《上吕相公书》（一）；举荐吕渭入高等补官，荐李载知齐州；李师中年十五与其争辩。大约是年，荐傅求擢知宿州。

庆历元年（1041），**吕夷简63岁，吕公著24岁**。

吕夷简三月，赏识张方平所上“平戎十策”，荐韩综充集贤校理；四月，面诘韩周入夏交往，尹洙投书；五月，奏擢任赵珣，贬吴遵路，罢宋庠、叶清臣、郑戬及庠弟祁，谏任中师与任布并用枢密副使；七月以亲郊，命为大礼使；十月，守司空馀如故；十二月，晋封为许国公。大约是年，儒者张球献诗吕夷简；吕公著任大理评事，“谦退如寒素”。

庆历二年（1042），**吕夷简64岁，吕公著25岁**。

五月，从吕夷简之议，建大名府，称北京；七月，力黜任布，兼判枢密院事，富弼等再次出使辽国，发生意外，与其有关；九月，荐杨孜充秘阁校理，罢判枢密院，除兼枢密使；是冬，因感风眩不能朝，仁宗剪髭为药以赐之，帝手诏拜司空、平章军国重事。是年，范仲淹三次致书吕夷简；吕公著登进士第，累迁殿中丞；召试馆职，不就。

庆历三年（1043），**吕夷简65岁，吕公著26岁**。

正月，吕夷简数求罢，上优诏未许；三月，罢相，守司空加恩军国大事与中书门下密院同议，任平章国事之际，就其第议政事；四月，荐夏竦受阻，罢议军国大事，举荐陈尧佐以代；九月，守太尉致仕，欧阳修作《上仁宗论吕夷简仆人受官》。是年，吕夷简考杜甫卒地；荐包拯任监察御史里行；致仕居于郑州，作《郑州浮波亭》；吕公著因父太尉致仕，授太常博士。大约是春，夏竦作《寿州相公启》。大约是年，吕夷简举荐钱明逸。庆历初，张方平撰《上丞相吕许公书》。

庆历四年（1044），**吕夷简66岁，吕公著27岁**。

六月，范仲淹为陕西、河东路宣抚使，过郑州，与吕夷简欢然相得；九月，吕夷简卒，享年六十六岁，赠太师，中书令，谥文靖，宋仁宗尝大书“方正忠良”四字以赐，亲临发哀，计辍朝四日；十一月，范仲淹撰《祭吕相公文》，张方平撰文靖吕公神道碑，吕夷简夫人马氏也祔葬于新郑。是年，吕公著任太常博士；丁父忧。

庆历五年（1045），**吕公著28岁**。

丁父忧。

庆历六年（1046），**吕公著29岁**。

丁父忧。

庆历七年（1047），**吕公著** 30 **岁**。

服除，仍任太常博士。

庆历八年（1048），**吕公著** 31 **岁**。

任太常博士。长子吕希哲 10 岁，“命之坐则坐，不问不得对”。

皇祐元年（1049），**吕公著** 32 **岁**。

任颍州通判（官品从七品上），与欧阳修成“讲学之友”，欧阳修有赠答诗；长子吕希哲从学于焦千之；范仲淹过颍，与欧阳修等与其小聚。吕公著通判颍州时作葵亭，刘敞、王回相从。

皇祐二年（1050），**吕公著** 33 **岁**。

正月，吕公著仍任颍州通判，与欧阳修等分题赋诗得“瘿木壶”；六月改屯田员外郎，同判吏部南曹（官品：从六品上；赐五品服），焦千之随其赴京，欧阳修有送行诗《送焦千之秀才》；此后，任都官员外郎、知单州。

皇祐三年（1051），**吕公著** 34 **岁**。

仍任都官员外郎、知单州。

皇祐四年（1052），**吕公著** 35 **岁**。

仍任都官员外郎、知单州，“单，陋邦也，公以恺悌为政，不严而肃”。

皇祐五年（1053），**吕公著** 36 **岁**。

八月，由都官员外郎、知单州充崇文院检讨，官品为从六品上。

至和元年（1054），**吕公著** 37 **岁**。

任司封员外郎，欧阳修举荐其与王安石任谏官；至和中，书古人诗“好衣不近节士礼，梁谷似怕腹中书”为座右铭。

至和二年（1055），**吕公著** 38 **岁**。

任翰林侍读学士，欧阳修多次致信，并以出使契丹之机，称赞其才学。

嘉祐元年（1056），**吕公著** 39 **岁**。

仍任太常学士。六月，欧阳修致书吕公著；七月，欧阳修借水灾上疏举荐包拯、张瓌、吕公著、王安石四贤。

嘉祐二年（1057），**吕公著** 40 **岁**。

任太常学士、执事。五月，王安石改太常博士、知常州，吕公著“告以四言”。是年，欧阳修致书吕公著。

嘉祐三年（1058），**吕公著** 41 **岁**。

任太常学士、执事。是年，欧阳修致书吕公著。

嘉祐四年（1059），**吕公著** 42 **岁**。

正月，由祠部郎中、崇文院检讨官擢任天章阁侍讲；二月，欧阳修举其自代（给事中）；六、七月，欧阳修致书之；七月，上《议四后庙祫奏》；十二月，上《论濮王在殡乞罢上元燕游奏》。估计是年至六年，上《经传所载逆乱事奏》。

嘉祐五年（1060），**吕公著** 43 **岁**。

仍任天章阁侍讲。五月，常秩为试将作监主簿、颍川州学教授，欧阳修、吕公著等誉之。

嘉祐六年（1061），**吕公著** 44 **岁**。

仍任天章阁侍讲。十一月，上《请罢真宗神御殿役奏》。是年，吕公著称道苏轼制策。

嘉祐七年（1062），**吕公著** 45 **岁**。

三月，由刑部郎中、天章阁侍讲、崇文院检讨改任天章阁待制兼侍讲（从四品，赐三品服）；任天章阁待制、权知审刑院，成效明显受嘉奖，被誉为"文学之臣，副之政事，能率其属，蔽断无留"；八月，同判太常寺兼礼仪事。是年，上《论三圣并侑奏》。

嘉祐八年（1063），**吕公著** 46 **岁**。

仍任天章阁待制兼侍讲，同判太常寺兼礼仪事。正月，上《乞改温成庙为祠殿奏》；七月，吕公著撰《论语讲义（一）》；八月，吕公著上《请日御讲筵奏》；十一月，吕夷简与王曾、曹玮配享仁宗庙庭。是年，与王安石、司马光、韩维并为"嘉祐四友"。为侍从时，吕公著专以荐贤为务。大约是年，王安石作《举吕公著自代状》。

治平元年（1064），**吕公著** 47 **岁**。

任天章阁待制兼侍讲，判国子监，同判太常寺。四月，讲《论语》，撰《乞依礼废罢温成皇后庙祫奏》，司马光论其"科场不用诗赋"，欧阳修于英宗前称其"为人恬静而有文"；五月，命吕公著与邵必编集仁宗御制；八月，上《请日御讲筵奏》；十二月，吕公著建议皇上收回处罚钱公辅之命。是年，举荐程颐为太学正；程颐，辞，撰《谢吕晦叔待制书》。

治平二年（1065），**吕公著** 48 **岁**。

二月，任权发遣户部副使，上《修庆宁宫非急务奏》；六月仍任天章阁待制，认为称濮王为皇伯不妥；九月，参与修成《太常因革礼》；十月，由同判流内铨改任龙图阁直学士兼侍读，编《仁宗御集》一百卷以进；十一月，摄太仆卿、参乘。是年，上《应诏论水灾奏》；吕公著举苏轼试馆职，苏轼简谢。

治平三年（1066），**吕公著** 49 **岁**。

正月，兼判太常寺，上《论回避濮王名讳奏》《论濮安懿王称亲奏》，并为吕诲等论事过当辩解；八月，任龙图阁直学士兼侍讲、崇文院检讨、知蔡州（从三品）；九月，吕公著出知蔡州（今河南汝南）临行前上书英宗举荐程颐。任职蔡州，有“吕蔡州”之誉。是年，韩琦多次请罢相，吕公著“又为言，上亦不听”。大约是年，吕公著嫁女于范祖禹，成婚于颍州。

治平四年（1067），**吕公著** 50 **岁**。

闰三月，改任翰林学士、知通进银台司（正三品），上《论举台官不必校资序奏》；五月，任翰林学士兼侍读，知制诰，并兼首任宝文阁学士，上《王陶不可复召奏》；八月，因吕公著上《乞旌用郝戭奏》，诏郝戭除两使职官；九月，上《司马光举言职不当赐罢奏》《论司马光告敕不由封驳司奏》；十月，宋神宗迩英阁听讲单独留其叙谈，上《乞班在司马光下奏》，撰《除富弼尚书左仆射充观文殿大学士集禧观使制》。是年，撰《赐宰臣韩琦请郡不允诏》，释契嵩赠书《辅教编》。治平末，荐郝戭任奉宁军推官。韩氏兄弟韩绛、韩维与吕公著争扬王安石，安石之名始盛。

熙宁元年（1068），**吕公著** 51 **岁**。

正月，任翰林学士、知通进银台司兼门下封驳事，兼判尚书兵部；二月，出使契丹归来，禀告神宗契丹关注司马光不为御史中丞事；四月，任礼部侍郎、知开封府，谏言取消五月初一上尊号的旧例，并与王安石等言“讲者当赐坐”，上《五月会朝非礼奏》《请坐讲奏》，欧阳修有《与开封府吕内翰公著启》；七月，上《劾王陶奏》《论淫雨地震奏》，为桥道顿递使；八月，上《设首免之科为开改恶之路奏》。是年，吕公著举荐周敦颐。

熙宁二年（1069），**吕公著** 52 **岁**。

二月，孙固建言吕公著与司马光、韩维可为贤相，吕公著上《乞罢提举官吏及住散青苗钱奏》；三月，兼任流内诠，验选人身；五月，上《论除监司条制奏》《答诏论学校贡举之法奏》，知开封府，欧阳修致书予以勉励，吕公著荐李琮知阳武县；六月，举荐常秩入台阁，任御史中丞（正三品）；七月，因吕公著言，著作佐郎、新知衡州衡阳县章辟光降湖南路监当；八月，上《监张靖薛向对论事奏》《文臣磨勘转官不当比类施行奏》，推荐程颢、王子韶、谢景福为监察御史里行；九月，举谢景温及秘书丞侯叔献充御史；十月，上《乞罢制置三司条例司奏（一）（二）》《论推择太精群材难进奏》《论臧否人物宜谨密奏》；十一月，举邢恕、张载任崇文院校书。是年，上《乞招罢正兵益讲民兵府卫之法奏》《乞致仕官给四分俸钱奏》《乞宽假长民之官奏》，富弼作《吕文穆公蒙正神道碑》。任职御史中丞期间，吕公著仍好佛；夺刘攽判尚书考功；荐张戬为御史；评价王安石“外示朴野，中藏巧诈”。

熙宁初，欧阳修、吕公著举荐毕仲衍。

熙宁三年（1070），53 岁。

正月，权知贡举；二月上《再论青苗钱奏》；三月言青苗事不便，御史程颢等被指专附吕公著而迁职，上《论不宜轻失人心奏》《论新法乞外任奏》《乞罢提举常平仓官吏奏》《论青苗奏》；大约是春，建言王广渊“还故官”；四月，因极言新法不当行而罢御史中丞（正三品），贬知颍州，宋敏求以草吕公著责词而忤王安石求罢，司马光上奏折为其罢知颍州辩解，王子韶乞召还吕公著被贬，陈襄上《论李常侍罪不报及吕公著落职札子》；五月，刑恕因属其门客，罢试知县；八月，欧阳修由青州赴蔡州任，经颍州与之小聚；十一月、十二月，欧阳修多次致书。是年，上《论江西重折苗钱奏》，著《五州录》。

熙宁四年（1071），**吕公著** 54 **岁**。

三月，欧阳修致书；七月，御史台官员宋飞卿、孙奕、赵全因曾受吕公著举荐而离职，欧阳修致仕后抵达颍州，与吕公著有诗答和及书信往来；九月，复兼宝文阁学士。是冬，曾巩致欧阳修书，附寄吕公著《为人后议》，欧氏颇为赞叹。

熙宁五年（1072），**吕公著** 55 **岁**。

二月，欧阳修致书；三月，欧阳修房舍扩建告竣，吕公著应邀光临；是春赵槩自南京来颍州访欧阳修，其置酒于堂宴二公，因名其堂“会老堂”；闰七月，判太常寺，并未回京就任；是秋，吕公著退居于陈，苏辙从公著游；八月，提举崇福宫提举崇福宫。熙宁中，一寺僧开堂，吕公著约富弼同往，司马光、邵雍止之。

熙宁六年（1073），**吕公著** 56 **岁**。

为官洛阳，提举崇福宫。与富弼、司马光等为邵雍置“安乐窝”。妻子鲁氏卒。邵雍称富弼、吕公著、司马光、程颢为“四贤”。

熙宁七年（1074），**吕公著** 57 **岁**。

为官洛阳，提举崇福宫。与程颐等交友。

熙宁八年（1075），**吕公著 58 岁**。

为官洛阳，提举崇福宫。是春，因杨郎中新居，吕公著作诗二首；十月，程颐撰《代吕公著应诏上神宗皇帝书》；十一月，枢密直学士陈襄举荐吕公著等人。

熙宁九年（1076），**吕公著 59 岁**。

为官洛阳，提举崇福宫。与司马光等凝聚洛阳忠厚之风。吕公著与洛阳主簿陆刚叔有赠诗。

熙宁十年（1077），**吕公著 60 岁**。

二月，以吴充举荐，知河阳，程颢作诗《送吕晦叔赴河阳》；知河阳期间，请宽下户输钱者，有政绩；自河阳回京任职，百姓相庆；十月，掌管中太一宫；十一月，上《乞广收人才奏》。

元丰元年（1078），**吕公著 61 岁**。

正月，撰《慈圣光献皇后谥册文》；闰正月，任翰林侍读学士、宝文阁学士、提举中太一宫兼端明殿学士、知审官西院（正三品）；三月，与皇帝论治体；七月，上《数起诏狱群下震恐奏》《乞增馆阁之选奏》，并入对，深得皇帝嘉许；九月，上《肉刑不可复奏》，与薛向并同知枢密院事（正二品），富弼祝贺，司马光却不敢致书。是年，吕公著上《乞选用前日议论之人不终遗弃奏》；司马光写诗《去春与景仁同至河阳谒晦叔馆于府之后园既去晦叔名其馆曰礼贤得作诗以纪其事光虽愧其名亦作诗以继之》，抒怀去年河阳之行。

元丰二年（1079），**吕公著 62 岁**。

任同知枢密院事（正二品）。正月，吕公著赞同薛向的观点，不优进韩存宝官秩；十月，受命上慈圣光献太皇太后尊溢册文。是年，与冯京（当世）、孙固（和甫）、薛向（师正）同在枢府，三人屡于上前争论，吕公著因语简而当，上常纳之。

元丰三年（1080），**吕公著 63 岁**。

尚书户部侍郎、同知枢密院事；三月，上欲以曹佾为正中书令，吕公著上疏阻之；四月，基于陈世儒狱事已解，吕公著复归西府；九月，吕公著任正议大夫、枢密副使、权发遣宣徽院。是年，因吕公著任枢密副使，苏轼有贺启。

元丰四年（1081），**吕公著 64 岁**。

正月，吕公著与韩缜并同知枢密院；六月，议西讨之事，因缺主帅，主张暂停。

元丰五年（1082），**吕公著 65 岁**。

四月，任光禄大夫、资政殿学士、知定州；五月，上《定州谢上表》；十月，拓疆惨败，宋神宗后悔不听吕公著的谏言。吕公著知定州时，称王严叟为“古良吏”。

元丰六年（1083），**吕公著**66**岁**。

六月，上《契丹宜静镇奏》《请专以旧弓箭手从事奏》；八月，上《再行市丝民将受害奏》《乞敕措置糴便司广糴白米奏》；十月，因违法差禁军防送罪人，降一官；十一月，改知扬州。

元丰七年（1084），**吕公著**67**岁**。

正月，请觐，兼任资政殿大学士；二月，徐积写诗送行；八月中秋节，扬州所辖甘泉县云山阁落成，吕公著宴客其上，秦观即席赋诗；十月，苏东坡前来探望；十一月，复光禄大夫；十二月，拟定与司马光共为师保。

元丰八年（1085），**吕公著**68**岁**。

三月，哲宗登基，与文彦博、张方平等受赏赐；四月，任资政殿大学士兼侍读，王安石欲到扬州相见，因将赴京就职未果，苏轼在扬州晤吕公著，代作论治道二首；五月，秦观投书，诏令回京，提举中太一宫兼集禧观公事，邹浩写有《诗送晦叔先生》，徐积写诗《送晦叔》送行，太皇太后派宦官出迎；六月，上奏十事等，司马光有《看阅吕公著所陈札子》，高皇后《谕吕公著札子》，上奏王安石变法之弊端，上《荐孙觉范纯仁等奏》，举荐孙觉、范纯仁、李常、刘挚、苏辙、王严叟等，又上《乞选置台谏罢御史察案奏》《论更张新法当须有术奏》；七月，任尚书左丞，上《乞三省事同上奏禀奏》；八月，苏辙以承议郎为秘书省校书郎，得益于吕公著、司马光等举荐；九月，与司马光同举程颐，欲复引邢恕为中书舍人；十月，建言“监察御史兼言事，殿中侍御史兼察事”；十一月，举荐程颐为汝州团练推官、充西京国子监教授；十二月，与范纯仁荐王觌擢右正言。是年，上《实录许令纪实以信后世奏》；韩琦评价司马光与吕公著入用，“才偏规模小”。

元祐元年（1086），**吕公著**69**岁**。

正月，与司马光等荐黄廉任户部郎中，司马光书《与吕晦叔简（一）》，因病托国事与之；二月，上《请选差近臣详定役法奏（一）》《请选差近臣详定役法奏（二）》；闰二月，任门下侍郎（正二品），荐范纯仁任同知枢密院；四月，王安石卒，司马光、吕公著得知后予以妥善安排；五月，任尚书右仆射兼中书侍郎（正一品），邓润甫撰册文，刘弇代贺，滕元发贺；七月，上《熙河不可与西夏奏》；九月，司马光卒，献挽词云："漏残余一榻，曾不为黄金。"；十月，提举修《神宗皇帝实录》；十一月，举荐尚书右丞吕大防为中书侍郎，御史中丞刘挚为尚书右丞。

元祐二年（1087），**吕公著**70**岁**。

正月，因苏轼策题引发风波，建议令苏轼、傅尧俞、王岩叟、朱光庭速依旧供职，吕公著任景灵宫奉安神宗皇帝御容礼仪使；二月，受命撰太皇太后册文，荐孔文仲为集贤校理；三月，诏摄事酌献礼；四月，请复制科，奏免苏颂尚书右丞；五月，王岩叟、傅尧俞等论张舜民不当罢御史，吕公著后来"折中"解决"罪言者之失"，并上《王岩叟可除直龙图阁知藩郡奏》；七月，致力外放张商英，与吕大防建言皇帝改变对韩维的不公处理，上《荐孙固苏颂等奏》；八月，论谏官之道；九月，诏对其今后凡有失仪、无得弹奏，撰《与文彦博等书》；十月，赐生日礼物口宣、生日诏；十一月，与吕大防、刘挚、王存同上《驳孔文仲论朱光庭除太常少卿不当奏》。任尚书右仆射兼中书侍郎，正一品。

元祐三年（1088），71 **岁**。

二月，多次上《积雪久阴乞从罢黜奏》，苏轼建议皇上询问其等人，权衡差役法利弊；四月，拜司空、同平章军国事，刘弇、秦观等致贺；五月，诏三省、枢密院以军国事目当关吕公著者定为令，荐欧阳棐任集贤校理引争议；八月，言官列其子孙"官场图"；十一月，言官认为其因胡宗愈之事有欺君之罪；是年，令一切听募，民情大悦。

元祐四年（1089），**吕公著**72**岁**。

正月，上《黄河北徙不可复还奏》；二月，逝世，时任司空、同平章军国事，赠太师、申国公，溢正献，范纯夫为吕公著去世草遗表，宋哲宗临奠、辍朝三日，女婿范祖禹撰《祭吕正献公文》、代上遗表、代上太皇太后遗表，毕仲游撰《祭司空吕申公文》，晁补之撰《阁馆祭吕申公文》，苏颂、范纯仁、杨杰、刘挚、陆佃、苏辙等献挽辞；二三月间，吕公著之妻鲁氏被追封为国夫人；五月，范祖禹又撰祭正献公文，并《祭申国夫人文》。是年，吕公著葬于新郑，吕大防为其撰《神道碑》。

［附言：2018 年是吕公著（1018—1089）的千年华诞。谨以此文，献之。］

淮河第一峡及其旅游资源开发利用研究

李晓东　陈传万　孙友虎

一、淮河第一峡概况

淮河第一峡——硖山口位于淮河中游，安徽省淮南市凤台县，102 省道或淮河乘船可达。距市中心约 30 公里。硖山口两旁小山幽旷，淮水环回。滔滔淮水东流，遇八公山阻挡，在此折回倒流，将硖石劈为两半，夺路而下，形成硖山口。硖山口古称硖石口，相传乃古时大禹为导水入海横断八公山支脉而劈就，两岸峭壁耸峙，硖间水流湍急，蔚为大观，实乃胜游的佳境。又是古代据险屯兵之地“淮上津要”，是淝水之战古战场之一。

据硖山口出土的文物表明，早在新石器时期，硖山口就有先民居住。历史上硖山口之山上山下，在人口最繁盛的时期，曾筑有 4 城，今已全废，只在山之西北隅尚可寻得点滴踪迹。

硖石口是淮河游览胜境。登临硖石，寻访禹王旧迹，观看淮水碧波，置身淮上仙境，目睹“硖石晴岚”，风帆沙鸥，岸柳轻拂。硖石口分东硖石和西硖石。东硖石紧依三峰山，魏然屹立。西硖石以前为禹王山下一个悬崖，现已辟成小岛，中流砥柱，岛影如鼋，更为壮观。淮水沿八公山西南麓，浩浩而来，在此陡然向东折去，浩荡入海。站立淮水之滨，仰观石壁，却似斧削。在东南崖壁上，宋咸淳年间寿阳夏松题《筑城记》尚可辨认。硖石山岛上，立一凉亭，是清代复建的“慰农亭”，俗称“禹王亭”，亭西一株古皂角树，是硖石景点的象征。

二、淮河第一峡的历史记载

古往今来，无数征战，硖山口一直是据险屯兵之处。《水经注》云：“淮水又北经山硖中，谓之硖石，对岸山上结二城，以防津要。”

《名胜志》引《郡国志》云：“硖石山两岸相对，淮水经其中，对岸山上筑二城，以防津要。”硖石山在古代征战中，一直是据险屯兵之地，被兵家称为“长淮津要”。

《三国志·魏志》：“甘露元年（公元256年），诸葛诞据寿春，王昶军硖石。”在著名的淝水之战中，这里曾是东晋军队抵御前秦军队前沿的重要据点。

《资治通鉴》载：“（太元八年）冬十月，秦阳平公符融等攻寿阳，癸酉克之，执（晋）平虏将军徐元喜等。融以其参军、河南郭褒为淮南太守。慕容垂拔郧城。胡彬闻寿阳陷，退保硖石，融进攻之。”南北朝时，淮河为南北交战的界河，硖山口在军事上的作用，更为突出。如梁、魏大战于此地，梁将尹明世屯据东硖石，大将祖悦袭击魏西硖石守军。陈太建五年，遣大将吴明彻等率兵伐北齐，部队直抵西硖石，东硖石北齐守军不战自败。

站立淮水之滨，仰观石壁，却似斧削。旧传上面刻有禹书蝌蚪文，现已不见，但东南崖壁上，宋咸淳年间寿阳夏松题《筑城记》尚可辨认。当时，夏松是寿阳府的都统，在元兵大举压境之时，持同仇敌忾、光复故土之志，确实是难能可贵。

《元和志》：“硖石山在下蔡（今凤台县城）西南……对岸山上筑二城以防津要，本此为说，又云硖石城。魏诸葛诞反，王昶据硖石以逼诞。……今考：梁尹明世屯东硖石，又，赵祖悦袭魏西硖石，尤两岸上结城之初证。至陈，吴明撤军至硖石，克北（实际为西）岸城，南（实际为东）岸守者弃城走——乃东西变言南北耳……”

宋代，东、西硖石共有四座古城堡。《凤台县志》载：“硖石山古有四城，一在东硖石顶一在西硖石顶，俗名城子，现硖山西北角尚有遗址。此两城即在禹王山腰，山下逼淝水（西淝河），故城自山腰起，一在长山北麓，连同四城，相距不及五里。”历经沧桑四城仅存遗址，唯禹王山下的村落中，依稀可见旧宅古墙，尚留古风。

“长淮如练楚山青，禹凿招提甲画屏。数崦林梦攒野色，一崖楼阁贮天形。灯惊独鸟回晴坞，风送遥帆落晚灯。不会科头无事者，几人能老此禅局。”这首咏淮风物佳作是北宋诗人林逋游凤台硖山口及硖石寺时所作。

“浩荡平波欲接天，天光波色远相连。凤鸣两浆初离浦，岸转青山忽对船。泽国秋高添气象，人家南去好风烟。步兵何必江东走，自有鲈鱼不值钱。”宋代著名诗人张耒在游硖山口时，作《将至寿州初见淮山二首》。为何感叹“自有鲈鱼不值钱”？原来，硖山口还以盛产“回王鱼”而闻名于九州。“回王鱼”又称“淮王鱼”，史载，西汉时，有人把这种鱼献给淮南王刘安，刘安取名日“回黄”，并常在宴客之时称道此鱼味美可口，无鱼能比。

三、淮河第一峡的重要景点和资源

1. *慰农亭*

淮河第一峡西硖石顶有一数丈见方的平台，上有凉亭，即慰农亭，亭重建于清光绪丁丑年间，方形瓦顶，石柱飞檐，亭柱上刻有西蜀籍知县颜海扬手书对联“选胜值公馀，看淮水安澜，硖山拱秀；系怀在民隐，愿春耕恒足，秋稼丰登”。亭西有一颗大皂荚树，虬枝横空，皮干浑如黑铁，奇巧苍劲，与慰农亭成为此地标志性景点。现已辟成孤岛，闲亭古树，映缀水间，岛影如鼋，更添了诗情画意。

2. *摩崖石刻《筑城记》*

位于西硖石南端峭壁上，高 6.2 尺，宽 4.4 尺，字若碗口，模糊不清。南宋度宗淳熙十年（1274 年），元世祖忽必烈率兵南下，南宋“朝廷以银二万两命寿春措置边防”，寿阳都统存松奉命筑硖石城，城成，夏松《筑城记》刻于崖上。《筑城记》全文：“硖石两岸对峙，旧立二城，以为长淮津要。去腊已城筑东岸，西岸犹榛芜荆棘。今负，松驰檄总统舟师，攻剿正阳虎巢，给假秋，奉阃命创筑，同都统孙位，都统彭宗位，都统孙应武，率步将士，协力用工，不一月城成，以复版图之旧。咸淳甲戌仲秋朔日，寿阳夏松题石。”这 101 个苍劲有力的大字刻于南宋，是寿阳都统夏松率部抗击元兵的明证。这篇《筑城记》是淮河上唯一的一处摩崖石刻，它不仅是硖山口历史的见证，也是一篇战斗檄文，一首壮丽的爱国主义赞歌。

3. *凤凰台*

西硖石脚下东南角，于枯水季节，可见乱石挺立，中有一高大之塔形者，名“凤凰台”。每当夏季洪峰到来时，惊涛拍岸，轰讯如雷。这时如登临块石，观其势，闻其声，惊心动魄。

4. *硖石晴岚*

东块石是由浅红、淡绿、姜黄等各色风化石堆脚而成。当红日西斜，阳光洒在石上，宛如镶金，古称“紫金叠翠”，与那芳草绿树相映生辉。这就是凤台八景之一“硖石晴岚”。

5. 禹王庙

大禹率民治水的遗迹，至今在淮河三峡附近还可找到多处。在硖山口拓宽之前，峭壁之上还有禹王庙，每年三月初三和九月初九，附近的乡民总会来此祭奠，香火缭绕。

6. 淮王鱼

淮王鱼是生活在硖山口深水石罅中的一种鮰科鱼类，历来繁盛，并且烹制简便，味道鲜美，营养丰富，据传因淮南王刘安喜食而被后人名之曰“淮王鱼”。据水产专家研究，此鱼非有硖山口之异境而不能生存、繁殖，为世所罕有。然而，因淮河污染和人为滥捕，现已濒临灭绝。为拯救这一世所罕见的淮河名贵鱼种，当地人广为收购渔人从深水中捕捉上来的淮王鱼放入自己的塘中悉心养护，并与当地名贵鱼种江黄颡杂交培育出新鱼种——凤淮鱼。

四、淮河第一峡旅游资源开发利用

硖山口具有巨大的开发潜力和广阔前景。为使其旅游资源得到更充分的开发和永续利用，取得更佳的社会经济和生态效益，有必要对硖山口旅游资源进行开发和利用。

1. 贯彻大景区理念，获得规模效益

在旅游市场竞争相当激烈的当下，旅游区的对外知名度和整体形象至关重要。旅游资源在形成和分布上一般具有范围广和突破行政区划的特点，因此在景区开发利用上应注意因势利导，将八公山国家地质公园、寿唐关、黑龙潭、茅仙洞等对外具有一定影响力的景点与硖山口连片系统开发利用。通过建设大景区，打造凤台整体形象，提高景区知名度，使硖山口景区迅速上层次、上规模、上等级，增强旅游吸引力，扩大市场份额，取得规模效益。

2. 多侧面多层次进行综合开发和配套建设

旅游是一种综合性很强的活动，多样性和独特性相结合是旅游资源开发利用的一条重要原则。在风景旅游区，如果仅仅只有一处瀑布、一座山峰、一个溶洞或几株古树，那么旅游者仅能观赏到一种单一的产品，可供游览观赏的时间太短，只能一瞥而过，影响旅游开发价值。所以应当以一种独特的旅游资源为主，扩展外延，多侧面多层次地进行综合开发和配套建设，开辟多种相关观赏游乐项目，使其发挥多方面的旅游功能，以适应现代旅游不同层面的游客需要。这样旅游社会效益和经济效益必将成倍增长。

3. 充分挖掘硖石文化内涵，丰富和深化旅游资源生命力

文化内涵是旅游资源的灵魂所在，越是文化内涵丰厚的旅游资源越具有生命力和开发价值。丰富的旅游资源是旅游业持续发展和兴旺发达的关键，其文化内涵应以其历史、科学、文学、宗教、美学等为基础内容。对于硖山口旅游资源来说，应充分挖掘其旅游潜能，系统开发包含山水美学、山水科学以及山水附会文化在内的各种文化，应以其产生、发展、变迁等内容为主，并多种渠道、多种手段、多种形式、多种内容地反映其文化内涵，丰富和深化硖山口旅游资源的生命力。应充分挖掘硖山口旅游资源文化内涵，促进硖山口旅游资源开发、发展更上一层楼。只有将科学和艺术巧妙结合，将文化知识寓于旅游娱乐之中，硖石文化魅力才会无限。

4. 挖掘特有旅游资源，突出“第一峡”的优越性

特色是风景旅游资源开发利用的前提，有特色才能有吸引力和竞争力。旅游资源贵在稀有，其质量在很大程度上取决于与众不同的独特性。在对旅游资源开发利用中，要尽可能保护自然和历史形成的原始风貌。开发者要以市场的价值观念看待开发后的吸引力问题，而不能主观臆断。要尽量反映旅游资源历史风貌，不能以现代的建筑材料和建筑风格取而代之。尽量挖掘特有的旅游资源，以突出自己的优越性，即所谓“人无我有，人有我佳”。硖山口可以将“淮河第一峡”作为其特色，进行打造和宣传，以确保其吸引力和竞争力。

5. 山水风景与人文胜迹有机整合

风景名胜资源是指能够引起人们进行审美与游览活动，可以作为开发利用的自然资源的总称。风景名胜资源包括自然风景名胜资源和人文风景名胜资源两大类。我国的风景名胜区按其景物的观赏、文化、科学价值和环境质量、规模大小、游览条件等，划分为三级，即国家级重点风景名胜区、省级风景名胜区、市(县) 级风景名胜区。风景名胜资源大都具有自然风景名胜，又有宝贵的历史文化遗产和独特的地方、民族文化风情。山水风景与人文胜迹有机整合是风景名胜区的共同特色。因此，在硖山口风景旅游资源开发和建设中应重视自然景观与人文景观的有机整合，增强景区魅力，提高文化内涵，塑造高品位的旅游形象。

6. 完善旅游设施和服务，大力发展乡村休闲全域旅游

李克强总理在 2017 年政府工作报告中明确提出，要完善旅游设施和服务，大力发展乡村休闲全域旅游。这充分表明国家高度重视旅游业发展，体现了对旅游业在国家经济社会发展中发挥独特优势的期望，为旅游业发展提供更大的空间和

更多的机遇。在共享经济的带动下，旅游跨区域、跨行业融合发展的趋势将日益明显，定制化、个性化、体验化、精品化的旅游产品将日渐受到青睐。公寓租赁、客栈民宿、精品酒店等非传统、非标准的住宿将成为引领旅游业发展的新兴业态。硖山口旅游基础设施需要加强提升旅游交通、集散体系建设、智慧旅游建设、标识系统建设、环卫设施配套、产业融合发展等，积极发展旅游商贸，增强旅游商品竞争力，强化旅游对商品制造业、文化创意产业的带动。培养和建立适应游客需求的餐饮业，注重差异化发展、打造硖山口旅游餐饮业的特色化、品牌化、精细化，增加餐饮业服务的附加值。促进旅游产业结构的优化调整，全面提高旅游经济效益。

7. 加强全域顶层设计，推进机制体制创新

国家旅游局日前发布的《全域旅游示范区创建工作导则》提出，加强规划工作，做好全域旅游顶层设计。全域旅游是我国旅游产业发展的重大战略导向，是一个全新的概念。硖山口全域布局以核心景区为旅游增长极，确立慰农亭、摩崖石刻、禹王庙等为片域旅游发展增长极。通过极点形成区域旅游服务基地，由主要交通道路、旅游道路构成网络，整合与周边环境、文化关联度、生态休闲景观组群的关系，实现由点到面的突破。邀请旅游专家和其他方面专家、部门共同编制旅游规划。

8. 优化环境，永续利用

开发旅游资源的目的是为了美化景观，促进人类与环境有机整合，使大自然和文化继承更好地为人民生活服务，为旅游事业服务，并做到永续利用。景区内游览道路的修筑，应尽量就地取材，道路两侧加以绿化，裸露土层要加以植被覆盖，人造景观必须符合旅游区主题，与自然景观相协调，建筑造型、风格、色彩、布局等都应与旅游景观和谐。人工景观不应喧宾夺主，不能破坏旅游景观整体美感。必须重视开发与保护结合，做到统一规划，科学布局，划定多层次的保护范围。为防止旅游开发过程中的功利性、破坏性，把握好当前旅游开发的合理程度，旅游开发规划中应注意制定开发与保护细则。规划建设中应充分发挥生态系统结构的严密性和生态功能积极性特征，作为载体的景观资源应该协调有序，使旅游资源开发中创造的旅游环境是人类所有环境中最协调、最有序、最优雅、最科学、最舒畅的组成部分。

参考文献

[1] 孙友虎．淮河第一峡治水史研究［J］．安徽科技学院学报，2017，3.

[2] 张雷．长淮津要硖山口［J］．水利天地，1997，1.

[3] 郁从宝．游硖山口记［J］．小康生活，2005，11.

[4] 郁从宝．游硖山口记并诗［J］．小康生活，2005，12.

[5] 徐肃修．硖山口［J］．江淮论坛，1982，12.

[6] 陈文君．山水风景旅游资源开发利用研究［J］．干旱区地理，1997，3.

(此为凤台县信息产业中心与安徽科技学院合作项目阶段性成果之一；获2018年度安徽省高校社科联“三项课题”研究成果优秀奖。李晓东、陈传万分别为安徽科技学院人文学院副院长、院长，孙友虎为凤台县信息产业中心主任)

大“名”凤台

孙友虎

龙、凤，一在渊，一在天，构成中国两大吉祥元素，而凤则更具有祥瑞特质。中国凤文化底蕴深厚，或栖或集皆有说法。以凤台命名的，有山，有台，有地标，有名号，有街道，有城门，有县，有报等，颇为大观。今梳理之，以窥凤台之底蕴。

一、山名凤台

1. **洛阳凤台山**。洛阳凤台山，得名于北宋，因建皇帝陵园于訾山，遂改訾山为凤台山。《续资治通鉴长编》卷一百十天圣九年三月甲寅条载，“甲寅，奉安太祖、太宗、真宗御容于西京凤台山会圣宫。”《宋会要辑稿·礼五·祠宫观》“凤台山宫”条载，“天圣八年正月，差内侍张怀恩就永安县訾王山置宫。九年润十一月十五日，宫成，诏遣三司使晏殊、上御药供奉罗崇勋、江德用自京迎太祖、太宗、真宗圣像至宫奉安，仍改訾山为凤台山。治平三年九月二日，龙图阁直学士李柬之相度仁宗神御殿，乞免凤台村户绝地土租税。”（2册，第563页）《明一统志》卷二十九《河南府·山川》：“凤台山：在偃师县东二十里，昔有凰集，筑台因名。”

2. **南京凤台山**。相传南北朝时期称为“凤凰里”，也称凤凰台，因唐代诗人李白“凤凰台上凤凰游”而出名。大约北宋始称“凤台山”，见于《太平寰宇记》。《太平寰宇记》卷十九“江宁县”条目载，“江宁县……光启三年，复为升徒县，于凤台山西南一里。”其中，“凤台山，在县北一里，周廻连三井，冈逶迤至死马涧，宋元嘉十六年有三鸟翔集此山，状如孔雀，文彩五色，音声谐和，众鸟群集，仍置凤台里起台于山，号为凤台山。”《太平寰宇记》卷十九“上元县”

条目载，“润州光启三年复为升州，领上元一县，元治凤台山西南。”《方舆胜览》“引用文集目录”条载，有“李白凤台山（新增）”、“宋齐丘凤台山（新增）”。《方舆胜览》卷十四《江东路·健康府》：“凤台山，在城南保宁寺也。宋元嘉中，凤凰集于是山，乃筑台山以旌嘉瑞。唐李白诗：置酒延落星，金陵凤凰台。……宋齐丘诗：嵯峨厌洪泉……”《六朝事迹编类》卷下《山冈门》：“凤台山，宋元嘉中，凤凰集于是山，乃筑台于山椒，以旌嘉瑞。在府城西南二里，今保宁寺是也。”《明一统志》卷六《应天府》：“凤台山，在府南，刘宋元嘉中有凤凰集此山，因筑台其上，故名。”《景定建康志》卷四十三《第宅》：“孙晟宅，在凤台山西。”《钦定历代职官表》卷四十载，“又考吴都赋，数军实乎？桂林之苑注吴有桂林苑。南朝宫苑记：桂林苑在落星山之阳，南苑在台城南凤台山。然则吴又有桂林苑南苑之名，当时必有苑官，今不可考矣。”

3. **安徽凤台山**。一在庐江。《大清一统志》卷八十五《庐州府》：“凤台山：在庐江县东南十里五峰排列中，高如台。其旁子山，世传出铜，曰铜坑。北三十五里亦有铜坑，山下则出铁。今俱无。”《江南通志》卷十七《山川》：“凤台山，在庐江县东南十里五峰排列中，高如台。昔传凤集其上，故名。”《苏平仲文集》卷八《松石斋记》：“此陈君子仁松石斋之所以作也。君，合肥人，隐居黄陂湖、凤台山之间。”黄陂湖、凤台山均在庐江县。二在和县。和县鸡笼山，旧名亭山、历山，又名凤台山。

4. **壶关凤台山**。《大清一统志》卷一百三《潞安府》：“凤台山：在壶关县东南去紫山二十里，旁有翠微洞，洞前有白云潭，洞口仅容一人，土人云直透太行山外数百里。”

5. **江西新喻凤台山**。《江西通志》卷一百十《邱墓·临江府》：“侍郎傅翰墓，在新喻凤台山。”

6. **四川凤台山**。《四川通志》载，四川西充县、峨眉县、资阳县均有凤台山。《四川通志》卷二十四《山川》：“凤台山：在（西充）县西山顶，方正如台，因名。”《四川通志》卷二十五《山川》：峨眉县、嘉定州“凤台山：在龙门之侧。”《四川通志》卷二十五《山川》：资阳县“凤台山：在县西二里，形如飞凤。”

7. **陕西麟游凤台山**。《关中胜迹图志》卷十六《名山》：“鸣凤山，在麟游县西五里。一统志：与天台山相对，小石孤立，状如岛屿，相传尝有凤凰鸣其上，亦名凤台山。”

8. **遵化州凤台山**。康熙二年封凤台山为昌瑞山。《皇朝文献通考》卷一百五十一《王礼考·山陵》:“世祖章皇帝陵曰:孝陵。孝康章皇后、端敬皇后合葬在遵化州西北七十里昌瑞山,本名丰台岭,亦曰凤台山。山脉自太行山来,重冈叠阜,凤翥龙蟠,嵯峨数百仞,前有金星峰,后有分水岭……”并载,“康熙二年封凤台山为昌瑞山,设位。”

9. **宜黄凤台山**。《记纂渊海》卷十一《郡县部·江南西路》:“凤台山,在宜黄。”

二、地名凤台

1. **甘肃临洮岳麓山凤台**。相传为老子飞升之所,以凤凰来降得名,亦称超然台(岳超群、刘勇《老子飞升之地的千古余韵》2011 年 5 月 26 日《兰州晨报》)。明代李弼《超然台》诗有云:“此台曾以凤凰名,至今凤去台益旷。老君曾此炼金丹,遁老于斯排仙杖。”点明老子在此隐居和飞升。《甘肃通志》卷二十二《古迹》:“超然台,在(临洮)府东一里,本名凤台,宋熙宁中蒋之奇改名,明嘉靖三十年杨继盛改建超然书院于其上。”

2. **北齐都城凤台**。《北齐书》卷五《废帝》:“文宣登凤台,召太子使手刃囚,太子恻然有难色,再三不断其首。”《北齐书卷五考证》:“废帝纪文宣登凤台,《北史》作金凤台。”注:《北史》卷七,亦载。

3. **山西凤台县宿凤台**。《大清一统志》卷一百七《泽州府》:“宿凤台:在凤台县北四十里李村,相传晋城始元年有凤鸟集于高都之北,即此。”

4. **新乐县栖凤台**。《畿辅通志》卷五十四《古迹》:“栖凤台:在新乐县西十五里,相传有凤凰栖于此。”

5. **归州双凤台**。《大清一统志》卷二百七十三《宜昌府》:“双凤台:在归州南,《名胜志》:宋邑宰邓惟清生二子,后俱参知政事,因建台美之。”

6. **海阳县凤台**。《大清一统志》卷三百四十四《潮州府》:“凤台:在海阳县内金山,相传昔有凤凰翔集台上,故名。”《广东通志》卷十一《山川志》:(潮州府海阳县)山金山有“……仙游洞、凤台诸胜”。

7. **江宁县凤台冈**。《江南通志》卷三十七《祠墓》:“尚书童轩墓,在江宁县凤台冈。”

8. **进贤县凤台**。《江西通志》卷七《山川·南昌府》:“三台山,在进贤县儒学前,一曰凤台,一曰鸾台,一曰鹤台,下瞯常河九曲。”

9. **商河县凤台**。《山东通志》卷九《古迹志》:“凤台,在(商河)县东南三

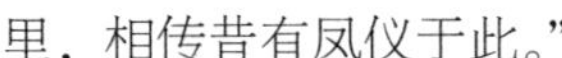

里，相传昔有凤仪于此。”

10. **巨野县凤台**。《山东通志》卷九《古迹志》：“凤台，在（巨野）县北门外里许，相传春秋时有凤仪于此，因以名台。”

11. **遂宁县凤台**。《四川通志》卷二十七《古迹》：遂宁县“凤台：旧志杨升庵集载唐学士元庭坚左迁遂州参军，郊居读书，见有人身鸟首而诣者曰：‘吾众鸟之主也，闻君好音律，故来见。’因留数日，庭坚得其教为著韵英焉，今铺头其遗迹也。”［明］杨慎《升庵集》卷四十四《凤台铺》：“唐学士元庭坚左迁遂州参军……今遂宁凤台铺，其遗迹也。”

12. **襄阳凤台驿**。《事实类苑》卷四十九《轨策》：“李璋，太尉罢，郢州人，入朝至襄阳，疾病止驿舍，两月余，璋尝命蜀人费孝先作轨策卦影，先画一凤止于林，上有关焉；又画一凤立于台；又画衣紫而哭者五人，盖襄州南数里有凤林关，传舍名凤台驿，始璋以二子侍行三子守官于外，闻璋病甚，悉来奔视至之，翊日璋乃卒，果临丧者五人。（见倦游集录）”《太平广记》卷六十二《蔡女仙》：“蔡女仙，襄阳人也。……关南山侧有凤台。于其宅置静贞观，有女仙像存焉。”

13. **蕲州黄梅县凤台**。袁燮《洁宅集》卷二十《亡弟木叔墓志铭》：“举特恩，授迪功郎、蕲州黄梅县尉……时开禧二年冬也。莅职总月余，旁郡被兵，邑人惊扰，木叔以身任之。……而又创营房，置军械库，舍北有凤台，筑亭其上，名曰览辉宣献楼，公为赋诗焉。”

三、人名凤台

1. **《布粟集》作者号凤台**。《钦定四库全书总目》卷一百三十二《布粟集》八卷（浙江范懋柱家，天一阁藏本）：“不著撰人名氏，但自题曰‘布粟子’，又自题其号曰‘凤台’，不知何许人也。其书採管子至郁离子凡八十余家，各摘数语，自序称：‘虽不足于连篇大观，然终身玩之愈觉有余味，故曰布粟。’然诠次殊无意义，盖欲仿马总意林而不及其去取之精也。”

2. **佘翔号凤台**。《钦定四库全书总目》卷一百七十二：“《辟荔园集》四卷，明佘翔撰。翔，字宗汉，号凤台，莆田人，嘉靖戊午举人，官全椒县知县，与巡按御史抵牾，投劾弃官去，放游山水，以终其诗，以雄丽高峭为宗，声调气格颇近七子，故王世贞赠诗云：‘十八娘红产荔枝，蛎螃舌嫩比西施。更教何物夸三绝，为有佘郎七字诗。’屠隆作传，亦称闽产足珍贵者，不独荔枝，西施舌，盖即指此。然人品颇高。”

3. **王得臣自称凤台子**。王得臣，字彦辅，号凤台子，何许因其长子任寿春令而到过县北“凤凰山”（嘉庆《凤台县志》）而自名之。王得臣《麈史》载，“余长子渝，尝为寿春令。”《宋史》卷二百八载，“王彦辅《凤台子和杜诗》三卷。”《湖广通志》卷五十七《人物志·德安府》：“王得臣……号凤台子，所著凤台集若干。”

4. **李凤台**。李兆洛，嘉庆年间任寿州凤台县令，有政绩，被誉为“李凤台”（包世臣《李凤台传》）。

5. **石凤台**。《大清一统志》卷一百七十七《陕西统部》：“石凤台：杨城人，顺治六年擢关西分守道兼巡抚事，时土寇未靖，凤台防御甚力，居民获安。”《崇祯实录》卷之十五载，“崇祯十五年春正月辛未朔，上朝毕，召延儒、贺逢圣、谢陞入殿，曰：‘古圣帝明王皆崇师道，卿等乃朕之师，宗社奠安，允惟诸先生是赖。’命东向立，上降座西向揖之；各媿谢。先是，辽东宁前道副使石凤台以清意许和，驰书询守将得报，凤台遽以闻；上〔以〕私遣辱国，下凤台刑部狱。至是，谢陞语同列曰：‘我力竭矣！凤台言良是。’同列亦然之；乃属兵部尚书陈新甲微言于上，谓‘两城久困，兵不足援；非用间不可’。上曰：‘城围且半载，一言不达，何间之乘！可款则款，卿其便宜行事。’”《畿辅通志》卷六十八《名宦·顺天府》：“石凤台：阳城人，天启乙丑进士，崇祯已巳良乡残破，凤台自南宫调任抚残黎立官署上疏请蠲二年赋税，十年俵马诏从之。”《湖广通志》卷二十九《职官志》：“分守荆西兵备道（住安陆府，康熙六年裁）。石凤台（右参议）。”《山东通志》卷一百七十三《陵墓》：“副都御史石凤台墓，在（阳城）县东一里。”

6. **纪凤台**。纪凤台，出生于山东省黄县（今山东省龙口市），生年不详。自幼随父定居于海参崴，加入俄国国籍。为巨商，在大连建有“纪凤台大戏院”。1917年苏联“十月革命”后，纪凤台去向不明，不知所终。

7. **刘凤台**。明代一名妓。[明] 沈德符《万历野获编》卷二十三《刘凤台》载，“燕京歌姬刘凤台以艳名一时，今上丙子，宣城沈君典、吾乡冯开之，俱以公车入燕与之游。后沈、冯同为丁丑廷会二元，而刘委身于闽中福清人林尚炅，林本贾人字丙卿，与沈、冯二公俱相善。至戊子年刘死于燕，林方贾于武林，闻讣星驰以北。……”

8. **朱凤台**。朱凤台编撰《医学集要》《靖江县志》等。《江南通志》卷一百二十四《选举志·进士·国朝》："朱凤台：靖江人。"《浙江通志》卷三十七《关梁》：开化县和平通济桥、巨济桥，"国朝顺治中知县朱凤台重修。"《浙江通志》卷二十八《学校》："开化县儒学，（在县治东西）……国朝顺治六年知县朱凤台修（自为记）。"

四、文集名凤台

1. **王得臣《凤台集》**。王得臣曾官居转运副使、司农少卿、秘书丞等职，著述甚丰，著有《麈史》《凤台集》《凤台子和杜诗》等书。《湖广通志》卷五十七《人物志·德安府》："王得臣……号凤台子，所著凤台集若干。"

2. **高启《凤台集》**。《钦定四库全书总目》卷一百六十九："《大全集》十八卷，明高启撰。"其中含有《凤台集》。

3. **偶相《凤台吟啸集》**。《姑苏志》卷五十四《人物》："偶相，字武孟。"所著有《凤台吟啸集》等。

4. **杨彝《凤台稿》**。《浙江通志》卷二百四十九《经籍》："凤台稿，又贵竹稿，又东屯稿，又南游稿。（明诗综杨彝著，字宗彝，余姚人）"

5. **高季迪《凤台集》**。《珊瑚木难》卷五《凤台集序》："渤海高君季迪，示余以京师，所为诗曰：'凤台'。……此凤台之集所以作识者，有以知其声气之和平，有以鸣国家之盛治也。使季迪此时而专意致力于其诗，则他日之所深造，当遂成一家。"

五、城门名凤台

1. **明代南京凤台门**。《明史》卷二十九《志第五·五行二》：洪武三年七月，"甲子，凤台门军营火延烧武德卫军机局。"

2. **元代庐州府庐江县凤台门**。《续修庐州府志》卷九《城署志》"庐江县"条载，"县土城，元至正间邑人许荣创筑周围约五百丈高一仗有奇，门凡五，曰镇东，曰凤台，曰桐城，曰大西，曰北门。"

3. **江宁县凤台门**。《江南通志》卷三十七《祠墓》："忻城伯赵彝墓，在江宁县凤台门东。"

六、坊街名凤台

1. **北宋北京应天府凤台坊**。宋代实行坊役制。北宋北京应天府社四厢二十三坊，其中就有凤台坊（《宋会要辑稿·方域》二之二，第187册）。

2. **南宋建康府凤台坊**。乾道年间（1165~1173），建康府设四厢二十坊，其中“右南坊九”，就有凤台坊（张铉《至正金陵新志》卷四下《疆域志二·街巷》，中华书局1990年《宋元方志丛刊》第6册）。

3. **清代大同府凤台坊**。《大清一统志》卷一百九《大同府》：“凤台：在府城内西北隅左右二台各高数长，元大德十一年，地震摧其左台，至延德间右台亦摧，今其地名凤台坊。”

4. **江宁县凤台街**。《江南通志》卷三十七《祠墓》：“瑞安侯王源墓，在江宁县聚宝门外凤台街。”

七、寺观祠名凤台

寺、观是宗教场所，有以凤台名之，也有祠堂名凤台。

1. **河南新郑凤台寺**。康熙《新郑县志》卷3《祠庙》：“凤台寺：在县南门外，洧水之阳，宋大观三年建，嘉靖四十年，洞林寺僧重修。内有文昌阁，在寺后高岗上。明末始创，后旋圮废。康熙二十九年知县朱廷献捐俸重建。”康熙《新郑县志》卷3《古迹》之“八景”之一“塔寺晚钟”：“宋大观间，凤鸣来集，因创寺曰：‘凤台’，并建浮图，冈岭重叠，竹木交映，钟声晚鸣，发人深省。”《河南通志》卷五十《寺观》：“凤台寺，在新郑县南门外，洧水之阳。宋大观三年创建，明嘉靖四十年重修，内有文昌阁，在寺后高冈之上，明末始创后，旋圮毁。”

2. **黄梅县凤台观**。《明一统志》卷六十一《黄州府·山川》：“凤台观：在黄梅县治北，相传罗仙炼丹之地。”

3. **渭水流域凤台祠**。《水经注》卷十八《渭水》载，“……又有凤台、凤女祠。秦穆公时，有箫史者善吹箫……雍水又东经召亭。”

八、乡镇名凤台

1. **金城县凤台乡**。《海录碎事》卷三下《凤台乡》：“唐金城公主出降吐蕃，中宗幸始兴县。送之，因改始兴为金城，其地为凤台乡怆别里。”

2. **江宁县凤台乡**。［明］陶安《陶学士集》卷十九《故文林郎江北淮东道廉访司知事费君行状》：“……至是得地于江宁县凤台乡王家山。”

3. **小溪县凤台镇**。王灼《糖霜谱》第三：“伞山在小溪县涪江东二十里，孤秀可喜，山前后为蔗田者十之四，糖霜户十之三。”伞山极像一只头朝南飞的凤凰，其山对面隔涪江为甘糖坝，有凤台山，山亦似凤。王灼《糖霜谱》中所言“凤台镇”，即今四川遂宁伞山甘糖坝附近的凤台乡。

九、县名凤台

清代有凤台县两个，即安徽凤台与山西凤台。

1. **山西凤台**。山西凤台建县于雍正六年，因升泽州直隶州为泽州府，复附廓而置凤台，为府治，据《大清一统志》卷一百七《泽州府》载，“凤台县：……五代唐复曰晋城，宋金元三朝皆因之，明洪武初省入泽州。本朝雍正六年置凤台县，为泽州府治。”［清］（山西）《凤台县志》卷一《沿革》载，“国朝初，仍旧名。雍正六年升州为府，附郭设县曰凤台。相传晋太始初，凤栖于此，据晋书郡国奏凤、凰各一见，亦未尝专有指名也。”其县学名额为二十人，《大清一统志》卷一百七《泽州府》：“凤台县学：与府学同一学宫，入学额数二十名。”民国三年，废泽州府留五县，府治凤台复改晋城。据《安徽通史·民国卷》附录《中华民国安徽大事编年》“中华民国三年（1914）”条载，“1月3日，内务部改定各省重复的县名。以‘两县同名，存其先置’原则”，保留“凤台县（山西的改名）”。实际上，山西之凤台明明是“先置”却令其更名，不知何故。不管怎样，1914年1月3日，对山西凤台县来说，无疑是个刻骨铭心的日子。

2. **安徽凤台**。安徽凤台置于雍正十一年，因“剧邑”突出而从寿州析出，据《大清一统志》卷八十七《凤阳府》载，“本朝雍正十一年折寿州东北境置凤台县，与寿州共城治。”嘉庆《凤台县志》又曰：“雍正十年，两江总督尹继善奏曰：‘寿州周围千里，民俗刁顽，命盗频闻，私铸赌博，叠经发觉，知州一员难以肆应。请分设一县，添知县一员，分疆而理，以城内之东北隅并北门外之石马店、东门外之石头埠等处地方划分新县管辖，并设典史一员管理捕务。如此则要地有统理，剧邑有分任，而吏治易收实效矣。’奉旨依议，因以县北之凤皇山名县曰：‘凤台’。”《江南通志》卷七十五《食货志·安徽布政司》：“凤台县雍正十一年分县人丁一万一千二百三十三丁五分（内优免当差滋生数目尚未分割清楚，仍合载寿州款内）。”建县之后，仍多有案情发生，据《世宗宪皇帝朱批御旨》卷二八十六之三《朱批赵恩奏折》载，“雍正十二年四月十六日署理江南总督印务臣赵恩谨：奏一上江之颍州、亳州、寿州、宿州及灵璧、凤台二县，素称盗薮而为商民之大害者尤在淮河一带要路，盖缘此河夏秋水发，宽至二三十里，冬水归槽，两岸涸出十里内外并无民居，又鲜营汛，故凤台界内之高望寺、胡家集等十数村庄居民，率多盗匪，其中邓平孙刘等姓族人尤多不法，除已添塘汛并前抚臣徐本饬设保正族长外，臣现极力谆饬文武弁员不时稽查，并令将不事生业之辈教以耕织，免其游懒。又将盗贼窝家赌博等罪名摘叙讲解，使其咸知为匪之罪，谋生之安，以靖地方。”《世宗宪皇帝朱批御旨》卷二八十六之五《朱批赵恩奏折》云：“又于（雍正十二年）十一月十八日及十三年正月初七等日，据凤阳道并凤台县报获五岳会人犯李盛木等二十三名……”《世宗宪皇帝朱批御旨》卷二八十六之五《朱批赵恩奏折》载，“雍正十三年二月初六日，江南总督臣赵恩谨奏：……寿州、凤台窃劫案件多于别邑。臣仰遵圣训，极力整顿，屡饬文武各官密加察拿并又细加体访。查有寿州窝家吴聪子等八名、贼匪萧麻子一名，凤台县窝家陈秀卿等二名、贼匪陈黑耳朵等五名，霍邱县窝家吕高麻子一名，俱潜住各所州县境内，任意窝贼，而吕高麻子又系狡猾窝，凡遇寿凤各贼犯事无不逃匿该犯之家，必须密拿，方能有获。”其县学名额为文童八名、武童六名，据《钦定大清会典则例》卷六十八《礼部·仪制清吏司》载，雍正十二年，“又覆准安徽寿州分设凤台县。寿州原取进文童二十名，酌分八名；武童十有五名，酌分六名入凤台县学。”《钦定大清会典则例》卷六十九《礼部·仪制清吏司》：雍正十三年，“又覆准安徽寿州学原设廪生各三十名，今分设凤台县酌分十二名入县学，州学文武生员与县学四六分隶。”

十、报名凤台

安徽凤台县办报可追溯到1943年，报名为《凤台话报》。据《安徽通史·民国卷》载，1943年5月3日“已见报纸”（892页）。1957年5月1日，中共凤台县委创办《凤台报》，于三年困难时期1961年春停刊。1993年12月26日复刊，总编岳炯。1996年更名为《硖石晚报》，2004年更为名《凤凰台》报，今为周四刊。

十一、取名凤台的成因及价值指向

凤台，凤凰居、集之台。取名凤台，大体有四点考虑，一是与萧史、弄玉的神话故事有关，诠释爱。《春秋战国异辞》卷二十二：“《列仙传》：萧史者，秦缪公时也，善吹箫，能致孔雀、白鹤于庭。缪公有女字弄玉，好之。公遂以女妻焉，日教弄玉作凤鸣，居数年吹似凤声，凤凰来止其屋，公为作凤台，夫妻居其上。

不下数年，一日皆随凤凰飞去，故秦人为作凤女祠于雍宫中，时有萧声而已。”二是与梁武帝《凤台曲》（《乐府诗·上云乐》）、李白咏凤凰台诗“凤凰台上凤凰游”影响有关，拉动金陵凤台山成为十分抢眼的地标。[南宋] 赵必《覆瓿集》卷六《邓松苍（元奎）》：“文星陨向凤台城，凶讣传来验奠楹……”《钦定佩文韵府》卷四十四之一载，“凤台琯：刘孝绰酬陆倕诗，风传……”三是与凤凰的指代功能有关，或离合，或美丽，带来咏叹。[明] 林鸿《鸣盛集》卷三《春日游东苑应制》：“……京国于今有凤台。”[明] 林鸿《鸣盛集》卷三《送杨紫庭之京》：“明日知君相忆处，凤台登高与谁吟。”[明] 王恭《白云樵唱集》卷一《奉寄浮丘郑助教兼柬董记室》：“别后相思何处寻，凤台碧草连天色。”[明] 皇甫《皇甫司勋集》卷二十六《同省中诸僚游徐公子凤台园》：“……不是策勋麟阁后，谁应开第凤台中。”四是凤凰为鸟中之王，皇后成为凤凰的化身。皇后“母仪天下”毕竟有慈爱、美丽之示意。

值得关注的是，当下，举国凤台最大的地标是县，而唯一延续县名的只有安徽省凤台县。“凤凰，不落无宝之地。”凤台，有“凤凰台”（徐肃修《硖山口》，转见于《江淮论坛》1982 年第 12 期），有“凤凰山”（嘉庆《凤台县志》载，其位于四顶山东），又有凤凰镇，可谓集凤凰之大成，唯有引凤、聚力方得始终。

北宋凤台城区有个大花园

——名为“寿州西园”南北长达480米 时任知州宋祁亲撰《寿州十咏》以歌之

孙友虎

北宋庆历元年（1041年），有“兄弟双状元”之称的宋庠、宋祁“二宋”相继被贬。是年七月，宋祁受哥哥宋庠与宰相吕夷简角力惨败的影响，被逐出朝，来到吕夷简的家乡寿州（今安徽省凤台县），成为一州之长。他并未因此而消沉，至少在凤台的历史上留下两个亮点：一是重修寿州浮桥，“夹淮而城，桥亘其间，於显是州”（宋祁《寿州重修浮桥记》），二是重修寿州西园（位于今凤台城区西城河、化肥厂一带）。现结合宋祁《景文集》有关史料，对寿州西园予以介绍，以丰富凤台的城市内涵。

寿州西园，位于下蔡（今安徽省凤台县）西郊，宋景祐三年（1036年）刺史王陶领导兴建，广袤300平方弓（一弓等于一点六米），即南北长为480米，析为八区，高处建亭，奥幽为堂，亭堂相望，“州人骇观，叹美一辞”（宋祁：《景文集·寿州西园重修诸亭录》，新文丰出版公司），著名文学家石延年（字曼卿）有《记》。庆历元年七月，宋祁出守寿州知州，又重新扩建，并于熙熙亭、白莲堂、春晖亭、式燕亭、秋香亭、狎鸥亭、齐云亭、清涟亭、望仙亭、美阴亭各题诗一首，或书于榜，或刻于石，俨然就是一座城市大公园。

宋祁是河南杞县人，天圣二年进士，“祁，字子京，与兄庠同时举进士，礼部奏祁第一，庠第三。章献太后不欲以弟先兄，乃擢庠第一，而置祁第十。人呼曰‘二宋’，以大小别之。”（《宋史·宋庠传》）庆历二年（1042年）九月离开寿州（《景文集》卷二十七《陈州谢上任表》），徙陈州（今河南省淮阳县）知州，可知其在寿州时间不过一年零二个月。他在寿州尤为钟情的就是重修寿州西园，除写有《寿州十咏》外，还对齐云亭、望仙亭、西园晚景等多次咏叹。后来，与欧阳修等合修《新唐书》，因《玉楼春》词中有“红杏枝头春意闹”句，世称“红杏尚书”。

附《寿州十咏》(今缺美阴亭一首)：

熙熙阁

东谯已有高，复此构层宇。
谁谓淮南远，风物美无度。
飞岑纳昼碧，流月遗宵素。
揆育乏仙气，楼居庶可慕。

白莲堂

堂皇敞而华，槲牙照池水。
钿叶矗新团，玉茎粲繁花。
游鳞竟泼泼，幽石仍齿齿。
寄言采秋芳，何必涉江涘。

春晖亭

涉园憩何处，道左荫华榱。
幽寻乏朋往，胜晤徒自知。
文禽弄不歇，惠风至无期。
含情重徙倚，物色到霞霏。

式燕亭

使君班春还，于焉衎吾属。
四阿住翚棘，聊以便凉燠。
栋表飞云逝，题端邀月宿。
无德与斯人，式宴良自恧。

秋香亭

兰菊被秋坂，危宇冠层巅。

杂树字隐日，修条争刺天。
石斜苔附秀，樛穷蔓倒悬。
撷英欲谁遗，伫立徒娟娟。

狎鸥亭

昔人有机心，鸥鸟舞不下。
太守心异昔，寒灰与时化。
尔既不我猜，余亦无尔诈。
随波以全身，于兹伴多暇。

齐云亭

肇允缔层宇，岧岧少城隗。
凭轩肄师子，中坐合宾罍。
白日昃霞上，苍山障雾回。
眷言西北道，吾师安在哉？
（“予始创此，下临都场，时于此阅武戏”——原注）

望仙亭

常闻淮南王，鸡犬从此去。
至今山头石，马迹尚有处。
使臣辞从官，终日绝尘虑。
望望云汉间，想见宾天驭。

清涟亭

烟条环曲隄，飞轩俯幽渚。
水容静可鉴，倒见城头树。
青浦矗尔秀，白鸟瞥然去。
胜晤与时新，逐歌奚能叙。

（本文原载于2016年5月19日《凤凰台》一版）

探访“进士楼”

彭春晗　金　磊

科举是我国封建朝代实行的一项重要选人制度，在“书中自有颜如玉，书中自有黄金屋”人生追求中，科举是平民进仕的唯一途径。一个地方出了一个进士，不仅是家族的荣耀，也是一个地方百姓的自豪。而能直观体现进士身份的就是进士楼。在晚清时代，岳张集镇观音就出了一个武进士，当地为数不多的健在老人还依稀记得进士楼的样子。在偏僻落后的乡村塑起一座楼房大院无疑是一个亮点，更有“文官下轿，武官下马”的官场礼节，象征权威和尊严。至今老人谈起进士楼心中还涌现出羡慕和崇敬。

为进一步了解观音进士楼和他的主人，笔者在一个春日的午后来到观音社区，在村干部的帮助下，找到了进士楼遗址。这是一处能看到淮河古建筑风格的民居，据说是后人在进士楼原址上重新建设的庭院，似乎还能找到原来的踪影。由于历史久远，对进士楼的前世今生，村民没有多少记忆，能有些印象的老人也凤毛麟角。年已 88 岁的岳凤林老人算是比较知情的后人了。凭借她依稀的记忆向笔者讲述了年轻的时候从老人们口里知道的一些情况。

上世纪五六十年代，进士楼尚有部分建筑存在，尤其三个大门十分气魄，进士楼门厅高大，上面镶有“进士楼”三个金色大字。进入大门，就是宽敞的大院，两边各建有耳房 6 间，后面也有建筑别致的正房和厅堂，彰显出大户人家的气势。

进士楼的主人是高冠文，尊称“冠文公”。冠文公是清朝咸丰年间武进士，与寿县孙状元同朝为官，领御林军，后回乡任职。当时在寿凤一带颇有威名。

冠文公从一个普通人家的子弟到当朝进士，他的成长过程和仕途经历是后人所敬仰的。据说，高冠文小时候聪明好学，尤其爱好舞枪弄棒，年轻时练就一身好武艺。他身高马大，体魄健壮，有 2 米高的个头；同时他又性情憨厚，为人义气，结交了不少朋友。为了供他习武，家里建了6分多地的练功场。场里有一块练功石，足有180斤重，高冠文早晚练习臂力，直到能抱起石磙奔跑如飞。他练功十分刻苦，刀枪棍棒样样精通，不管刮风下雨、寒暑易节始终如一，每天早起晨练，晚上在月光下苦练，身上常常伤痕斑斑。通过多年不懈努力，终于练就一身好武艺，这为他考取进士奠定了基础。

高冠文为人仗义，爱结交好友。正因为豪爽的个性，才认识了寿县的孙状元，为成就日后功名找到了契机。孙状元在京为官，家里高楼大院，门下更有各路豪杰，高冠文年轻时行走江湖，认识了孙状元门下武士，他们之间经常往来，切磋技艺。一次孙状元回乡探亲，会见门客，看到高冠文气宇轩昂，与众不同，就和他聊起了身世，鼓励他追求功名，报效朝廷，并指点他走科举应试之路。在孙状元的点播下，高冠文开始了人生新的起点。

笔者查阅资料了解到，清代武举按程序，考试大致分四个等级进行。一是童试，在县、府进行，考中者为武秀才。二是乡试，在省城进行，考中者为武举人。三是会试，在京城进行，考中者为武进士。四是殿试，会试后已取得武进士资格者，再通过殿试分出等次，共分三等，称为“三甲”。一甲是前三名，头名是武状元；二名是武榜眼；三名是武探花。二甲十多名，获“赐武进士出身”资格。二甲以下的都属三甲，获“赐同武进士出身”资格。清代科甲等级差别甚大，同样是武进士，一、二、三甲的等级和荣誉却大不相同。状元登第后的三天内披红挂彩，上街夸官，春风得意。殿试以后，通常立即由兵部授予官职。一半授营职，是直接带兵的官，另一半授卫职，是皇帝的宫廷侍卫。武状元授御前一等侍卫，武榜眼、探花授二等侍卫。再从二甲中选头十名，授三等侍卫。其余全在兵部注册授于守备等营职。

按照清朝科举制度，高冠文从童试开始考起，连闯三关，考取了武进士。至于最后的殿试考取几等，不得而知，不过从他任职御林军的情况看，应该是宫廷侍卫，如果不是头甲的榜眼、探花的话，也是二甲的头十名，应该说在大清帝国武官中很有分量了。

高冠文一生从戎，护宫保国，离开京城到地方任职后也做了大量服务百姓的好事。为了表彰他的功绩，清政府给他建设了进士楼，让后人景仰。由于操劳过度，冠文公因病去世，年仅五十多岁。老人说，他离开那天，空中响雷三声，这也许是上天对他一生的肯定。

（本文原载于2016年5月19日《凤凰台》一版）

硖石禹王庙的传说

金　磊

淮河有三峡——峡山口、荆山峡和浮山峡。与驰名中外的长江三峡一样，淮河三峡同样令人神往，特别是淮河第一、也是最窄的峡——峡山口，河两岸危岩对峙，峭壁如削，它不仅风光秀美，还有着动人的神话传说。

淮水自桐柏山滚滚东来的，至八公山下回环北折，绕群峰，腾激浪，骤然穿入险峻的硖石山，因淮水被其阻塞，泛滥成灾。

相传舜帝时，广泛征求意见后，任命禹来此治水。大禹用神鞭劈开硖石山，于是分成东西两座山。从此淮水畅流，农田受益，百姓安居。

据《淮河流域之大禹事迹汇辑》记载，禹王治理淮河有两个重点，一个是蚌埠怀远县的荆山峡，另一个就是淮南凤台县的峡山口，因此留下了大禹斧劈峡山口和鞭抽硖山的传说。

峡山口周边的百姓出于对大禹的崇敬，为纪念大禹斧劈硖山，疏通河道，治理了淮河水患，于南朝梁十一年（513 年）在西硖石西侧的山上修建了禹王庙，并将硖石山改名为禹王山，明朝又进行了重修，之后历代屡建屡毁。

据《凤台县志》记载，禹王山上的禹王庙，旧时“层楼杰阁，耸峙千霄。大河前横，诸峰屏列于面。右侧平原秀壤，竹树烟林，万象缭绕。”

据酷爱当地文化研究和收集人詹可和收集的资料显示，旧时禹王庙庙门两边楹联为：“夹束定淮流，壁立高崖千仞峡；氤氲盛香火，人怀大禹八年功。”庙内正殿二层，为禹王宫。石阶雕栏，翘脊飞檐，殿内青砖作壁，画栋雕梁，金碧辉煌，上塑有游龙、凤凰等工艺品。殿中央有泥塑金身禹王像一尊，身高丈二，庄严肃穆，另有庚辰、章律分立两旁。殿前楹柱上书有“江淮河汉思明德，精一危微见道心”一联。法度殿三间，供奉的是缉暴师。东殿三间，供奉的是启母，即涂山氏。启母济贫好施，祝福民间百姓婚姻美满，凡想生男育女的夫妻，想家中人丁兴旺的老人，都会到启母殿烧香求福，并时常有验，于是烧香还愿的人越来越多。

据詹可和介绍，古时当地每年的农历三月三、六月六、九月九也会有三次在禹王庙前举行祭祀活动。其中六月六是祭祀大禹诞辰庙会，是官祭大禹的日子。公祭之前，官府于数日前张贴文告，鼓励民众参祭。会期这一天，从宋至元、明、清，历代地方官（州、府或县），包括县衙各司人员均来祭拜。祭品有猪头、鸡、鱼、鲜果、干果等。一般是六月五日做好准备，六月六日早晨开祭。开祭时焚香烛、点纸炮，钟鼓齐鸣，铁炮三响，笙吹细乐，唱礼三叩首。官员亲自叩拜并致祭文，异常隆重。公祭结束后，即可进行民间艺术演出。

三月三、九月九为百姓自发组织的祭祀活动，并逐渐形成了庙会。每次庙会都是极热闹的日子，方圆三邻四舍，十里八乡，还有周边乡村和邻县的百姓都会汇聚而来，焚香膜拜，祈求大禹、启母、玉皇大帝、太上老君、慈航道人等神灵保佑风调雨顺，五谷丰登，国泰民安；祈求神灵保佑家人和亲友平安，婚姻家庭美满幸福，心想事成，财源茂盛，年年有余；祈求神灵保佑惩恶扬善，驱邪打鬼，祛病消灾，延年益寿。进庙还愿者，大都以厚礼相供，摆到祭席。如：香火资、果供、时馐等。庙会日，也是周边百姓抱泥娃娃，相亲会友日。一些百姓在禹王庙焚香许愿，祈求大禹、启母或送子娘娘赐一红布包着的泥娃，抱回家中，置于床下，祈盼神灵赐福，早生贵子。

当地民间传说禹王庙的泥娃娃最灵，抱回家就怀孕生娃。因此夫替妻求子，妻自登山求子，公婆或祖公婆替儿媳、孙媳求子，亲友替亲友抱泥娃求子者亦成风气。而众多的男女青年亦借庙会日相面或定亲，缔结秦晋之好。因此，禹王庙里庙外香火旺盛，烛烟弥漫，鞭炮喧天。

庙会上最热闹的当属玩灯赛灯，参加庙会的四乡八镇的花鼓灯班子，先是来到禹王大殿前，焚上高香，唱几段敬神的花鼓歌，击一通锣鼓。叩拜过禹王，之后敲锣打鼓下山，玩灯的人遇到一起要各显身手，比比谁的锣音响，品品谁的鼓声脆，看看谁的“兰花”美。庙里庙外，震耳欲聋。再之后往往还要选一处平坦的山腰展演花鼓灯后场小戏。

庙外的山坡即是庙会的农贸交易场所，一般会期为三天。期间，商贾云集，货物齐全，人山人海，连绵好几里，可谓盛况空前。传统的古庙会，成了当地发展经济、繁荣文化的良好平台。

可惜的是，禹王庙毁于战乱烽火，现仅存遗址。

延伸阅读：关于大禹治水和禹王庙的传说在我县代代相传，但由于没有确凿的实物证据，“传说”仅仅被当作“传说”。直到1992年4月，峡山口淮河水道拓宽工程前，省文物局对拓宽工程范围内的古遗址、古墓葬进行了抢救性清理发掘，出土新石器时代文物有石器、骨角器、陶器三大类，计200多件文物标本，有生产工具：石斧、石锛、石镞、石凿、石球、石锤、骨锥、骨针、骨刀、骨镞、鹿角鞭形器，陶纺轮、陶网坠等。生活用具有陶器，有鼎、钵、盆、釜、杯、罐等。装饰品有骨球等。遗址内有丰富的动物骨骼和牙齿等，如：猪、狗、羊的牙齿和肢骨，鹿牙、鹿角等丰富的动物骨骼和丰富的贝壳堆积。还发现了石镞、骨镞、石球网坠等，反映了当时原始农业和渔猎经济的发展情况。通过比较，其文化性质属于新石器时期龙山文化范畴。

这一考证，证实了大禹时期，峡山口就已有人类在此居住，繁衍生息。另外，据清李兆洛编纂的《凤台县志》记载：“硖石两麓交错，阻逼遏蹙，禹凿宽。”从实地考察看，东硖石疏凿的痕迹至今仍可分辨，人们称东硖石为“半个山”。

事实上，中国古代文明的起源问题，历来在史学界争论颇多。从公元前221年秦统一六国上溯至新石器时代早期，这八九千年的“先秦”历史由于文献资料匮乏，史前记载皆为传说，故又称为“传说时代”。这个时代的英雄，形象人神相揉，超越现实，所留下的史料只言片语、歧义纷纷。大禹治水的传说也是如此。

（本文原载于2016年8月11日《凤凰台》一版）

在淮河寿县正阳关至凤台县黑龙潭段，这里的渔民们自创一种独特的“鱼坞子”在淮河里捕鱼。很多人认为这是很古老的捕鱼技术，其实这项古老技术在淮河凤台段只是近几十年才逐渐消失。

寻找正在消失的“鱼坞子”

金　磊

一

记忆中，童年最难忘的快乐就是在故乡村子的水塘里“坞鱼”了。

所谓童年的故乡，其实是上山下乡年代母亲插队的地方。在故乡村前不远处，有一条刚刚挖成的人工河——永幸河，通过水渠，永幸河的水源源不断供给着村里的几口水塘。永幸河对孩子们来说，更是一条流淌快乐的河，夏季，孩子们在河水中嬉戏、撒野、打闹，畅快淋漓；冬季，孩子们在冰上比着溜冰、打冰漂、“坞鱼”等。说起“坞鱼”，因为永幸河刚挖成不久，加上河里水流快，没有水草，很难聚住鱼群，因此，还是在村里水塘里“坞鱼”比较多一些。

儿时的所谓“坞鱼”，其实是一种取材方便、操作简单、效果良好，但又有一定技巧的捕鱼方法，一般在夏季进行。

“坞子”是一种口小肚大的玻璃瓶，瓶子越大越好，这类空瓶子家家都有，在瓶口系上一条四、五米长的细麻绳，接下来找点剩馒头剩稀饭麦麸之类的，在一起搅匀作为鱼食扔进瓶里，一个“坞子”就算做好了，一般会制作三五个这样的“坞子”。准备妥当后，带上“坞子”和装鱼的用具就可以出发了。

记得那时，每到周日，我便兴奋而娴熟地忙活一阵子，带上几个自制的“坞子”，和几个小伙伴一起，到村里水塘里去“坞鱼”。

往水里下“坞子”，可是有门道的技术活：用手捏点“鱼食”放入瓶中，随后找到下坞子的地方，一般最好选在水深刚刚过膝、树荫凉处，或选在两湾相间、鱼儿常经过处，或者急流转弯、水流回稳处，亦或选在水草边上。将瓶子灌满水放入水中后，再将瓶子倾斜，之后将麻绳理直拉到岸上。需要注意的是，瓶口一定要朝着顺水或开阔的方向，因为鱼儿喜欢逆流而上，而宽阔的水面还可以给鱼儿更大的传递“食讯”的空间。另外，“坞子”与“坞子”之间尽可能拉大距离，防止收“坞子”时相互影响。

和小伙伴们在树荫下玩耍，估摸着时间差不多了，就蹑手蹑脚走进水塘边，从第一个放下坞子的地方开始，以最快的速度拉起麻绳，将“坞子”拉到岸上，防止瓶中鱼儿溜走。“坞”上来的鱼儿大多是一种几厘米到十几厘米长的叫“穿条”的小鱼，还有少量的小鲫鱼、小泥鳅、小虾米等。

那时候父亲是个乡镇干部，在周边很多乡镇任过职，对儿时的我来说，父亲自然是见多识广、无所不知的。每过一周左右，父亲就会从几十里外的乡镇回家一趟。记得有一次父亲回家时刚好遇到我从外面“坞鱼”回来，看到我提着一包“战利品”，父亲很高兴，并夸了我几句。得到父亲的夸赞，心里美滋滋的我开始对父亲大吹大擂自己的“坞鱼”技术有多高。看到我眉飞色舞、洋洋得意的样子，父亲微笑着并很认真地告诉我，你这“坞鱼”只是玩耍，比起真正的“坞鱼”差远了，在淮河里下的“鱼坞子”，大点的就像一间房子，一个“鱼坞子”多的一次就能抓到上千斤的鱼。

竟然有这么牛的“鱼坞子”!? 我瞪大双眼，半天合不拢嘴，不敢相信自己的耳朵。

二

亲眼看看像一间房子那么大的“鱼坞子”到底是什么样，一直是儿时的心愿，但由于家乡离淮河太远，一直没能实现这个心愿。长大后，定居在淮河岸边的县城，曾经多次打听哪里能见到在淮河里下的“鱼坞子”，只有少数老人还知道。

据一些了解情况的老人们回忆，上世纪八十年代以前，还经常能在淮河峡山口等地看到有渔民用“鱼坞子”捕鱼，八十年代后就很少见到这种捕鱼场景了。到了本世纪后，在淮河里用“鱼坞子”捕鱼的场景基本绝迹。老人们还说，这里的“鱼坞子”都是木头做的，一般不用了就拆了当柴火烧锅了；即使不当柴火烧锅，由于搁置不用，又是木质，大多数撑不了几年就散架子了，所以，现在基本是不可能看到这种“鱼坞子”了。带着遗憾，埋藏了想亲眼看看像一间房子那么大的“鱼坞子”是什么样子的心愿。

三

时光荏苒，转眼进入2016年夏季。一个偶然的机会，受淮王鱼研究所负责人詹可和的邀请，在参观他的淮王鱼养殖基地里收藏的峡山口周边各种古老用具时，在一个近一人高的破旧大木箱边，詹可和停下指着木箱和我开玩笑说，你要是能猜出这是什么，我就拜你为师。

围着大木箱看了几圈，不像家具，也不像农具，实在想不出这到底叫什么和干什么用的，于是就甘拜下风请求赐教。詹可和爽朗地哈哈大笑后说：“‘鱼坞子’！这就是只有在峡山口这一段淮河上才能看到的专门捕捞淮王鱼的‘鱼坞子’！”

什么!?这就是魂牵梦绕我几十年期待亲眼看看的像一间房子那么大的“鱼坞子”!?

我再次围着大木箱转了几圈，仔细察看。这个所谓的“鱼坞子”，是用方木做成的，长约1.5米、宽约1米、厚约2市尺的长立体骨架，上面钉上木板，一端留有几个拳头大的小口。我不敢相信它就是“鱼坞子”，因为它没有父亲说的那么大。

据詹可和介绍，他收藏的这个“鱼坞子”是普通尺寸，一般两三个人就能实施捕捞作业，在古时也有更大的，需要更多人一起操作才能进行捕捞作业。

据了解，这种“鱼坞子”在捕捞作业时，口上拴上粗绳，四边坠上大石块，口朝上滚放到水里，然后将粗绳露出水面，拴上木块做标记，浮在水面上。下坞子时两只船并行，中间留个能放下坞子的空间，用一根粗些的木头（当地人叫关木），横放到两船中间，将坞子上的粗绳拴在关木上，倒转关木将坞子放到水里，起坞子的时候将浮在水面上的浮子捞上来，拴到关木上，用力转动关木将坞子拉上水面，坞子露水面时封好关木，用鱼舀子把鱼舀完。由于这种“鱼坞子”会沉到很深的水底，所以，捕捞的鱼种都是淮王鱼、鲶鱼、“青楞子”、“戈牙”等深水鱼种。二十世纪五六十年代，大的“鱼坞子”最多一坞子能捕一千多斤鱼。

四

由于从小就对“坞鱼”技术有兴趣，再加上一直有想亲眼看看像一间房子那么大的“鱼坞子”到底是什么样的冲动，多年来的关注让我对全国各地“坞鱼”方法都略知一二。

所谓“鱼坞子”，不是一种捕鱼的工具，而是一种捕鱼的方法。这种捕鱼方法在上世纪八十年代以前在全国各地都有，特别是在长江中下游地区非常普遍。除了像我小时候的那种捕捞方法外，在各地还有，用柳条、榆树条等编成的“鱼坞子”形状的笼子“坞鱼”方法；有用一些树枝、稻草扔到河里做成的开放式“鱼坞子”，目的是让鱼在“鱼坞子”里过冬，等到过年，起“鱼坞子”时用一张网（网的下方缝有一圈石子）把“鱼坞子”围起来，把里面的树枝、稻草用铁叉挑到网的外围去，就可以“瓮中捉鳖”了。不管哪种方法，都是利用鱼的习性“请君入瓮”，再“瓮中捉鳖”，道理是一样的。

综合各方面信息初步判断，在詹可和这里看到的这种“鱼坞子”，是在淮河寿县正阳关至凤台县黑龙潭段，这里渔民们针对独有的淮王鱼资源，自创的一种独特的“鱼坞子”类型。因为，淮王鱼喜好在岩石缝中繁衍生息，而恰好这一带水中岩缝纵横，河道弯曲，水流湍急，河底为岩石底质，正好为其繁衍发展提供了独一无二、得天独厚的条件。因此，千里长淮，只有这一带才是它唯一的家。

这种判断很快得到证实。据詹可和介绍，上世纪 80 年代以前，峡山口一带每到淮河汛期，成群的野生淮王鱼便戏水欢跃起来。由于淮王鱼生活在隐蔽的水草和岩石缝隙中，用常规渔网很难捕到，于是在古时候当地人就发明了“鱼坞子”这种奇特的捕鱼工具。每年的农历八月十五后把这种“鱼坞子”沉入水下，就像一间小木屋似的，淮王鱼就会以为这是个值得信赖的安身暖和之处，成群钻进里面休憩，以坞为“家”。在腊月春节前人们将“鱼坞子”起获时，鱼儿都在里面休眠呢，所以捕获他们不费吹灰之力。

五

淮河峡山口段当地人发明的这种“鱼坞子”捕鱼技术，曾历经千百年兴盛不衰，然而世事变迁，随着上世纪一些企业的无序发展造成河水污染和滥捕行为，淮河中的鱼越来越少，这种捕鱼的方式随后逐渐走向衰落，直至今天的消声灭迹。如今的“鱼坞子”制作和捕鱼技术，像众多传统文化一样面临着人去技失的现状。

据了解，国家有关部门规定，凡有百年以上历史、具有重要价值的传统技艺，均应由政府进行倡导，作坊、艺人等予以传承和保护。这种“鱼坞子”制作技艺及其捕鱼方式，当属古老的特种技艺，传统的手工技艺是非物质文化遗产的重要组成部分，目前，这种捕鱼方式正在消失，并且有可能永远消失，我们难道不应该做些什么吗？

也许，在淮河峡山口段下“鱼坞子”和起“鱼坞子”的场景再也见不到了。但如果还会有水清清鱼儿多的时候，我们依然期待着这种古老的技艺能有失而复生的一天，进而把它打造成为像查干湖那样的捕鱼盛景，让世界各地的人们和我们的子孙后代也能享受到这古老而又独特的捕鱼之乐。

（本文原载于2016年9月22日《凤凰台》一版）

上世纪80年代，站在凤台县城向东瞭望，耸立于黑龙潭边、烟墩山上的古炮楼清晰可见。就是距离一二十里，远远望去，古炮楼也依稀可辨。今天，尽管鳞次栉比的高楼大厦挡住了我们的视线，但却遮不住凤台人心灵的眼睛，抹不去凤台人脑海里永恒的记忆！在纪念红军长征胜利八十周年的日子里，我们走进这座日本兵始建的炮楼遗址，追寻艰苦的抗日岁月，仿佛听到了历史的回声！

探寻烟墩山炮楼遗址

彭春晗　胡仲昌

历史，是一面镜子；

历史，也是一部教科书。

站在历史面前，要牢记屈辱，深刻反思，更应不忘使命、知耻后勇！

一个淫雨霏霏的秋日午后，笔者一行来到烟墩山下，在护林大伯的指点下，沿着蜿蜒曲折的泥石小道一路前行，这里山腰石榴成林，山石起伏；山顶芳草遍地，处处坟茔，十分凄凉。大伯说，一年四季，除了上坟扫墓者外，一般很少人来。我们穿越多处墓地，终于望见炮楼遗址，它被杂草包围，孤独地望着淮河，楼体被无聊游人涂鸦，显得沧桑。走到近处，发现炮楼年久失修，墙体脱落，十分破败。从南面楼门进去，楼内脏乱，靠天窗的一点亮光隐隐约约看到内部的模样。

同行的一位朋友就是烟墩山所在地凤台经济开发区人，对这里有些了解。他介绍说，以前凤台淮河大桥没有开通，山体完整，感觉山很大，和小伙伴们常来这里爬山、摘果子，也经常到炮楼里玩耍。他说这座山叫烟墩山，山峰顶上这座炮楼，高5.8米，周围长约有12.4米，分上、中、下三层，四周有十几个射击孔，最上面有天窗，可以探头瞭望，也可以出去观察周边情况，视野极其开阔，这或许是炮楼选址的一个重要因素。相传日伪统治凤台时期，这里是日本鬼子的一个据点，从炮楼再往西南行走30米左右，那里有一个大洼坑，当地老百姓称之为“老野洼”。在上世纪40年代初的5年断续占领期间，日伪军血腥维持“治安”秩序，这个“老野洼”成了杀人的“集中营”，野蛮的日伪军在这个地方屠杀过17名被俘的新四军游击队队员、共产党员和进步、爱国人士。

为了解炮楼的建设背景以及日军在凤台犯下的滔天罪行，笔者走访了当地很多居民，只是大多数人记忆模糊，随着一些知情的老年人离世，很多有关炮楼的历史故事无从了解。大部分年轻人对炮楼了解很少甚至一点也不清楚。一位当地居民老胡只能从回忆中陈述他祖父在世的时候曾经说过的炮楼故事：

1940年6月，侵华日军屠杀三里沟居民后，为了维持所谓的“社会治安”，在离淮河黑龙潭不远处的烟墩山峰顶上，修建了炮楼，西南下方还建造两排共十多间房子，作为日军的军事据点。在那个时候，这个地方驻扎着日军的一个中队，皇协军一个大队，共计500多人。

老胡还说，他祖父还曾有过这样的经历：

1940年6月下旬，天气特别炎热，日伪军在当地抓了上百个民工，在烟墩山上建起了十多个碉堡和住房，为首的是日军少佐田川二郎，他心狠手辣，经他手被折磨死的民工有20多人。两个月过后，山上碉堡修建完毕，鬼子就把那些修建碉堡的民工集中在“老野洼”一个山涧沟里，然后，架起轻重机枪，对民工进行扫射，可怜这些流尽了血汗的百姓无一幸免。正巧那天，祖父和一个叫小毛孩的小伙子，被当地维持会长派到寿县给鬼子运送弹药，才免遭一难。

当然，日军占领期间，也有一些汉奸，鱼肉百姓，出卖抗日勇士。当地有一个名叫胡汉四的大财主，他是日军少佐田川二郎的忠实走狗，在一次围剿新四军游击队中，帮助日军亲手杀害5名新四军游击队员，百姓对他恨之入骨。

老胡祖父在世的时候，曾经提过，胡汉四是全县有名的大财主，整个河东地区近万亩良田，近三分之二都是他家的。在村里地势较高的龟盖山这个地方，盖有一座宽大的四合院，外建四个碉堡。他有2个儿子1个闺女，大儿子在第五战区李宗仁队伍里当军长，小儿子在第三战区顾祝同队伍里当师长，女儿1927年毕业于日本东京医科大学，抗日战争全面爆发后，她在日本关东军731部队里当军医，专门拿活人做实验，研究病理细菌等。女婿是日本关东军731部队里的联队长，大佐军衔，直属石井四郎统一指挥。

一次，大汉奸孙二麻子从烟墩山下来，胡汉四自然远远迎接，还让自己的管家将自家最外面的一处院子的那套房子腾出来，让孙二麻子居住，孙二麻子虽然性情暴躁，却是一个狐疑猜忌而又老奸巨猾的人，决定跟他一个小队的日军住在一起。胡汉四和名妓杨翠柳住在正房，几个鬼子兵住在偏房，而且每晚都要皇协军的一个连轮流站岗。晚上，孙二麻子吃着卤牛肉，喝着几杯老白干，早就睡下了，游击队长缪传良带着新四军扮装成皇协军，来到胡汉四的院子外面时，发现大门口有人站岗，他立刻站住了，正在心里嘀咕应该怎样对付站岗的卫兵时，卫兵却已经看到了他，立刻朝他喊了一声："缪营长，有什么事？"缪传良只好硬着头皮走过去说："我有紧急情况，要向孙司令报告。"卫兵说："孙司令已经睡下了。"卫兵反过来一想，都这么晚了，缪营长火速来报告，恐怕自己耽误军情会被孙二麻子怪罪，弄不好还要杀头。于是，想了一下说："缪营长，你先等一等，我去跟孙司令报告一下。"说罢赶紧进屋去了。

这时，王文举带着小分队，也赶了过来，跟着卫兵走进胡汉四家的院子，正房里已经亮起了灯，王文举在门外喊了一声："报告，孙司令。"孙二麻子说声进来，就披着军服，踏着拖鞋，点着一支香烟问王文举："有啥情况？"王文举瞄了一眼孙二麻子说："我代表所有的受害人，铲除你这个狗汉奸。"说着拔出驳壳枪，朝孙二麻子"砰砰"就是两枪，除奸小分队的士兵听到枪声，立刻赶到大厅，朝孙二麻子的卫兵，用冲锋枪猛扫，枪声、炮声、手榴弹爆炸声接连不断。

这时，缪传良也从后院赶了过来，见到躺在地上奄奄一息的孙二麻子，将手里的杀猪尖刀，用力在孙二麻子脖子上一抹，只听"嚓"地一声，一股鲜血喷了出来。缪传良扔掉孙二麻子尸体，就在那个副官扑到自己面前的一瞬间，他抡起尖刀朝那个副官喉咙扎去，副官已经看到迎面而来的尖刀，但由于巨大的惯性已经收不住脚，就这样地扑了过来，尖刀顺着他的脖子扎了进去，缪传良用手一拧，像杀猪一样将他宰杀了。不到两个小时，缪传良带着的一个营国军，配合王文举的新四军游击队，将孙二麻子的1300多名皇协军全部解决了。

再说缪传良带着一个营的国军，把孙二麻子铁杆汉奸解决以后，就把剩余的400多名皇协军编成国军二营，自任新编11团团长，共计1700多人，准备投靠国军34军102师305旅。这时，34军102师305旅旅长胡仲修和国军26军76师师长刘汝海从寿县城前线回来。缪传良一听，忙起身出迎，刘汝海已站在烟墩山炮楼大门外，只见他风尘仆仆，神采飞扬，没有一点疲惫的样子。看到刘汝海，缪传良将马缰绳扔给身边的弟兄，跑到刘汝海跟前行个军礼说："报告师座，这一带的鬼子跑到淮城去了，孙二麻子的一个团的皇协军除了有一个营跟随日军逃到淮城里，其他的全部被歼灭。"刘汝海听后，感慨地说："全军将士，告诉你们一个好消息。目前，德国法西斯已经宣布无条件投降，抗战胜利的日子指日可待了，现在全国各个战场对日军进行了大反攻，最终胜利一定属于中国人民！”全军将士齐声高呼：“抗战到底，打倒日本帝国主义！中华民族万岁！”声如雷鸣，排山倒海。305旅旅长胡仲修令人拿酒，王文举和缪传良各捧一坛酒和一摞碗，2名士兵把酒碗摆开，王文举和缪传良给每个碗里倒满酒，胡仲修、刘汝海、张济福等20多名军官，端起酒碗，一饮而尽，然后“啪”地一声把酒碗摔在地上，高呼：“抗战到底！打倒日本帝国主义！”众官兵也高呼道：“抗战到底！打倒日本帝国主义！”

1945年8月22日，驻扎烟墩山炮楼的日军少佐田川二郎向驻扎在当地305旅旅长胡仲修宣布无条件投降。投降仪式上，日军少佐田川二郎向国军305旅旅长胡仲修交出战刀，其他的日军和皇协军纷纷把枪支放在了指定的地点。胡仲修让日军士兵把挂在炮楼上的日本国旗摘下，然后又命令自己的士兵把青天白日旗挂在跑楼上的旗杆上。正在这个时候，一位通讯兵匆匆忙忙跑来，向他行个军礼说：“报告旅座，蒋总统从重庆发来一份委任状。”“念”！胡仲修说。“特任命胡仲修为国民革命军第28师整编师中将师长。将于三日后开拔徐州。”胡仲修打个立正姿势，接过这个士兵的委任状。

日军投降后，作为屠杀凤台人民和抗日志士的据点，烟墩山炮楼不再引人注意，由于无人问津、常年失修，成了“弃儿”，多年来一直在大山里沉默。1958年大炼钢铁时，炮楼上部一些旧砖块被当地村民拆掉作为他用。

为了恢复原貌，1972年11月，当时的大山人民公社灯塔大队，拿出一部分资金，组织民兵和当地民工又重新建起了炮楼，这一晃又是过了整整44年。

历史不能忘记，历史不容忘记。烟墩山炮楼见证了侵华日军累累罪行，也留下了凤台人斑斑血泪。80年前，中国工农红军历经千难万险，行程两万五千里，为的是北上抗日。今天，在全国纪念工农红军长征胜利八十周年的日子里，烟墩山炮楼遗址具有重要的教育意义和旅游价值。我们有责任、有义务把它规划建设为红色景点，发掘整理历史资料，使之成为我县又一个爱国主义教育基地。

（本文原载于2016年10月27日《凤凰台》二版）

凝结着先人智慧与汗水的文化遗产，是历史的重要见证，也是我们每个人的根。也许我们每天都从它身边走过，却一直忽略它的存在；也许它正在我们面前慢慢消失，大家却听不到它来自远古的呐喊。

——题记

巍巍寿唐关　悠悠千古情

金　磊

寿唐关，也称“梳妆台”、“过驾楼”，在今凤台县城南东、西楼山两山口之间，建于五代后周时期，是古代凤台通往寿春的重要关口。寿唐关是古代战争中理想的屯兵之地，历来为兵家必争之地，曾在这里上演了许多可歌可泣的故事。其中，宋朝初期巾帼英雄刘金定屯兵于此，攻打南唐余孽救主救夫的故事，在民间留下很多美丽传说。

念　想

对寿唐关的向往，可以追寻到懵懂的孩提时代。

上世纪70年代的凤台偏远农村，没有通电。当时，孩子们没有电视可看，更没有电子游戏可玩，甚至连听上收音机都是个奢侈。每当夜幕降临，孩子们围坐在一起听老人讲传说故事，是当时农村孩子最常见的娱乐活动。

我的爷爷是那时周边几个村子讲传说故事最好的老人之一。因为在清朝末年，我们家的家境比较殷实，爷爷也因此上过几年私塾，算得上是周边几个村子同龄人中为数不多的文化人了。在记忆里，每到傍晚，我们家门前的晒谷场里，都会有很多的孩子早早来到那里，等着听爷爷讲故事。

在孩子们的印象里，那时的爷爷知古通今晓未来，脑子里有讲不完的传说故事。远的有像三国演义、水浒传、聊斋鬼故事等，近的有像寿州怪才刘之治的故事、赵匡胤困南唐的故事、刘金定的传说故事等等。

记忆中，爷爷讲得最多、记忆最深的当属刘金定的传说故事，次之是刘之治的传说故事。按照爷爷的话说，刘金定、刘之治的传说故事就发生在我们这一带，民间流传的故事也比较多，连续讲几个月都不会重复。特别是关于刘金定的故事，已经形成戏剧或评书的就有像《劈牌招亲》《杀四门》《下南唐》《火烧余洪》《刘金定三下南唐》等剧目，民间的传说故事就更多了。

传　奇

关于刘金定和赵匡胤困南唐的传说，各种说法不一，综合《蒙城县志》和有关史料以及民间传说，故事的大致脉络是这样的：

刘金定（刘金锭），今安徽省蒙城县城西北25里小涧镇山下东刘庄人。她成长在五代十国的北周时期，也是中国历史上的一段大分裂时期。因为生长在兵荒马乱的年代，所以她自幼学文习武，通经史、晓兵法、豪侠仗义，在五代战争时期，十七岁的刘金定在双锁山上竖旗立寨，率众保家卫国，多次击败窜入蒙城、涡河一带抢劫的水盗、土匪和入侵的南唐官兵，威震涡淮，两岸百姓受益平安度日。

北宋初，赵匡胤陈桥兵变，黄袍加身后，统一了北方，天下归顺，唯南唐李煜盘踞淮南、江南，中国不能统一。南唐大将余洪，取献城诈降之策，困赵匡胤于寿州，情况危急。赵匡胤的外甥、年轻将领、蒙城人高琼（高君宝，北宋卫国武烈王），冒死杀出重围，回京城汴梁（今开封市）搬救兵，途经双锁山，遇巾帼刘金定，二人一见钟情，结为夫妻，一同前往八公山救驾。在突围中，高琼病倒，刘金定率双锁山五千精兵，渡过淮河，智取寿唐关。第二天，南唐兵包围寿唐关，刘金定气定神闲地在关上梳妆打扮，然后策马挥刀杀入敌阵，大败南唐军，在八公山与淮河之间狭窄的峡谷中将南唐主堵住，巧用火攻，大败南唐军。从此，人们为纪念刘金定，皆称寿唐关为梳妆台。所以，凤台县及周边的人们提到寿唐关，知道的人并不多，如果提到梳妆台，几乎是无人不知了。

北宋建立后，刘金定随丈夫高琼北上抗辽，助丈夫镇守雁门、宁武、偏头三关等重地，为保卫边疆再立功（见熊克岐着《漆园文脉七大传承》一书），后不幸战死，与高琼合葬于双锁山。至今当地尚有各种传说和遗迹。

在中国的古代，女人一般都是居家不出的，更别说是领兵作战了。所以一旦成名，往往留有非常浪漫的故事和遗迹，用来表现女人的本来女儿心和容貌。因此，关于刘金定和高君宝的姻缘，在民间还另有迷信色彩的传说版本，堪称千古绝唱：

话说赵匡胤统一了北方，天下归顺，唯南唐李煜盘踞淮南、江南，采取献城诈降之策，困赵匡胤于寿州，情况危急。赵匡胤之外甥、金枪少年高君宝为解寿州之围，出汴京，途经双锁山，正遇刘金定设台比武招亲。高君宝砸碎了刘金定设立的招夫牌，二人比武，结果刘金定以其高超武艺三擒了高君宝，彼此互赠金锏银铃订了终身。

不久后，高君宝寿州闯城受伤，以银铃响箭报刘金定。刘别母下山，力斩四门，勇解寿州之围。不料其父刘平因怀私见，极力反对女儿婚事和助宋之举。南唐乘机玩弄阴谋，妄图用“魇魔法”（类似《封神榜》的钉头七箭书），以毒箭扎在草人身上意图咒杀刘金定。赵匡胤洞察其奸，毅然与高君宝过营说服刘平，并取得妙药，救了刘金定。于是刘、赵释嫌，高刘交好，大破南唐。赵匡胤封刘为御妹，天下兵马大元帅，统兵平定南唐。

刘金宝不负所托，攻灭南唐，但在最后一战中带着身孕身陷阴魂阵，被敌人用三块金砖打死，割去首级。梨山老母作法护住刘金定的元神，刘死后尸身百日不腐，在墓中生下高旺后才归位。后来刘金定托生成穆桂英，高君宝转世为杨宗保，可谓是两世姻缘。

踏　勘

在小时候就听爷爷说过，梳妆台就在我县境内，而且保存基本完好。因为小时候在农村，虽然非常向往看看梳妆台是什么样子，但苦于没有更多的地理和旅游知识，不知道去哪才能找到梳妆台，所以看看梳妆台的梦想也就随着时间的流逝，慢慢地淡去。

长大后曾经有几次无意间途经周边，听别人说远处那像门楼一样的建筑就是梳妆台了。感觉平淡无奇，没有想象中的雄伟壮观，走近一探究竟的愿望也随即消失。由于工作需要，最近这段时间，对后周和北宋初期发生在凤台及周边的历史进行挖掘，多次看到对梳妆台的描述，再次勾起去踏勘它的念头，于是在一个初冬的下午，首次走近梳妆台，去寻找那些跨越千年的历史痕迹。

从李冲回族乡政府所在地102国道启程，沿着蜿蜿蜒蜒看不到尽头的山路，大约走了一、二公里处，有一青砖砌成高4米有余、长约20米、宽3米有余的高台，这便是梳妆台了。梳妆台关口呈拱形，可通车马，为古代凤台通往寿县要塞的关口。如今的梳妆台，经历了近千年的风风雨雨，战争的摧毁，风雨的腐蚀，早已满目疮痍，再也没有往日“铜墙铁壁”般的雄伟。

站在关上登高远眺，远处的淮河，碧波万顷，荡荡漾漾。河中的舟船，三三两两，在水面上犁出水浪。再远处，绿色的麦苗，把淮河湾铺成了一望无边的翡翠地毯，弯弯的淮河北大堤，把这一河绿水、一川翠色紧紧地锁在它的臂弯里，是那样的安详和静谧。向两边看，初冬的八公山，层林尽染，美丽而安详，它美得深沉，美得寂寥，美得苍凉。如果不是知道这山中的历史故事，如果没有关前“寿唐关”几个大字，你怎么也不能想象当年这里的金戈铁马、血雨腥风了。

寄　语

2014年2月25日，习近平总书记在首都北京考察工作时强调：“历史文化是城市的灵魂，要像爱惜自己的生命一样保护好城市历史文化遗产。”古迹是祖先所传留下来的伟大遗迹，也是构成我们今日生活的背景，文化遗产逐渐累积，绵延滋长；古迹更是人类文化延续性的象徵，每一处古迹都曾历经沧桑，有其丰富的历史背景，寿唐关亦是如此。

就寿唐关及周边而言，历史文化资源、旅游文化资源丰富，其景点有茅仙古洞、古寿唐关、淮河第一硖、古香山寺、灵龟听禅、淝水之战古战场等诸多文物古迹，自然风光和人文景观交相辉映，素以“淮上胜境”著称。这里三面环水，淮河绕境而过。山中林壑优美，佳树葱茏，山下淮水如练，牵来绕去，山石倒长，南仰北倾，斜指南天。自古为佛道两教传习胜地，更是游览佳境。这些历史古迹和得天独厚的自然景观，都是不可多得、更不可复制的稀有资源，如何保护和利用这些资源加快转型发展，值得关注和研究。

铁马金戈，侠骨柔情，纵万般情仇随古而去，仍留千古绝唱与后人。于我而言，虽古寿唐关雄伟已逝，但勿让其再在默默无闻中，沦为“废墟”，走向消失。

保护古迹，时不我待！

（本文原载于2016年12月1日《凤凰台》一版）

寿唐关——一座影响中国历史的军事要塞

金　磊

众所周知，军事要塞寿唐关是后周世宗柴荣在显德三年（956 年）至显德五年（958 年）三征南唐期间建造的。令人没想到的是，这座小小的军事建筑，竟然会影响中国历史进程。这是怎么回事呢?

五代中最后一个朝代后周，是中原地区的大国，后周世宗柴荣是一位有着雄才大略的皇帝，他准备统一整个国家。策略是先南后北，先讨伐蜀国和南唐，再北伐契丹。

原因是自唐末到后周，战乱不断，百姓和有志之士都厌倦了战争，迫切希望统一。后周是中原地区的大国，具有统一天下的能力，当时有很多有才能的人士来到后周任职。而南唐虽然没有统一天下的能力，但是南唐国力强盛，是当时唯一能够抗衡后周的国家。

在后周攻灭南唐之战的经过中，南唐元帅李景达驻兵寿州，在八公山南塘四周的山头设置十八座连珠寨，与后周军队作战。据《宋史·张永德传》载："世宗亲征寿州，领军前至，紫金山唐人列十八寨，战备严整。"当周世宗"亲征寿州、领军前至"，发现这里是理想的屯兵之地，便立即率兵士在山口筑起寿唐关，此关前可拒唐兵，后可与下蔡呼应，堪称得天独厚的军事要塞，周世宗以此与唐兵的十八寨抗衡。

现在看来，寿唐关不足为奇，可是，在冷兵器时代，此关可就险要了。关两侧是悬崖峭壁，它据岗峦之山势，"南绾寿州，北控下蔡"，东边层峦叠嶂，紧衔古南唐，关前为险坡陡道，两侧青山对峙，颇有"一夫当关、万夫莫开"之势。

周世宗依仗寿唐关天险三征南唐并成功降服南唐之时，北汉乘机联合契丹南下攻周，柴荣再次亲征，未大动实力便攻下契丹的宁州，益津关，瓦桥关，莫州，瀛州，契丹大震，危机化解。也是在此期间，柴荣忽然得病，病情且日益沉重，不得不退兵。退兵不久，柴荣就病重去世，死的时候只有短短的三十九岁，统一大业尚未完成，实在让人遗憾不已。

有史学家分析，如果不是如此，凭周朝的实力和柴荣的雄才大略，不出一年，便可收复晋时割给契丹的幽云十六州，还可轻而易举的灭掉北汉，一统北方，再经过数年休整，南下攻取蜀、唐、越、汉、闽、荆、楚等国不会受到太大的阻力，这样一来，统一中国的事业就完成在柴荣的手中，而不是后来代周称帝的赵匡胤。

历史上对柴荣的评价很高，说他给五代时饱受战争之苦的人们带来了黎明的曙光，他基本解决了自中唐以来近两百年藩镇割据的局面，结束了五代频繁政权交替的历史，为结束中国历史上最混乱的时代奠定了基础。他继位之初，曾立下了“十年平天下，十年休养生息，十年致太平”的中国历代最朴素的“皇帝梦”，可是命运却和他开了一个最无情的玩笑，历史没有给他三十年，甚至没有给他十年，而只给了他短短的五年零六个月。而就是在这短短的时间里，柴荣创造了光耀千古的伟大功绩，效率之高，功绩之大，在中华民族几千年帝王史上绝无仅有。

历史上评价赵匡胤，说他之所以能统一中国，除了他本身的雄才大略、勃勃野心之外，更重要的是他接手的周政权国力强大，军队大多参加过对北汉、契丹、后蜀、南唐发动的战争，富有战争经验，不是柴荣辛辛苦苦打下的良好基础，赵匡胤的统一战争绝不可能在二十年内完成。元朝统一中国用了七十四年，清朝统一中国用了六十六年，相较而言，赵匡胤是相当幸运的。如果说宋太祖赵匡胤算得上是个伟大的皇帝，那么他的伟大也不过是因为他站在了巨人的肩膀上而已，而这个巨人就是柴荣。这是题外话。

话说回来，寿唐关为什么能称上是一座影响中国历史的军事要塞呢？原因是北宋之初，南唐余孽再次兴风作浪，宋太祖赵匡胤下南唐时，曾被围困在寿州多日，危机四伏，为保宋太祖，宋军将领战死无数。“赵匡胤困南唐”的故事，在古城寿州家喻户晓。正是凭借寿唐关的天险要塞，才上演了巾帼英雄刘金定横刀立马杀四门、大败南唐军、遂解赵匡胤之围这出改变中国历史的大戏。

我们今天回顾这段跌宕的历史，就是想告诉人们，曾经有多少突发和偶然才造成了我们今天的世界。我们为周世宗的早逝扼腕叹息，不是为一家一姓的家天下王朝，而是惋惜，一个如此伟大的强国之梦的破灭，中华历史进程在十字路口突然转向！我们为宋太祖庆幸，庆幸他能够有幸站在巨人的肩膀上成就一代霸业。我们更为能够作为凤台人而引以为荣，因为，坐落在凤台境内的寿唐关，见证、参与和或多或少已经影响这段足以影响中国千年历史的史实。

（本文原载于 2016 年 12 月 1 日《凤凰台》一版）

探寻千年古刹——维驾寺

金　磊

一

维驾寺，对于我来说，很早以前就有耳闻目睹。

记得上世纪70年代末，我随同父亲先后辗转在父亲的工作地钱庙、古店等乡镇上小学。父亲经常到县城开会，由于担心留下当时还很小的我一人在单位宿舍不安全，所以每次到县城开会父亲都会带着我一起去。

那个年代，交通不便利，乡镇到县城的班车一般每天只有一个车次，错过了就要等到次日。另外，车费也是一笔不小的开支。记得到县城一个来回每人车费大概需要4毛钱，两个人就需要8毛钱左右。在那个物资极度匮乏的年代，8毛钱足可以够我们爷俩一两天的生活费了，所以每次到县城，父亲都会骑上单位配发的自行车载着我去。尽管那辆自行车很破旧，但在当时来说还是非常稀有，骑上它的风头比起现在开豪车来，一点都不逊色。所以，坐着自行车到县城在当时对我来说，是一件非常快乐的事情。

记忆最深的是，我们沿着老凤利路一路骑行，每次都会在一个离顾桥集镇不远的寺西村停下来歇息一会儿。据父亲说，因为这里是沿途最有名气的地方。而每次歇息时，父亲都会指着两三百米外的一棵参天大树跟我说，你看那棵是银杏树，有上千年树龄了，那树旁边的一大片房子以前是维驾寺，现在改成小学了。父亲还说，维驾寺在新中国成立前很有名气，每年庙会时都会吸引方圆上百里成千上万的善男信女前来烧香拜佛。

寺庙里不都是出家人、四大皆空吗？为什么这座寺庙叫“为家寺”？我不解地问父亲。父亲操着浓浓的地方口音解释说，是“维驾寺”不是“为家寺”。或许父亲也不清楚“维驾寺”寺名的由来，尽管解释了多次，我还是糊里糊涂，在我听来，这座寺庙就叫“为家寺”或“韦家寺”。由于每次进城买好吃的心切，所以我一直没有认真追问它到底叫什么，一直在心里懵懵懂懂的感觉这座寺庙可能是古时候一个姓韦的人家建造的寺庙。也由于当年老凤利路与维驾寺之间有一条很宽的沟塘，所以虽然我们无数次的经过维驾寺，但一直没有走近参观过。

后来凤利路改道，新凤利路不经过寺西村，加上听说之后维驾寺被拆除了，所以维驾寺在包括我在内的人们心里渐行渐远渐无记忆了。

二

因为挖掘地方人文文化工作需要，近日的一个下午，我与同事在顾桥镇通讯员王玉进的带领下，驱车赶往寺西村维驾寺遗址。与记忆中不同的是，昔日阻断老凤利路与维驾寺之间的沟塘不知道什么时候被垫平，垫平后的沟塘上建了一排门面房，汽车可以直接开到古银杏树下。

接待我们的是寺西村退休村干部、年已古稀的童春花老人。老人非常热心，得知我们来意后，为了介绍得全面些，他又请来了年过耄耋、对维驾寺历史比较了解的童景杰老人。在两位老人的介绍下，平生第一次知道“维驾寺”的确切名称。

据两位老人介绍，维驾寺坐落在寺西村西侧，古时方圆百余亩地占地，建筑面积占地十余亩，坐南朝北为方形四合院建筑，分为殿门，前大殿、后大殿、东殿堂、西殿堂、禅房、膳房、休息殿舍，鼓楼、钟房等建筑，既有徽派建筑，也有苏式建筑。当地民间相传建于晋代，盛于唐代，历代屡经修复，佛道轮守。在唐朝鼎盛时期，维驾寺有文武两班数百僧人。每年农历正月十五、七月三十香客云集达数万人，宗教影响深远。

维驾寺到底是不是始建于晋代，在当地民间也没有肯定的传说版本。老人们的话在一块刻于两百多年前的石碑碑文上得到印证。在寺西村村部院内，现在还躺着一块保存完好、刻于清代乾隆五十年（公元 1785 年）重修维驾寺大殿时的石碑。石碑上的碑文清晰可见，碑文全文如下：

重修维驾寺大殿碑记：维驾寺不知建于何时，观其基址宏敞，柱石庞然，银杏苍老，想亦古之名刹也。历今代久年远，殿宇倾颓，佛像毁坏，或因住持无人整理，抑未尝不以工程浩大，难于措手也。今有善士蒋玉鲁者，清戒持世，善自性生，独捐己财，无需众助，重修大殿，再塑金身。虽非峻宇雕墙之美，已见好善事佛之诚。致使废者复兴，微者至著殆，亦今世之所稀耶。语有之曰：莫为之前，虽美弗彰，莫为之后，虽盛弗传。其玉鲁之谓乎。是为记。善士蒋名永治，字玉鲁，捐修；生员邓兆沄书丹；陈明兴、苏魁、李越勒石。大清乾隆五十年岁次乙巳仲春月——谷旦。

两百多年前的先人都不知道维驾寺建于何时，看来维驾寺真的非常古老了。童春花老人告诉记者，据就职在县旅游局的童克震研究，维驾寺始建于什么朝代、为什么叫“维驾寺”，其实是有比较可信传说的。

在童克震撰写的有关文章里显示，传说维驾寺的前身名为盛秀寺，始建于晋孝武帝宁康三年（375 年），国富民丰，佛殿兴盛，中原大地忽长一奇特参天大树“银杏树”，青葱竞秀，照耀千里，民众惊奇，四方灾祸兵火频频，这里却衣丰食足，永葆安康，称仙源静地。当地官府即修庙、设坛、筑神像供奉。寺庙始初百余亩地，四合院布局，殿门向南坐北，南北前后大殿各六间，东西禅房、耳房、膳房、卧房各六间。前大殿有西天如来佛祖神像，两旁有十八罗汉神像，后大殿立三清神像，墙绘阴曹地府、十殿阎君。东西房舍设有暮鼓晨钟、藏经书社、道场法场、求神问药等文物珍宝。故名盛秀寺，乃国泰民安，生机安康之意也。

传说唐贞观二年（628 年），盛秀寺旁参天大树（现在维驾寺遗址上的银杏树）花开灿烂，香飘百里，民间奔走相告，慢慢地在民间就误传为盛秀寺“参天铁树开花”。铁树开花本就是一个不可多见的奇事，何况是“参天铁树开花”，更是旷世绝无仅有。消息飞报京城长安，唐太宗李世民闻后大喜，以为“此吾朝兴盛之兆也”，预示天赐吉祥、国家昌运，随即传令摆驾赴盛秀寺赏看“参天铁树开花”奇观。

太宗皇帝一路龙颜大悦，州府参拜，盛秀寺名闻遐迩，御驾至西塘里（今利辛县阚疃集）驻跸。太宗意旨护驾元帅尉迟敬德先至盛秀寺打探情况。实地打探后尉迟敬德方知民间传说的“参天铁树开花”乃是“参天银杏开花”。他遂叮嘱当地官员，“今虽圣驾未至亦数到此，要重修寺院，以示维驾”。并令将“盛秀寺”更名为“维驾寺”。尉迟敬德据实回禀后，圣上摆驾回京。

据两位老人介绍，传说周显德四年（975 年），周世宗柴荣亲征寿州，欲前往住下蔡（今凤台），途径“维驾寺”，设行宫于此（有关周世宗柴荣亲征寿州在凤台境内设行宫的具体地址，在凤台民间的另一种传说是设在凤台故城西北的文殊寺，并有柴荣之女病故于此，留下柴荣洒金葬女的传说，目前凤台还保留有晒金场地名，又名洒金场)，下蔡府官拨巨款银两豪华大修，重塑如来佛像、十八罗汉，立尉迟敬德像供奉，雕梁画栋，墙绘阴曹地府、十殿阎君。至清代乾隆五十年（1785年)，善士蒋玉鲁独资重修维驾寺。维驾寺历代香客云集，是中原大地重要的民间宗教活动场所，影响百里之外。

三

据童春花老人介绍，维驾寺历代屡经修复，佛道轮守，历遭电火、兵劫。大炼钢铁期间、“文革”期间又遭浩劫，神像或被推倒，或被煅烧融化，文物尽失，唯有两块清代石刻在童春花老人的极力保护下才得以幸存。

如今，维驾寺已毁损无存，唯有树龄1300余年（有说树龄1500余年）的古银杏屹立在维驾寺东首。维驾寺到底有哪些传说，今人恐怕难以知晓多少，唯有从当地老人的记忆中得知一二。

据童景杰、童春花两位老人介绍，维驾寺有着很多传奇故事，像清代重修大殿时就是一例。

据传，当年一皖南徽州籍在京城为官的人士（是否是善士蒋玉鲁不得而知)，告老还乡前，在京城找人锻造了三尊铜质观音菩萨，欲运到徽州老家供奉。运观音雕塑的马车经利辛进入凤台境内，途经顾桥寺西村时马车在没有毁坏的情况下，却再也不能前进后退。在万般无奈之际，高人指点说，这是菩萨显灵，告诉世人这里就是他的归宿。众人恍然大悟，三尊菩萨随即落户维驾寺。

民间传说多少都会有些迷信色彩，不管怎么说，新中国成立前在维驾寺的确供奉着三尊铜质观音菩萨。在大炼钢铁时期，维驾寺里包括三尊菩萨在内的各种铜铁文物被投进煅烧炉。据童春花老人说，在煅烧三尊观音菩萨雕像时，大家感觉雕像不仅精美，而且年代久远，融化掉太可惜，在融化了一尊雕像后，另外两尊被保留下来，后来不知去向。

据老人们介绍，维驾寺在民国时期各大殿改建为学校。“文化大革命”后，又被改造成寺西小学。寺西小学迁移后，维驾寺经历了几次拆迁，最终被完全拆除。寺庙占有的逾百亩土地也被分发给当地居民用于耕种。在上世纪70年代，当地村民在维驾寺遗址上耕种时，还挖出很多和尚、道士专用的金银器。其中，一位村民挖出了一包道士用的金簪，在上世纪70年代末，换了一台拖拉机。

如今，古寺庙已毁损无存，唯独千年古银杏屹立在维驾寺遗址旁，记录着千余年的沧桑、尘封；另有两块躺在角落的古碑石刻，默默讲述着维驾寺那些鲜为人知的历史。

佛教历史与文化在这里有深厚的沉淀。直到现在，每年农历正月十五、七月三十，当地村民仍保留着到维驾寺遗址去敬香祈福的传统。如今，当地坚持生态家园与文明新村建设同步，重拾佛教历史与文化深厚积淀，秉承劝善行善古朴民风，立家规、传家训、重家教，重塑美德家风的文明新风已在这里形成新的风尚，给这个环境优美的家园注入了新的人文内涵。

千年古刹维驾寺，丰厚的文化积淀，感人的传奇故事，有待引起有关部门高度重视，进一步的挖掘、整理和开发。

（本文原载于 2017 年 3 月 16 日《凤凰台》一版）

“火老虎”艺术源于“火烧南唐”的传说

金　磊

火老虎是流传于安徽省凤台境内的一种汉族民俗舞蹈形式，主要流行在凤台县刘集镇山口村和凤台经济开发区淮丰社区。火老虎的形成，在凤台及周边地区民间有来源于五代十国巾帼英雄刘金定火烧南唐将领余鸿的传说。

传说赵匡胤俘获了南唐后主李煜，统一了大江南北。相传在沙堈村南面的南塘岭上，啸聚了3万人马，到处打家劫舍，杀人放火。山大王就是那个青脸獠牙的南唐余孽余鸿，余鸿与刘金定同师学艺，武艺高强，有万夫不当之勇，还会邪门歪道的妖法，因此官兵奈何他不得。

为此，宋太祖封女将刘金定为平寇大元帅，率5万大军南下征剿余鸿，扎营于赤岭堡的八脚岭、三太岭、高坡岭和坝头岭一带，连营20里，声势浩大。刘金定和余鸿是师兄妹，看在师兄妹的情分上，刘金定派使者到南塘招安，晓喻余鸿归顺报效朝廷。余鸿听了却仰天哈哈大笑，道：“要我投降，没这么容易！刘金定凭什么要我投降？这个不知天高地厚的小娃子！”他约定来日交战，就逐出了使者。

刘金定听了使者的回禀，对众将说：“招降不成，就与其决一高低吧！”传令五鼓造饭，平明出发。翌日，双方在南塘岭下摆开阵势，刘金定拍马而出向余鸿挑战。余鸿大怒，纵马挺刀劈向刘金定，刘金定举起绣鸾刀相迎。两马相交，双刀并举，大战一百回合不分胜败，各自鸣金收兵。当晚，刘金定聚集众将议定以“火阵”攻敌，连夜分派了各路人马。

第三天拂晓，双方金鼓齐鸣，又在南塘岭下大战起来。刘金定与余鸿只交锋三十回合，诈败佯输，虚晃一刀落荒而走。余鸿挥兵追杀，不觉进入深谷之中。埋伏在山谷内的宋兵得令，一声呐喊，就四处放起火来。

此时金风乍起，火借风势，风助火威，毕毕剥剥的大火迅速蔓延伸向四周，顷刻间烈火和浓烟笼罩了群山，直把寇兵烧得焦头烂额，马仰人翻，全军覆没。此时，呐喊声、金鼓声、风声火声交织，山鸣谷应。余鸿策马左冲右突，总冲不出火网。烈火烧掉了他的胡须眉发，烧毁了战袍，烧熔了铠甲，余鸿抛尸于荒谷。

传说刘金定放火烧山烧死余鸿的同时，由于造成八公山上和淮河岸边芦苇都燃起大火，山林中老虎被烧起火，急跑下山逃生。火老虎民间艺术的形成，在凤台民间流传的说法就是为了纪念巾帼英雄刘金定，根据刘金定火烧余鸿大败南唐余孽的历史事件和传说衍生而来。

火老虎最大的一个特点就是“火”字。在制作上，采取夸张和写意的手法。表演者多着紧身厚衣服，然后再系上扎制的虎皮，虎皮上镶嵌着数以千计的火点。表演角色有老虎、狮、土地神、领狮者。通过老虎的扑、剪、扫等动作与狮子打斗，加上音乐烘托，场面激烈，惊心动魄，扣人心弦。2008 年 6 月，凤台县申报的火老虎经国务院批准列入第二批国家级非物质文化遗产名录。

（本文原载于 2017 年 3 月 16 日《凤凰台》一版）

听童景杰老人讲寺西银杏树的故事

彭春晗

初春时节，带着发掘整理凤台历史文化的使命和对这棵古老神秘银杏树的好奇，笔者来到顾桥镇寺西村村部。眼前这株古老的银杏树让人仿佛走进了历史的天空，尽管裸露的枝干没有绿叶的装扮，可依然感受到他的苍劲和威严。寺西银杏树如一位历经风霜的老人，他深邃的眸子折射历史的沧桑，他交织的皱纹烙上岁月的痕迹!

他是一部史书，记载着时事变迁，见证岁月流逝。那么祖祖辈辈在银杏树下生活的当地百姓又流传着多少有关银杏树的精美传说呢？几经周折，记者见到了该村年过七旬老人童景杰，据说他是这周边最了解银杏树历史的人。

老童说，关于银杏树的传说很多，有些历史有资料可查，更多的是传说故事代代口传。过去言论不太自由，尤其上世纪六七十年代文革时期，一些带有迷信色彩的传说故事根本不敢讲。现在好了，科普知识深入人心，人们相信科学，也知道有些传说迷信，不过也无所谓，权当茶余饭后笑谈，为人们增点乐趣，为银杏树增加些灵气而已。老童说，《寿县志》里记载，晋代就有了这棵银杏村，不过多数人认为史料首提寺西银杏树是在唐朝。有李世民欲赏“铁树开花”之景一说。

银杏树边有座寺庙叫维驾寺。以前建设寺庙时都要在庙旁栽树，叫土地树。也许水土气候原因我们这地方栽土地树不适宜生长，就以银杏树代替。这种树生长慢、寿命长，而且叶可药用。同期的银杏树在这周边共栽有 3 棵，1 棵在朱马店清泉集寺庙边，另一棵在顾桥樊庙。樊庙银杏树寿命不长，清泉集银杏树在 1954 年冻死。上辈人说，维驾寺除了这棵古银杏外，后来寺庙西南又自然生长一棵，不知什么年代外地来了一批和尚后，却不知为什么这棵银杏树没了，有人说让和尚们带走了。老童听他叔父讲，这个庙在唐朝鼎盛一时，多时达 360 名武僧。

千年古木，一路走来，历经磨难甚至遭遇过火灾，可至今依然顽强生长！老童介绍，200 年前的一次火灾几乎吞噬了银杏树的生命。火灾发生后，一位姓童的寺庙主持率众扑火，他们组成人梯由上而下泼水，但附近整个水塘水被用完也难灭大火。这时他灵机一动，决定用塘泥进行灭火，他动员农民挖运塘泥粘贴树上，由于隔绝了空气，大火得以扑灭，这就是流传的“乌金土救白果树”的故事。白果树最后一次火灾大约在解放初期，当时维驾寺是学校所在地，银杏树在校园里，一位老师因砍树枝烧饭而造成火灾！

关于银杏树的种植、树龄以及火灾的原因，村民们也说法不一。在时间上，有说三国两晋时代、有说唐初，还有说明五代十国期间才出现的。对于栽植，有说修建维驾寺时僧人从外地引苗移栽的，也有说在一口老井里自然生长的，而且祖辈从井砖和敲击树根有空响来证明。至于大树遭遇火灾更有很多凄美的故事。电击也好，失火也罢，已经过去，这些都给银杏树增添了历史伤痕和厚重的文化。现在我们要守卫、爱护这一古木，使之成为承载历史、融入民俗的文化遗产。

前几年在一些热心村民的争取和县乡两级政府的支持下，得到了文化部门的重视，被淮南市列为重点保护珍贵植物。2015 年测量数据显示：寺西银杏树树干高 25 米。

据淮南市文物部门考证和茅仙洞风景区功德碑记载“这棵千年银杏树在维驾寺内。今天的凤台县顾桥镇寺西村，始建于晋孝武帝宁康三年（375 年）距今 1300 余年历史（注：碑记时间，到现在有 1600 多年），维驾寺与茅仙洞硖石寺为一宗两支”。这棵银杏被淮南市文物部门规定为“一级古木”，与凤台古银杏、马店清泉银杏为“姊妹树”，其中一棵位于凤台一中校园内，公元 220 年三国时东吴大将周泰花园的观赏物，为周泰夫人所栽，树龄为 1800 年左右。

银杏树在维驾寺东面，千百年来，每到农历正月十五、七月三十香客云集，他们许愿祈福，欣赏古木。据清代乾隆年间重修维驾寺大殿碑记载：观其旧址宏敞，柱石庞然，银杏苍老，想亦古之名刹也。

据《寿州志》载：中原大地忽长一奇特参天大树“银杏树”，青葱竞秀，照耀千里，民众惊奇，四方灾祸兵火频频，这里却衣丰食足，永葆安康，称仙源静地。当地官府即修庙、设坛、筑神像供奉。由此可见是银杏树是建设寺庙的缘由。

唐贞观二年（628 年），寺庙参天大树花开灿烂，香飘百里，民间奔走叫号“铁树开花”，而“铁树开花”旷世绝无仅有，预示天赐吉祥、国家昌运。消息飞报京城长安，皇帝李世民惊闻大喜，以为“此吾朝兴盛之兆也”，传令迎驾赴寺观赏，一路行至西塘里（今利辛县阚疃集）。地方官打探方知“铁树开花”乃是“银杏开花”，开花的树就是寺西银杏树。

另据有关史料记载，维驾寺院内银杏树相传为唐代高僧所植，淮南市文物部门考证，距今1300余年历史，相传高约数十丈，树冠百余米，七人合抱。如今这棵古木依然虬枝苍劲，分两支直插云天。由于电火击烧，主干部烧空，人可入内。

古银杏树有着美丽凄婉的传说。相传民间传统剧目《火烧白玉街》就是来自“火烧银杏”的传奇。据传，民国初期，富豪张公子前往陈庙（今关店乡陈庙村）逢古庙会尽兴，巧遇三小姐同宿维驾寺，谁料三小姐是狐狸仙妖，立马缠得张公子身染大病，张员外于是善心大发捐修维驾寺，寺内法师设坛，请来天兵天将灭仙妖救公子，和尚口中念咒，宝葫芦喷火点燃银杏，大火三天三夜未息，树中烧空，四方民众用泥沙堵树洞灭火，张公子得救醒来，忽见上天批下一纸书，上写：“为民除害烧白玉，重修维驾济贫民”。

当然，有关寺西村这棵古树，还有一段鲜为人知的爱情传说。

灵芝山有一位姓白的姑娘修成仙人，自取名白姑。一天，白姑在仙洞闲坐无事，想出去走走，探望人世间万物，好解心中闷倦。于是她便腾云驾雾来到凡间，看到世间的一切都觉得很新奇，尤其男耕女织的恩爱生活让她心充满遐想，渴望过上这种自由自在的美好生活。

白姑初到人间就降落在韦驾寺前，恰好这里有位帅气公子，正在寺庙许愿，白姑心中顿时产生爱慕之意。当这位公子起身回头准备离去之时，却把白姑撞个正着。这位公子见自己闯了祸，心中害怕，忙向白姑赔礼。哪知白姑宛然一笑。随后通过问答了解到这位公子叫蒋煜，家住蒋家庄（今古店乡王大村蒋楼队），尚未婚配，当日奉了母之命前来寺庙上香，无意间撞见了姑娘。白姑听完蒋公子叙述完身世后，心中甚喜，她便向蒋公子倾吐了爱慕之意，要与蒋公子结为百年之好。蒋煜看到白姑娘长得貌似仙花，便满口把婚事应承下来。不久，白姑与蒋煜结下了连理，夫妻勤劳持家，过着幸福的日子。夫妻还经常施舍左邻右舍，得到乡亲们夸奖。

一过两年，王母娘娘知道了白姑私自下凡订终生的事以后大发雷霆，忙命天神和雷公，捉拿白姑。天神和雷公来到凡间蒋家庄白姑门口。这时，白姑正在屋中纺棉织布，见天神和雷公心知夫妻不久，忙让蒋煜躲藏，那料蒋煜刚出来就被天神劈死。白姑心情悲愤，在不敌众神和雷公后逃走，最后逃到维驾寺中。然而她还是没有逃过此难。雷公发力正好击中白姑，烈火烧身，白姑疼痛难忍，一头扎进下面的深井里。

白姑死后不久，便从寺庙的水井中长出一棵银杏树，人们传说“火烧白玉街”的白姑娘死后化成的银杏树，这个传说一直流传到至今。

关于银杏被烧的传说，还有很多，童景杰就说了一个类似白蛇传的故事。这情节在以前有个名叫《火烧白玉街》的地方戏中得到反映。很早以前，一只狐妖爱上了当地一位白面书生，她变化成仙女和书生交往，渐渐产生了感情，两人形影不离，如漆似胶。有一年正月十五，恰逢朱马店清泉集庙会。整个古庙周围人山人海，烧香许愿、拜神祈福、物资交流，十分红火。书生偕狐妖图热闹去逛庙会。两人来到大殿许愿之时，狐妖不幸被法师识破真身，随即做法除妖。狐妖修炼时短，道业不深，战不过法师，只好一路东奔，跑了几十里后，她发现前面有一棵大树巍然屹立，随即逃进树中。由于银杏树枝长叶茂，法师难以下手，相持良久。最后，法师做法请雷公电母下凡相助，于是电闪雷鸣，银杏树无辜遭殃，天火点燃了银杏树枝干……

在当地，千百年来村民一直把银杏当作有灵性的神树，围绕着“灵”衍生出很多带有迷信色彩故事，这也许能让人敬畏这棵古树，从而不会破坏，让它得以正常成活生长吧。童景杰老人向笔者讲述了几个“因果报应”的例子。

以前邻近有个土窑厂，几个民工空闲时间来银杏树周边玩，由于树在寺庙里，他们翻墙而入，又说些不敬的话。结果这些人回来都患了疑难杂症，先后病亡。一个私塾先生因为坎银杏树枝烧饭，抱病而亡。前些年因生产生活需要，村民在银杏树旁打机井。在施工时发现从树干空穴里钻出一条巨蛇。晚上有施工人员梦到巨蛇的警告，说是树龙，不能伤害。第二天，他们放炮上香，表明打井是为当地百姓，此后每个人都很平安。

当然，千百年来，发生在银杏树边还有一些神奇的故事。有次，童景杰和几位村民在寺庙里守护观音像，晚上土屋漆黑一片。一个人半夜起来方便，猛然整个银杏树周围如同白昼，照亮寺院。

常言道，树大招风。可寺西占银杏树不仅招风，还招来一些飞禽走兽。童景杰还讲述了一些类似蒲松龄的《聊斋》里的故事。尤其树干中空后，里面成了一些动物的栖身之地，经过代代相传也衍生出许多神话故事。狐仙更是人们津津乐道的事。当然也有一些害人的妖魔会给百姓带来灾难，可总会被降服，最后皆大欢喜。

上世纪50年代，淮河发大水，银杏树周边一片汪洋，这里只有3间房屋尚能居住，出现人与“妖”挣居所的情况。在这居住的一个妇女突然患了眼病，可就是治疗不好。无奈之下请了先生，先生看后就说中了邪气，有个动物精来到这里侵害所致，随请村里血气方刚的年轻人来吹气驱赶，不治而愈。还有一次，一位小产妇女低烧不止，卧床不起，家人以为是产后身体虚弱，天天吃补品就是不好。后来请知名医生前来就诊。几针下去，妇女从床上挺起，又喊又叫，又哭又闹，坚决不让扎，5个年轻人都按不住。医生说，这是狐妖作怪，专门侵害身体虚弱的妇女老人。胸口扎针正好逼狐妖离身，不然也不会有这么大的力气。当然，这是迷信说法。

一年一度时节到，又遇古木逢春时。尽管寺西银杏树尚未发芽，但温润的春风会很快染绿这棵古老的大树。我们坚信，在各级政府的高度重视下，在当地百姓的保护下，寺西银杏树一定会更健康的成活下去，成为我县观光旅游点里一道亮丽风景！

（本文原载于2016年11月15日《凤凰台》三版）

民间艺人程锦玲的推剧情结

彭春晗

地方剧种推剧是凤台人自己创造的民间艺术，属省级非物质文化遗产。前些年文化艺术的多元化及过多受到市场化冲击，加之地方对民间艺术重视不够，地方剧种受到影响。同样推剧发展也遇到了困难。民间艺人程锦玲不因艺术商业化而移志，执着于被冷落的推剧艺术，淡泊名利，甘于奉献，继承并发扬这一根植于州来大地的民间艺术，为推剧的发展和丰富群众文化生活做出了贡献。

推剧又名“四句推子”，是在民间舞蹈“花鼓灯”的基础上发展起来的一个年轻剧种，以前是花鼓灯的后台小戏，脱胎于“花鼓灯”。它的主要组成部分有表演——花鼓灯，声腔——扬琴，再加上流行在淮北平原的民间舞蹈。推剧萌芽于建国前，形成为戏曲并搬上舞台是新中国成立后。推剧艺术来源于汉族民间小调，与凤台一带人民群众生活习惯、民风民俗有着十分密切的关系，其主要内容反映群众追求国泰民安、幸福生活的美好愿望，歌颂民风纯朴、爱情自由、家庭和睦、社会稳定美好的社会风尚，展现沿淮地区人民的礼仪风情和勤劳勇敢的精神风貌。

凤台推剧是凤台人自编自演的民间艺术，贴近生活，贴近百姓，很受人们喜爱。正是百姓的渴求和喜爱才让程锦玲执着于这条艰难的艺术之路。年逾五旬的程锦玲是顾桥镇临淝社区人，只要喜爱凤台推剧的老年人都知道她人好、戏好、精神好，特别她演的“丑角”表演戏更是生动活泼，幽默诙谐，给人快乐，让人回味无穷。

“草根”推剧艺人程锦玲，由于天生的嗓子好，自小痴迷音乐，是个生活中充满歌声的快乐女孩。有次和家人去看戏，舞台上的推剧表演深深地触动了程锦玲，从此迷上了推剧，天天哼着推剧小调，并立志当一名推剧演员。为乡亲唱戏是她的梦想，那时候程锦玲整天和父母要求学唱戏，而她父母迫于无奈，就同意了程锦玲的要求。就在 14 岁那年春天，程锦玲背起包裹行李，来到淮南潘集区艺术学校，拜花旦李成云、丑角王建国老师学艺。经过三年苦学，程锦玲掌握了大部分唱戏的技巧和技艺。16 岁那年首次登台演出，不仅赢得观众叫好，更赢得李成云、王建国二位推剧艺术大师的赞赏。

打那以后，程锦玲对推剧艺术更是精益求精，对于推剧艺术的唱、念、作、答她都掌握的很到位，特别是戏剧行当里的生、旦、净、末、丑，个个角色都演得好，而最受人们喜爱的是程锦玲所演的“丑角”，让观众笑口常开。采访程锦玲，这位快乐大姐侃侃而谈：“我从事推剧艺术 36 年，对于戏剧所扮演的各个行当角色都力求掌握好，那样演出的效果才能吸引观众，才能让观众拍手叫好。比如，这些年我所扮演的‘丑角’，其中有一个折子戏叫《傻子拜寿》，每演一场，都惹得观众哈哈大笑。观众的笑，才是对我演艺的肯定。”说完，程锦玲开心地笑了起来。

在采访中，程锦玲这样告诉笔者：“我国是个戏曲之国，尤其是地方戏种类繁多，唱腔各一，戏剧文化源远流长，加之戏能教育人、感化人，所以戏曲文化一直延续至今，深受人们喜爱。凤台推剧，是目前非物文化传承的剧种之一，我作为一名唱戏艺人，一定要把它发扬光大。以前我随各个戏班子唱戏，2014 年时，由我及临淝社区的 4 名艺人共同发起，共 19 人参与的文化团队，置办了一个唱戏小舞台，购置了戏服，在农闲和冬休时期，在社区文化广场搭个舞台，唱唱推剧给大家听，让广大居民开开心、乐呵乐呵，这才是我真正的目的。今年冬季俺这个社区的民营企业老板刘科看俺们为群众义务演出这样辛苦，他特地赞助化妆粉和辛苦钱 8000 多元，解决了俺们费用之需。像这样的企业老板，俺们打心眼感激他。”

艺术追求无止境。当前，民间艺术正在回归本位，党和政府十分重视民间文化的挖掘和传承，文艺的春天正在到来，这让程锦玲特别激动。她表示将继续传承这一淮河民间艺术，为进一步发扬光大推剧做出应有的贡献。

（本文原载于 2016 年 8 月 2 日《凤凰台》三版）

碧霞元君三访马瓦房

范传德口述　陈云整理

话说送子观音——碧霞元君（泰山奶奶）姐妹三人奉玉帝圣旨巡视民间，一日来到古州来地界马瓦房附近镇上。只见大街上车水马龙，好不热闹，元君姐妹降下云端化作民妇假装赶集。拐过街口迎面来了一支队伍，吹吹打打锣鼓喧天。一顶大红轿子由远及近，新郎官骑着高头大马喜气洋洋走在轿子前面。元君姐妹小声打听这是谁家娶亲如此气派，路人笑说："瞧见没？那个俊俏的新郎官是我们这赫赫有名的马善人家的二儿子，今天是他大婚的日子。""二姐，我们去看看吧！""好吧！"三姐妹远远地跟在迎亲队伍后面直奔马瓦房而去。

马善人——马云清，马瓦房的大财主。虽然富甲一方，但却心地善良。每年农忙时节雇了很多短工，但从来没有克扣雇工工钱和食粮，也没有和人发生争执。平日谁家遭受天灾人祸，马善人就派管家备点银钱去接济。马善人先祖乃隋朝时期一小官吏，因看不惯官场的尔虞我诈，弃官从商。因为他不但善于经营，而且广结善缘，所以生意越做越好。后来，因为躲避隋唐战事来到州来——马瓦房（现凤台县马店镇联民村）。马瓦房地处淮河流域，山清水秀五谷丰顺民风淳朴，是块适合定居的风水宝地。马家老祖就在此买田置地安居下来。因为家有祖训"以善为人，以善待人，方可代代兴旺。"所以，马家深受当地人好评。

时至今天马善人娶二儿媳更是热闹非凡，周边十里八村有头有脸的人物和地方县吏纷纷前来祝贺。元君姐妹隐身在马府转了一圈，甚感欣慰。元君嘱咐姐妹，他日若是马府有难定当出手相助，说完飞身云端继续去别处巡查。

马家二儿媳不仅人长得漂亮，而且知书达理孝敬公婆。可是两年过去了，她的肚子也没有动静。每年三月十五是泰山奶奶的寿辰，她都不辞辛劳去泰山烧香祈福，祈求泰山奶奶早赐贵子。元君见马家儿媳心地善良很有诚意，命三妹再去马瓦房听听民意，如若马善人一如既往布施行善就给他送去娃娃。三妹来到马瓦房乔装打听，当地人都说他是大好人大善人。于是，复命将见闻详说于元君。元君命三妹择日再去马瓦房以幻境醒示马善人，兴修庙宇。

这日，马善人的亲家——二儿媳的娘家爹黄百善登门看望女儿，他是这里远近闻名的风水先生。午饭过后二人正在闲叙，管家匆匆来报说："老爷，出大事了！府东头院墙外的大柳树上突然出现一座山头，山上一座庙宇，庙门上有几个镏金大字'泰山庙'……"黄百善一听哈哈大笑，拉住亲家公的手朗声说道："太好了！亲家呀，你的福气来了！"他们出了大厅快步登上二楼举目东望，只见"泰山庙"三个大字流光发亮，庙里隐约可见泰山奶奶面带笑容端坐大殿之上。黄百善用手一捋胡须说："马兄，我们何不前往泰山求取公文，在此立庙恭请泰山奶奶来此？"马善人一听正如他意。

第二日，他们备足盘缠日夜兼程到泰山求得公文。历经半年时间修好庙宇，请来泰山奶奶尊驾。时至正月十五，马瓦房锣鼓喧天鞭炮齐鸣，红男绿女皆来烧香拜佛。就在那年五六月份马善人的二媳妇怀孕了，第二年春天生下一对龙凤胎。这个喜讯像炸弹在马瓦房及附近的十里八村炸开了，人们对泰山奶奶送子一说更是深信不疑！所以，每年正月十五庙会来这里抱娃娃的人连续不断！

（本文原载于2018年3月10日《凤凰台》三版）

聚龙井的传说

范传德口述　高家胜整理

很久以前，玉皇大帝指派到马瓦房（现凤台县朱马店镇连民村）附近行雨的一条小龙极不作为，造成当地十年九年旱，百姓民不聊生，怨声载道。这年，玉皇大帝遣太白李金星到天下巡查各地小龙行雨情况，得知负责马瓦房附近的小龙好吃懒惰，不务正事，立即如实禀报给玉皇。玉皇一听大为恼火，决定调回这条小龙，把距马瓦房近百华里地的界沟集行雨的小龙调到马瓦房。马瓦房的百姓获悉后非常高兴，但转念一想：龙喜爱水，马瓦房南边不远处，就是西淝河及港河，它会不会到那居住呢？聪明能干的马瓦房的群众，立即裁决挖沟、建井，聚水造景，给小龙提供一个优美舒适居住的环境，留住小龙。说干就干，利用一年多的功夫，马瓦房的百姓就在当地挖了72沟，建了72口井。说也凑巧，马瓦房西、南、北三面来水打此通过，很快清澈透明的水积得井满沟平。但百姓们由于一心一意要把小龙留住，对此还是不放心，怎么办？据说当时村里就有近百十号老人为此揪心，愁得好几天茶水不进。后来大家一合计，一致认为：龙怕火，何不在村子南侧建窑生火拦住它，说八个样地也要截住小龙。不到半年的时间，72座窑立马建成。

当年盛夏的一天，北方上空，乌云翻滚，雷声大作，马瓦房群众清晰地看到一条龙借着风雨，直奔而来。说时迟那时快，马瓦房群众瞬间点着72座窑，顿时火光冲天，一片火海。小龙发现大火挡住了去路，低头一看，不禁脱口惊呼："啊，下面景色好美呀！"沟渠纵横，塘池如星；72口井，好像72颗珍珠，撒落在村头巷尾。塘水碧波荡漾，沟水透明如镜，井水清澈见底。沟渠上的72座桥坐落有致，一座比一座奇特，一座比一座俊秀。井上桥，桥下井，可谓三步一桥（瞧），一步换井（景），好一副美不胜收的经典画卷。占地10多亩地的一座庙宇，飞檐崇脊，粉墙丹瓦，气势恢宏，颇为壮观；周围古树参天，枝繁叶茂，百鸟和鸣。小龙看在眼里乐在心里，暗想：别说当地百姓不让走，就是赶，我也不走。

小龙留住在马瓦房后，从此风调雨顺，百姓安居乐业，此处成了一块风水宝地。更为奇特是：井水清澈透明，甘甜爽口，马瓦房百姓饮用此水，人人很少生病，个个健康长寿。据说在很久以前，当地人活到80岁以上的要占全村老人95%左右，是远近闻名的长寿村。现在，连民村的长寿老人也远远超过其他村。

因为居住在马瓦房的小龙，经常到的太庙东侧不到100米处的井里喝水，百姓为了留住记忆，就把这口井命名为：聚龙井。

（本文原载于2017年12月5日《凤凰台》三版）

联民村的泰山奶奶庙

胡焕亮

联民村位于凤台县朱马店镇东 2 公里处，新老凤利路穿境而过，北靠凤利路和永幸河，水陆交通便利，水利设施条件完善。这里远离城市的喧嚣和污染，民风淳朴，和谐安宁。村部南侧，有一座白墙黛瓦的仿古建筑，里面供奉着泰山奶奶。每逢正月十五庙会，远近乡亲们便会携儿带女，争先恐后，到这里赶庙会、听大戏，抱娃娃、许愿还愿。各种风味小吃、把戏杂耍应有尽有，热闹非凡。

说到泰山奶奶，不能不对她做一番介绍。

泰山奶奶是中国内陆的山神信仰，尊称为“东岳泰山天仙玉女碧霞元君”，简称碧霞元君。泰山奶奶在中国民间宗教信仰中占有重要地位。其道场是在中国五岳之尊的东岳泰山。碧霞元君的影响力历经上千年，特别是在明清时期以后，对于中国北方地区文化产生重大的影响。中国民间有“北元君、南妈祖”或“北圣母、南妈祖”的说法。

明清时，由于泰山奶奶影响日益扩大，祭祀元君的庙宇也从泰山扩展到全国各地，每日里香火旺盛，对其的信仰遍及世界各地。人们对碧霞元君尊崇倍至的原因有两条：首先，与元君的职司分不开。明万历二十一年（1593 年）王锡爵《东岳碧霞宫碑》记载：“元君能为众生造福如其愿，贫者愿富，疾者愿安，耕者愿岁，贾者愿息，祈生者愿年，未子者愿嗣，子为亲愿，弟为兄愿，亲戚交厚，靡不相交愿，而神亦靡诚弗应。”由此可知，泰山奶奶在民众的心理层面上简直是有求必应，无所不能。

其次，碧霞元君作为平易近人、和蔼可亲、乐善好施的女神，更是让劳苦大众倍觉亲切，从而愈加信赖她，一跃成为民众心目中的慈母、圣母。每年的农历三月十五日是碧霞元君的生日，香客多来此祭拜以示庆贺。

泰山奶奶，在道经中称为“天仙玉女碧霞护世弘济真人”、“天仙玉女保生真人宏德碧霞元君”。因坐镇泰山，俗称“泰山娘娘”、“泰山老奶奶”、“泰山老母”、“万山奶奶”等。

道教认为，碧霞元君“庇佑众生，灵应九州”，“统摄岳府神兵，照察人间善恶”。泰山奶奶是中国传统文化中道教里非常著名的女神。传说泰山奶奶神通广大，法力无边，慈悲为怀救苦救难，其法术高深，护国佑民，有求必应，深得中华炎黄子孙的敬仰和爱戴，是中国历史上影响最大的女神之一。

说到这里，不禁会有人发问：朱马店镇联民村地处皖北平原地带，既无名山，又无大川，贵为“天仙玉女碧霞护世弘济真人”的泰山奶奶怎么会“落户于此”的呢?

相传，早在唐代某年，当地一开明财主名叫马云清，与西面二十里之外展沟集的黄百善两家联姻，娶来黄家姑娘做儿媳妇。这黄家姑娘天生丽姿，乖巧懂事，不仅勤快，还会孝敬公婆，知情达理，但是，进了婆家很久，不见开怀孕子。这可愁坏了马云清一家。一日，烦闷中的马云清派人请来亲家黄百善小酌，几杯酒下肚，马云青不经意间长叹一声，欲言又止。他亲家黄百善是远近闻名的地理先生，早年就饱读诗书，经多见广。他自然知道亲家的心事——希望唯一的儿子、儿媳早早让他抱上孙子。

黄百善含笑道：“亲家莫愁，请随我来。”两人边走边聊，不觉走出庄外，来到一处开阔地面。马云清不解其意，问道：“这是我家的五亩三分地，有什么好看的?”黄百善不慌不忙地说，“你可知这是一块风水宝地?若你愿意的话，我愿献出五亩地的资金，连同你的五亩地，一共十亩，为地方捐建一座庙宇，派人办理相关审批文书，去泰山请来泰山奶奶，那时，包你如愿以偿，同时还会给地方百姓苍生带来无尽的福祉!”闻此言，马云清大喜，于是很快划拨银两，请来工匠，开土动工。另一方面备两匹快马，带足盘缠，前往山东泰山，去迎请泰山奶奶。

他们的善举，早为泰山方面相关部门知晓，离泰山五十里开外就有人迎接，并告知：你们可以回去了，相关批文随后就到。就这样，经过了一番紧锣密鼓的施工，一座崭新的泰山奶奶庙拔地而起，端庄、祥和的泰山奶奶，安坐其中。因为当地人历来有正月里唱大戏的习俗，就定正月十五日为逢庙会的日子，每年从大年初三开始唱大戏，一直唱到正月十五。

说来也奇，这年春天，马云清的儿媳怀孕了，生下了一对龙凤胎，马云清、黄百善两家自然欢天喜地，喜不自胜。

这消息很快传了出去，传遍了十里八乡，那些希望人丁兴旺、早添子嗣的人家，自然蜂拥而至。每逢庙会，前来抱娃娃，烧香许愿的人总是熙熙攘攘，络绎不绝，一直延续至今。

历经上千年的风风雨雨，战火动乱，这座泰山奶奶庙数经毁坏修缮，如今，又以全新的面貌呈现在人们的眼前。周边宽阔的场地，是村民们休闲娱乐的极好场所；厚重的文化氛围，教化了一代代村民，使他们敦厚、朴实、善良、勤劳。泰山奶奶庙，和村民们一样，沐浴着改革开放的阳光雨露，为新时代新农村，继续发光发热，为当地人做着奉献。

（本文原载于2017年8月17日《凤凰台》三版）

硖山口的古今诱惑

童克震

沿着羊肠小道从寿堂关信步西游，顿觉山岚氤氲，神清目明，远处淮水浩淼，泻向群山环拱，缕缕青云漂浮在一碧万顷的三湖平原，眼下舟帆如梭，渔歌互答，把硖山口妆点的肃穆清丽，新开辟的盘山公路如玉带环牵着硖石晴岚，群山起伏，翠色欲流，给硖山口平添生机和神韵，游客无论拾级登山，还是驾车巡游，无不被硖山口的诱惑充满渴望，情不由衷地抚今忆昔，流露一番感慨来。如今的硖山口衔远山、拥淮水，揽凤城、灿长空，已经出脱的仪态万千，楚楚动人。亲亲美，淮河水；望不够，硖山口，早已成为游人的心语。

翻开历史断页，可知硖山口古称硖石口，曾经烽火辉煌，历代文人墨客过而表章，人文荟萃，历史厚重。古时就被列为“寿春八景”之一，明代文人傅君锡称淮上名山，留有《硖石晴岚》一诗云：“何时凿得此名山，夹束淮水列两班。鸟度高峰千刃窈，人行空硖几层湾。朝霞暂卷岚光霁，旭日初匀树色斓。自是化工神点染，拨开宿雾见真颜。”硖山口位于八公山景区西首，原淮水从中穿过，后山口拓宽工程造就了河心孤岛。传说此处阻流，大禹遂以神斧劈开，致使硖石两岸分立，成为长淮津要，历为兵家必争之地。

据光绪十八年《重修凤台志》云：“硖石两鹿交错，阻遏逼蹙，禹凿宽，本两山而疏之，非一山凿而两之也。”世人为纪念大禹治水功绩，在西硖石山筑禹王庙，后毁于兵火。这里又是著名的淝水之战的场地，东晋将军胡彬退守硖山口，凭借天险击退秦军，从此硖山口天险声名大振，历为兵家要地，烽火不断，防御工事此起彼伏。据光绪十八年《重修凤台志》云：“硖石古有四城，一在东硖石顶，一在西硖石顶，一在禹王山腰，一在长山北麓，四城相距不及五里。”焚于历代战火。

西硖石有一摩崖石刻《筑城记》，为宋代寿春府都统夏松题石，历经风雨，字迹斑驳，几不可认，主要介绍硖石军事重地的城池工事建设情况。东硖石古城林立，据说淮南王刘安就是从此处跟着八公神仙升天的，人们传说岩石上的陷印就是刘安骑马留下的马蹄印，因而禹王庙宏伟肃穆，香火十分旺盛，刘安的升仙石沾满灵气，人们顶礼膜拜，影响久远，由于几经兵火战乱，公事城池庙宇全部化为灰烬，遗址犹存，但一直香火不断。

锁淮硖山造就一派山光水影的绚丽立体山水画，湍流雄浑，挺拔凌空，著名的美味淮王鱼此处独有，倾倒海内外游客，沉醉古今英雄。北宋诗人张耒来此游兴，即诗曰：浩荡平波欲接天，天光波色远相连。风吹两江初离浦，岸转青山忽对船。泽国秋高添气象，人家南去好风烟。步兵何必江东走，自有鲈鱼不值钱。1986 年县委、县政府开始开发八公山风景区，硖山口才得到重点保护，并规划为独立的景区，由于投入不足该景区只有社会效益，后来随着硖山口拓宽工程的疏导，硖山口已成为河心岛，古迹观光、自然风貌、水陆相游，使硖山口旅游前景十分看好。

2005 年，凤台县抢抓旅游机遇，掀起了大旅游的热潮，快速启动了八公山景区东移西扩工程，硖山口成为旅游开发的重头戏，已相继修复了“慰农亭”、入岛台阶，开辟了观光路线等，初步开通了水上游，环岛游，水路一日游，与皖北第一人文洞府——茅仙古洞交辉相衬，与凤凰台、南天门、观光山道首尾相连，与淮河游览观光码头遥相呼应。每日游客如织。

硖山口人文景观荟萃，历史积淀丰厚，具有得天独厚的地理优势和资源优势，县旅游局一定要借市委、市政府，县委、县政府发展大旅游的东风，竭尽全力打造硖山口景点，使之与八公山风景区结合互动，形成规模优势、特色优势，力争在第十一个五年计划把整个八公山风景区（包括硖山口景点）建成淮上著名的风景区。硖山口的历史令人荡气回肠，硖山口的未来前景一片辉煌，随着开发旅游的号角吹响，硖山口以自己的独有的魅力诱惑八方，得到此处信息的朋友，你能不心动吗？

（本文原载于 2016 年 8 月 6 日《凤凰台》三版）

王圩唢呐，扎根淮畔的民俗声乐奇葩

彭春晗

在凤台、利辛、颍上三县交界地带的杨村镇，有个叫王圩的自然庄。尽管庄子不大，却在周边颇有名气。那么这个西淝河畔偏僻的地方为何让人难以忘记呢？那就是唢呐！

王圩是个自然形成的古老村庄，由于村里拥有唢呐班子，在农村文化匮乏的年代，农闲时节唢呐班子的演奏吸引了周边十里八乡的村民前来欣赏。这样一传十、十传百，以至于外县都知道王圩有个唢呐班子，遇到个红白喜事就前来邀请。王圩唢呐也因此享誉周边。因为有唢呐这一民间声乐，王圩庄人气很旺，百姓聚集，带动物流，也就自然形成了一个集市，吸引周边群众买卖交易，尤其年前年后，人流涌动，生意红火。

为探究王圩唢呐，笔者通过镇文化站联系到邵集文化活动中心负责人之一——王西桂。王圩唢呐是该中心一项表演内容，王西桂对此十分了解，他向笔者介绍了王圩唢呐的起源发展、艺术特点和吹奏技法。

王西桂说，王圩唢呐有一百多年历史，据老一辈介绍，新中国成立前，有一家姓於的东北艺人来到王圩村，由于这里民风淳朴、村民热情好客，对外地人不但不欺生，还照顾有加，这让姓於一家十分感动，就定居下来。於家世代和当地村民和睦相处，交情深厚，也就融入了王圩。当初，於家带来了东北唢呐艺术，百年来一直不断传承发展。由于代代通婚，互有亲情，於家也就把这门技艺传授给了本村人，组建一个唢呐班子，实际上唢呐队也就成了王圩子的民间艺术团，被称为王圩唢呐。现在於文杰就是唢呐队的中坚力量。

唢呐艺术源远源长，全国有很多地方有吹奏唢呐的传统，它发音开朗豪放，高亢嘹亮，刚中有柔，柔中有刚，善于表现热烈奔放的场面和大喜大悲的情绪。是深受群众喜爱和欢迎的民族乐器之一，广泛应用于民间的婚、丧、嫁、娶、礼、乐、典、祭及秧歌会等仪式伴奏。

王圩唢呐以前也叫吹打班，人们又称王圩唢呐班、鼓乐班、菠林喇叭，是以落户在杨村的东北人於氏族人为乐手成员的民间乐班。自创始到现在，历经百年沧桑。

王圩唢呐班子自创始以来，始终传而不失，兴而不衰，通过几代人的努力，在本镇及周边乃至利辛、颍上、蒙城等地享有盛名，尤其颍上地区许多人都知道王圩唢呐班。王圩唢呐班多年来足迹遍及许多市、县，为活跃广大农村的文化娱乐做出了较大的贡献。王圩唢呐班演奏技艺既保留传统，又不断创新，技艺广泛流传，为我县民族民间音乐做出了贡献。王圩唢呐班经过多年传承，形成了自己独特的演奏风格。主要是擅长吹奏欢快的婚庆喜庆曲调和用于丧事吹奏抒缓、沉稳且凄婉如泣如诉。同时也由单初单一的吹奏技巧发展到今天的吐音（单、双、三吐音)、腹颤音、齿颤音、滑音、垫音、花舌、打音等多种吹奏技巧，音乐有开有阖，有静有动，富于变化，具有浓厚的皖北地方特色。

此外，由于邵集文化活动中心的成立，往往各类民间艺术综合表演，在传统曲牌中融入一些地方戏曲。如花鼓灯、推据、民间小调，甚至古典乐曲、流行歌曲、摇滚歌曲等多种形式。代表曲目有《迎宾客》《百鸟朝凤》《正月十五闹花灯》《抬花轿》等等。乐器有大唢呐、小唢呐，对笛、闷子、管子，二胡、笙、云锣、小号、长号、堂鼓、锣鼓、小锣等。表演对服饰无特殊要求。

婚庆时，唢呐班随花轿一路吹奏至新娘家，待新娘出房门上轿再吹奏，到新娘家后大吹一气，直至新娘下轿进入洞房，一般吹奏《万年红》《抬花轿》《凡字调》《拜花堂》等。《拜花堂》表现乡村新娘的羞、小伙的憨及众乡亲的哄笑，儿童调皮戏等。

王圩唢呐诞生在西淝河畔，其当初使命就是为偏僻农村各种活动带来文化气息，烘托气氛。人们婚丧嫁娶，操办红白喜事的礼仪由来已久，早成为淮河流域民间传统的一大习俗，尤其在农村广为盛行。那些传统的仪式，古老的民俗风情，延续了数千年，让人感受到中国传统文化的独特魅力。

老百姓有句俗话：婚事乃人生之大事，该喜该贺，即便是白事也要权当红事办，热闹气氛不能少。因此，当年的唢呐匠、鼓乐手十分走俏吃香。王圩唢呐经历过十分红火的激情岁月。上世纪六七十年代，凤、利、蒙一带农村人家，凡逢年过节操办喜事，谁家都想图个闹热，争面子，讲排场，请来唢呐匠和鼓乐手，吹吹打打送嫁妆、跟花轿、闹洞房，以及喝喜酒、回娘家等一系列喜庆娱乐活动，少则也要闹上两三天。操办丧事的风俗习惯更多，倘若祭奠长辈，铺排场面更不亚于红事。无论吊丧、送丧，都不离锣鼓吹打。更有甚者，请来戏班、打玩友、唱孝歌，亲朋好友陪同艺人们通宵达旦。

王西桂热心民间艺术事业，他对民俗文化十分热爱，也有一定研究，在表演中自己也参与其中。提起民间唢呐，年长的艺人们常有“胡琴三担米，唢呐子一早晨”的说法。其实，王圩唢呐跟其他民族乐器一样，并非一朝一夕就能学会。况且，民间唢呐曲牌数以百计，即便是流传甚广且常用的曲牌也足够吹鼓手操练三年五载。吹鼓手是民间的习惯称呼，其实他是唢呐匠与鼓乐手的合称。他们由社会业余器乐爱好者组成，也有民间艺人参与。凡有人请，只需邀约 5 人（吹唢呐 2 人，敲锣鼓 3 人）短暂合伙，因此吹打水平参差不齐。譬如在民俗文化“跟花轿”的礼仪中，有的唢呐艺人吹的《蚂蚁上树》《南瓜花》《伴妆台》等曲牌，一听那口风与技巧，便知是技术实力。但敲打背鼓、镲子、铛铛锣队员，则不需要多少技术，练习时间长短不是太重要，尤其在图热闹、非正式表演的情况下，只图锣鼓敲得响，跟着唢呐节奏走，并无多大技巧可言。要说办丧事那三吹三打的仪式中，民间唢呐可谓是独擅胜场。大凡鼓锣一响，三吹唢呐曲牌《普庵咒》《水落音》《将军令》必不可少。用队员的行话说，能驾驭此套曲牌的唢呐艺人，无一不会师传的换气功夫。相比之下，在祭奠、送丧等仪式中，唢呐所吹的哀乐曲牌《闹山河》《哭皇天》就显得简而无华。

王圩唢呐发音高亢、嘹亮，以前多在民间的吹歌会、秧歌会、鼓乐班和地方曲艺、戏曲的伴奏中应用。经过不断发展，丰富了演奏技巧，提高了表现力，已成为一件具有特色的独奏乐器，并用于民族乐队合奏或戏曲、歌舞伴奏。唢呐，也叫喇叭，小唢呐称海笛。传统唢呐的管身一共有八个孔，分别由右手的食指、中指、无名指、小指，以及左手的大拇指、食指、中指、无名指来按（惯用手不同者可换左右），以控制音高。发音的方式，是由嘴巴含住芦苇制的哨子（亦即簧片），用力吹气使之振动发声，经过木头管身以及金属碗的振动及扩音，成为唢呐发出来的声音。

传统唢呐按音域及乐器大小可区分为小唢呐、一般高音唢呐以及大唢呐，但其中又可分为各种调性的唢呐。后来改良的加键唢呐，一般可分为加键高音唢呐、加键中音唢呐、加键次中音唢呐、加键低音唢呐等，其特色是增加了按键及半音孔，以增多音域和稳定音准。唢呐的最大特色，在于其能以嘴巴控制哨子作出音量、音高、音色的变化，以及各种技巧的运用，这使得一方面唢呐的音准控制十分困难，另一方面则使得其音色音量的变化大，且可藉由音高的控制，作出很圆满的滑音，这些都使得唢呐成为表现力很强的乐器。唢呐的中、低音区音色豪放、刚劲，各种技巧都易于发挥，非常富有表现力。

王西贵说，唢呐不是个复杂的乐器，它的结构非常简单，由哨、气牌、芯子、杆和碗五部分构成。木制圆锥体杆上开的 8 个音孔，前七后一，错落地排列着；杆子上装的铜质芯子；芯子上面套有气牌和芦苇做的哨；杆下端安着碗。就是这样朴实，甚至有些简陋的结构，却几乎能演奏所有管乐的技巧，甚至能模仿人的唱腔，鸟的鸣叫等等奇妙的声音。把唢呐的几个部分拆开吹奏，能分别模仿不同的人物角色，老生的苍老低沉，花旦的俏皮灵动，武夫的粗鲁莽撞……这样一个小乐器，竟能独自演绎出人世间的喜怒哀乐。

吹奏唢呐，也需要一些技巧，要用手指把音孔完全按满。倘若音孔按不严，往往发出的声音就不准。因此，拿捏唢呐的吹奏气息，也成了一门学问。演奏唢呐往往比较费气，音越高耗的气量也就越大。一般吹奏起来，不能无间歇地长时间表演，但经过训练的演奏者，尤其是民间艺人，吹起唢呐来，互相比着较劲的就是持久的耐力。循环换气法是最常见的演奏方法，这样的吹奏能使得气息总是饱满不息，可以使乐音不间断地长时间延续，甚至全曲一气呵成。

唢呐定调的丰富，非同一般。多彩的调音，造就了唢呐的丰富全面。目前的唢呐多分为高音、中音和低音三种。普遍使用的高音唢呐，低音区略带沙沙声，发音厚实；中音区的音色则是刚健、明朗，最擅长各种技巧的演奏，极富艺术的表现力和感染力；高音区的发音响亮，畅快淋漓；最高音则尖锐、刺耳，把握不好就会变成难听的噪音，因此很少使用。当下经过改革的加键唢呐，已成为王圩唢呐乐队中一组完善的乐器，表现力更为丰富。

王圩唢呐的发展传承既有特殊的社会大背景，也有当地百姓的强力推进和人们对传统文化的热爱和传承。一方面国家重视，镇文化站的大力支持，为这里的传统文化提供了成长的沃土；另一方面，当地农民的积极作为。以王西桂为代表的民间艺术爱好者带头组织参与。目前村里建立了老年活动中心，成立了业余文艺表演队，建设了广场和活动室，添置了相关设施，每到农闲之时队员们每天表演，吸引四乡八邻的群众前来观看。王圩唢呐作为农民文艺团一项重要民间表演艺术依旧深受百姓欢迎。

王圩唢呐等民间艺术的兴起，使老有所乐，幼有所教，农民精神生活富足，无形中抵御了低俗文化的侵蚀，倡导了健康文明的文化新风，为美好乡村建设注入了强大的活力！作为淮河民间艺术的奇葩，王圩唢呐在新的时代又绽放出夺目的光彩。

（本文原载于 2016 年 7 月 30 日《凤凰台》三版）

一个有历史、有记忆的地方，总会让人对它心生敬仰、梦生依恋。凤台古城墙便是如此。千余载风雨的摧损剥蚀，给古城墙烙下历史痕迹，斑驳的城砖和条石依旧能让人感受到当年铁马金戈铿锵的雄壮。然而，一千多年后的今天，我们终究还是来迟了。站在当年古城墙的位置观望，城市犹在，只是不见了当年的老城墙。

——题记

记忆里，那段渐行渐远的古城墙

金　磊

在我的记忆里，越早就越是朦胧，特别是孩提时的事，就像旧时的照片，是分散的放在各个角落里，找到了，便是一段记忆，一段有关这座城市的记忆。

那是去年初夏的一天，在采访上海淮南商会成立庆典仪式后返回时，阴差阳错的错过了到达淮南的高铁，为了不耽误第二天工作，无奈之余转乘到了合肥。到达合肥时已是傍晚，好在提前让“发小”张绪驾车赶来。在驾车返回凤台的途中，由于很长时间没见，一上车我们打开话匣子闲扯起来。

“瞎哥（发小因我近视给起的虐称），你整天瞎忙活报道这报道那的，怎么不去报道一下凤台古城墙？”

“是不是我们小时候经常在玩的那段老城墙？地上部分早就没有了，还有什么可报道的!?”

“你不知道，前段时间老城区改造拆迁，那段老城墙的地下部分也被挖掉了，你再也看不到它了!”

张绪不经意间的爆料，一下子打开了我童年的记忆大门。

年龄稍大、土生土长的凤台城关人都知道，在他们童年的故事里，总是有南城门、东城门、古城墙作为背景。可在我的记忆里，我们县城的古城墙并不是完整的，它残缺的几乎快要破碎。对这种残缺的记忆，可以追索到我的小学时期、中学时期，准确地说是上世纪 80 年代初。

上世纪 80 年代初上小学时，我认识了张绪，并很快和他成为彼此最好的朋友，好到我们整个学生时代几乎每天都是形影不离。记得那时我们最爱结伴去他家老房子后（城南老搬运站职工住宅区附近）的古城墙边玩了。

说是古城墙，其实当时只是一段只有百十米长、两米多高、已是千疮百孔的城墙废墟。那时候小孩子最爱到这里玩的原因是，因为城墙外就是老的已经废弃不用的护城河，夏天站在古城墙上可以跳到护城河里洗澡、抓鱼；冬天可以向干涸后的护城河软硬适中的泥板地上跳，比一比谁跳的远；在还没有完全干涸的护城河稀泥里可以抓到泥鳅、河蚌等。另外，在城墙废墟砖块、条石上可以刻字刻画，在废墟里可以抓到青蛙、蟋蟀。在古城墙旁有一座奶奶庙废墟，在奶奶庙废墟里，好玩的就更多了。

小时候，古城墙在我们的眼里，就是一些十分耐刻、很大的砖块和条石，至于它经历了什么，与春秋战国或唐宋元明有着什么样的联系，一概不知。

小时候听老人们说过，其实这段古城墙以前更高更长，但在新中国成立前后的年代、特别是在“文革”期间破四旧的岁月里，任何人都可以去破坏这段城墙。拉个板车去挖几车城砖垫院子，撬几块城墙上的条石铺路、当门槛的现象每天都有，根本无人问津。直到今天还记忆犹新的是，在上个世纪城南古顺河街两旁，随处可以看到从古城墙上撬下来的条石，街道路面有很多都是条石铺成，被踩得光光的滑滑的，像今天的屯溪老街一样，这应该就是破坏老城墙的“功劳”吧。

这种肆意破坏古城墙的行为，一直到本世纪初的前几年，又一轮的城市建设和民间抢建结束后才算终止。终止的原因是，古城墙的地面部分已经销声匿迹，地下部分被居民当做建房用地基，埋在房屋地下。

老城墙的地下部分被挖掉的消息一直萦绕于心，挥之不去。曾经到古城墙的位置去探访过，早已是高楼林立了。据知情人士介绍，由于老城墙地下部分是采用石灰与糯米汁制成的黏合剂将一块块城砖和一块块条石粘合在一起的，所以拆起来相当吃力。需要拆除的部分拆除时只有用大型机械风镐先凿碎，再用挖掘机挖走，当做建筑废墟处理，早就难觅踪影了。

“夜阑卧听风吹雨，铁马冰河入梦来。”记忆里，古城墙虽然渐行渐远，但在睡梦中它依然那么令人神往、留恋。作为凤台人，我们还是要记住那些由先人用智慧和汗水筑垒起来的城池。因为，那不光是一种记忆，更为重要的是，在一千多年前，我们的先民，曾经怎样渴望过上和平、幸福、安康的生活。

烽火狼烟，鼓乐争鸣。一段城墙，一部史书。迎来送往，几多王朝。承载着抵挡冷兵器功能的古城墙最终消失了。这似乎也符合历史的发展和必然，尽管我们很惋惜，但历史不能重来，我们没有必要再为它的消失而悲伤。在这大自然的空间，在我们思维的空间，在太阳下，一切都是新的。人的有限的生命，在无限的时空里显得是多么的渺小短暂，但人今天创造的新鲜东西，对于明天，就是历史的存在，也是历史存在的证明。

我们更应当为创造新鲜、创造历史而努力！

延伸阅读：

《下蔡古城形胜考》记载：下蔡有自春秋至后五代之古城，有周世宗徙州治下蔡后至今之故城。二城毗连，俗名连城，又专名古城为连城，又合下蔡四面屯兵各！回城与古城统名为十二连城。他脉自孤山东行，又东北行，折南博原苍，距古城址数十文开一飞鹅大障，人城东南行，折而南，出南门，贯磨盘埂而东南行，给周徙之故城矣。西望孤山蔓山，秀色可提。推东北淮水背去，地卑辽远，无山障风，形势缺陷，不如周徙之故城雄伟周密也。

《下蔡古城遗址考》曰：城南北一里余，东西一里，周径三里余。周围城处存者高一二丈，南距磨盘埂数十丈，北距白衣庵数十丈，东距淮岸半里余，西距古千佛寺地基数十丈，东南距磨盘埂数十丈，西南隅直接菱角湖，西北隅距前后马场数十丈，东北隅距淮岸半里余。四城门遗址尚在，无门楼。南派阔数十丈，西南场即菱角湖，西像北境阔七八丈，东无场地卑，半里抵淮。城中皆为耕地，古街巷无考，惟南达寿州，北达蒙城大道而已。城垣砖石，数百年为里人取尽，略无存者。

《下蔡故城形胜考》曰：平冈自蒙城县来，至孤山东行，又东北行，折而南行，气脉搏厚，蓬勃莽苍。至故城北半里磨盘埂，埂东西二里余，横开大障，西脚前抱，西脚尽处突起大早，俗名大孤堆，约高三丈余。埂中心抽脉过峡分水，建城时就埂中掘为大潦，像中筑堤通行者。脉入城半里，突起文殊大早，约高六文。文殊阜东行，支冈微断复起，给黄铜山，高四文，与磨盘埂东脚交锁，收滚东下之水。文殊阜西北衍支冈，转西折南至大孤堆东，突起一阜，与大孤堆并峙，俗名二孤堆，收场西下之水。文殊车西南行，两边各行数支冈，南行抵淮岸止。距文殊阜二里余，右则夏肥水江淮。淮流穿峡北行三里余，抵眠羊石，折东行三里余，抵城南，二里余过城抵瑶洞湖，折而北行，缘故城东三里，则东岸黑石山与西岸黄铜山对立交锁，淮流一东，此故城大水口也。淮南诸山如列屏，西南陕石如天关，孤山蔓山，远拱右臂，与大、二孤堆形势遥构东南叠嶂，奔腾至黑石山，环抱城左，山水浪汹，扼险塞要，淮北雄境也。

《下蔡故城遗址考》曰：南北东西距各二里余，周可八里。自文殊车东支冈边抵东北隅观星台约一里，转北抵西北隅约二里，又转西抵西南隅三里，城基皆缘冈筑起，遗址存者高丈余。自黄泥冈转南，至普济庵约二里，城拔地筑起，遗址存者，惟黄泥岗高八尺。由黄泥岗东至普济庵遗址，为里人建筑石台，居家邻比，无复可见。普济庵至东南隅，遗址无。自东南隅转东约一里，他平滨淮，城基拔地筑起，遗址存者，惟转东隅里余，高或四尺三尺，此城池之大概也。古大南门在今普济庵右，距淮岸二十余文，门楼久废。古小南门在大南门右半里，即今三官楼，门楼尚存，门内额嵌石刻“连城保障”四字，距淮岸二十丈。古东门在文殊寺东冈，右距淮岸半里余。古北门直张家坝，距磨盘埂三十余文。古西门在二孤堆左，孟家洼右，距二孤堆南麓约四十丈，门楼俱久废。此城门之大概也。城场由北城址距磨盘埂，东距黄铜山磨盘埂交牙出水处，西距大、二孤难交牙出水处，宽八九文，深二三丈，旧址俱存。由黄铜山之南至东门旧藻多淤，趾在隐约而已，此城潦之大概也。城内四门古大街：南大街西转古顺河街。西大街北转古公馆园巷，南转古水巷，又西行南转古财神阁巷，又西行南转古小南门巷，北转古火神庙至古楼头巷。北大街西转古火巷，旧址俱存。此街巷之大概也。按《五代史·杨承信传》：时州徙治下蔡，承信增广其城。又《宋史·朱景传》，城外居民三千家，筑外城包人之。则所谓古城，或即当时所增拓亦未可知。而萧生此《考》极为详密，可藉以存旧址之大凡，故备录焉。

（本文原载于 2016 年 10 月 27 日《凤凰台》一版）

第三部分　新闻作品篇

岳炯作品（5篇）

岳炯，生于1952年12月。从业余通讯员起步进入县新闻宣传的“正规军”，任过县广播电台、电视台记者编辑；系复刊《凤台报》主编、《硖石晚报》总编辑；干过分管新闻宣传的宣传部副部长、县信息产业中心主任。直到退休，一生的职业标签就俩字：新闻。2013年出版新闻作品选辑《无悔新闻梦》。

凤台县城北乡十四户“鱼老万”

盛赞乡干部廉洁之风，称他们——

管鱼忙得团团转　捕鱼一个不见面

冬至前夕，靠联户承包迎来了第6个渔业丰收年的凤台县城北乡14户“鱼老万”，见人就夸乡干部的廉洁之风，称他们管鱼时忙得团团转，捕鱼时却一个也不见面。

“鱼老万”之一姬德连说，1984年他与沿湖的14户农民承包2000亩水面养鱼以来，乡干部每年都为养鱼管鱼操心出力。前年夏天，干旱使湖水枯竭，杂草腐烂，几万公斤成鱼面临危险。乡里主要干部轮换来到湖上，组织14户承包者从永幸河引水保鱼，分管渔业的副乡长王颖多，七天七夜没离湖。14户农民曾几次从湖中捞出大鱼款待大家，都被乡干部婉言谢绝。今年夏天，个别不法分子想煽动沿湖农民哄抢成鱼。乡党委书记宋炳国立即召开沿湖村干部会议，重申管湖条例，号召党员干部带头维护14户承包者的合法权益，严防哄抢。乡干部都深入到沿湖村队，向群众作过细的思想工作，避免了哄抢，保证了今年渔业大丰收。

管鱼时乡干部没日没夜，然而，从12月初起鱼以来，湖上却很少看见乡干部了，也没有乡干部向承包者吃、拿鱼的事。14户农民说：俺们承包6年，每年的鲜鱼产量都在5万公斤左右，户均年收入3000元以上，多亏乡干部勤政廉洁的好作风啊！

（本文原载于1989年12月24日《安徽日报》报眼。投稿至见报共7天时间，在当年全省“江淮杯”短新闻比赛中获得一等奖）

晚霞更染党旗红

——原凤台县委书记郭新吉离休之后

6月上旬，记者在凤台县采访，不少群众告诉记者："宣传郭新吉，怎么写都不过分！"这个县县长白泰平从乡下回来听说要报道郭新吉，晚上10点半钟了，还非要和记者一起去采访郭老头……

一个离休多年的老头子，为啥至今在全县干部群众心头还有这么重的分量？

"为群众谋幸福，这一点啥时也不能丢！"

凤台县岗胡、南金两个村，是淮南市挂上号的扶贫村。多年来，由于水害频繁，十年九淹，群众的温饱问题始终没有解决。1985年这两个村由该市潘集区划归凤台县管辖时，曾担任县委书记的郭新吉，深为自己没能帮助这两个村摆脱贫困而遗憾。他除了积极建议县委、县政府在冬修中对岗胡、南金村实行倾斜政策，帮助根治水害外，还千方百计为这两个村开拓致富门路。一天，郭新吉转到九里湾与岗胡村的群众拉家常，指着眼前成片的沼泽地和荒废坝塘问："这里面能不能养鱼？""恐怕不成。""为啥不成？""一无水源，二无先例。""没水源可以想办法引，没有先例可以创造嘛！""唉，可有谁愿意吃这份苦，领这个头呢？"听了这句话，郭新吉的心头翻腾开了。在担任县委书记期间，郭新吉就对全县丰富的水资源作过调查。他曾下决心提高焦岗湖6万亩水面的鱼产量，也曾雄心勃勃地计划把全县3万亩沟塘湖湾的可养水面充分利用起来发展养鱼。可是由于种种原因，这些设想未能如愿。此时，岗胡、南金村的群众又向他发出了呼唤。郭新吉暗下决心：将自己的余热献给凤台县的渔业开发，甘当岗胡、南金村群众寻找脱贫致富道路的拓荒牛。

前年一开春，凤台县城便一下子爆出新闻："郭老头要当鱼老万了！"消息传开，众说纷纭。有人说："郭书记晚年想开了，养鱼搞钱来得快，要不了两年就发了。”郭新吉的一些老部下和区乡干部也纷纷登门：“郭书记，想玩鱼看全县哪个鱼塘好划一个给你，哪能让你吃苦受罪自己养。”还有一些人干脆跟郭新吉掏心里话：“就凭你老书记的面子，往流通市场一站，哪里不是钱？何苦去找那个苦吃？”郭新吉把腿一拍：“那是什么共产党员，那是奸商、倒卖，我虽然离休了，可我还是党员。党员只能时刻想着老百姓，处处为人民大众谋幸福。这一点啥时也不能丢！”

“九里湾的鱼一天养不出来，我一天心不安！”

经过走访调查，郭新吉决定在九里湾实施自己示范养鱼的计划。他首先牵头承包了淮北大堤九里湾内的60多亩荒废坝塘，然后从亲戚朋友家东借西凑拿出7000元作为第一股，联合了4个股份于这年4月初破土动工。九里湾位于县城东北10余华里处，这里除了沼泽、苇草外，就是遍地的蚊蝇水虫。在这儿整塘养鱼，可比想象的要难得多。郭新吉每天都是起早揣上两个干馍馍，带上一壶白开水去，晚上披着余晖归。十几天下来，本来体重只有百来斤的郭新吉成了又黑又瘦的“人干子”。在筑堤引水和清塘的过程中，郭新吉更是天天一身水、一身泥。烈日下，他穿着短裤头，光着脊梁板在鱼塘里拔苇根、除杂草，一干就是一天不上岸，脚被苇根扎破了，撕块布条缠一缠；腿被水虫咬痛了，搽一点红药水。新筑起的渠身土质松软，经水一泡，七处漏洞、八处冒水。郭新吉见哪有缺口就往哪里堵，挖土来不及，就用身子挡。紧张过度的辛劳，把郭新吉累倒了。三四天高烧不退，茶水难进。一些老同志来到郭新吉病床前看他：“郭书记，你在凤台县为官十几年，凤台县87万亩土地上哪里没有你的脚印子！眼下岁数不饶人，该休息了！”“不！九里湾的鱼一天养不出来，我一天心不安！”郭新吉三下焦岗湖，四上城北湖，向工程师求教，回来自己实践。经过两个多月的艰苦奋斗，62亩精养鱼塘终于出现在九里湾内，当年投放的200万尾鱼苗当年就有了产值和效益。

“九里湾养鱼成功了！挣钱的路子有了！”在郭新吉的示范带动下，九里湾内的近200亩沼泽洼塘得到了全面开发。两年时间，精养鱼塘就由62亩发展到170多亩。随着鱼塘的开发，水源问题的解决，带动了九里湾内蔬菜生产的大发展。长达5华里的鱼塘两岸遍地是蔬菜，种菜面积已达400余亩，形成了一个“以鱼带菜，以菜养鱼”的良性循环经济开发格局。仅九里湾的蔬菜一项，岗胡村村民每年人均就可增加收入150元以上。在九里湾经济开发区的辐射下，岗胡、南金村所在的城北乡的菜、鱼生产也得到了飞速发展。近两年来，全乡从沼泽湖洼地中开挖出精养鱼塘270多亩，已有17户农民成了名副其实的“鱼老万”。全乡蔬菜面积达2300多亩。

“钱贴给了国家，俺心里踏实、舒坦!”

当初，郭新吉与县有关部门签订鱼塘承包开发合同时，就对几个股东说：“对国家什么时候都要规规矩矩，承包费一分不能少，一点也不能亏!”第一年，郭新吉就按合同如数上缴了2400元承包费。

去年夏，郭新吉按股份第一次从九里湾养鱼中分得了500元红利。他家都未回，悄悄把这笔钱送给了岗胡村小学，并反复交待：“谁也不准外传!”在他的家里，看不到高档家具，一日三餐粗茶淡饭，记者到他家采访，发现他连像样的茶叶盒都没有，从一个纸包里拿出隔年的炒青茶在招待大家。当年郭新吉养鱼时，有些人误解他是为自己搞钱，现在真相大白，许多人都感到愧疚不已：真不该委屈了这么好的郭老头!

今年4月，郭新吉主动退出股份，并说服其余3股，将62亩鱼塘连同固定资产全部移交给县水利部门，有人讲郭新吉这样做赔了塘，贴了钱，太憨了。可郭新吉的回答是：“贴给了国家，俺们心里踏实、舒坦!”

郭新吉不仅一个实心眼的对国家，也是一个实心眼的对群众。胡开友是岗胡村有名的穷汉子，老婆嫌他穷扔下孩子跑了。郭新吉养鱼成功后第一个让胡开友到九里湾养鱼。后来郭新吉为了让群众多得利，与几个股东商量，干脆把鱼塘包给胡开友等4个贫困户，使他们的年收入增加到5000元以上。现在胡开友已由要饭汉变成了“鱼老万”。63岁的胡多庆是岗胡村有名的流浪汉，他曾一度想在外一死了之。那年，郭新吉点名让村里把他安排到九里湾承包养鱼，两年就收入六七千元。胡多庆见人就说：“俺多亏郭书记呀！不是他，俺这把老骨头早该抛到异土他乡了。现在的干部能都像他，俺老百姓还有啥说的!”

（本文原载于1990年7月11日《安徽日报》一版，获当年全省好新闻一等奖，与鲁跃日等新闻同仁合作）

国旗不展，我们坚决不演

——记凤台花鼓灯艺术团赴英国演出捍卫祖国尊严的故事

8 月 11 日上午，凤台县委常委会议室里气氛热烈，掌声阵阵。中共淮南市委副书记白泰平和凤台县几大班子领导在这里为凤台花鼓灯艺术团赴芬兰、英国演出归来举行欢迎会。听罢演出归来的情况汇报，与会的市县领导不仅为他们此次的演出成功表示祝贺，更为他们在英国的演出中捍卫祖国尊严的爱国行动赞叹不已。

今年 7 月 31 日，应英国伦敦国际民间艺术节组委会的邀请，凤台花鼓灯艺术团以安徽省花鼓灯民间艺术团的名义，代表中华人民共和国赴英参加在希德茅斯举行的艺术节演出。当天上午 11 时许，凤台花鼓灯艺术团与 14 个国家的艺术团，一道参加统一举行的大型升旗仪式，然后进行入场演出。按照升旗办法，英方组委会事先将所有参演国的国旗捆扎好，升至旗杆顶部，然后同时拉下绳子，旗帜自然展开，不分先后。当主持人宣布升旗仪式开始时，所有参演国家的国旗都同时展开了，唯有中国国旗由于工作人员失误，仍高高捆扎在旗杆上没有展开。面对此情此景，演员们个个心急如焚。因为，在他们心中这时的国旗代表的不只是凤台花鼓灯艺术团，也不只是安徽省艺术团，是伟大的中华人民共和国，是我们伟大的中华民族的尊严。演员们谁也没有忘记，两个多月前以美国为首的北约轰炸了我驻南大使馆。今天，岂能让祖国和民族的尊严在北约国的土地上受到屈辱。他们当即通过翻译与英方组委会交涉，强烈要求速将中华人民共和国国旗展开。并坚定地表示：国旗不展，我们就坚决不再参加演出。英方当即表示采取措施，并也很快找来了升降梯，但要等到别国演出的间隙才能操作。这时，凤台花鼓灯艺术团的全体团员再也按捺不住急切的心情，提出我们自己徒手爬杆展开国旗。可是，面对下底直径只有 50-60 公分粗，顶梢直径只有 30-40 公分粗的旗杆，爬上去又谈何容易，又要冒多大的风险，而且是在这么多外国人的众目睽睽之下。然而，为捍卫祖国和民族的尊严，率团的领导顾不上考虑这些，同意让自己的演员爬杆展旗。年仅20岁的刘磊在小演员王飞、丰家兵的顶托下，飞快地爬上了7米高的旗杆，将捆扎的国旗展开，当鲜艳的五星红旗迎风飘扬时，整个演出会场出雷鸣般的掌声。所有的目光都一齐投向那神奇般展开的中国国旗，出席艺术节的所有中国团员都流下了激动的热泪。就连许多外国观众和坐在主席台的英方官员们也都带头鼓起掌来。不少的外国演员当场翘起了大拇指连声赞叹：ChinaOk。

中共淮南市委副书记白泰平对凤台花鼓灯艺术团捍卫民族尊严的爱国之举，给予充分肯定和高度赞扬。凤台县委书记魏耀民表扬他们为祖国争了光，为安徽争了光，也为凤台争了光！并号召全县上下要结合“三讲”教育和处理“法轮功”问题，学习宣传花鼓灯艺术团的爱国主义精神，促进全县精神文明建设。

编者注：

一篇引起各级党报重视的报道

8月13日，《硖石晚报》一版刊发的通讯《国旗不展，我们坚决不演》，引起各级党报的高度重视。8月15日，《安徽日报》以《为了祖国的尊严》为题在一版报眼位置刊登。8月16日，发稿后的第3天，《人民日报》总编办给本报打开电话，向本报总编辑核实新闻事实，高度赞扬凤台花鼓灯艺术团作为县级艺术团表现出的爱国精神，充分体现了凤台人民群众较高的政治素质。8月18日，《人民日报》华东版就以《为了祖国尊严》为题在一版报眼位置刊载。8月20日，在全国文摘报中发行量最大的《文摘周刊》摘发了该篇报道。

党性在数据中闪光

身居斗室三十载，
乐干加减乘除，
胸怀四化度春秋，
只想国计民生。

这是我县张集乡统计员岳仲铮在1984年被吸收为中国共产党党员时写下的一副对联。几年来，这副对联成了他的座右铭。

1986年底的一天，岳仲铮来到乡政府办公室，发现报到区里的年终报表被退了回来，理由是报表上的人均收入填报少了，埋没了乡里的成绩。如果按有关领导人的意图改填，全乡就要加上20万元虚数。好心人提醒他："仲铮，改了吧，甭自找倒霉！"岳仲铮深知统计数字每一个小数点都与国计民生有重大关系，岂能虚报浮夸欺骗国家！他断然决定，宁可丢掉饭碗，也绝不虚报统计数字！他亲自调查核实全乡人均收入的原始数据和有关论证资料，并以事实说服了区里的有关领导同志。岳仲铮对来自下面同志的好大喜功、虚报数字的浮夸风也坚决抵制。

1987年秋天，一村干部虚报了1万多元村办工副业产值。岳仲铮立即找到这名村干部，严肃地说："你我都是党员，党性可不能掺水分！"他的一席话说得这名村干部心悦诚服，重新改报了实数。今年，他被评为全省统计先进工作者，受到省人民政府的表彰。

（1988年6月29日见报于《人民日报》之前，先后由《安徽日报》《淮南日报》刊发）

更有温暖在“后方”

阳春3月，上海武警某部魏副政委专程给安徽凤台县人武部送来一面“竭诚拥军，共护长城”的锦旗，以此表达他们对凤台县人武部帮助部队战士排忧解难的感激之情。

1988年7月，安徽凤台县淝西村军属刘士友的大儿子到县城卖西瓜时不慎染上伤寒病菌。接着二儿子刘继中和小女儿刘继珍等一家7口人在不到5个月内，全部染病，住进医院。5个月刘家仅医药费就花去10000多元，家什卖光了，亲朋借遍了，但老人仍坚持不让在部队服役的三儿子刘继国知道家中的事情。

农时已进入小雪，刘家15亩地的小麦田还白茬放着。

“刘家误了种麦，将来生活怎么办?”

乡邻们三个五个凑在一起商讨着。

“我支持5袋化肥给刘家种麦。”民兵刘会全第一个伸出援助之手。

“我们出犁、出机械为刘家助耕。”队长刘好、民兵刘冠豪等牵着牛，扛着犁耙，挑着化肥，悄悄地把刘家的15亩麦子种上了。

紧接着他们又帮助刘家治病。民兵刘传鹏卖掉了与刘士友家合养的牛，将700元钱全给了刘士友。刘士友一家的事被正在桂集区晒网滩水利工地任总指挥的凤台县人武部部长缪纯新知道了。缪部长火速往返桂集区和县城，把刘家的情况向区委和县政府作了汇报，并率先代表县人武部全体干部职工送去捐款。副县长王秀英找到县卫生局和民政局领导，连夜研究安排抢救事宜。刘家的病灾叩动了桂集区民兵们的心。仅3天时间，桂集、双湖两个乡的基干民兵捐款840元。人武部带头捐款的消息在城里传开后，水泥厂、公路段、车管所、油厂等一些企业和县机关的几百名党政干部也为刘士友家捐款17000多元。

1月上旬，当在上海武警某部服役的战士刘继国闻讯火速回家的时候，全家7

口人的病情基本治愈，已在家中疗养了。刘继国望着家人的团聚，再看看地里那绿油油的麦苗，情不自禁地感到：更有温暖在“后方”。归队前，刘继国专程来到凤台县人武部找到缪部长表示感谢，缪部长拉着刘继国的手说：“放心地回部队吧，家里的一切有我们人武部和地方政府呢！”

（本文原载于1989年4月15日《解放军报》一版）

孙友虎作品（4篇）

淮商的当下构建

淮域，居全国各大河流域人口密度之首；淮商，在全国“十大商帮”之外。这个近代孕育的“不等式”仍在延续，不“解”不行。

“淮商”之名来自“两淮盐商”，明清“两淮盐商”大部分是徽商、晋商、陕商，而本地做强做大的不多，“走出去”的也不多。这是古代层面淮域的商情，当下不能只是“问号”，需要思考淮商的价值取向。

淮商的当下构建，至少应把握三个关节点：知己，知彼，成己。

注重内省，解决“知己”。淮域长期是我国政治、经济、军事和文化的重要分界带。淮域的郑州、开封、淮北、徐州等大中城市处在流域的边缘，不但没有成为淮河流域的中心发展轴，在某种程度上反而推动流域内的人力、物力资源向边缘地区进发。淮域四省省会城市，只有河南郑州属淮域，其余分属长江和黄河流域。在安徽，经济实力淮河流域不如长江流域；在江苏，淮域的苏北赶不上长江南岸的苏南；在山东，淮域地区赶不上沿海青岛等发达地区。包容不代表宜商，“打工”现象突出，新淮商正试图“反哺”家乡。

眼睛向外，学会“知彼”。明清“两淮盐商”的起步带有政策性，“长三角”、“珠三角”是最早开放的沿海、沿江地区，上海、厦门等自贸区的设立，同样有政策性引导。国际贸易“一体化”，有挑战，也有机遇。就淮域而言，既要正视自身三产与发达地区的差距，又要正视传统柜台与网络平台的差距，甚至流域、国内、国际商贸的差距。伴随网络新技术的发展，物联网成为新选项，“互联网+”产业更应成为选项。

指向精准，把握“成己”。对内抓融合度，对外抓开放度，是成就淮域自身发展的关键。抓合作，变“对手”为“握手”，切实加强流域内、流域外合作。抓粘合，变“路口”为“门口”，淮域的周边富集诸多优势资源可资利用，如淮域淮南靠近安徽省会城市合肥，着力推进“合淮同城化”；淮域苏北，依托江苏结对共建机遇，引入苏南发达地区资金流、信息流、人才流；淮域鲁西南，向青岛等沿海发达地区靠拢。抓整合，变“指头”为“拳头”，打造“中心”支点，形成以郑州、徐州、蚌埠等为中心的淮海经济带，推进行业整合、优势组合。抓引进，推进招商引资，实施“凤还巢”工程，变“流出”为“流入”。

不做“山大王”，学作“苦行僧”，新淮商的梦才会长高、变现。

（本文系《问道淮商》卷首语，团结出版社2016年版；《问道淮商》系淮南市文艺精品扶持项目成果）

对视一棵树

一棵树，一个人，格物当知。

人与树对视，耐人寻味。树置换氧，人活在氧里，“氧气袋”却与树无关。树等绿色植被的“领地”被占，人感到呼吸困难。这时，一张名叫“雾霾”的陌生面孔走到前台，重新审视人与自然的“产业链”。

历史上自然界对人的“报复”和“惩罚”举不胜举，并滋生出敬天信仰。历代帝王视“五岳”、“四渎”为天地的象征、大自然的代表，注重人文景观与自然景观的融合，强调“虽有人造，宛自天开”。数千年沉淀的“天人合一”、“仁民爱物”、“取用有节”和“以时禁发”等观念，是传统生态思想的精华。不过，当下人口、能源等危机四伏，造成人与自然的失衡与对立。人与自然需要对话，“树”成为自然界的代表“站”出来建言。

“植树节”发出一个号召，是人对“树”的回应。

“创森”号令一城一域集体行动，是“树”对“林”的呼唤。

从“植树节”到“创森”，有着实质性变化，面对这种转变，必须理清思路，善于引导，勇于担当。人、树“命”相连，心心需相印。

对视一棵树，需要思与行的高度统一。思想是行动的先导，行动需思想指引。毛泽东倡导发展再生能源和“绿化祖国”，邓小平号召“植树造林、绿化祖国、造福后代”，江泽民提出“协调发展”、“可持续发展”，胡锦涛提出“科学发展”，习近平强调生态文明建设要“对子孙后代高度负责”。这些思想与“树”有关，与“前人栽树、后人乘凉”有关，既关照当前的发展，又照顾子孙的福祉，照耀着“美丽中国”。这是“知”，更需要“行”，需要思与行的高度统一。惟其如此，才能弄清对视一棵树的价值，行动与自身生存的关联度。

对视一棵树，需要点与面的理性把握。过“植树节”，是全民召唤，植多少树，没有“硬性”指标。创建森林城市则不同，有量化任务，不及格过不了关。前者是面上的文章，后者是点上的推进。既需要示范引导，又需要全民参与。只有点面结合，才能把绿化做好，把“一棵树”变成“一片林”和“森林城”。一城连一城，点与点连成线、拓成面。森林覆盖率定会逐步提高，实现经济、环境“双丰收”。

人与树呼朋唤友，寻求平等，是一种境界；

人是树，树是人，物我两忘，是另一种境界。

这种探求，源自天人合一的哲思，源自生态建设的牵动。

众树成林，时不我待。与树对视，树不“近视”，人绝不能“短视”。

（本文系《凤台财经与发展》2014 年第 2 期“卷首语”）

新常态　新风台

同样的土地，不同的承载。

同样的天空，不同的色彩。

五月的凤台，涌动着激情，挥洒着豪迈。

厚重的凤台，是淮南市唯一的县，拥有全国文明县城、全国粮食生产先进县等诸多荣誉，发展“不等闲”，唯有进取、再进取，才可能抵达赶超的彼岸。

凤台，不可不为。

凤台，正以日前全市观摩为契机，乘势而上，“扬鞭”壮行。

着眼挂图作战，提升执行力。适应新常态，需主动作为。挂图作战，科学安排项目节点，明确专人抓具体。明规矩，树立全局“一盘棋”。敢闯敢干不迟疑，环环推进，抢占发展先机，托举伟大梦想。

把握优势叠加，提升经济力。长与短，力道有别；优与劣，理应辨析。找准自身优势，精耕细作不粗放，打造特色产业。注重叠加优势，推进升级、创新。“适者生存”，比拼的是“脚力”，是深谋远虑。

优化区域特质，提升文化力。区域有特质，把握有侧重。坚持扬长避短，做到稳扎稳打不浮躁。坚持与时俱进，点面结合，推进文化惠民。坚持以典型为引领，提振精神，形成气场。时代元素多一点，凤台自当进一程。

坚持廉洁发展，提升亲和力。廉洁发展，是底线，也是保障。廉生明，明聚心。人心齐，泰山移。营造风清气正环境，依法依规不任性，干净干事。优化政治生态，勇于担当，以赢民心促和谐，实现大作为。

快马加鞭自风流，凤台人竞风流。

这是发展使然，使命所在，大爱所系。

时代，永远属于奋进者。

实现永续发展，凤台正策马前行。

（本文系《凤台财经与发展》2015 年第 2 期“卷首语”）

“五官”指向下的律己观

念想，具有本能性。打败对手不易，战胜自己更难。这正是律己之难的“心结”所在。

把握律己观，重在“内视”。去杂念，正本性，辨方向。

“内视”，关键在于正“五官”。“五官”，与身而来，与世而存。万象示“五官”，“五官”品大千。从无序到有序，绝非一日之功。相声《五官争功》《五官新说》说活“五官”，岂可一笑了之？“五官”各有所长，各有坐标，需要定力，也需要发力。

脑，戒妄。长在头上的叫脑袋，别在裤腰上的脑袋叫“盲从”。心思纯不纯，思路对不对，准星需“准”。当好指挥棒，不作跟屁虫，这是脑袋的要领。

耳，需聪。听八方，是耳的座右铭。“顺风耳”，“顺”在风向的科学辨别上。聪不聪，“眼见为实”，有待综合研判。

嘴，慎言。慎言，绝非不言。大言不惭，小言当断。不该张的嘴不张，因为嘴下有路，事关通途与悬崖。唯有建言不“途说”、干事不邀功，才利于引导舆论场。

目，戒色。目明很紧要，“看到的，未必都是真的。”这个谁都明白的道理，常常被忽视。变色镜，变的是“寸光”，不是“色相”。戒色，不是光说给眼睛听的，更需要“心”的置换。

鼻，应灵。牵着鼻子走的，是味道。味道好不好，需要嘴的配合。“臭豆腐，闻着臭，吃着香”是一个境界，迷魂香引路则是另一个境界。鼻子，要当好自己的家，才可能真“灵”。

正“五官”，事关行为指向、价值取向。

行为的把握，既要自律，也要他律。

站在律己的精神高地，不为歪理所惑，不为金钱所动，不为名利所诱，这需要“五官”的协同作战。

（本文系《凤台财经与发展》2015 年第 4 期“卷首语”）

常开胜作品（17 篇）

常开胜，1970 年生，新闻工作者。从业 24 年来，在中央、省、市级新闻媒体发稿 2000 多篇，获得全国、省、市新闻奖 20 次，其中《凤台淮河大桥管理处不爱金钱爱国策》获全国人口与计划生育好新闻一等奖；《为了祖国的尊严》在《人民日报》（华东版）报眼刊登，被国内 10 多家报纸转载；《凤台评选新农民》《农民用水、政府埋单》分获 2007、2008 年度安徽新闻奖网络新闻三等奖；《青年创业贷款政府全额贴息》获 2009 年度淮南新闻奖一等奖。2011 年获淮南市对外传播奖。2007 年至今被聘为淮南人民广播电台特约记者。

政策引领提升转型发展的驱动力

——发挥叠加优势、打造县域经济“升级版”系列述评之一

发展需要立足自身、真抓实干，也离不开抢抓机遇、政策引领。转型发展，尤其如此。

众所周知，我县是煤炭资源大县，已探明储量达 120 亿吨，可开采储量 100 亿吨。煤炭年产量 4200 万吨，约占全省原煤总产量的三分之一，年发电量达 80 多亿千瓦时。

凤台因煤而兴，也因煤而困。由于煤炭工业占全县工业经济总量的 77% 左右，致使我县经济受制于煤炭行业，甚至出现“煤炭企业打喷嚏、县域经济就感

冒”的尴尬局面。“紧紧围绕‘争当全省科学发展排头兵’总目标，坚持‘稳中求进、改革创新’总基调，强基础，稳增长；调结构，推转型；抓改革，惠民生；改作风，提效能；抓统筹，促和谐，全力推动凤台经济社会发展实现新的跨越。”在县委十届六次全体（扩大）会议上，县委书记李大松描绘了我县全面转型、科学发展的“路线图”。在此基础上，日前召开的县委十届七次全体（扩大）会议又提出“全力打造县域经济‘升级版’”的新目标。

打造县域经济“升级版”，必须清醒审视和准确把握我县面临的政策叠加优势。

优势一：中原经济区释放“核能量”

中原经济区是以全国主体功能区规划明确的重点开发区域为基础、中原城市群为支撑，涵盖河南全省、延及周边地区的经济区域。2012 年，国务院正式批复《中原经济区规划（2012—2020 年）》，《规划》涉及安徽、河南、河北、山西、山东 5 省的 30 个省辖市和 3 个县（区）。安徽有五市一县一区纳入中原经济区规划范围，我县作为全省唯一一个县跻身其中，首次进入国家战略发展规划。

《中原经济区规划》从粮食生产核心区、产业升级和投资引导、统筹城乡发展、生态补偿等方面提出了一些创新政策。此外，财政部设立了每年 10 亿元的中原经济区建设专项补助资金，这都将为我县全面对接、主动融入、借势崛起提供强大的内生动力和活力。

优势二：合肥经济圈“圈”动新增长

作为安徽的核心增长极，合肥经济圈涵盖合肥、淮南、六安、滁州和桐城 5 市，总面积 36519 平方公里，总人口 1836 万人。自 2010 年 11 月 30 日，合肥经济圈党政领导第一次会商会议召开以来，其在全省经济社会发展中的引领带动作用不断凸显，2013 年实现生产总值 7820 亿元、工业增加值 2983 亿元、财政收入 1556 亿元，分别比上年净增 976 亿元、468 亿元、168 亿元；占全省比重分别为 41%、47%、36%。合肥经济圈已经成为安徽加速发展的重要引擎。

五指相握成拳，势必锐不可当。以合肥为核心的合肥经济圈，成员同频共振、同轴共转的热度和力度彰显，凝心聚力、抱团发展、联动互融、一体化发展的深度和广度更大，前进步伐愈加坚实，正大踏步迈向全方位、深层次的融合发展阶段。

优势三：皖江城市带成为主阵地

皖江城市带承接产业转移示范区包括合肥、芜湖、马鞍山、铜陵、安庆、池州、滁州、宣城、六安9市59个县（市、区），土地面积7.6万平方公里，人口3058万。2009年1月12日，国务院正式批复《皖江城市带承接产业转移示范区规划》，安徽沿江城市带承接产业转移示范区建设纳入国家发展战略。

作为皖江城市带承接产业转移示范区的重要门户，合肥是长三角地区和安徽省的重要教育基地和国家科技创新试点市，而淮南则是全国13个大型煤炭生产基地和6个煤电基地之一。淮南融入合肥经济圈后，双方的产业结构互补性进一步增强，我县的煤电资源将为合肥发展提供支撑，合肥的科技、教育、人才、市场等优势也将助力我县调整结构、加快转型，这将为我县做强优势产业、承接产业转移提供良好的发展机遇。

优势四：振兴皖北战略彰显活力

振兴皖北战略是安徽入围中原经济区之后，省委、省政府依托“中原经济区”这一国家级战略平台，提出的发展战略。在皖北振兴的大战略下，皖北地区充分发挥资源、区位、劳动力等综合优势，加大对外开放和招商引资力度，积极承接沿海地区产业转移，加速工业化进程，加快产业转型升级和发展方式转变。

皖北振兴的大战略，有效拉动了我县矿山机械、新型建材、纺织服装等相关产业的发展，今年上半年实现规模以上工业增加值63.5亿元，增长7.2%。“皖北已经步入了发展的快车道，要积极抢抓历史机遇，充分发挥比较优势，统筹推进工业化、城镇化和农业现代化协调发展，不断增强内生动力和发展后劲，努力打造凤台崛起新的增长极。”县发改委主任李振锋如是说。

优势五：合淮同城化进入发力期

合肥、淮南，地缘相近、人文相亲、产业各异、优势互补，是安徽省仅有的2个拥有地方立法权城市。立足这一区域特点，淮南市委、市政府在广泛调研、深入分析的基础上，提出实施合淮同城化。2007年12月26日，两市在合肥共同签署《加强区域合作框架协议》，掀开了合淮同城化正式实施的大幕。目前，两市共签订了10多项合作框架协议，尤其合淮“工业走廊”规划的实施，为我县转型发展奠定了坚实的基础。

随着合淮同城化的进一步深入，淮南、合肥一小时经济圈由梦想变为现实，其对我县的拉动效应更加明显，以工业化带动城市化、以城市化促进农民市民化的热潮正迎面扑来。

机遇千载难逢，前途光明灿烂。县委副书记、县长袁祖怀在县委十届七次全体（扩大）会议向全县干群发出号召：面对宏观经济发展的新常态，我们必须坚定发展信心，保持战略定力，紧扣目标，扭住重点，凝心聚力，抓住不放，创新有为，向调结构要动力，向改革要动力，向改善民生要动力，确保完成县委、县政府确定的年度目标任务，促进经济持续健康较快发展，全力打造县域经济“升级版”。

随着一系列重大战略机遇的叠加，我县主场主角的优势地位将进一步凸显，省、市政策和项目支持力度将越来越大，必将催生大量推动凤台发展的有利因素。“只要全县上下瞄准目标、坚定信心，乘势而上、真抓实干，就一定能在新一轮发展中赢得主动、争先进位，就一定能树立起凤台全新的发展形象。”县委书记李大松的话语铿锵有力。

转型发展的号角早已吹响，一系列政策叠加的优势项目如何对接？谁来抓？如何抓？成为摆在我们面前急需解决的课题。

融入宏观，让政策“落地”，当是推进转型发展之关键。

（本文原载于2014年第6期《凤台财经与发展》）

构建宜居宜业新家园

——凤台县实施县域经济振兴工程系列报道之三

今年国庆，凤台县城关镇东城社区居民余新华老人格外兴奋：凤凰湾棚改项目一期1112套安置房已封顶，二期2846套安置房全面开工建设，不久他全家就能搬到新房居住了。

凤凰湾棚改项目是凤台县加快城市转型、推进新型城镇化，2015年实施的5个老城区改造项目之一，初现构建“两型城市”新成果。近年来，凤台县坚持精准规划、精致建设、精细管理，改造提升老城区，开发建设凤凰湖新区，城市发展日新月异。先后荣获全国文明县城、全国园林县城、全省卫生县城、全省生态县等称号。

新型城镇化，造就凤台“景色”。这“景”，关乎担当，也关乎大爱。

“三规合一”高站位

“高瞻”是“远瞩”之基，规划事关长远。凤台县决策层坚持以规划为引领，按照“总规引领、控规覆盖、科学合理、适度超前”原则，结合行政区划托管，加快实施“三规合一”编制，建立全域空间信息联动管理平台，全面完成38平方公里县城规划区控规编制，联动完成土地利用规划和经济社会发展规划编制，推进老城区、凤凰湖新区、经济开发区“三区互动”。老城区行政区划调整到“18平方公里、18万人”。凤台县还建立了县城规划建设管理联席会议制度，成立专门办公室，不定期督查调度，高标准推进县城规划建设管理工作，聚力“打造皖北地区最精致城市”。

基础建设高起点

破旧立新，不光是“经营城市”理念所在，更是实干所系。该县实施棚户区改造五年规划，2014 年开工凤凰湾、八里塘、新湖新村等八大棚改项目，拆迁 13591 户、房屋面积 351 万平方米，开工安置房 11000 套。今年开工建设棚改房 2494 套，目前基本建成 1162 套。实施 3 年路网提升工程，坚持以路为脉、立体综合整治，完成淮河路、滨河路等 13 条主干道“白加黑”提升工程，各类管线同步下地。建设污水管网 12.9 公里，总投资 8100 万元。污水处理厂二期项目正在加快推进，确保年底投入使用。全面升级城乡路网，总投资 8.6 亿元的凤台淮河公路二桥建设提速，将于 2016 年上半年通车。济祁高速凤台段预计 2017 年通车。商杭高铁凤台南站年内改造完毕。县城自来水普及率、燃气普及率、污水集中处理率、垃圾无害化处理率分别达 95%、50%、99%、100%。以力透纸背之势，凤台之“笔”正绘制精彩。

新区开发高标准

“现在我们的居住条件比起以前，不知好了多少倍，我家住二楼有 120 平方米，水电齐全，出门都是水泥路、沥青道，走路不沾泥，环境优美干净，成市民了。”说起凤凰湖新区采煤沉陷安置区的新家，来自凤台县岳张集镇大公村的陈义俊合不拢嘴。因为采煤，“煤电大县”凤台一年沉陷数千亩土地，一个个村庄被迫搬迁。安置地的科学布点、失地农民的就业，成为当地亟待迈过的“坎”。为此，凤台在毗邻县城北端的凤凰镇建立凤凰湖新区，按照城市建设和商品房建设标准，建设采煤沉陷安置区、工业创业区、文教体卫区、物流商贸区、商业居住区和生态旅游区等功能区，5 年内将安置 11 个涉矿乡镇 8 万多群众，新区建成后将成为全国最大的采煤沉陷安置区。目前，凤凰湖新区道路、绿化、供电、排水等基础设施建设扎实推进，“一环三横七纵”主干路网基本形成，已建成安置房 337 栋、1 万多套，在建 80 栋、1600 多套，搬迁入住 4000 多户。今年还将开工建设安置区四期、五期工程，再搬迁入住 4000 户。

管理精细高收益

宜居与宜业双向拉动，托起凤台梦。开展“四城联创”，推进全国文明县城创建向农村延伸。创新城市管理模式，建立数字城管系统，提升城市精细化管理水平。推进“三线三边”环境治理，在皖北率先将市容执法延伸到沿凤蒙路、凤利路乡镇。在2013年建立的城乡环卫一体化工作制度基础上，今年将乡镇环卫工作统一委托给县环卫处管理，进一步提高了城乡环卫一体化水平。新型城镇化有效拉动服务业的提速发展，今年1至8月份，凤台县新增限额以上商贸流通企业13家。实现外贸进出口总额168.4万美元，实际利用外资1693万美元，增长31%。华东地区最大的单层商业区综合体——金汇广场中秋节前投入使用。现代粮食物流产业园和3A级生猪屠宰场即将开工。杨村农副产品批发交易市场等3个“新网工程”项目加快实施。电子商务、家政养老等新兴业态蓬勃发展，呈现逐年增长的喜人势头。

万众之“眼”，化为合力之“手”，诠释出凤台新型城镇化建设的价值取向。“县委、县政府将以学习贯彻省、市加快调结构转方式促升级动员大会精神为契机，进一步动员全县上下以时不我待的紧迫意识、奋发有为的精神状态、勇于作为的责任担当，全面打好转型升级攻坚战，锁定生态宜居宜业中等城市目标，不断提升凤台人民的‘获得感’和‘幸福指数’。”凤台县委负责同志对凤台的未来充满信心。

（本文原载于2015年11月13日《淮南日报》）

凤台“70后”创业青年有个“忘不了”的中国梦

——访徐佩礼和他的忘不了餐饮管理有限公司

《家·天下》特刊自去年10月创办以来，一直受到大兴集乡党委、政府的关注。乡党委、政府主要负责人多次邀请《家·天下》采访报道组前往江苏常州采访该乡李庙村青年徐佩礼在常州创办的忘不了餐饮管理有限公司。1月31日至2月1日，在大兴集乡党委副书记、乡长常国辉的陪同下，县信息产业中心主任孙友虎率《家·天下》采访报道组驱车400多公里，走进常州，走进“忘不了”，零距离对话徐佩礼，倾听这位凤台籍创业青年的心路历程。

17岁外出打工历尽坎坷终有成

今年38岁的徐佩礼是大兴集乡李庙村人。徐佩礼兄妹5人，他排行老大。穷人的孩子早当家。1994年初中毕业后，徐佩礼看到父母为了一家人的生计日夜操劳、非常辛苦，就决定外出打工补贴家用。当年他通过一个在常州做麻油生意的家门叔叔介绍，来到常州奔牛镇一家凉菜店打工，当时月工资170元。在凉菜店打工3个月，徐佩礼在干中学、学中干，基本掌握了凉菜制作技术。后来，他的叔叔开了一家凉菜店，徐佩礼就辞掉凉菜店的工作，到叔叔的店里帮忙。徐佩礼是个勇于挑战自我的小伙子。1996年，他在叔叔的鼓励下自主创业，在当地摆摊卖凉菜，干了整整一年，净赚1万多元。收获创业的第一桶金后，徐佩礼的劲头更大了。1997年，他返乡和弟弟一块在潘集区贺疃镇摆摊卖卤菜，由于没有完全掌握卤菜的制作技术，当年亏本5万元，5万元在上世纪九十年代不是一个小数字。为了还债，徐家卖掉了家里的猪、牛和所有粮食，徐母心疼得整天以泪洗面。痛定思痛，徐佩礼认真反思失败的原因，决定东山再起。

1998 年，徐佩礼和弟弟再次来到常州创业，他们选择卖干虾，期望抓住春节的契机，挣一笔钱后，再回家创业发展。然而命运之神往往故意作弄穷孩子。一个春节，徐佩礼和弟弟不但没挣到钱，还亏了 2000 多元。接连受挫，没有击垮徐佩礼。他借用叔叔的三轮车，在小河镇做起了鸡蛋饼生意，干了三个月，生意好时每月收入 1000 多元。

徐佩礼是个有心人。他在卖鸡蛋饼时看到摊点附近一个卖鸡腿的摊位客流不断。他看在眼里，想在心间："我卖一个鸡蛋饼才 1 元，人家卖一个鸡腿 4 元。如果我卖鸡腿，会不会生意也不错？"于是，他摸索出独有口味，在原材料和做法上都有改进，仅用了几个月，生意远超对方。徐佩礼炸鸡腿干了一年多，不仅还清了家里的欠账，还有了一些结余。1999 年，徐佩礼结识妻子陈彩云后，夫妻二人改做夜市大排档，让其弟弟在摊前炸鸡腿，生意日渐红火。

2000 年是徐佩礼事业转折的一年。当年，常州市小河镇开展卫生文明镇创建活动，全部取缔夜市大排档。徐佩礼积极适应新变化，在小河镇租了 4 间 300 平方米的门面房，开办了"忘不了餐厅"。由于他懂经营、价格实、重服务，受到广大顾客青睐。2002 年，当地肯德基一只鸡腿卖 7 元，徐佩礼看准这一商机，就派弟弟去正规的西式快餐店打工，学习西式烹鸡的标准化流程。掌握技术后，他投资 30 多万元开办了忘不了餐饮管理有限公司第一家 200 平方米的西式快餐店。开业后，客流源源不断。到目前，常州市忘不了餐饮管理有限公司已在江苏、安徽开办了 28 家连锁店，员工达 300 多人。2014 年，常州市忘不了餐饮管理有限公司被吸收为中国烹饪协会会员单位。"忘不了"被认定为常州市知名商标。

从"中式烹鸡典范"到"高品质体验平台"

在企业成长的过程中，徐佩礼坚持稳中求进。"不断拓店确实可以让品牌影响力增强，但也要考虑强大的资金支撑、稳定的人才、和谐的团队和不断更新的产品。"

13 年来，徐佩礼经历了很多风雨。面对挫折，他虽有焦虑，但坚信：在市场竞争中获胜，必然要自我革命。他制定了一套规范化的西餐管理制度和流程，如员工的仪容仪表、打烊流程、值班规定等，着力打造现代餐饮企业新典范。

"下一步，忘不了将从'中式烹鸡典范'转为'高品质体验平台'，融入更多特色经典小吃，将各门店环境改造得更优美，等时机成熟再到北京、上海等大都市开店，进而覆盖全国。”徐佩礼信心满满。

用感恩的心打造“忘不了”品牌

在外打拼21年来，徐佩礼始终怀着一颗感恩的心，善待伙伴，善待顾客。他积极参与抗震救灾、修路建桥、扶贫济困等公益事业，资助了2名西藏贫困学生和1名常州贫困学生完成学业。2012年，听说家乡李庙村田徐庄修惠民路，他一次性捐资3万元。据不完全统计，21年来，徐佩礼用于社会公益和慈善方面的捐助达20多万元，展示了一位民营企业家致富思源、回报社会的情怀。

采访中，记者得知，徐佩礼准备在凤台金汇广场开办一家“忘不了”连锁店，至此，忘不了餐饮管理有限公司在安徽连锁店将达5家。“目前店址已选好，开业事宜正在紧张筹备中。”徐佩礼说。

徐佩礼时刻关注凤台的发展，他经常通过网络了解家乡的变化，积极为家乡发展助力。他的公司员工中有50多人来自凤台。就凤台如何实现转型发展，徐佩礼认为，首先要夯实农业根基，大力发展现代农业，推进农产品工业化；其次要大力招商引资，制定出台一系列优惠政策，扶持企业发展；第三要加大环境保护力度，为百姓创造一个宜居宜业的好环境。

【创业感言】

做任何事，都要用心去做，哪怕受挫也不气馁。只要坚持就有希望，就可能会成功。

（本文原载于2015年2月8日《凤凰台》之《家·天下》）

学习强本领创新促发展

凤台县“干部夜校”开课

11月6日晚，凤台县会议中心礼堂座无虚席，笔声沙沙。该县“强本领、促发展”首期培训班开班，邀请清华大学自动化系教授、博士生导师范玉顺就《“互联网+”时代创新要以服务为本》作专题辅导。这是该县贯彻落实党的十九大精神，增强干部学习、政治领导、改革创新、科学发展、依法执政、群众工作、狠抓落实、驾驭风险八种本领，建设一支“信念坚定、为民服务、勤政务实、敢于担当、清正廉洁”高素质干部队伍的务实举措。市委组织部负责同志出席并讲话。该县四大班子领导，以及乡镇、部门班子成员，17个未出列贫困村扶贫工作队队长490人参加培训。

当前，凤台县正处在转型发展的关键时期，实现“全省创一流、皖北争第一”奋斗目标，迫切需要一支熟悉新发展理念和招商引资、城乡建设、现代金融、社会管理、党的建设方面知识的干部队伍。县委结合学习贯彻党的十九大精神，开办“干部夜校”，每月举行两期培训，通过邀请知名高校和科研院所专家学者，利用工作日晚间面授各领域前沿知识，破解工学矛盾，开拓干部视野，提升综合素养。培训围绕创新、协调、绿色、开放、共享的新发展理念，设置了创新发展、改革转型、振兴经济等专题，同时坚持需求导向，选择干部关注关切、实际实用的课题，提高培训的实效性，着力打造干部教育培训特色品牌。

清华教授面对面授课，让参训干部受益匪浅。朱马店镇党委书记徐涛说：“现在已进入知识爆炸时代，县委开办‘干部夜校’，让领导干部利用工作之余学有平台、学有指导、学有氛围、学有方向，不断激发学习潜力、坚定理想信念、提升综合素质，必将进一步助力凤台加快实现‘全省创一流、皖北争第一’的奋斗目标。”（与刘明勇合作）

（本文原载于2017年11月8日《淮南日报》）

凤台机插秧专家在越南的三个没想到

3 月 12 日，凤台县农机局水稻机插秧专家高尚勤、陈希厂通过 QQ 看到远在越南海阳市自己亲自机插下的水稻秧苗长势旺盛后，脸上露出了笑容。回忆起他们去越南传授机插秧技术的经历，他俩用“三个没想到”来概括。

第一个没想到：越南对机插秧需求如此迫切

2 月 4 日，在全国也算得上顶尖高手的凤台县农机局机插秧专家高尚勤、陈希厂受上级派遣，应越南海阳省海阳市农业部门邀请，去海阳市考察，看那里是否适合推广机插秧。

在海阳市，他二人看到那里属亚热带，气候温暖、潮湿，降雨多、日照充足，非常适合水稻生长。虽然越方使用的是中国稻种和化肥，但亩产只有 400 多公斤，其差距就在秧苗的插播管理之上。越方听说那里适合开展机插秧，便一再要求中国专家立即开展育秧。高尚勤两人说，这里大环境适宜机插秧，但现在不具备育秧条件。但越方人员一再请求立即育秧，高尚勤两人只好因陋就简，就地开展了人工育秧。两人开始只同意育 100 亩的秧苗，但越方一再加码，增加到 150 亩，如果不是他两人说再多了会失败，越方还会增加。

仅用了 3 天，育秧盘内的水稻就齐刷刷地长了出来，越方人员像看魔术一样，表现出了惊奇和喜悦。

第二个没想到：机插秧在越南特别受欢迎

2 月 24 日（年初六），机插秧正式开始，越方人员还举行了一个庆祝仪式，周围的村民把试验田围了个水泄不通。0.7 亩试验田只用了 10 多分钟就插播完毕，人群里不时发出惊呼声，村民们纷纷用手机拍下机插秧过程。150 亩秧苗地分布在7个农业合作社，海阳市的农业部门在这7个地点召开了7场现场会，前来观看的村民有数千名。尽管语言不通，但是高尚勤、陈希厂从他们的表情可以看出，越南的农民盼望中国专家到他们那里传播机插秧技术，把他们也从繁重的插秧劳动中解放出来。

邻近的太平市农业部门闻讯后，把高尚勤两人请去考察，然后要求他们留下来，他两人说以后再派人指导吧。

3月3日，当两人回国时，越方人员流下了真诚的泪水，舍不得让他俩走。海阳市和太平市的农业部门负责人与高尚勤两人约定，待5月底前后凤台县开展机插秧时，两市组织人员到凤台实地考察、学习和操作。

第三个没想到：在越南机插秧苗长势格外好

高尚勤两人开始育秧时，当地村民的人工育秧已进行多日。当他们的秧苗下地时，人工栽插的秧苗早已下地。但是机插的秧苗下地后立即显示出优势，小苗蹭蹭地往上长，很快超过了比他们早插下去的人工栽插的秧苗。再加上中国专家指导越方技术人员进行科学的田间管理，机插的秧苗短短时间内就把人工栽植的秧苗比了下去，把当地村民们看得目瞪口呆。在海阳农村，有许多女孩子曾在中国台湾打过工，因此会讲中文。她们说，大家原以为机插秧只是节省劳动力，没想到秧苗长势这么好，村民们说从来没见过长势这么旺盛的秧苗，将来一定高产。

当两人回国时，越方人员说，你们走了，这些秧苗就是没娘的孩子了。于是双方商定，海阳的人员定期用手机拍下照片，通过QQ传到中国。高尚勤、陈希厂根据长势指导他们进行田间管理，这样，海阳市的人员才放下心。（与王凯亚合作）

（本文原载于2015年3月13日《淮南日报》，获2015年度安徽经济好新闻二等奖）

凤台淮河大鼓入列省级非遗名录

省政府日前公布第五批省级非物质文化遗产代表性项目名录，凤台淮河大鼓入选“曲艺类”省级非遗名录，成为淮南市唯一入选的代表性项目。

凤台淮河大鼓是市级非物质文化遗产，它集说评弹唱于一身，都是演唱者一手敲鼓、一手夹板，配合唱腔、道白，节奏和谐，演唱者唱一段说一段，还伴有动作表情。其内容多取材于民间喜闻乐见的历史演义、武侠、公案之类小说。建国后，旧内容逐渐减少，多为抗日战争、解放战争和英雄人物等题材的故事、小说所代替。上世纪六七十年代，凤台淮河大鼓非常受欢迎，后来由于继承人越来越少且年龄偏大，大鼓书在舞台上几乎绝迹、濒临失传。近年来，这一传统的鼓书艺术再次焕发青春。以缪长忠为代表的鼓书传人，汇聚了40多位新老艺人，成立了凤台县民间曲艺团。

多年来，他们在传承鼓书艺术的同时，紧紧围绕党委、政府的工作中心，联系时事，以淮河大鼓的艺术形式，编排节目，走街串巷，宣传党的政策和经济社会发展成果，宣传反腐倡廉、民生工程、反邪教、禁毒、“六五”普法等，让淮河大鼓唱响凤台大地，把党和政府的富民政策送到了千家万户。（与刘银昌、李娟合作）

（本文原载于2018年1月3日《淮南日报》）

凤台牵手高校引才支教

8 月 28 日至 29 日，随着凤台县与巢湖学院、淮南师范学院支教对接仪式的举行，该县正式成为巢湖学院和淮南师范学院支教服务地。

为解决农村学校师资短缺和结构性缺编等问题，实现教育扶贫的精准对接，自今年上半年开始，凤台县教育局经摸底、调研，从巢湖学院和淮南师范学院对口遴选了 147 名优秀师范生。两校分别与凤台县人民政府签署了师范生顶岗支教协议，每期半年，不断接力。

近日，两校 147 名支教大学生陆续抵达凤台。8 月 30 日至 31 日，凤台县教育局利用两天时间，对支教大学生从思想教育到专业能力等方面进行岗前培训。支教大学生将于秋季新学期开学前赶赴学校开展顶岗支教。（与孙玉宝、王立华合作）

（本文原载于 2017 年 9 月 1 日《安徽日报》）

晚霞辉映夕阳红

——记赵德华和她的凤台县牧工商有限公司

在凤台乃至周边地区，一提到凤台县牧工商有限公司，人们会情不自禁地想到县政协委员、公司创始人赵德华。

今年年逾六十的赵德华，1975 年招工被分配到当时的顾桥畜牧兽医站，从事兽医工作，一干就是 10 年。1984 年从基层调到县畜牧兽医站制剂室工作，1988 年调任县畜牧水产局下属的兽医药械经营部经理。当时兽医药械经营部共有 16 人，多数是本局领导亲属和职工子女，难以管理，再加上无办公场所，只有一处原兽医站破旧仓库，销售负收入。经过深思熟虑，并征得爱人同意，赵德华便勇敢地挑起这副重担。要想一门心事地把工作干好，必须把家里的事情处理好。赵德华和双方老人商定，几个孩子分别由他们照应。创业是艰难的。没有钱进药械，她就东拼西凑，并且亲自出马到省内外一些兽药厂联系进货，反复协商，先付一部分货款，再赊欠一部分。由于诚信经营，赵德华与五河、扬州等一些兽药厂建立了长期合作关系。1989 年夏季，我省淮北部分地区出现牛流感，为了防止牛流感在我县发生，赵德华及时与五河兽药厂联系货源，可对方回答药品供不应求，目前缺货，赵德华心急如焚。她想，江南地区不饲养黄牛，当地一些兽药厂可能有现货。于是她便联系江苏扬州兽药厂，对方说有货。疫情就是命令。赵德华立即坐车到扬州进了 车价值 2.2 万元的兽药。货一到家，不到几天就卖完了，她又与扬州兽药厂联系了价值 3.2 万元的兽药。当时赵德华身体不好还发着热，别人去又是人生地不熟，最后让自己 11 岁的小女儿陪她一块，冒着炎热的酷暑，连晚赶到扬州。她和厂长说：“我把票开了，请你把我的货装好，我挂过吊水，连夜还要赶回凤台。”她的精神感动了厂家，厂家一致称赞赵德华是信得过的好客户。前后不到一周，赵德华拉回了 5.4 万元的兽药，确保了全县上千头大牲畜免受损失，同时她也获得了可观的经济效益，受到了县政府和农委领导的表扬。

赵德华身先士卒、忘我工作，深深感动了经营部的所有职工。大家齐心协力，团结拼搏，通过一年的苦心经营，不仅使经营部还清了外债，还扭亏增盈，人员工资也相应增加。1992年初，经营部投资10多万元，对原兽医站内11间破仓库进行了拆除，盖了两层10间楼房，二楼留办公，一楼做仓库，大大改善了办公条件。回顾公司艰苦创业和发展历程，赵德华饶有风趣地说："我们的企业就像红军长征走过了二万五千里。"

随着我县畜牧业的发展和企业经营范围、业务量的扩大，昔日的兽医药械经营部远远不能适应改革开放形势的发展。1991年，具有远见卓识的赵德华成立了凤台县牧工商有限公司。经过26年的滚动发展，凤台县牧工商有限公司目前下辖凤台县咏原商贸有限公司、凤台县建拓建材有限公司、凤台县百丰生猪专业合作社、凤台县百利丰养猪场，员工达50多人。

成立于2007年的凤台县百丰生猪专业合作社，是我县目前最大的生猪专业合作社，也是我县目前唯一的生猪养殖国家级示范社。成立于2010年的凤台县百利丰养猪场，占地140亩，目前建成猪舍17栋，现存栏种母猪330头、种公猪8头。年出栏仔猪1万多头，良种二元母猪200多头。赵德华2011年被授予"全省民营企业优秀创新人物"光荣称号。

长风破浪会有时，直挂云帆济沧海。面对新常态、新机遇、新挑战，赵德华正在运筹整合公司资源，规划、兴建一座集办公、仓储、物流、销售为一体的综合性办公大楼，进一步挖掘企业潜力，增强企业后劲，引导广大养殖户发展低碳环保的生态养殖业，打造享誉省内外的绿色品牌，为广大农民快速致富奔小康做出新的更大贡献。

（本文原载于2016年5月24日《凤凰台》）

从打工仔到董事长

——凤台顾桥农民樊西堂上海创业记

早就听说顾桥老乡樊西堂在上海创业20多年，搞得不错，既致了富又解决了外地和当地1400多人就业，于是便产生前去采访他的念头。11月28日至29日，记者随《家·天下》采访报道组走进上海闵行区，采访了这位凤台在沪创业领袖级人物，展开了一次零距离对话。

勇闯大上海，历经艰辛终成业

今年43岁的樊西堂，是顾桥镇黄湾村人。1991年高中毕业后，樊西堂怀揣梦想和激情远赴自幼向往的国际大都市——上海务工。初到上海，人生地不熟，其创业之难可想而知。没有就业门路，樊西堂先从拉板车开始做起。他起早摸黑，终日奔忙，收入微薄，又遭人歧视，于是便开始谋划新的生活出路。上世纪九十年代初，上海的物流业还没有成规模，货运汽车也不多。樊西堂应聘到一家劳保公司，用三轮车为当地的劳保公司送货。有时碰到收货单位没有电梯，他依然要接此单，有的时候要将货物从一楼扛到五楼乃至七楼，一趟下来，气喘吁吁，就这么辛苦一个月下来收入也仅450元。

樊西堂在送货中感悟到随着上海经济的快速发展，上海的货运市场必将迎来无限商机。1994年，他主动辞掉工作，从普陀区石泉居委会租了一辆带有牌照的三轮车，自己干起了个体货运生意。由于他人诚实、能吃苦，又讲信用，很快就与上海几家超市及一些客户建立了长期合作关系。随着客户的信任，超市的送货、整货、清洁等业务全交给樊西堂负责。

1996年是樊西堂在沪创业的转折之年。当时，上海市长风街道为贯彻落实上海市委、市政府提出的"'4050'工程"，成立了上海帮帮保洁服务社，并将清洁服务等业务交给樊西堂负责。经过几年的滚打摸索，樊西堂拥有了一支专业的保洁队伍。他本着吃苦耐劳、诚实守信和勇于坚守的实干精神，真诚善待每一位相处的人，很快拥有了大量的客户群体。根据上海市场发展需求，他又在妻子的支持下于2006年成立了上海申淮清洁服务有限公司。

多业并举、多元发展是樊西堂的创业理念。在经营帮帮莲蓓保洁服务社的同时，经朋友的搭建，他又开始做起了拆除工程生意，并邀请在沪打工的同学常开飞共同发展。有了同学的大力支持，很快拆除工程干得有模有样。

2009年，在省政府驻沪办的协助下，他成立了安徽省长城物业管理有限公司上海分公司，目前公司业务覆盖北京、上海、河北、天津、江苏、浙江等10多个省、市。

致富不忘家乡人。樊西堂于2010年先后成立了上海州来工贸有限公司和上海顾桥物流有限公司，同时又与家乡朋友先后收购了上海东京电子有限公司和浙江嘉善木业发展有限公司。随着事业的发展，2011年又成立了上海淮商实业发展有限公司。在此期间又收购了位于上海闵行区吴中路外环的新大陆体育有限公司，随即转为房地产开发。目前，樊西堂的所属企业员工达1400多人，涉及全国各地。

"创业是艰辛的，在异乡白手创业更为艰难。"樊西堂动情地说，他刚来到上海的时候，没有住所，就居住在每月房租20至30元的简易房子里，冬天冷夏天热，条件非常艰苦。为了多赚点钱，在拉板车和帮别人送货期间，他每天利用凌晨三点至七点多的时间出去"推桥"（上海话：就是用人力帮助商贩的车辆过拱桥），每推一次可得小费1至2元。不管是刮风下雨，他都冬夏无阻地坚持着。他还利用晚上别人看电视的时间，在上海市静安区承包了一公里马路清扫工作，每月可得工资260元。

致富不忘本，深情永系家乡人

虽然身在上海，但樊西堂和他同学常开飞始终心系家乡。20多年来，他们时刻关注家乡的发展，无论走到哪里都大力宣传凤台的人文环境、地理资源，全力塑造凤台对外良好形象，用他们的话说"不能给家乡抹黑"。招聘员工时，他们始终坚持安徽籍人优先考虑，特别是对凤台及周边地区的人，他们都会尽最大努力满足家乡人的需求。目前，安徽省长城物业管理有限公司上海分公司已解决了近400多名凤台籍农民工的就业问题，同时还为部分人员办理了医疗、养老、工伤等保险，使他们就医和养老得到保障。樊西堂每发展到一处首先考虑的是员工的吃住问题，在每个办公地方都设有员工食堂，解决了员工的后顾之忧。目前又配建了员工宿舍，完善了淋浴房等公用设施，以方便员工生活。

为推进城乡一体化文明创建和“三线三边”环境整治工作，2012 年，樊西堂在顾桥镇成立了安徽省长城物业管理有限公司顾桥管理处，一次性安置 80 多人就业，不仅解决了家乡剩余劳动力就业难的问题，还支持了家乡的创建工作。

樊西堂和常开飞情系家乡的义举，受到县委、县政府主要领导的充分肯定和高度评价。

当好带头人，甘为党旗添光彩

随着外出务工人员的逐年增多，加强流动党员的管理日显重要。2008 年，顾桥镇党委在上海成立了驻沪党支部，樊西堂被推选为党支部书记。在党支部成立大会上，樊西堂说：“我是一名共产党员，虽然离开了家乡，但永远会跟党走，我一定要发挥好党员的先锋模范作用，坚决不干给党抹黑的事，请组织上放心。”

在工作中，樊西堂提出“把党组织建在产业链上、提升支部服务产业发展水平”的新思路，并于 2012 年成立了淮商工会，还积极与有关培训部门联系，利用党员活动中心，免费开展物流及物业管理和管理行业知识培训，丰富了员工的专业知识，使员工的管理能力和个人素养得以较大提升。同时党员活动中心又成为凤台乡镇驻沪支部交流学习的平台。

支部关怀备至，党员创优争先。2010 年上海世博会举行之际，顾桥驻沪党支部的许多党员主动到所在社区报名担任志愿者。上海世博会纪念馆的安保人员均是来自安徽省长城物业管理有限公司上海分公司的员工。

“我是从农村走出来的，我深知农民在异乡打工的艰辛，所以，只要他们找到我，我都想帮他们找一份稳定的工作，这样既安稳了他们的生活又增加了经济收入，同时确保了一方稳定。”樊西堂的话自信而又诚恳。

【创业感悟】从农村到城市、从一个普通的农民到老板，不管今后有多辉煌，都不能忘本！不管创业怎么艰辛，只要你有一颗持之以恒的心，就会有收获！投资任何一个项目，首先要有良好的心态，不管是赢还是输，只要认定的就不后悔，成功永远会留给愿意付出的人。

（本文原载于 2014 年 12 月 11 日《凤凰台》特刊《家·天下》）

全力搭建沪淮两地经济合作发展新平台

——写在上海市安徽淮南商会成立一周年之际

5月27日，是在沪淮商值得庆贺的日子——上海市安徽淮南商会2016年周年庆暨第一届第二次会员大会隆重召开。“上海市安徽淮南商会秉承‘诚信淮商、聚力共赢’的办会理念和‘服务会员、打造一流商会’的办会目标，紧紧团结和依靠广大会员，认真履行章程，积极开展工作，商会规模不断发展，商会凝聚力不断增强，会员抱团发展的理念更加强烈，已成为沪淮两地经济合作发展的新平台。”安徽省政府驻上海办事处副主任赵琰的致辞，代表了在沪淮商的心声，彰显了淮商的孜孜追求。

一年发展会员600余家

上海市安徽淮南商会成立于2015年5月29日，是上海市政府实施《上海市异地商会登记管理暂行办法》以来，安徽省在上海市正式挂牌成立的第一家市级异地商会。经过一年的发展，商会会员由成立时的60多家发展到近700家，行业涉及物业、建筑、房地产、企管咨询、餐饮食品、服装、酒店、仓储物流、涂料、金融服务、电子技术、科技信息、市容管理、造船、航运、码头等。

上海市安徽淮南商会的成立和发展，改变了在沪淮南籍企业单打独斗、分散经营的运作模式，实现了在沪淮南籍企业抱团发展。同时搭建了沪淮两地沟通的桥梁，为两地经济文化交流发展作出了显著贡献。

三措并举加强自身建设

为促进商会健康持续发展，一年来，上海市安徽淮南商会一是走访兄弟商会，向兄弟商会学习取经。先后走访了宁波商会、湖北襄阳商会、上海哈尔滨商会、上海市安徽蚌埠商会以及河南商丘商会等10余家商会，相互交流办会的做法与体会，既学习了兄弟商会的经验，又加强了与兄弟商会的沟通。二是从商会的统战性、非营利性、民间性入手，自觉调整工作状态。除了经常听取会员的意见外，会长和秘书处的同志还主动拜访省、市、区、县和有关部门领导，努力提升办会质量。在办会中坚持培育发展与规范管理并重，既注重商会会员数量的增长，又注重商会管理和运作的质量提升。三是创新理念，树立主动服务意识。商会秘书处坚持制度管理、规范运作，在发展会员、联络会员、倾听会员意见等方面尽心尽责，得到广大会员的充分肯定，受到了上海市有关部门的好评。

创新理念壮大商会组织

针对会员分布面广、区域差异大等实际情况，商会秘书处创新服务理念，采取按片区和个别走访，以及平时通过电话、网络等形式加强与会员和部分尚未入会的淮南籍在沪商人的沟通联络，既增进了友谊，又发展了新会员。一年来，商会新增加执行会长2名，常务副会长3名，副会长10名，并聘请了商会顾问、医疗顾问和艺术顾问。另外，新成立了上海市安徽淮南商会新型建筑材料协会。商会目前形成了团结的核心层、稳固的骨干层和广泛的会员层。加入商会已成为在沪淮南籍企业家的自觉行动。

搭建桥梁支持家乡发展

商会成立伊始，就主动承担起搭建沪淮两地经济文化交流桥梁的任务。一年来，商会共接待市县区级来沪考察、招商活动20余次。通过这些活动，让会员单位全面了解了家乡经济社会发展情况、产业现状和有关优惠政策，把握发展契机，从而以回家乡投资、介绍他人投资等实际行动支持家乡的经济建设。执行会长单位上海鑫好航务有限公司占股30%参与央企在潘集区总投资10多亿元的光伏项目，目前项目正在分步实施。常务副会长单位上海朗烁实业有限公司投资5000万元兴建的安徽松恒包装材料有限公司落户桂集工业集聚区，投资3000万元的凤台县朗烁农业发展有限公司现代化养殖基地落户朱马店镇。据不完全统计，商会成立一年来，会员单位回家乡投资的总金额将近12亿元。

热心公益真诚回报桑梓

积极参与公益事业、勇于担当社会责任，是在沪打拼的淮南籍企业家的优良传统。商会为资助困难群众向淮南市相关单位捐款60多万元；常务副会长单位上海龙瑞置业发展有限公司向毛集实验区敬老院捐款捐物10万余元；副会长单位上海申绿保洁服务有限公司出资50余万元牵头修缮了关店乡陈抟古庙。会员们的善举不但使他们本人广受赞誉，而且提升了商会的形象。

搭建平台打造会员之家

服务会员企业，完善服务机制，提升服务覆盖面，有效搭建政府、金融、法律、医疗、教育等多领域服务平台，是商会工作的主旋律。上海市安徽淮南商会会长樊西堂表示，该商会将积极与上海市政府相关职能部门进行对接，加强了解相关政策，为会员企业提供准确、及时的政策服务；加强银会合作，建立商会与各大银行、金融机构的定期沟通机制，为企业办理银行业务争取优惠政策，为企业投资融资搭建渠道；加强与淮南在沪律师的交流，组建律师顾问团为企业提供专业的法律咨询服务，帮助企业解决纠纷、维护权益；与淮南在沪医务工作者建立联系，2016年将组建医疗顾问团，解决会员看病难的问题；2016年计划同上海复旦大学、上海交通大学、上海财经大学达成合作意向，为商会会员搭建学习国内外先进管理经验的高端教育平台，真正把商会办成会员之家。

“展望未来，淮南商会将继续秉承淮南人诚实守信、团结拼搏的优良传统和作风，锐意进取，开拓创新，为把淮南商会建成在沪知名商会、为沪淮两地经济文化交流作出新的更大贡献。”上海市安徽淮南商会会长樊西堂的话语坚定而自信。

（本文原载于2016年6月2日《凤凰台·特别关注》）

近年来，代驾行业应运而生，让人们既能饮酒，又远离酒驾，避免了酒驾给个体、家庭和公共交通安全带来的危害。代驾服务正逐步被越来越多的人接受。

——题记

探访凤台代驾市场

代驾公司应运而生

“代驾是新兴服务行业，在大城市发展得比较快，我县最近几年才有代驾公司。”“由我代驾”公司负责人詹澈告诉记者，目前我县代驾公司仅 2 家，他的公司成立较早，目前有代驾司机 6 人。“代驾行业的兴起，解决了喝酒应酬与开车的矛盾，越来越受到车主欢迎。”詹澈说。

代驾收费议价为主

代驾收费备受关注。由于我县代驾行业尚在起步阶段，目前收费多以议价为主。詹澈说，他们公司的收费标准是：城区范围内每次 70 至 80 元；到县城周边，如到刘集、凤凰镇等，每次 100 元左右；到偏远地区，如到尚塘、大兴集等乡镇，每次 150 元左右；到淮南田家庵 130 元。总之，在全市范围内，每次收费最高不超过 150 元。

代驾宣传覆盖全城

“喝酒不怕，有我代驾！”詹澈说，为了方便车主随时找代驾，他在县城多数大中饭店、宾馆前台摆放了代驾宣传卡，在洗手间设置了代驾宣传牌，上面注明了代驾电话及温馨提示。为感谢饭店、宾馆的支持，他们还制作了一些印有代驾电话号码的打火机送给饭店、宾馆，从而建立长期合作关系。

代驾市场呼唤诚信

在代驾的过程中，也有一些不快乐的“插曲”。詹澈说，去年冬天的一个凌晨，一位操着东北口音的客人在朱古力娱乐会所打电话，要求代驾到田家庵。在谈及收费130元时，这位客人再三讨价还价，后来还爆粗口。詹澈挂掉电话后，那人仍然不依不饶，再次打来电话进行辱骂，令詹澈一夜都没睡好。

车主不诚信，令代驾公司无奈。去年夏天的一个晚上，一位车主在县体育场附近打电话给詹澈，要求代驾到毛集曹集。当时客人为了少付钱，故意谎报了一半路程。詹澈对曹集路程不太熟悉，就高兴地接了单。返回中途，他向当地人问路时得知真相，才知道自己被欺骗了。

詹澈说，中途毁约的现象也时有发生。一些车主喝酒约了代驾后，又喊亲朋好友来帮忙开车回家，导致代驾司机赶到约定地点后被“飞单”。“我们是服务行业，对待车主，哪怕是无理取闹，都要保持平和心态。”詹澈说。

酒驾检查生意略好

由于代驾在我县起步较晚，并未受到多数公众认可，总体代驾生意不是太好。不过，交警查酒驾时，代驾生意就好点。代驾司机王师傅认为，这反映了一部分车主的安全意识不够，喝酒后还抱着侥幸的心理开车。在此，王师傅呼吁有车一族不要拿生命开玩笑，遵守交规最重要。

安全代驾备受关注

对于目前的代驾市场，一些车主也表示了自己的顾虑：一是如何保障被代驾人的人身安全，十几万的车不敢随便交给陌生人开，况且在自己喝醉的情况下；二是万一出现了刮蹭情况，该如何获得赔偿？这就需要代驾公司多从被代驾人的角度考虑，建立完善的管理制度，让代驾市场逐步规范。

酒后找代驾要谨慎

作为新兴服务行业，代驾业没有行业标准、没有主管部门监管、也没有准入门槛，市场还存在一些风险。安徽淮华律师事务所崔燕律师称，代驾服务涉及的法律问题较多，很容易产生纠纷。如何规避风险？她建议如果需要代驾服务，应避免找私人代驾，而寻找有代驾资质的正规公司，并签订合同，明确代驾服务的车辆状况、车辆保险情况、出发地、服务收费、交通事故及车辆故障等情形下双方的权利义务、财物丢失的处理等内容。

如果朋友代驾，则要了解其是否有合法驾照、是否饮酒、车况是否良好等，从而更好地保障自身权益。

代驾市场亟待规范

虽说代驾服务帮助开车人规避了违法风险，但也存在着责任划分不明晰、收费标准不统一、监管缺失等问题。更让人担心的是，代驾过程中若发生交通事故或车辆损伤，责任该怎么界定，赔偿该谁来承担？这一系列问题，已引起有关部门的关注。相信随着管理的进一步规范，代驾行业会逐步进入佳境。

（本文原载于2016年7月28日《凤凰台·生活特刊》）

舌尖上的舞者

——记凤台一级品酒师张传红

他，咫尺匠心，尝遍百酒。

他，恪守“戒律”，从严要求。

他把品酒、调酒作为人生的全部，先后开发了“龙潭王”“桃花源”等家喻户晓的白酒，“龙潭王”荣获淮南市著名商标。他就是我县一级品酒师张传红。

见到张传红时，他正在办公室里调酒。不大的办公室里，到处都是玻璃器皿和各种酒样，室内空气中弥漫着淡淡的酒香。采访中，记者得知，张传红今年38岁，是城关镇中山社区人。他的父母都是原凤台酒厂的职工。张传红在凤台酒厂工作了8年。2006年，安徽瑞达集团重组凤台酒厂成立安徽龙源酒业有限公司后，张传红被该公司聘为品酒员。2012年，张传红获得人力资源和社会保障部颁发的国家一级品酒师资质。

“闻香识酒”是品酒师的必备素质。张传红告诉记者，品酒的步骤主要为“一看、二嗅、三尝”。首先观察酒色。举杯对光、白纸作底，用眼观察酒的色泽、透明度、有无悬浮物、沉淀物等；其次细闻酒气。白酒的香气评定通常是将酒杯端在手里进行初闻，鉴别酒的香型和芳香的浓郁程度，继而将酒杯接近鼻孔进一步细闻，主要鉴别主体香气是否突出、协调，有无舒畅感，有无邪杂味；第三是口尝酒味。将2毫升左右的酒液倒入口中，体会对舌面的刺激，酒体的协调性，吞咽后的回味及后味等，最后确定酒的风格、酒体和个性等。“不过，在品酒的时候，不可以先尝后闻，也不可以先过了酒瘾再品酒。”张传红说。

张传红的工作就是每天对原酒酒样进行品鉴，并为这些酒定等级，然后根据不同的味道，选择适宜勾调的酒，勾调后封存于窖坛中。经过岁月沉淀，几年后，窖坛被启封，窖坛中的酒风格各异，有香、甜、柔、醇、爽、绵之分。张传红研发的新产品，由于内在质量的稳定和产品风格的独特而深受消费者青睐，不仅为企业创造了显著的经济效益，而且树立了良好的品牌形象。

品酒是考验品酒师意志力的一项工作。张传红很少把酒喝下去，而是在嘴里品出感觉后就把酒吐掉，漱一下口休息一会再接着品，这样才不会让舌头的神经麻痹。不过，有时也会因为头天休息不好而出现“喝醉”的现象。“要达到顶级品酒师的级别，需要一个相当漫长的过程。”张传红说。

对于品酒师而言，为了保持鉴赏能力，从饮食到日常生活的各个方面，都有严格的戒律。“平时要注意身体保健，尽量减少感冒，要少吃甚至不吃生姜、生蒜、生葱、辣椒等刺激性食品和过甜、过咸、油腻大的食品，更不能吸烟。”张传红说，刺激性和油腻大的食物会影响嗅觉灵敏度，容易使品酒的准确性发生误差。

酒品如人品，贵在一个真。日复一日品鉴美酒的同时，张传红也以独特的方式，品味着自己风景独特的人生！

（本文原载于2016年8月25日《凤凰台·生活特刊》）

近年来，随着生活水平的不断提高，我县母婴用品专营店迅猛增加，特别是国家全面二孩政策的落地，进一步激活了母婴用品市场，母婴消费成为家庭消费的重要组成部分。对此，有关人士建言——

母婴服务走好更要走稳

随着消费的不断升级与增长，我国已成为仅次于美国的第二大孕婴童消费大国。同时，国家二胎政策的全面放开，婴童人口将进一步增长。据县妇幼保健所负责人介绍，“二孩”政策放开之前，我县平均每年出生婴儿 8000 余人，但从去年 10 月到今年 9 月，全县已出生婴儿 1 万余人。近日，记者走访了我县母婴用品市场，采访了部分经营业主、孩子家长和有关人士。

母婴用品专营店应运而生

“和大城市相比，我县母婴服务业起步较迟，但发展很快，目前城区母婴用品专营店（母婴生活馆）近 10 家，乡镇母婴用品连锁店超过 30 家。”7 佳母婴生活馆负责人张传美是全县首家母婴用品专营店的创始人，如今她的母婴生活馆已发展到 3 家，乡镇连锁店增加到 10 家。张传美预言，随着国家二孩政策的全面落地，势必进一步激活母婴用品市场。

母婴用品市场需求大

目前，“80 后”“90 后”已逐渐成为“生育主力军”，他们以及他们所带来的整个家庭的消费力为母婴消费市场注入了强大活力。

“像奶粉、纸尿裤、辅食等快销品的需求量很大，比如一罐 900 克的奶粉，小孩五六天就吃完了，大概半个月就会再来购买一次。”在新宠儿母婴生活馆选购的张女士告诉记者，她的孩子才 6 个半月，每月仅买奶粉就要花费 1000 多元，加上乳钙、米粉、鱼肝油等辅食和保健品，总费用超过 2000 元。如果购买高端奶粉，花销则更大。

奶粉质量备受关注

奶粉是特殊的食品，其质量是否合格备受关注。据县食品安全管理局有关负责人介绍，目前我县奶粉销售渠道比较多，除了母婴用品专营店，商场、超市和一些药店也销售奶粉。不管哪种销售形式，该局都要求做到奶粉专柜专区销售，并且设置提示牌，每个批次奶粉要有检验报告。进口奶粉要有国家出入境检疫管理部门出具的进口货物检疫合格证明，同时包装物上要有中文标签。这位负责人表示，县食品安全管理局将定期和不定期地对全县奶粉市场进行检查和抽查，确保婴幼儿食用安全。

从业人员需持证上岗

“母婴用品专营店的服务人员不同于商场、超市服务员，她们不仅要具有营销技能，还要有一定的专业技术水平。”新宠儿母婴生活馆负责人李辉告诉记者，他的服务人员均经过专业培训，全部持证上岗。由于服务人员与客户接触较多，有的已成为知己，一些顾客遇到腹泻、发热等病症，不是直接找医生，而是通过与服务人员的交流，用饮食进行调节治愈。新宠儿母婴生活馆还分期分批送服务人员到合肥进行培训，切实提高全体员工的理论素养和实际能力。

农村加盟店问题突出

由于地域差别、经济差距、监管乏力，一些农村母婴用品专营店存在进货渠道混乱、从业人员无证上岗、环境卫生较差等问题。尤其是一些给婴幼儿洗浴的服务人员没有取得抚触师资质就直接上岗，工作时也不戴口罩和手套，极易将病菌直接或间接地传给婴幼儿。针对这些问题，县卫生监督所有关负责人表示，他们将配合有关部门，加大对乡镇母婴用品专营店尤其游泳抚触师的监督管理力度，促进母婴市场规范发展。

消费者期待更多服务

“作为一个新手妈妈，除了给孩子买吃的、穿的、用的，带他去游泳之外，我还希望有专业人士给像我一样的年轻妈妈提供一些育儿方面的指导，有一个场所可以和大家在一起交流育儿经验，互相学习。”家住凤凰花园小区的马女士告诉记者，她自己和丈夫两个人照顾孩子，没有任何经验，希望能有更多类似育儿指导等服务，帮助年轻妈妈更好地照顾小孩。马女士还说，她刚生完小孩的时候想去专业的机构进行产后塑形，但由于产后塑形的特殊性对健身教练的要求很高，她没有在凤台找到合适的机构，只好作罢。

“二孩”顺风车没那么好搭

“去年年底以来，来店里买叶酸、维生素等保健品的消费者确实多了一些，其中不乏备孕‘二孩’的老顾客，但整体而言销售额并没有提高多少，‘二孩’顺风车并没有想象得那么好搭。”新宠儿母婴生活馆负责人李辉说，“二孩”政策实施以来，一大拨“猴宝宝”即将到来，就在不少母婴商家对未来母婴市场信心满满之际，一些悲观情绪也在蔓延，尽管“二孩”政策的放开未来将给母婴用品市场带来部分增量，但也引来电商资本的涌入和角逐，这是本地实体卖家并不愿看到的。

“‘二孩’政策的实施对于不少母婴用品商店来说是机遇，也是挑战，一方面电商的冲击让本地实体店家畏手畏尾；另一方面，母婴市场的销售较其他商品更倾向‘熟人’经济，在某种程度上也可以看成是‘圈子’营销，‘圈子’小了，卖家营销受阻，这也是卖家不愿看到的，这就使得部分卖家不得不创新服务项目，提高产品、服务质量以扩大自己的‘圈子’。”李辉说，已经有同行开始对想要“二孩”的家庭制定备孕、怀孕、生产、坐月子等多个阶段的“一条龙”定制化服务，这样的服务虽说才刚开始，但相信会走得更远。

（本文原载于 2016 年 10 月 13 日《凤凰台·生活特刊》）

主动放弃大城市的优越工作，毅然返乡发展生态农业，并通过“互联网+”将凤台和全省的优质农副产品销往一、二线城市，促进农业增效、农民增收——

一位“80后”大学生的电商富民梦

就业难，创业更难。不管有多难，但总有一些人喜欢挑战。他们自强、自立、自信，大胆尝试，努力拼搏。凤台县丁集镇耿王社区的丁延德，就是这么一个人。他，安徽工贸职业技术学院优秀毕业生，放弃大城市里优越的工作，顶着家庭压力和众人不解回到家乡农村，一步一个脚印踏上艰难创业之路……

从打工仔到高级白领

国庆期间，记者慕名来到耿王社区采访了丁延德。见到丁延德时，他正在蘑菇基地察看料温。“两三天后，将把菌种洒在已杀菌消毒的料堆上，菌种会根据适宜的温度吐丝生长，11月初进行覆土，预计11月底可上市销售。”采访中，记者得知丁延德今年33岁，2001年毕业于安徽工贸职业技术学院经贸外语专业，自学本科毕业于解放军信息工程大学信息应用与管理专业。由于表现优秀，他留校工作2年有余。2003年，唯冠科技（深圳）有限公司到安徽工贸职业技术学院招聘四个毕业生作为储备干部培养，丁延德参加应聘并通过考核。在工作中，丁延德勤勤恳恳，刻苦好学，很快就得到领导的赏识，先后被公司安排在生产部、品质部、工程部和业务部四个不同的部门进行锻炼。2004年5月，丁延德以出色的业绩被调至销售部工作。凭借自身对显示器行业的敏锐洞察力和对销售市场的准确把控能力，他很快就融入到销售队伍中。不到一年时间，丁延德便从业务助理做到科长、再升至业务经理，专门负责公司大客户的产品销售，包括和TCL集团、南京熊猫、日本三洋等知名大企业业务上的往来。他的薪酬待遇也由原来的年薪四五万元增至20多万元。

2010年，经TCL技术有限公司副总邀请，丁延德加入该公司业务团队，担任业务总监负责大客户业务。在唯冠科技公司和TCL公司工作期间，丁延德学到了很多待人接物的知识，丰富了自己对社会的了解，积累了相关的管理经验和社会关系，为后来自主创业打下了坚实的基础。

返乡创业实现自身价值

在深圳打拼10年有余，丁延德难以割舍家乡的情结。2012年底，他和妻女回家乡探亲时，偶然从销售蘑菇的朋友那里得知目前种植食用菌的前景很好。“食用菌作为一种营养、保健食品，比较符合现代人们消费理念，市场需求量逐步扩大，种植前景看好。”回到深圳后，丁延德经过深思熟虑和市场调研，决定辞职回乡创业发展。2013年6月，丁延德怀着造福家乡的一腔赤情回到了生他养他的耿王社区，筹资近200万元，租用百余亩土地，启动了创业项目。从项目规划、立项，土地平整，厂区的基础设施建设，设备的添置，到人员招聘、团队组建等，丁延德事必躬亲，吃住在工地。丁延德先是种植双孢菇和草菇。在种植过程中，他用当地农作物秸秆做蘑菇的底肥，有效解决了秸秆出路问题。丁延德还购置了控温控湿设备，实现了一年四季都是蘑菇收获期。现在，丁延德拥有2栋蘑菇培育厂房，种植面积达6000多平方米，年产双孢菇10万余斤、草菇6万余斤，年实现利润30余万元。

资源循环、产业互补，是丁延德的发展理念。他利用食用菌菌渣种植葡萄和蔬菜，既减少了化肥的使用、降低了环境污染，又节约了生产成本，增加了经济效益。今年，丁延德种植的50亩有机葡萄部分挂果，市场供不应求，受到消费者欢迎。

打造“互联网+生鲜农产品”新模式

凤台是农业大县，农产品资源丰富，如何把全县优质农副产品销出去，调动农民生产积极性，促进农业增效、农民增收，一直是丁延德思考的课题。去年李克强总理在《政府工作报告》中关于“互联网+”的论述让丁延德眼前一亮。他认为“互联网+生鲜农产品”的经营模式大有可为。为此，丁延德创办了APP平台，将他种植的食用菌、葡萄和全县优质农副产品以及全省名优农产品的相关信息在平台上发布，根据用户需要，进行收购、加工、包装、配送。为确保农副产品质量安全，丁延德从县蔬菜办争取了一台农药残留快速测定仪，对不符合标准的农产品，坚决拒之门外。“十一”前夕，丁延德为深圳客户配送了重达2吨的凤台有机葡萄、咸鸭蛋、土鸡蛋以及砀山酥梨等农副产品，被深圳市民抢购一空。“10月15日前后，我还要为深圳客户配送包括香菇、蔬菜和土鸡、黄牛肉、山羊肉在内的第二批农副产品。”丁延德说，他打算在香港、深圳、东莞、合肥等地建立生鲜连锁店，将凤台和全省的农副产品从田间直供这些城市市民的餐桌，从源头上解决农产品卖难的问题，切实增加农民收入。目前，丁延德已与县内外10多家农业企业和农户建立供销合作关系。

为了实现更大发展，丁延德2013年、2014年先后成立了凤台县桂海食用菌种植专业合作社、凤台县绿然农业发展有限公司，2015年成立了深圳市绿然生态食品有限公司。2014年，丁延德为产品注册了“雅萱”和“百硕”商标。他的公司常年解决了10余人就业，生产高峰期用工达40人。“在这里干活既干净又卫生，也不会感到特别累，以前想过外出打工，现在好了，在家门口就能挣到钱，还能照顾到家人。”耿王社区居民徐新科对未来的生活充满信心。

谈及下一步的发展思路，丁延德说，在稳定食用菌和葡萄面积的基础上，他将进一步拓宽电商线上线下销售渠道，同时再增加一辆冷链物流车，以凤台和淮南的农副产品为主、安徽其他地区的特产为辅，把全省名优农产品销售到全国各地，逐步做强做大安徽现代农业。

（本文原载于2016年10月13日《凤凰台·生活特刊》）

安徽凤台县政协
打造“指尖”上的党员教育

安徽省淮南市凤台县政协近日充分利用互联网、微信等媒介，创新“指尖”上的党员教育。

凤台县政协利用自身网站平台，定期发布党建知识、党建工作动态等，在线帮助党员释疑解惑；建立“凤台县政协机关党支部”微信订阅号、党员微信交流群，以文字、图片、视频相结合的方式，让党员随时随地接受教育；在微信公众平台设置留言反馈模块，供党员参与点评、互动留言。

（本文原载于2018年6月21日《人民政协报》）

安徽淮南市凤台县政协调研高新技术企业发展

5 月 4 日，安徽省淮南市凤台县政协组织经科界委员，调研该县经开区高新技术企业发展情况。

在调研中，委员们建议：各级各部门要加大对科技创新工作的支持力度，进一步提高企业自主创新积极性，提升科技成果转化能力及产业化发展水平，增强核心竞争力。加大人才引进力度，帮助企业做大做强，为全县实现跨越发展贡献力量。

（本文原载于 2018 年 5 月 10 日《人民政协报》）

淮上凤台：“一桥”飞架何以翘首建“二桥”

备受关注的凤台淮河公路二桥即将建成通车。作为凤台淮河大桥建设参与者，原凤台县淮河大桥管理处主任杨开银这几天特别兴奋。“凤台淮河公路二桥建成后，对分流凤台县城过境车辆，缓解凤台淮河公路大桥交通压力，改善城区环境，提升城市形象，促进凤台经济发展具有重要意义。”杨开银说。

现状：每天渡运 3000 余车次

“凤台淮河大桥通车前，凤台连接合肥和皖西北的交通枢纽仅靠汽车轮渡。”年逾八旬的杨开银，1996 年退休，时任凤台县淮河大桥建设工程指挥部办公室主任，亲历了凤台淮河大桥建设及通车全过程。杨开银告诉记者，由于凤利路、凤蒙路、凤颍路三条省道在汽车轮渡交汇，造成汽车轮渡不堪重负。凤台汽车轮渡始建于 1954 年，当时有 4 艘渡船，正常运行的只有 2 艘，每天渡运 3000 余车次。要是遇到大雪、大风等极端天气，被迫停航，致使凤台与东南方向的交通中断。此外，由于汽车轮渡渡运条件较差，一次渡运需要 20 多分钟，经常造成许多车辆排队通行。“车壅于道、货滞在途，商旅难归”，是对当时交通的真实写照。过往车主对此怨言颇多。

决策：兴建凤台淮河大桥

针对凤台县城汽车轮渡交通拥堵的现状，县委、县政府积极向省市反映，争取建设凤台淮河大桥。1982 年 3 月 25 日，安徽省人民政府第 18 次省长办公会议作出决定：“为适应经济建设需要，要尽快建设凤台淮河大桥”，“由安徽省煤炭工业公司和交通厅协商筹集建设资金”，争取列入 1984 年计划，1987 年上半年建成。省政府决定以后，省计委、省交通厅很快做了部署。省计委 1983 年 6 月 13 日以计基字（83）208 号文件批准《凤台淮河大桥设计任务书》，省交通厅 1983 年 10 月 27 日以交计字（83）163 号文件批准《初步设计》，并为落实投资做了大量工作。

1984 年 10 下旬，全省交通工作会议在凤台县召开。会议期间，经省市县几个方面磋商，最后决定将筹建大桥的工作交给市县办理，淮南市人民政府 1984 年 11 月 13 日颁文成立“安徽省凤台淮河大桥建设指挥部”，抽调干部组建内设机构，1985 年 2 月正式开始工作，指挥部在国家计委、交通部、煤炭部、冶金部，各级党委、各级政府、各有关部门的大力支持下，克服了资金、材料、施工技术等一系列严重困难，保证了工程进度。1985 年 9 月 3 日与安徽省公路勘测设计院签订《施工图勘测设计合同》，1985 年 9 月 18 日与中国公路桥梁工程公司安徽分公司签订《工程承发包合同》，1986 年 1 月 8 日开钻动工，1989 年 12 月 19 日桥面合龙，1990 年 5 月 1 日建成通车。

荣光：凤台跻身全国中部百强全省十强

凤台淮河大桥总投资 4500 万元，全长 766 米，主桥 5 孔，中间主孔跨度 224 米，引桥 10 孔。大桥宽 19 米，行车道宽 15 米，可并行 4 辆汽车，两边人行道各 2 米。凤台淮河大桥的通车，使天堑变通途，华东煤电基地顺势崛起，凤台一跃成为全国中部百强县、全省经济十强县、全省财政第一县。荣光只代表过去，书写美好未来则需要寻找更为坚实的支撑。

压力：日通车量相当于汽车渡运的 10 倍

随着凤台经济的快速发展和过境车辆的迅猛增加，凤台淮河大桥通行车辆与日俱增。据淮南市公路管理局凤台分局统计，目前凤台淮河大桥日通车 3 万多台次，相当于汽车渡运的 10 倍。过境车辆特别是货运车辆的增多，经常造成凤台淮河大桥两头交通拥堵。据县交管大队大队长李雪涛介绍，每天下午 5：30、6：30 堵车最为严重，县城大圆盘行车难广受诟病，严重影响了凤台对外形象。为了缓解城区交通压力，县政府自 2016 年 1 月 5 日起，每天早、中、晚三个时段对途经凤台淮河大桥的本市大中型货车（黄牌）、渣土车、农用号牌的运输车辆实行限行。每天早晚交通高峰，县交管大队增派警力，疏导大圆盘路段交通，维护秩序，确保交通安全。

“凤台淮河大桥通车26年来，经历了两次大修。”淮南市公路管理局凤台分局副局长葛涛说，由于长期承受超重车辆碾压等原因，导致桥面铺装混凝土局部出现了严重裂缝、破碎等病害，存在一定的安全隐患。首次大修是2007年10月，对64根斜拉索PE护套进行了修补，大修工程分为两期进行，总投资1200万元。第二次大修是2013年5月，维修工程主要包括桥梁上部结构裂缝修补、桥塔防护等。工程总投资约400万元，工期5个月。

凤台淮河大桥已不能满足经济发展交通量增加的需要，盼建凤台淮河公路二桥的呼声日益高涨。

定位：打造成凤台城区景观桥

县委书记李大松在县第十一次党代会上提出，未来五年，县委将立足“全省创一流、皖北争第一”，不断提高城镇化水平，努力将凤台建成为城市人口达30万以上、经济实力较强的安徽乃是中部有影响力的中等城市。作为凤台对外交通的重要枢纽，县委、县政府将凤台淮河大桥纳入凤台县城总体规划，将其与环城公园同步规划、设计、建设，着力打造凤台城区景观桥。

千里长淮，绕凤三弯；跨河发展，从未止息。凤台淮河公路二桥的通车，并不意味着凤台淮河大桥使命的结束，她必将在新的历史时期焕发新活力，展现新魅力。

（本文原载于2016年7月1日《凤凰台·特别关注》）

彭春晗作品（10篇）

彭春晗，笔名阳春，市作协会员、县民间艺术家协会常务副主席、县信息产业中心记者部主任、《凤凰台》报编辑，先后在《安徽日报》《江淮晨报》《淮南日报》等主流报刊发表新闻作品200多篇。业余从事诗歌、散文、小说创作，在《星星诗刊》《诗歌报》《散文》及省市级各类文学刊物上发表文艺作品500余篇，有10多篇文学作品获省市大奖。

资源拉动，提升转型发展的硬实力

——发挥叠加优势、打造县域经济“升级版”系列述评之三

资源是硬实力，也是资源型城市发展的根本。凤台资源丰富，煤电资源、湿地资源、水资源、人力资源、旅游资源等等，这些都是凤台转型发展的基础。只有充分发挥资源的张力和引力，把资源用足用活，才能在转型发展中发挥不可替代的作用。把握资源，优化资源，迫在眉睫。

优势一：煤电能源一枝独秀

凤台是全国深井采煤第一大县，煤炭资源探明储量达120亿吨，可开采储量达100亿吨。从上世纪九十年代初以来，境内先后兴建了7大生产矿井，现年煤炭产量近4000万吨。煤炭资源的独特优势，为凤台经济社会发展提供了强有力的支撑。当前要在煤电上大作文章，变优势为强势。落户我县的煤制天然气项目就

是变资源优势为经济优势的一大突破。该项目建成后，年消耗煤炭1110万吨、生产优质天然气80亿立方米。这无疑成为凤台转变经济发展方式的新名片。

从国家大的环境来说，一场以能源技术革命带动产业升级的战役正在打响，无疑又给我们着眼能源发展提供了借鉴。今年6月，国家提出要把能源技术及其关联产业培育成带动我国产业升级新的增长点，从某种意义上说，这也是我们这个能源大县告别资源依赖走向要素驱动、创新驱动转型发展的必由之路。在此框架下，我们要紧紧围绕煤电产业，采取一系列“真刀实枪”的创新举措，编织煤电领域“产业创新链”，努力打造绿色、低碳的能源经济“升级版”。同时，要延长煤炭产业链条，形成“煤—焦—化—电”煤化工产业发展链条，实现对煤炭产品深加工处理，提高煤炭产品的利润率。此外，要以煤电产业为基础，带动矿山设备、交通运输等产业发展，实现资源辐射产业利益最大化。

优势二：广阔水面蕴含商机

由于现代化采煤技术的广泛应用，我县采煤沉陷区以每年千亩以上的速度扩大，这些沉陷区湿地和水面成为我县又一资源。

众所周知，近年来水资源短缺已严重影响了工农业生产及居民生活，而采煤沉陷区却提供了滞蓄水资源的空间，为水资源开发利用与优化调度创造了条件。国内外对采煤沉陷区水资源的开发利用十分重视，我们要注重借鉴，加大水资源配置及开发利用的研究实践，为凤台的发展另辟新径。淮北市采煤沉陷区就是结合当地自然地理特征和水文条件，采用情景分析方法计算了多种情景下沉陷区非常规水资源的有效利用状况，他们治理采煤沉陷区“变废为宝”的先进经验及治理思路值得借鉴。沉陷区湿地和水面是丰富的自然资源，有的地方引进水生灌木，种植塘藕等，既改变了当地的生态环境，又为沉陷区农民增收开辟了一条新路。有的地方对采煤沉陷所形成的水面进行了集中规划、开发，鼓励农民发展网箱养殖。同时以“公司+基地+合作社+市场”和“展示、展销、物流配送”相结合的运作模式，引导组织一批龙头企业“组团”，提高市场占有率，切实解决沉陷区群众的就业和增收问题。还有的地方农技部门与养殖合作社联手，引进了黄颡、中华鲟、水蛭等经济价值高、市场受欢迎的鱼种，提升了当地水产品养殖的档次，增加了群众的收入。这些经验都值得我们学习借鉴。

优势三：人力资源用足用活

凤台县注重基础教育和劳动力技术培训，人力资源极其丰富。遍布城乡的中小学为社会提供了基础人力资源。我县每年考取大学、接受高等教育的学子接近2000人，同样每年有大批高校毕业生回到凤台。他们或创业或在企事业单位工作，为凤台的发展注入了活力。当然，我县还有职业教育中心和各类专业技术学校以及社会民办技术培训学校。仅人社局下属培训机构每年就对数千人进行就业培训，一大批技术骨干脱颖而出。此外，我县还主动走出去、请进来，引进一批懂经营、善管理的高科技人才，他们把外地的先进理念带进凤台，参与凤台经济社会建设，有力地促进了凤台的发展。人才资源是发展的基础，关键是如何科学调配、开发利用，如何选贤用能、人尽其才。近年来，我县加大人力资源开发力度，对现有人力资源进行知识开发、技能开发、态度开发、行为开发等，让有思想、有能力、想干事、会干事、能干事的人有事干、干成事。当然，人才培养不可能一蹴而就，要保持人力资源优势，就必须加强养成教育，注重工作学习相结合，理论实践相结合，不断提高人的综合素质、技能水平和工作能力，使之成为集知识、文化、技能于一身的复合型人才。随着我县对人才的挖潜和培养，用事业留人、用丰厚的待遇留人已成为一种有效的激励机制，使我县人力资源越来越丰富，这为凤台的转型发展提供了人力保障。

优势四：旅游资源得天独厚

旅游资源是旅游业发展的前提，也是做大旅游业的基础。凤台自然景观秀丽，文化底蕴深厚。有千年银杏树、长淮第一峡、清代慰农亭、赵匡胤饮马泉、刘金定梳妆台、禹王庙、廉颇墓、大禹治水遗址等风景名胜，尤其淮河凤台段，流经八公山受阻，折而向西，返而东流，奇妙的成为“S”型，成为一道独特的自然奇观。凤台历史上人才辈出，战国时少年上卿甘罗、三国大将周泰等历史名人即生于此地。这里是“淝水之战”的发生地，八公山上“风声鹤唳，草木皆兵”，记录了这一历史上以少胜多的著名战例。凤台是全国花鼓灯艺术之乡，花鼓灯被列入全国首批非物质文化遗产，被誉为“东方芭蕾”。由花鼓灯衍生出来的全国稀有剧种——推剧，同样深受沿淮人民的喜爱。此外，凤台还有红色资源优势——板张集烈士陵园；有绿色资源优势——八一林枚场；有水资源优势——万亩沉陷区水面；有自然水资源和人造景观——凤凰湖以及人工栖凤岛。

独特的资源优势为凤台旅游业的发展搭建了平台、创造了条件，峡山口至黑龙潭淮河历史文化风情游、沉陷区万亩芦苇荡揽胜、凤凰湖水上游乐园等等都是一条条独具特色的旅游线路。近年来，凤台县依靠旅游产业资源优势，深挖地方特色民俗文化及其生态资源潜力，利用当地优越的地理位置，大力开发农家乐旅游项目，使农家乐成为当地农业旅游的新亮点。

问渠那得清如许，为有源头活水来。资源是基础、是源头，只要善于利用，科学利用，充分发挥资源优势，让我县各种优势叠加起来，就会形成综合强势，为打造县域经济“升级版”提供强大的动力。

（本文原载于《凤台财经与发展》2014 年第 6 期）

渡运时代盼架桥

——写在凤台淮河二桥通车之际

今年7月1日是中国共产党诞辰95周年纪念日，这一天也必将写进凤台历史，因为凤台淮河二桥将正式通车。这是我县交通史上一件大事，对提升凤台形象、加强内外交流、促进经济发展意义重大。在全县上下欢欣鼓舞隆重庆祝这一特殊日子之时，我们不能忘记26年前漫长的渡运时代。那个时候人们最期盼的就是淮河上能架起一座桥梁，以解决百姓的通行之难。

长长的车队、焦急的等待、蜗牛般的航速、随时发生的危险……这是渡运时代的真实写照。在与老渡人交流中，他们总结出三个字“慢、堵、险”，今昔对比，翻天覆地。在凤台淮河大桥建成前，除历史上因为战争或其他特殊情况需要临时搭建浮桥外，淮河凤台段从未真正建过大桥。千里淮河，历史沧桑。在淮河凤台段及其支流上历来都有很多渡口，它们大多是木船小艇，多以载人和运输收获的农作物为主。直到新中国成立后成立的凤台轮渡才算有了运输大中型机动车辆的轮船。资料显示，2005年末全县境内共有渡口28道，渡船31艘，渡工55人，分布在淮河8道、西淝河16道，茨淮新河4道。其中学生专渡3道，分别是李冲魏台渡口，至今尚运。其他有杨村丁洼渡口、岳张集姬沟店渡口。据史料记载，清代及民国年间，县内主要渡口有城南（下蔡渡）、硖石、两河口、黑龙潭4处，另有小渡口20多处。1950年始，由于修建公路、桥梁、涵闸，开挖河渠等原因，部分旧渡口废弃，许多新渡口出现。1985年底共有大小渡口41处。其中城关镇轮渡、西淝河花家岗轮渡为境内较大渡口。《凤台县志》记载：花家岗轮渡位于王集乡小花家岗村，跨西淝河南、北两岸，两岸搭接潘谢公路，属两淮煤炭运输专线渡口，木船1只，4吨位，定员28人。1982年8月初动工兴建，为两座中、低水位永久性码头，高程为海拔17.50米至18.50米，次年竣工。耗资27

万元。同年 11 月正式渡运车辆。1984 年又建 1 座高程海拔 21 米的高水位码头，日渡车辆 200 辆次，月收入 1.40 万元。该渡口枯水季节，水面宽百米、深 2 米多；洪水季节水面宽达千米、深 5 米以上。

据老船民介绍，在凤台淮河大桥通车前，凤台轮渡一直是东西交通的枢纽，尽管当时车辆不多，物流不发达，人员流动少，但东、西所有车辆都要经过这样一个航道有限、运力不足的渡口，其拥挤程度可想而知。渡口建设之初，只有 2 条渡轮，如果一艘检修那就只有一艘来回运输。夏季淮河汛期，河面宽阔，一艘渡船来回一次要一二十分钟，就是不排队也要等上很久，这样蜗牛一样的运输速度，按一次转运 6 辆汽车，一天不停的渡运也才通过二三百辆。要知道，这可是全天通过凤台的所有车辆，如此交通状况，严重阻碍凤台经济社会发展。随着车流量的增加，渡轮也在陆续增加，从 3 艘、4 艘到最高时达到 6 艘。当记者问到为什么不多增加一些渡轮时，轮渡原工会主席郭亚辉说，航道通航宽度有限，多了就会拥挤，影响安全。凤台轮渡几十年的变迁，其渡船也逐步先进，刚开始用拖船做动力带动运船载车，费时、费力，不安全，尤其轮船要转身调头才能前行，大大增加了运输时间。后来由于造船技术的先进，引进了动力船台一体化渡轮，头尾不分，直行直运，这样大大提高了渡运效率。

轮渡运输属于传统方式，相比大桥通行显得落后得多，管理难度较大。主要突出一个“慢”。试想，这么一个东西交通要道，仅靠几艘渡船怎么行？尤其出现紧急的情况下，如此之慢的速度会耽误时机。以前淮河水道肩负运输重任，甚至在上世纪七八十年代还通客轮，在交通不发达的过去，水上运输繁忙，这样渡轮就要避开客货轮，影响速度。停留、维修、调头以及不可预知的境况都给人一种轮渡运输太慢的感觉，能在淮河上修一座大桥是凤台人世世代代的梦想。

轮渡堵车，这是让人最受不了的事情。老郭说，其实轮渡不堵是不可能的，想想哪有车到就开船的？最好的情况是车到了正赶上空船，可你上了船后还要等后面的车到，够一船才起航，总不能一艘渡轮就载你一辆车吧？所以“堵”是轮渡永恒的现象，不论什么时候，不是东码头就是西码头，总能看到有车在排队等船。老郭介绍，有时候要排队排到今天的凤台二中门口，这可有一、二里路，算算二里路要有多少辆车。如果按最多六艘轮船的一半——三艘船不停运输计算，就算不增加车辆要多少次、多长时间才能把拥堵的车辆运完！另外，关键是等待上船的车辆会有客车和有急事的车辆。一等几个小时，客车里乘客怎么办？运送鲜蔬和家禽的怎么办？他们等不及，可又没办法，那就是一个“急”。每当这样的情况出现，就忙坏了轮渡的干部职工，所有班子成员和管理干部都要上一线，现场指挥，负责维持秩序，做车主和乘客的稳定情绪工作，因为人们排队焦急心烦，也容易发火，车主之间也经常发生矛盾纠纷，尤其乘客多有埋怨，出现口角甚至动手者也在所难免。尤其在夏季炎热和冬季寒冷之时，人们因为堵车饱受折磨，对淮河修建大桥的渴望更加迫切。

如果说“慢”和“堵”人们还能容忍的话，那年年不断的安全事故给当事人亲友带来无尽的悲痛。老郭说，由于轮渡的特点，即使再重视安全，每年都会有安全事故发生。轮渡通常是人车混运，人不收费，只收车辆费用。上船时是先上车后上人，下船时是先下车后下人。尽管管理人员每次都提醒人们注意秩序，可日久天长总会有人、车不按交通规定上下，这样就会出现车碰行人的问题，小的安全事故难免发生。当然这是小的事故，可车掉河里造成车毁人亡的重大交通事故也年年发生。有的车主因操作失误和刹车不灵一下子就冲进河里，车主很难保命。客车是做好安全工作的重点，每当上船时，按要求乘客都要下车，等车到对岸开到安全地带才停下让乘客上车。可也有特殊情况的，比如老弱病残者上下车不方便，个别乘客比较固执，他们不听规劝，或躲避管理人员的检查留在车中，一旦客车掉进水里就会造成重大安全事故。这样的事故也发生过多起。老郭介绍，就在凤台淮河大桥即将通车的1990年春天，就有一辆客车冲进河里，造成售票员溺水死亡。

历史是一段记忆，艰难的渡运时代人们对建设大桥的期盼和为“架桥梦”的不懈努力终于迎来了1985年淮河凤台段首座大桥的修建，今天随着淮河二桥的即将通车，又翻开了凤台交通史上新的一页！

（本文原载于2016年7月1日《凤凰台·特别关注》）

见证凤台渡运变迁

——凤台县城汽车轮渡发展走笔

再次走进凤台轮渡，心里有一种落寞。昔日人流涌动、车水马龙，今天这里却荒芜破落、一片凄凉。除了不远处一个货运码头还在吊运建材外几乎没有一点生机。码头北面河滩上荒草萋萋，躺在这里的几艘渡轮残缺不全、锈迹斑斑，它们曾经为凤台渡运“出过力、流过汗”，如今寿终正寝，仍不忘“奉献”，有的船台上种上了丝瓜、辣椒等蔬菜。它们见证了凤台红红火火的渡运历史，却没有遗憾。凤台淮河大桥取而代之，这是历史的必然，也是社会的发展和进步。

在这里居住的老市民对轮渡有着复杂的情感，他们在回忆这段光辉历程时百感交集，有留恋，也有淡然。1990 年 5 月，离轮渡不远的凤台淮河（公路）大桥建成通车，成千上万市民欢呼雀跃，从此凤台交通进入了新的时代。凤台淮河大桥替代凤台汽车渡轮，是凤台经济社会发展的需要。但作为凤台交通史上一个重要阶段，有必要对凤台轮渡梳理总结，让它定格在凤台人民永恒的记忆里。

凤台县城的汽车轮渡历史较短，当时叫城关镇轮渡，位于城关镇东北，北大梗东端，跨淮河东、西两岸。据《凤台县志》记载：该渡口 1954 年初，建于县城南河下老渡口，当时仅有木质渡船，人工摇橹渡运，渡工 5 人。每次渡船只能渡运两辆机动车，日渡车不满 10 部。1956 年由淮河航运局调来 1 艘铁拖轮，80 匹马力，拖带木船渡运，渡工增至 16 人。1958 年因交通线路更移，渡口北移至黑龙潭，日渡机动车 10 余部。1968 年渡口再次北移至北大埂东端。1982 年上级投资 27 万元，扩建成中、低水位的船塘式码头，大、中、小水均可保持正常渡运，年最高渡运量可达 4 万辆次。1985 年城关轮渡拥有自航船 3 艘、拖轮 4 艘，1368 匹马力，载重 554. 66 吨位；6 艘渡泵船载重 236. 82 吨位。该渡口平均日渡运机动车 1600 辆次。

据了解，县城汽车轮渡发展共经历了四个阶段。第一阶段是简易渡口。简易渡口是轮渡的前身。它为轮渡的建成提供了基础和经验。1949 年以前，凤台县城有 2 座主要码头。一是客运码头，位于城关三关楼东侧。另一个是渡口码头，位于县城东南一隅（今南城门外）。客运码头仅用块石砌成，供渡客上下船搭脚之用。货运码头的结构材料采用木桩和秫秸搭就，码头相对简陋。遇有帆船装卸货物，多利用自然坡岸停靠，搭上跳板装卸。那时的船只均为木质船，多用人力摇橹，顺风时也挂风帆。

1952 年前后，县政府和沿淮村镇先后在县城沿淮河岸修建了 13 座简易码头。此间的渡运虽属民间性质，却也方便了县城两岸群众的日常生活。1955 年，县城开始用水泥、块石修建混凝土码头。到 1958 年，县城沿淮地段已建成混凝土码头 10 座。其中轮渡和货运码头各 4 座，客运码头 2 座。当时，城关轮渡码头建造规模较大，位于县城东北（当时的北大埂东端）。该轮渡跨淮河东西两岸，各占地 40 亩。

第二阶段是县城汽车轮渡班的建立。1954 年，由省交通厅公路管理局确定，在沿淮的凤台城建立汽车轮渡，隶属于当时的凤台县水利科。1958 年，县城汽车轮渡北迁至黑龙潭，河东码头在王村，河西码头在望淮楼南 200 米处。有关方面拨给迁移建筑费 6 千元，建成了混凝土中、小水位码头。当时的渡运班增加到 11 人，该渡运班已使用拖轮渡运。这艘拖轮是省交运厅于 1956 年从蚌埠淮河航运局调来的。该拖轮为铁质，功率为 80 匹，由它牵引木质趸船渡运汽车。

第三阶段是划归公路站管理阶段。自 1966 年至 1980 年，县城汽车轮渡隶属于县公路站。1969 年，轮渡码头再次移至后来的凤台淮河公路大桥附近。当年，有关方面为建筑码头投资 8 万元，用块石、水泥建成斜坡式码头，供大、中、小型水位予以使用。1972 年，上级又向汽车轮渡投资 13 万元，建成了阶梯式码头。在此期间，除码头建筑有了较大进展之外，渡船也增加到 2 艘，渡工增加到 16 人。1978 年，随着国民经济和交通事业的大发展，上级又投资 45 万元为凤台县城汽车轮渡建成船塘式较高级码头。地址即在凤台淮河公路大桥北 100 米处。此期渡船已增至 4 艘，渡工已达 50 余人，日渡运汽车约为 700 辆次。

第四阶段是成立汽车轮渡管理所阶段。为了促进能源、交通事业的发展，有关方面确定，自 1981 年起，县城汽车轮渡不再属县公路站，成立凤台县汽车轮渡管理所，隶属于省公路局，受市县交通局和市公路局双重领导。为提高县汽车轮渡的渡运能力，上级又于 1982 年投资（折合实物）水泥 4. 5 千吨、块石 5.1 万方，对渡运码头再行修建，使之在大小水位下均能正常渡运。1981至1984年间，渡船已增至6艘，年渡运收入一般在40万元左右。

1990年，县汽车轮渡撤并，此期该所已拥有渡船7艘，机械总功率为1396马力。渡运干部职工增加到1989年的123人，分属于4个股、2个队、1个厂，还有1个派出所。渡运固定资产达780多万元。自1985年至1989年的5年间，平均年渡运费收入为262万元，年最低收入为216万元，年最高收入为428万元。

1990年5月，凤台淮河大桥通车，凤台轮渡完成了历史使命，只在特殊情况下，比如防汛等关键时段渡运。目前凤台轮渡已被列为战备渡口，担负着新的重任。

（本文原载于2016年7月1日《凤凰台·特别关注》）

旅游业发展，离不开民俗文化支撑

文化是软实力，一个地方的可持续发展离不开文化包装；文化是一个城市的灵魂，没有灵魂的躯体注定走不了多远。

凤台历史悠久，人文荟萃，尤其民俗文化厚重，内容丰富多彩，花鼓灯、推剧、火老虎以及锣鼓、旱船、舞狮等一直是淮河两岸百姓喜闻乐见的文化形式，也是吸引游客来凤观光的魅力所在。因此，发掘利用好这些优势资源加以放大对推动我县旅游业发展至关重要。

地方历史文化是不可多得的旅游资源，其价值正在蓬勃兴起的民俗旅游中得到体现。充分挖掘具有地方文化内涵的民俗旅游，将自然与社会、文化与生活、传统与现代结合起来，是做大旅游业的根本。当前旅游市场竞争激烈，地方特色文化旅游已成为新的发展方向。凤台灿烂的民俗文化是旅游业用之不竭的重要资源，我们要加大民俗文化的保护、传承与利用，充分发挥民俗文化在旅游业中的点睛作用，增强旅游业发展后劲。

如何发掘民俗文化，关键一点政府要重视。要更好地保护和传承民俗文化，首先要出台政策，对非物质文化遗产进行抢救、整理，并建立起一套比较完善的保护机制。通过举办民间文化艺术活动，开展网上论坛、培训讲座等，让人们了解民间文化艺术的丰富内涵，形成保护民间文化遗产的良好舆论氛围。其次，做好民俗文化研究，探讨如何以产业运作的方式，结合旅游业的发展，把具有明显优势和开发潜力的民间文化艺术资源做大做强，使之可持续发展。同时要加强非物质文化遗产展示场馆建设，目前在凤凰湖新区建设的“五馆”正在完善，希望能为民俗文化保护工作提供硬件支撑。再次，要开发各类民俗文化旅游资源。编制民俗文化旅游开发规划。可以开辟淮河硖山口段风情游、茅仙洞风景名胜游、李冲回族乡宗教民俗游等。同时在“农家乐”旅游中大力挖掘民俗文化，从装饰到服务都能体现原汁原味的本土文化。此外，还应保留一些淮畔原始民居，供游人观赏感受。在旅游区定时举办民间艺术专场演出，展示凤台民俗文化魅力。当然，凤台民俗文化发掘还有很多工作要做，民俗文化旅游项目也要在文化呈现的基础上跟进推出。比如民俗观赏项目就有民居建筑、生活习俗、宗教信仰、民间艺术、婚丧礼仪等，要分门别类，设立专线，推出特色，吸引游客。

做好民俗文化发掘工作，还要加大宣传，营造氛围，形成全县上下重视文化旅游的社会环境。民俗文化资源优势转化为旅游产业优势，宣传工作至关重要。我们要利用“三网二报”和广播电视等现代和传统媒体大力宣传民俗文化在旅游业中的作用，把鲜亮璀璨的民俗文化作为介绍、展示凤台形象和州来文化的重要内容，制作民俗文化主题宣传片和宣传手册，在凤台新闻网、凤台招商网以及其他有影响的媒体上展示。同时在政府网和《凤凰台》上开辟专栏，大张旗鼓地宣传民俗文化旅游。通过立体式、多渠道、全方位的宣传让民俗文化成为凤台一张对外展示形象的名片，为我县旅游业的发展攒足后劲、夯实基础。

（本文原载于2016年8月5日《凤凰台》）

十年呵护瘫夫，好妻子王红霞不弃不离演绎人间大爱

民间有句话：夫妻本是同林鸟，大难临头各自飞。可当时才30多岁的凤台县顾桥镇妇女王红霞在丈夫车祸生命垂危、可能永久瘫痪的“大难”面前，不仅没有“飞”走，反而贴的更紧。精神上鼓励，身体上呵护，十年如一日，细指数春秋，弱肩挑重担，不弃不离，用汗水和真情演绎着人间大爱！

十年前，王红霞和丈夫张忠礼在顾桥镇一家墙体材料厂上班，为了日子过得好一些，夫妻俩没日没夜的拉运砖坯挣钱。然而，天有不测风云，2007年的一天，张忠礼在拉运建材时车斗翻撅，不幸砸中头部，几乎整个头皮盖被掀，当场昏迷……乡亲们忙喊来救护车，吓蒙了的王红霞醒来就抱着张忠礼哭喊，一路鲜血浸透了她的衣衫，几经周折转至市矿工二院，医生给他缝了好多针。

在矿工医院3个月，王红霞过着“地狱”般生活，躺在病床上丈夫和植物人差不多，她要精心、不时地喂他流食，还常常因喂不进或喷出来弄得自己满脸满身。此外，因为下身失去知觉，大小便也要随时清理。更让她饱受折磨的是今后何去何从：家里失去了顶梁柱，两个孩子还小，自己不仅要照顾大人孩子，还要挣钱养家糊口。

住院后期，丈夫身体稍有感知，渐渐能断断续续说话了。但他的第一句话却是“红霞，咱们俩离婚吧”。这下王红霞蒙了，再苦再累她也没想到去离婚。紧接着张忠礼说一句、断一句地表达了自己的想法，就是他知道以后可能要瘫痪，会永久躺在床上，为了不连累妻子，只有离婚，让年轻的王红霞再找个好人家过日子。这让王红霞心如刀割，她知道丈夫能做出这样决定要经过多少心里煎熬，既然丈夫这么爱自己，那决不能辜负，这更坚定了王红霞要照顾瘫痪丈夫一辈子的决心。可张忠礼心意已决：“你不愿离婚，我就绝食！”之后，由于王红霞不答

应离婚，张忠礼开始拒绝进食，一连四天，他不仅滴水不进，也不再理会王红霞。王红霞知道丈夫是为了她好，看着身体虚弱的丈夫一天天消瘦，王红霞欲哭无泪。

万般无奈的情况下，王红霞从家中把正上学的大女儿和2周岁的儿子带到张忠礼面前，声泪俱下：离婚，孩子怎么办？知道你是为我好，怕今后跟你受苦、受累、受穷，可我愿意，有罪同受，有苦同尝，有福同享，不管你今后怎么样，我都对你不离不弃！可对王红霞掏心窝的话，张忠礼就是听不进去，并明确：如果不和他离婚，立即撞死在她面前。红霞见丈夫为离婚执意要寻短见，心中万念俱灰。她面无表情：你想死，不如我先死，没有你，我活着也没意思！当时在病房，王红霞就起身踏上板凳，准备爬到窗上跳楼寻短见，大女儿见状急忙跑过去抱住妈妈的腿哭喊：爸爸、妈妈，你们死了，我怎么办呀？张忠礼听后痛心疾首，他拉住妻女的手哽咽着：你别死了，我不离了，是我多想了，对不起你……此时一家几口抱成一团，哭声一片，让闻讯赶来的医务人员也感动得流下泪来。

打这之后，两人再也没有提起离婚的事，王红霞也开始了漫长而艰辛的伺夫、教子、养家之路。高昂的医疗费使他们无法长时间住院治疗，伤情稳定后便决定出院，每日吊水维持。由于张忠礼下肢严重瘫痪，失去知觉，不仅大小便只能在床上拉撒，还要时不时翻身。可王红霞从没有说过一句抱怨的话，一年四季，白天黑夜，王红霞始终如一，端水喂饭，清理尿便。为了让丈夫躺的舒服、身体干净，王红霞每天要给张忠礼擦洗身体一两次、翻身一二十次身。由于丈夫身高体胖，王红霞自己弄不动，就喊来婆婆一起。每日三餐，王红霞亲自为丈夫从小餐馆买来合口的饭菜，一匙一匙喂到丈夫的嘴里。

柔嫩的双肩被生活挤压得伤痕累累，王红霞多么希望丈夫重新站起，为妻儿遮风挡雨。为了进一步了解丈夫病情，找出最佳治疗方法，王红霞到处寻医问药，哪怕偏方，她也要试一试。离开矿工二院，王红霞坚持带丈夫去合肥市ABT康复中心做干细胞理疗，在合肥理疗一月后，效果不理想。院方告诉王红霞，病人腰脊部位、股骨头、大小腿均受损严重，这一辈子可能都站不起来了，回去要经常给他按摩，如果血脉能畅通，也许会出现奇迹。

尽管如此，王红霞也没有失去让丈夫站起来的信心。为了给丈夫理疗，她苦学按摩技术，了解中医穴位，按医生要求每日给丈夫搓揉。她还自己设计、请人在卧室里安装类似“双杠”的康复器材，每天搀扶丈夫训练。

功夫不负有心人，经过多年训练，丈夫能够坐稳轮椅，下身也有了点知觉，这让王红霞喜出望外，也增强了治好瘫痪丈夫的信心。但她并没有止步，仍然到处打听治疗方法。2015 年，王红霞了解到石家庄市有个中医世家能治疗此病，她连忙按朋友提供的地址，租车带着丈夫赶到那里。老中医查看伤情后，便开了擦洗的中药，并交待家人要按疗程科学使用，配合按摩，三年后站起来应该没问题。有了这个保证，王红霞喜极而泣。来家后，她更加精心的为丈夫理疗。让她意料不到的是，仅仅两年，张忠礼自己扶着栏杆已能颤颤巍巍地站起。谈到这些，张忠礼眼含泪花：没有这么好的妻子，我也许一辈子都站不起来……

对王红霞来说，照顾丈夫只是她每日工作的一部分。为张忠礼治病花干了家底，又欠下了一大笔债务。为了孩子上学、为了全家生活，她还要拼命挣钱。开始最艰难的几年，为方便照顾丈夫，她就在本地建材厂和建筑工地出体力。近两年丈夫身体好转，她就去稍微远一点的县城打工。可以说，为了丈夫站起来、为了孩子健康成长、为了这个家，王红霞付出的太多、太多。

充满艰辛坎坷的十年过去了，这是一个女人一生中最鲜亮的年龄！在王红霞面前还有很长的路要走，今后漫长的岁月仍然会布满荆棘，但王红霞已做好了充分的心理准备。和张忠礼从自由恋爱到组成家庭，这是她当初的选择，留下来照顾张忠礼无怨无悔。王红霞，一个普通的农家妇女，却有着一颗金子般的心，勤俭持家、尊老爱幼、夫妻和睦，在当前全社会践行社会主义核心价值观的背景下，她用实际行动谱写一曲充满正能量的时代赞歌！

（本文原载于 2017 年 4 月 17 日《凤凰台》）

扎根泥土更芬芳

——国家一级美术师苏道航的书艺人生

这是一条古老的河道，

这是一块神奇的土地。

西淝河畔，风光旖旎，人杰地灵。这里，民风淳朴，百姓勤劳，他们不仅创造了财富，还点亮了艺术，苏道航就是其中的代表之一。这位年近七旬的老人自小受到家庭文化熏陶，酷爱书画艺术，扎根沃土，汲取乳汁，吹拉弹唱，样样精通。尤其书法艺术，集大家之长，别具魅力。不仅笔力遒劲，挥洒自如，更点墨成图，字画一体，成为绽放在全国书法艺术园地里一朵艳丽的奇葩。

苏道航是凤台杨村人，出生至今一直生活在西淝河边，从没长时间离开过这片让他获得灵感的土地。在这里，他一直参加农业生产，农闲之时，为周边村民表演二胡，有时还唱上几句。但书法始终是他的最爱，无论多忙，每天都要抽出一定时间在他那填满书法文稿的斗室里挥毫泼墨。

一个寒风凛冽的冬日上午，笔者来到苏道航居所，这位草根艺人正在门前路边挖穴植树，院子里几位乡亲早早到来，坐等欣赏二胡。谈起如何走上书法艺术之路，这位执着的老人一下子打开了话匣子，满脸陶醉，娓娓道来。

苏道航上小学的时候有毛笔课，起初出于好奇，他对毛笔课表现出浓厚的兴趣。父亲发现苏道航这一爱好后，便有意进行引导和培养。当时家里并不富有，天天练字需要纸张，为了保证书写需要，父亲特意为他制作了一个练字板，规定每天写毛笔大字 50 个，一年级上学期，苏道航学会的字也才几十个，很多字不认识，可他也只能照着葫芦画瓢，不会读的字一笔一划地模仿写。老师发现苏道航有书法天赋，也给予支持和鼓励，经常当全班同学面表扬苏道航，甚把还把他的大字贴到校园墙上作为范本展示。每当看到大字本上毛笔字被老师画红圈时，苏道航心里就异常激动，这是一种收获的喜悦，是老师对他毛笔字成绩的肯定。苏道航回忆说，有次一个大字被老师画了 4 个红套并得到了专门点评，激动得他好几天都心花怒放。当然，每次全校举办毛笔大字竞赛，他几乎都是一等奖，尽管很多孩子年级高年龄大。

高小的时候，苏道航认识的字多了每天练字数增加，相比别的学生，他付出的更多，常常课间休息时，别的孩子在室外打打闹闹，他都在教室里提笔执墨。上了初中，学校取消了大字课，可用毛笔写小字依然延续。苏道航并没有因为课程的原因而影响他的练字爱好，同样，他一笔一画认真写好小字，刻苦练习，持之以恒。

如果说以前所做只是练习毛笔大字的话，那么在利辛县瞰疃中学读书时遇到的一个人让他懂得了什么叫书法艺术，也因此改变了他的一生。这个人叫孙以久。一个周末，苏道航和几位同学去集市上逛街，突然一户店面的春联让他眼前一亮，痴迷书法的苏道航立即停止了脚步欣赏起来，完全陶醉于门对书法艺术的氛围里，以至于同学多次催他都没有听见。这付对联的书写人就是写孙以久，可以说孙以久是苏道航的不师之师。在此之后，苏道航的书法艺术观得到根本改变，“我要成为书法大家”成为他奋斗的力量源泉。通过描摹孙以久字体，刻苦练习，加之自己有悟性，苏道航书法有了质的提升。在此基础上，他又设法搜集名人名字，仔细揣度，集百家之长，学其形神，加以消化，日久月异，渐自成一家。

离开学校后，苏道航在家劳动，其间先后在生产队、工商部门工作过，但不管务农还是上班，他都没有放弃练习书法，年年月月，始终如一。他给自己定下硬任务，每天练四百字，雷打不动！夏天，劳累了一天的苏道航感到骨头架子都要散了，别人到家吃过洗洗睡觉，可他仍要打起精神伏案泼墨，豆大的汗珠淋透纸面；冬天，别人钻进暖暖的炕头，沉醉梦乡，而他双手冻肿，手脚冰凉！结婚后，不仅老婆孩子需要照顾，更要努力挣钱，养家糊口，但不管多忙，无论多累，他都一如既往的执着！

“宝剑锋从磨砺出，梅花香自苦寒来。”经过多年辍耕不止，苏道航的书法艺术日臻成熟。上世纪 90 年代，土地承包后农村经济的发展让苏道航有财力和时间走出去，在各个艺术平台上展示自己书法艺术，同时，加强与名家和书画爱好者交流，取长补短，完善自己。苏道航先后把自己的书法作品寄往国内各专业期刊发，得到书画界肯定，他还参加各类书法比赛和各类笔会，作品常见报端，在业界崭露头角。

苏道航最得意的作品是形神兼备的千禧“龙”字。2000年是千年一遇的中国龙年，这让苏道航无比兴奋，他想通过书法龙字表达一位龙的传人对祖先的崇敬和缅怀。经过数日的精妙构思，最终以刚劲有力、浓淡相宜的二笔勾勒出神情飞扬、洒脱飘逸的神龙！该作品一经问世，即受到名家的点赞和爱好者的追捧，也奠定了他在书画界地位，随后各项荣誉、各类邀请函纷沓而至！

近年来，艺术风格独特的苏道航在书法界十分活跃，不仅应邀参加各种大型活动，还出版了一些字帖，甚至和国内书法界名家合集。2013年特邀出任“东方红——纪念毛泽东同志诞辰120周年诗书画创作大赛”的嘉宾评委，与李铎、吴休、沈鹏、欧阳中石、刘大为、段国强同台点评。2014年被中国国学学会提名担任首批文化界国家形象大使。2015年由文化部门及多家单位、组织联合授予中国“非遗”及首届世界“非遗”传承人物荣誉称号。在纪念抗日战争胜利七十周年活动中连续荣获首届爱国文艺奖等六个奖项的金奖。2016年与范曾同时荣获第十届中国国际艺术节“金猴奖”终身成就奖及第二届世界文化奖金奖、首届国际文化艺术金马奖、人民艺术家金鸡奖等。2017年，香港回归20周年之际应邀与沈鹏、刘大为一道带领六十位书画家赴香港参加书画大赛。同年8月，苏道航在纪念十月革命100周年全国诗书画大赛中荣获“百名金奖艺术家”提名，并应邀担任该活动的评审委员会委员，指导并监督大赛评选过程。今年初，在中国国际书画艺术家联合会、国家诗书画网、北京墨韵华艺国际书画院联合举办的“庆祝党的十九大召开——十九大文艺代表”评选中，苏道航因对文化艺术事业发展有贡献，成为19位被授予“十九大文艺代表”荣誉称号的德艺双馨文艺大家之一。此外，苏道航还荣获中国兰亭书画院首届中国书画“书聖奖”金奖和第二届中国书画“兰亭杯”终身成就奖。他的作品及艺历入编了《中国辉煌》《中国专家人名辞典》《中国书画名家大师全集》《魅力中国书画五大名家》《文化人物·中国艺术飞天奖特刊》《国家形象大使》《中国书画艺术流派宗师大观》《人民艺术三大家》《中国一线艺术家》润格参考册、《中国十大投资名家》《文脉五千年法书十二家》等五十多部大型典集。

在苏道航简陋的创作室里，布满了各种荣誉证书、纪念牌、纪念章和各类机构的聘书。资料显示，现在作为国家一级美术师的苏道航还是北京中国书画研究院荣誉院长兼高级研究员、中国兰亭书画院名誉院长兼高级书画师、中国党建网学术委员会委员、新华艺术网执行副主席、中国航天文化艺术中心艺术顾问兼特约艺术创作大师、中国文艺家联合会副主席等。

从小学一年级开始，苏道航已走过了60年书艺人生，现在年纪大了，活动没以前灵便了，多以书法聊以自娱，可又赶上了文艺的春天。在打造文化强镇、文化强县的号角下，他又焕发了战斗的青春。教育孩子传承中华优秀文化、增强爱国主义情怀让这位书法大师责无旁贷。目前，在镇文化站的大力支持和组织协调下，苏道航决定定期走进中小学校，不仅传授书法艺术，还要通过书写健康向上、奋进励志的书法内容，激发孩子们爱国、爱党、爱家的民族情怀，用激情点燃艺术，用热血书写精彩，用火红的夕阳把晚霞渲染的更美更靓！

（本文原载于2018年4月9日《凤凰台》）

脱下军装还是兵

——我县两退伍军人奋不顾身勇救一家4口溺水者纪实

2017年6月13日中午，岳张集镇田岗村村民田红和家人带着书有“奋不顾身、英勇救人”的锦旗来到镇政府，专程感谢镇维稳综治办公室主任、共产党员、退伍军人岳刚和大胡村委会主任、共产党员、退伍军人高志叶，感谢他俩对他们一家老小四口人的救命之恩。

6月7日上午10时30分左右，岳张集镇田岗村26岁村民田红和24岁妻子李静静带着2周岁的女儿田芷琪，骑着三轮电瓶车从凤凰湖采煤沉陷搬迁安置新区，来老家田岗村接忙完农活55岁的老父亲田国朋回去。当三轮车经过观（音）张（集）公路张集煤矿铁路专线西400米处时，由于该条县乡公路因采煤沉陷的严重影响和来回重车的超压损坏，刚刚煤矸石加高的路面高洼不平，而且道路两侧均为深水区、也没有提醒路人的警示牌和防护栏，同时这是一条贯通全镇东西唯一的主干路，每天来往车辆和行人络绎不绝，极易造成安全事故。当时，小田跟在一辆尘土飞扬的大型自卸车后面，从西往东紧靠右行驶，由于眼睛被扬尘迷住，一不小心连人带车冲入了路边采煤沉陷区深水塘内。据目测，路面高于水面5、6米，水深7米左右，且路基陡峭。一家四口还没有反应过来，甚至连一声“救命”都没来得急喊就不见了踪影。

天无绝人之路。在这万分危急时刻，恰好岳张集镇维稳综治办公室主任岳刚，在大胡村主任高志叶的陪同下从镇政府出发到西部几个村调解民事纠纷经过这里。事故发生前，他们两并坐正副驾室一路西行，在距离前方近100米处突然看见迎面而来的一辆大型自卸车后面跟着的一辆电瓶三轮车，在尘土飞扬中不知道什么原因人和车瞬间就不见了。他俩一个有着18年军旅生涯，一个有4年的军营生活，虽然不在同一个部队，但都多次见义勇为，也多次立功授奖。军人的职业敏感，让他们感觉到这辆电瓶三轮车和人极有可能都掉进了路边深水里。“不好，出事了”、“注意停车，快点救人”。他们立即紧张起来，岳刚忙把车子靠路右边停下，然后二人一左一右迅速跳下小车，紧急中也顾不得脱下衣服和掏出手机、手表等物，以百米冲刺的速度飞奔向出事地点。这时出事水面只有一位青年男子露头不停地挣扎着并呼喊“救命”，他一只手还紧抓住孩子的衣领。说时迟、那时快，面对这一危情，岳刚跳起猛扑水中，飞快游到中年人身旁，迅速接过孩子抱到岸边，把孩子送到安全地点后，又马不停蹄返回深水中拉离他较近的中年男子。这时高志叶也已经游到这名男子身边，看到他身后水面上有头发飘动，知道还有人在水下，便连忙伸手抓住长头发。

这是一位年轻妇女，她头刚露出水面就紧紧抓住高志叶的胳膊，为了防止被落水者急中缠住自己出现不测，高志叶换了口气便潜入水中，慢慢将已经下沉的妇女托起往岸边移动。在岳刚、高志叶奋不顾身的积极营救下，青年男子和妇女分别被救上岸边。就在他们俩准备把这落水的一男一女往路面推拉时，就听到妇女用微弱的声音说：“还有俺爸爸在水里呢，求求你们把俺爸救上来吧！”

时间就是生命，生命大于天，决不能耽搁一分一秒。得知水中还有一老人，他们快速确定寻找方案，分工明确，全力合作，两人再次跃入深水中，手拉手一左一右、一上一下地搜寻已经沉入水底的田国朋老人。时间一秒秒过去，如果时间长了再找不到，老人就会有生命危险。但他们没有放弃，而是慢慢扩大搜救范围。四、五分钟过去了，此时岳刚突然感觉到脚下有人，顿时喜出望外，他呼喊高志叶，说老人找到了，快来接应。随即憋足一口气，一个猛子扎下去，用尽全身力气将老人往上托出水面，随后二人一个在前面拉、一个在后面推将第四名落水者救起。这时，两人已耗尽了力气。岳刚在部队期间，头、眼受过伤，是八级伤残军人，此次连续救人身体不支，等快到岸边时，差点晕倒。这时，一些路人纷纷前来相助，有询问情况的，有帮落水者排水的，有抱着小孩哄的，处处都传递着人间真情。

一家4口得救后，惊魂未定。岳刚又忙开车把他们带到镇政府，通过附近同事朋友找来了干净衣服换上，还给小女孩买来了糖果零食，中午安排了饭菜为他们压惊。把他们送回家后，两人还想方设法在帮助打捞落入深水中的电瓶三轮车。为了安慰田红一家，岳刚和高志叶又带着慰问品去家里看望，叮嘱他们以后一定要注意安全，珍惜生命，好好生活。田红一家对此十分感动，千言万语难以表达救命之恩。13日一大早，他们一家来到镇政府把一面锦旗送到岳刚和高志叶手中，于是就出现了本文开头的感人一幕。

（本文原载于2017年6月18日《凤凰台》）

凤台青年张传军：从国家一级美术师到景德镇火艺堂堂主

中国画，以其特有的观察方法、表现形式和独特的艺术魅力，在世界绘画历史上占据了一席极其重要的位置。

中国画同希腊的雕刻、法国的音乐被誉为人类艺术宝库的“三杰”，具有其他绘画所没有的民族风格和独特的艺术价值。

景德镇素有“瓷都”之称。景德镇瓷器造型优美、品种繁多、装饰丰富，瓷雕制作可以追溯到一千四百多年前，造型千姿百态、栩栩如生。有高温色釉、釉下五彩、青花斗彩、新花粉彩等，艺术表现力强，有的庄重浑厚，有的典雅清新，有的富丽堂皇，鲜艳夺目。

张传军，安徽凤台人，入门中国国家画院，师从梅墨生大师，国家一级工艺美术师，中国画与陶瓷艺术研究院院长，著名画家、陶瓷艺术家、鉴赏家，中国文化管理协会会员，徽文化艺术学会理事。得到杨晓阳、程大利、李延声、贺远征等诸多名家指导。其作品远销欧美十几个国家，备受青睐。

淮水的灵性造就了淮河人的聪颖执着，张传军把中国画和景德镇瓷器有机结合，把民族艺术融入世界名瓷，古今结合，传承创新，实现了工艺中国画的新突破。

痴迷画艺

众所周知，景德镇瓷器艺术已有数千年历史，文化底蕴深厚，在世界享有盛名。然而，在那个陶瓷作品荟萃、大师级艺术家云集的地方，凤台顾桥青年张学军却占有重要一席。目前他已创作数千件陶瓷作品，很多作品在大赛中获得奖项，成为国内出类拔萃的陶艺师。

张传军对陶瓷艺术的追求绝非偶然，小时候就喜爱绘画，并对陶盆、陶碗以及酒杯、茶壶等陶瓷用品怀有很深的情感，经常收集人家用旧了或者破碎扔掉的陶瓷产品。他尤其喜欢上面的花鸟草虫和各种简单的艺术图形。开始，他只是感觉到这些图画生动、可爱、好玩，收集在家欣赏把玩。后来，他就模仿学习这些美术作品，到了中学时代达到迷恋的程度。张传军喜欢美术课，甚至上自习课也偷偷地画画，老师家长担心影响文化课，劝他暂且放弃这个业余爱好，等考上大学才好好研究，可迷恋陶瓷艺术的张传军即使高考前的冲刺阶段也不忘拿出一定时间练习书法绘画。尽管他把很多精力用在艺术追求上，可并没有影响文化课成绩，当年他仍以高分考取了理想的大学。在河北石家庄大学美术系几年学习是张传军书画理论知识启蒙和积累的重要阶段，他利用所有时间刻苦钻研各种书法绘画艺术，尤其对中国画情有独钟，并对多个书家画派进行系统研究，不断练习揣摩，艺术水平和鉴赏水平都有了很大的提高。大学毕业后，张传军仍然痴迷绘画，对陶瓷工艺绘画更是刻苦练习，以至于废寝忘食。

初出茅庐

离开高校踏上社会是张传军人生新的起点。1996 年，通过一位河南南阳的大学同学介绍，他找到了第一份工作，在南阳一家集体企业——南阳霓虹灯厂上班，主要负责灯具的造型、款式、装饰设计。由于心中只有绘画，不太喜欢设计之类工作，在厂里干了大半年后，他决定辞职下海，继续追寻实现人生梦想的舞台。

1997 年，在另一位同学推荐下，他不顾父母的反对和领导同事的劝说，毅然远赴广东惠州，到一家名为“华通陶瓷有限公司”的企业当了一名学徒，一干就是多年。找到了自己热爱的事业，张传军异常兴奋，在这个敢闯敢干的青春年华，他对陶艺事业充满了激情，真学、苦学、勤练，并得到师傅和专家的指导和传授。张传军头脑聪明，善于学习，惯于领会，在陶瓷书法绘画等实际操作技巧上得到突飞猛进的提升，在业内有一定影响。当时厂里高薪聘请了一位总设计师，来自台湾，姓陈。陈总美术功底好，对烧瓷技术造诣颇深。由于张传军为人谦逊，憨厚质朴，同时又勤学好问，技术过硬，他对于这位来自淮南的小伙子高看一眼，在绘画上指点、陶艺上帮助，处处悉心指导，尽心培养，为张传军日后的技术跨越奠定了基础。

一般美术专业的大学毕业生进这个厂要三到五年才能转正独立设计作品，而张传军仅一年就转正成为设计师，能独当一面了。这个时期，张传军在陈总的培养下，创作了一系列作品，其中不乏优秀作品。处女作《玉壶春·缠芝莲》深得陈总赏识。其工笔画青花瓷更别具一格。

进军瓷都

海阔凭鱼跃，天高任鸟飞。张传军在“华通陶瓷有限公司”一直工作到2007年。这一年，因用地拆迁，工厂要转移它处，厂里觉得张传军有能力独当一面，就委派他去景德镇开办陶瓷加工作坊。这下张传军如鱼得水，兴奋得一夜没合眼：景德镇可是中国的瓷都，有厂里支持能在那里立足是多么自豪，可他也深深地感到双肩沉重，责任重大。从单纯的设计、绘画到制作、烧窑一条龙生产，他必须付出百倍的努力，尤其制作要从头学起。于是，他带着原厂的2名职工来到了景德镇，在景德镇朋友的帮助下，在老鸭滩中心地段设立了工作室，建造了作坊，从当地招聘了8名工人，开始从原厂接单生产工艺瓷器。

制作瓷器可是景德镇人的绝活，一个淮河岸边长大的青年要在景德镇立足、做出一流的产品谈何容易。在这里，张传军从一名小工做起，全面学习制作技艺，一步步成为“名匠”。张传军专长工笔，对中国画情有独钟，同时对青花瓷也特别喜爱。尤其景德镇青花瓷，被人们称为“人间瑰宝”，始创于元代，到明、清两代为高峰。它用氧化钴料在坯胎上描绘纹样，施釉后高温一次烧成。它蓝白相映，怡然成趣，晶莹明快，美观隽久。张传军的作品大部分都是青花瓷。

苦学制瓷

从2007年到2015年，张传军夜以继日，苦练制陶技术。在景德镇工作室，张传军介绍了瓷器制作过程。

景德镇有“瓷都”之称。瓷器“白如玉，薄如纸，明如镜，声如磬”，尤其是熔工艺、书法、绘画、雕塑、诗词于一炉，典雅秀丽的青花，五彩缤纷的彩绘、斑斓绚丽的色釉、玲珑剔透的薄胎、巧夺天工的雕塑无一不是传统文化艺术的瑰宝。在古窑，制作一件瓷器需要经过练泥、拉坯、印坯、利坯、晒坯、刻花、施釉、烧窑、彩绘、釉色变化等一整套工序。练泥是从矿区采取瓷石，用铁锤敲碎，再利用水碓舂打成粉状，淘洗、除杂，沉淀后制成砖状的泥块。拉坯是将泥团摔掷在辘轳车的转盘中心，随手法的屈伸收放拉制出坯体的大致模样。印坯是将晾至半干的坯覆在模种上，均匀按拍坯体外壁，然后脱模。利坯是将坯覆放于辘轳车的利桶上，转动车盘，用刀旋削，使坯体厚度适当，表里光洁。晒坯是将加工成型后的坯摆放在木架上晾晒。刻花是用竹、骨或铁制的刀具在已干的坯体上刻画出花纹。施釉是采用醮釉或荡釉，大型圆器用吹釉。烧窑是把陶瓷制品装入匣钵烧造，温度在1300℃左右。彩绘是在已烧成瓷的釉面上描绘纹样、填彩，再入红炉以低温烧烘，温度约700℃~800℃。烧窑前即在坯体素胎上绘画，如青花、釉里红等，则称为釉下彩，其特点是彩在高温釉下，永不退色。

张传军说，景德镇民窑陶瓷美术的重点在纹饰绘画，其题材大致有六类：人物、动物、植物、山水、吉祥寓意和文字图案等，有工笔和写意、西式绘画等。陶瓷绘画从过去的陶瓷工艺美术到现在包括他在内的美术家参与的艺术表现气质，从而提升了陶瓷工艺美术的档次品位。张传军致力于把传统工艺美术提升为陶瓷艺术、陶瓷绘画等学术领域研究实践，为景德镇陶瓷艺术注入了时代元素。

人生跨越

张传军既是画师，又是工匠。自己经营着一个作坊，按说应该满足了，可他艺术追求的脚步永不停止。工作之余，张传军买来名家绘画书籍，苦学画艺，与同行交流，取长补短。他要成为一个在国内有影响、有资质的艺术家，向更高的目标奋进。2015年4月，张传军通过了文化部的资质考试，被授予国家一级陶艺工艺美术师。当年9月进入国家画院深造，在中国画高研班学习一年。

随后，张传军进入梅墨生工作室，2016年3月拜师梅墨生，成为梅氏弟子。从此在绘画艺术的天空展翅翱翔。

梅墨生是国家级屈指可数的美术大师、文化部国家艺术科研课题项目评审专家、中国国家画院研究员、中国文艺评论家协会理事。曾任教于中央美院中国画系。有关于艺术、文化、武术、气功等多部著作文章发表。编著出版《梅墨生书法集》《梅墨生画集》《中国名画家精品集——梅墨生》《梅墨生写生山水册》《现代书画家批评》《现当代中国书画研究》等。社会对梅墨生的评价是一位从事中国画、书法艺术创作和近现代艺术研究与评论的“三栖型”人物。梅先生的书法以行草书见长，结体夸张、变体，却是古法盎然，一派刚柔并蓄、清丽平和之境。

张传军成为梅墨生得意门生，得到指点和真传，画艺得到质的提升。梅墨生的作品对他影响很大，张传军吸收其笔法韵味，又加入个人风格，自成一体。与此同时，张传军还有机会和梅墨生弟子广泛交流，切磋画艺，这些师兄妹都是书画界精英，和他们同室，张传军受益匪浅。除了听理论课，还随梅老师去全国各地写生，通过现场点评，指出问题，找出差距，从而在实践中提升水平。

张传军喜爱中国画，他心有追求，学有重点，就是把中国画艺术在陶瓷中展示。中国画通过笔墨的运用达到形神兼备、气韵生动的效果，在世界美术史上独树一帜。张传军陶瓷绘画以中国画的技法和神韵来体现其独有的风格，他在吸取中国画精华的基础上，创造出别具一格的陶瓷艺术装饰，在瓷器的装饰上开辟了新的艺术境界。

新的起点

今年 4 月 20 日是张传军一生永远难忘的日子，因为他精心打造的景德镇火艺堂揭牌了，这是一个里程碑式的新起点，把他的瓷艺事业推进了一个新的高度。

揭牌现场名家荟萃，歌声如潮。景德镇市政府分管领导提前送去祝福，家乡新闻媒体和书画界名人也千里迢迢前往祝贺。更让张传军感动的是梅墨生老师带着几十名学员风尘仆仆从杭州赶来参加火艺堂揭牌仪式，并亲自揭牌。

梅墨生和张传军的同学、同事都给他很高的评价。梅大师在接受采访时说“我是研究书法艺术的，对陶瓷了解不深，张传军跟我学的主要是艺术，可他把纯艺术融入工艺美术，把传统山水画植入青花瓷，通过瓷器承载民族艺术，对中国文化的传播很有贡献。”把平时在柔韧的宣纸上作画变成用笔在生硬瓷器胎坯上描摹，有一定难度，要用心揣摩才能保证艺术的完美移植和再现。梅大师说，张传军聪明、勤奋、好学，书、画都不错，很有潜力，希望他再接再厉，有自己的见解、有自己的品牌，将来飞得更高，走的更远。张传军的同事也很钦佩他：堂主什么都会，什么都能亲自干，凡是带头，和他在一起工作有激情、有干劲。

为了传播交流陶瓷艺术，张传军成立了景德镇云鹤陶瓷文化传播有限公司，致力于创作、策划、制作、包装以及开展会务、展览等。为了展现中国画陶瓷的艺术魅力，他开办了火艺堂，把陶艺产品推向国际市场。谈到为什么取名“火艺堂”，张传军说，就是“把自己火红的青春热血融入陶瓷艺术，从火中取宝”之意。目前“火艺堂”每天画制陶瓷一百多件，两三天就能出窑一次。多数是大型公司定做的陶瓷礼品，还有就是销往国外市场的专供精品。他最得意的瓷器作品“十三英寸梅瓶——青花龙穿花卉”、二十四英寸“大盘——青花皇帝、皇后”、1.6米高“断臂天使·青花人物”等20件精品获得多个奖项。同时，他还仿制欧美博物馆精品在瓷器上绘成图案，烧制成精品，深受国内同行和外国友人和华侨好评。

张传军在陶瓷上做艺术，在造型和绘画上发挥工艺和文化的潜力，致力于艺术的多样和创造，给古老的陶艺注入新鲜血液。这是一位淮河儿女的执着和追求。他表示，将招收培养更多的家乡人从事陶艺，并准备在条件成熟的时候在凤台建设陶瓷厂，让自己的陶艺在家乡开花结果。

让中国陶瓷文化全面走向世界一直是张传军的梦想，也是他顽强奋斗的不竭动力。他要通过自身的努力，把传统工艺美术与现代时尚风格结合起来，创造、创制、创新，让博大精深的景德镇陶艺品折射出时代的光芒！

（本文原载于2017年5月18日《凤凰台》二版）

大孝至爱，跨越58年的继父子情怀

这是一个普通的农村家庭，继父98岁，继子58岁。时光倒回从前，当40岁的中年汉子见到襁褓中婴儿的一霎那就注定了他们之间的亲人之缘。58年，人一生中的大半时光，继父视孩子如己出，辛勤哺育，精心培养，直到长大成人，娶妻生子；继子视老人如亲父，早晚侍候，孝敬有加，尤其年迈卧床，端吃擦洗。他们之间绵延58年的大孝至爱谱写了一曲动人的美德之歌

他们住在顾桥镇寺西社区前寺西自然庄。继父名叫韦廷超，继子李传伟。五十多年前，来到这个世界上才5个多月李传伟就因为亲父病故而失去了亲人。为了养活孩子，母亲抱着嗷嗷待哺的李传伟改嫁到韦廷超家，让人高兴的是韦廷超一看见这孩子就十分喜爱，好像命中注定就该和他是一家人，平时只要放下手头活就会抱起孩子逗乐，生活再苦再累只要看到孩子什么烦恼都会抛到九霄云外，可以说待李传伟比亲生孩子还亲，只要赶集上店就要给孩子买好吃的、好玩的。就这样他和妻子共同把李传伟抚养长大，又张罗着给儿子娶妻生子。如今的韦廷超已是三世同堂的老人，每当韦廷超老人看到自己子孙满堂时，脸上就流露出幸福的笑容。

谁言寸草心，报得三春晖。李传伟深知，从小到大养父待他如同亲儿，如果没有养父也就没有自己今天，他觉得遇到了一位慈爱的父亲，这一生都要好好孝敬。李传伟21岁那年，母亲病故，正读高中的李传伟因家里生活困难，不想读书了，要回家帮父亲料理农活。韦廷超知道后，心里很难过，他流着眼泪对传伟说："我知道你是个懂事的孩子，你妈走了，我是你这个世界上唯一的亲人，我要对得起你的亲生父母，就是摔锅卖铁也供你读完高中……"在继父的坚持下，李传伟最终成为村里为数不多的高中毕业生。

李传伟既怕给继父带来经济负担又怕找不到孝顺媳妇，因此直到30出头还是

孤身一人，这可把韦廷超急坏了。这中间，韦廷超给儿子说了好几个，但李传伟怕娶妻不孝敬老人，就把亲事给推托了。可现在李传伟都这么大了，再不娶就迟了。经过养父好说歹说，李传伟只好应了婚事，与邻乡一位善解人意女孩子结为百年之好。婚后，李传伟经常和妻子蒋云芳讲养父的故事，说他一辈子不容易，为了养活他们母子，起早贪黑靠劳动挣工分，但从不叫苦叫累。为了供养他上学识字，舍不得吃、舍不得穿把他供养到高中，又帮他娶妻，这些养育之恩情就是一辈子也报答不完。他希望妻子以后也能善待父亲。蒋云芳听完丈夫的叙说，笑着说："你的父亲就是俺的父亲，俺一定会待他老人家好。"

李传伟成家立业后，韦廷超已经快70岁的人了。从那以后李传伟夫妻不再让父亲下地干活。老人知道儿子、儿媳有难得的孝心，就同意儿子、儿媳的要求。光阴荏苒，如今韦廷超老人已到98岁高龄了。就在2012年7月的一天，韦廷超突然瘫痪，后经医院大夫医生诊断为老年骨质疏松症，难以治愈的。三年来，老人一直卧床不起，这就多亏李传伟、蒋云芳夫妻悉心照顾，才使老人一直活到今天。

采访时，李传伟告诉记者，因为养父年高体迈，常年卧床不起，生活上需要精心照料。妻子蒋云芳平时想方设法为老人做合口饭菜，自己每天除了干活外，就是照顾老父亲，除了把屎把尿外，早晚还给老人按摩、擦洗身子。"侍奉老人是我们做晚辈应尽的责任。老人再脏也不能嫌脏，当初我们小时候父亲不也是这样照顾我们的吗?"李传伟说得实在，也说出了一个孝顺子女的责任和担当。

百善孝为先。韦廷超的爱和李传伟的孝在当地引起很大反响，成为十里八乡效仿的楷模。陪同采访的寺西社区选派书记徐夏表示，要大力宣传敬老爱老这一中华民族传统美德，挖掘尊老爱幼的先进典型，让这一家庭美德为美好乡村建设注入文明健康的时代元素！

（本文原载于2017年6月18日《凤凰台》）

一位凤台民间艺人的鼓书情怀

见到王俊才是在杨村镇店集村农民文化活动室，这位74岁的老人正把最近创作的两首歌颂党的好政策的诗词送到村干部手中，希望政府审阅后作为大鼓脚本在民间表演。和他聊起从艺经历，老人精神矍铄，声音洪亮，就像他说书的风格，几十年的风风雨雨如数家珍，娓娓道来。

王俊才出生在有一定文化底蕴的杨村镇店集村，小时候就读店集完小，这在当时应该说是很有文化的人了。那个时候，农村文化匮乏，说书是当时最为常见的文化娱乐活动。王俊才自小喜欢“听大鼓”，说书艺人唱到哪里他就听到哪里，常常跑到十多里路外听到半夜才摸黑赶回家。常言道：会看的看门道，不会看的看热闹。由于有一定文化基础，王俊才不仅仅听，还常常记下来。他发现，大鼓书的内容多是历史故事，通过说书不仅可以给乡亲带来娱乐，还能传播民族历史文化。虽说唱大鼓在当时地位较低，但王俊才毅然选择了这个行业。

1961年，王俊才拜著名鼓书艺人、河南人白马义为师，艺名王明才。他聪明好学，又有文化，进步很快，深得马老赏识。当时，师傅对学徒很严，圈内还有派规，王俊才正是在这个近乎苛刻的条件下练就了深厚的说书功底。用老王的话说，仅竹板和打鼓就练了7个月，手磨出了血泡直到成为厚厚的老茧。老王边学边记，学习刻苦，又得到师傅的真传，进步很快，别人两三年才能学成，而他不到一年就能独立说书了。

老王记得第一次演出是个偶然。当时不到20岁的他背着大鼓去凤台办事，经过桂集袁集时，当地村民邀请他到庄子里说书。本来想解释，可看到村民那么热情也就有了“豁出去”的勇气，没想到一炮打响，深得群众喜爱，连续几天村民都不舍得他离开。人生第一次一个人独自说书取得了良好效果，这也奠定了老王成名的基础。随后老王说书一发不可收拾，东西南北村庄纷纷邀请他前去说书，由于说书繁忙，有时候还要排队甚至托关系才能提前约到他。

1963年后，样板戏开始火热，民间艺术却受到了冷落，像大鼓、民间舞蹈等慢慢失去了市场。对此，老王十分心痛，为了生计，也是为了自己的追求，他不得不离开凤台远走他乡漂泊说书，在安徽霍邱、金寨一带说书好多年。土地分到户后，老王回到家乡参加了凤台曲艺协会，和一批家乡民间艺术爱好者共同传承民俗文化，传播传统曲艺。他们在县文化馆附近设立了大鼓书院，几个人轮流说书，让大鼓书这一民间艺术得以延续下去，给凤台市民带来欢乐和享受。

大鼓书屋撤去后，老王并没有离开说书舞台，他经常在家乡说书。尤其近年来国家重视民间艺术，这让老王非常激动，尽管年纪大了，可依然对说书充满激情，平时除了给乡亲们说书外，还紧跟时代，亲自写点歌颂党和社会主义的说书脚本。

支起鼓架，一面大鼓，一根鼓条，一副简板，“咵咚咚，咵咚咚……”鼓点声起，一曲引人入胜的大鼓书抑扬顿挫地唱起。这就是老王的生活和艺术追求。

（本文原载于2017年6月18日《凤凰台》）

金磊作品（4篇）

区位支撑提升转型发展的竞争力

——发挥叠加优势、打造县域经济“升级版”系列述评之二

随着经济全球化的快速推进以及生产要素在全球范围内的广泛流动，区位因素在经济发展中的地位和作用越来越明显。

知人者智，自知者明。我县要发挥叠加优势、打造县域经济“升级版”，就必须着眼全国新一轮建设发展趋势，重新审视新的历史条件下我县的区位优势，并借助和放大这些新优势，主动作为，乘势而进，使之转化为竞争优势、发展胜势。只有如此，我县才能实现快速或超常规发展，打造皖北强县、建设美丽凤台，早日实现全省科学发展排头兵的凤台梦，不负时代赋予的历史使命。

优势一：交通大发展新机遇

古往今来，古今中外，区域竞争的核心之一，是交通枢纽之争。交通的便利程度，是构成区位优势的一个前提条件和重要因素。当前，在江淮这片群雄逐鹿的热土上，与其说各个城市是在争夺发展先机，还不如说是在“扳腕”区位交通优势，特别是皖北市县之间争夺区域交通优势的竞争十分激烈。因为赢得了区位交通优势，就争得了集聚资源、配置资源的主动权。

当前，我们欣喜地看到，德上高速公路凤台段正在如火如荼建设，彻底改写我县不通高速公路、没有高速公路出入口的历史。商杭高速铁路，又名商杭客运

专线，是我国客运专网的重要干线和华东地区南北向的第二客运通道，被列入国家《中长期铁路网规划》的高等级铁路，是国家“十二五”综合交通体系规划中的区际交通网络重点工程。该线在凤台县设凤台南站。据了解，淮河新一轮水运基础设施建设高潮即将全面展开。该工程完工后，将打通淮河支流水运线，打破水运发展瓶颈，强化豫皖两省水运联系，更好发挥淮河水道综合效益，完善地区集装箱联运体系，大大改善包括凤台在内的对外水上运输条件。此外，合肥新桥国内4E级枢纽干线机场，位于肥西县高刘镇，距我县不足90公里。

这些涵盖水陆空的交通新优势，使我县的区位优势得到巩固和发挥，让我县在新一轮发展中占据先机的地位。但我们也必须清醒地认识到，如果我们不迅速采取行动，依托这些交通优势打造现代化的综合运输物流体系，那么未来3—5年我县区位交通地位将被周边市县取代，优势被日益弱化的趋势将难以避免。因此，我县需要加快启动综合物流园区的规划和建设，引进国内外著名物流企业，对传统的物流设施和物流企业进行转型提升、整合重组。依托我县新的独特交通区位优势，促进大交通和大流通结合，引导部分有条件的物流企业逐步向综合服务型的“第三方物流”企业过渡，尽快提升我县现代物流发展水平。

优势二：经济开发带叠加新厚爱

合肥经济圈已经成为全省经济社会核心增长极和创新极。中原经济区，作为全主体功能区明确的重点开发区域，地理位置重要、交通发达、市场潜力巨大、文化底蕴深厚，在全国改革发展大局中具有重要战略地位。在中部的区位中，凤台同时所属合肥经济圈和中原经济区，这也是我县最突出的优势。

合肥经济圈和中原经济区拥有科技资源、信息资源、政策资源和资金资源等众多资源优势。特别是合肥是全省的政治、文化中心，具有人才、技术、信息、资金、项目优势。我们要借助毗邻合肥的优势，做好承接产业项目转移文章。另外，我们还要跟踪合肥经济圈发展状况，借力合肥经济圈优惠政策，积极争取实现基础设施建设一体化、产业布局一体化、文化旅游发展一体化、要素市场一体化、城乡发展、生态环境一体化，努力打造凤台与合肥“1小时通勤圈”和“1小时生活圈”。

优势三：产业梯度转移新定位

凤台，地处东部沿海和中部腹地的交汇地带，处于中国水陆空立体交通网较为有利的位置，便于客商将其产品和技术输往国内和国际两个市场，在我国区域经济发展新构架中具有独特的承东启西、连南接北的区位优势。

为了尽快实现打造凤台经济转型发展的“升级版”，必须充分发挥区位优势，坚定不移地实施大开放主战略，努力形成全方位、宽领域、多层次的对外开放大格局，使凤台成为全省乃至全国改革开放的前沿和最具活力的地区，成为东部沿海发达地区产业梯度转移的承接基地、优质农副产品的供应基地和劳务输出基地，进而推进凤台加快发展、转型发展、升级发展，成为全省科学发展排头兵。

为此，我们要瞄准长三角，加大招商引资引智引技力度，积极承接产业梯度转移；逐步淘汰低投入、低附加值、低技术水平的企业，把目光盯在新能源、高新技术等产业，积极引进一批技术含量高、投资强度大、带动能力强、市场效益好、发展前景广的项目；全力以赴攻坚克难，尽快谈成一批、开工一批、建成一批、储备一批大项目、好项目；形成上规划、上档次的产业集聚效应，进而在产业方面更容易与长三角产业对接的良性循环轨道。

优势四："长江经济带" 新辐射

今年，建设长江经济带已经上升到国家战略。区位优势良好的长江经济带作为比肩京津冀一体化的国家级战略，其中蕴含的发展潜力和辐射带动作用不容小觑。它不仅是长江流域经济最发达、最繁华的地区，也是全国最重要的高密度经济走廊和全国经济、科技、文化最发达的地区之一。从经济增长动力更新来看，长江经济带承担着中国新一轮经济增长“第四极”的历史使命。

长江经济带快速发展起来以后，有利于形成有关各地优势互补、协作互动格局，积极接受它的辐射带动，能够缩小我县与发达地区经济发展的差距，我们要抢抓机遇，积极融入这个国家重要的发展战略中，促进县域经济有序承接产业转移，提高要素配置效率，激发内生发展活力。

当前，随着国家促进中部崛起战略的深入实施，皖江城市带承接产业转移示范区、合芜蚌自主创新综合试验区、国家创新型试点、合肥经济圈和合淮同城建设的实质推进，以及长江经济带的建设，诸多政策的叠加效应目前都已集中在安徽显现。这些稍纵即逝、机会均等的发展机遇，决定了全县上下不能埋头蛮干，而必须巧借东风；不能坐井观天，而必须着眼大势；不能坐等其成，而必须以强烈的使命感，紧紧抓住历史赋予凤台县的各种重大机遇，放大区位优势，立足资源禀赋，发挥叠加优势，奋力打造县域经济“升级版”。

（本文原载于 2014 年第 6 期《凤台财经与发展》）

铸造转型升级发展主引擎

——凤台县实施县域经济振兴工程系列报道之二

秋高气爽时节，凤台大地，生机勃发，工业经济处处涌动着转型升级发展的热潮——蒸蒸日上的经开区、日新月异的凤凰产业园、塔吊林立的重大工业项目建设工地、机声隆隆的生产车间……交织成一曲厚积薄发、催人奋进的欢歌。

工业是实体经济的主体，也是转变经济发展方式、调整优化产业结构的主战场。凤台作为一个煤炭资源大县，多年来工业结构单一。为改变这种局面，县委、县政府始终坚持政策驱动、项目驱动、园区驱动和高新驱动，在咬定新型工业化不放松中砥砺前行，逐步驶入新型工业化快车道。

政策驱动　优化环境

“凤台对企业发展有一系列鼓励政策，激励我们积极与各大科研院校进行多方面的产、学、研合作，目前已产生多项专利级科研成果，并成功地应用于工业实际，产生了很好的经济和社会效益。”10月21日，市委常委、常务副市长袁方在凤台经开区调研时，位于这里的国力液压机械制造有限公司负责人这样介绍。

国力液压机械制造有限公司的蓬勃发展，是近年来凤台县工业企业得益于优惠政策支持而转型升级发展的一个缩影。去年以来，凤台县出台《关于进一步加快工业经济发展的决定》，设立2亿元工业发展专项资金，引导优化工业经济结构；结合省《关于促进经济持续健康发展的意见》，出台《关于实施“四大意见”》，促进经济持续健康发展；出台《关于工业发展“1515”工程的实施办法》，坚持以非煤产业为主攻点，健全完善“1+6”领导干部包保企业制度，定期分析企业生产经营状况，制定帮扶措施清单；出台《关于大力加强招商引资工作的意见》等。一系列政策的出台，为推进新型工业化注入强劲动力。

项目驱动　加快转型

今年6月，国务院第11督查组督查凤台县落实国务院重大政策情况时，凤台县委、县政府主要领导汇报说："我们将国家级和省、市、县级实施的重大项目情况汇总制表，明确联系领导、责任单位、项目工期节点等，采取责任单位每天调度、联系领导每周调度、县政府每月调度、县委每季度调度的方法，层层压实责任，确保各类项目建设落到实处。"

我县的做法得到国务院督查组的充分肯定。

据了解，今年以来，凤台县结合国务院、省市有关政策，大力实施投资拉动、工业突破、融资拓展、增收促支"四大工程"，不断深化项目调度推进机制和县级领导联系督查重点项目制度，有效推进新型工业化。今年申报省"861"项目60个，总投资953亿元，年度投资60.2亿元。实施"468"（四化同步、六大战略、八大格局）重点项目119个，总投资668亿元。储备项目276个，动态投资规模1094亿元。目前工谷装备产业园二期、凤凰医院、淮河二桥、济祁高速建设如火如荼；西淝河枢纽项目前期工程也在有序推进。

园区驱动　加速升级

凤台县以凤凰产业园为新址的普园区建设扎实推进，打造6平方公里核心区、产值超百亿元的转型升级发展平台。目前，广州瀚克、洁诺德智造项目一期厂房竣工，建立标准化厂房20万平方米，入驻企业十多家，首期7家已经达产显效。其中，工谷装备产业园集聚功能与效应、孵化功能与效应、带动功能与效应于一体，不仅带来大量的新增税收，还带动服务业、中介行业等相关行业的发展。经济开发区托管以来，对31家用地企业进行摸底，对于投资强度、亩均税收、容积率、建筑密度不达标的企业逐个下达了整改通知书，进一步完善配套设施用地，工业用地指标由31.45%提高至40.41%。以园区为载体，聚合发展要素，有效拉动工业经济的转型发展。

高新驱动　引领发展

培育和发展高薪产业，事关核心竞争力。为此，凤台出台一系列措施，激励高新企业发展；

——出台《关于进一步加强自主创新工作的若干意见》，对新认定的高新技术企业、省高新技术培育企业、省高新技术产品、省重点新产品、授权的发明专利等，给予5万至50万不等奖金奖励，鼓励企业开展技术创新。

——鼓励企业建立研发机构。开展企业研发机构备案工作，引导企业加大研发投入，加强企业与高校，科研院所的合作，研发专利技术和高新技术产品。

——制定高企培育方案，深入调研摸排，遴选科技型企业纳入高新技术企业培育库，进一步加强指导，有针对性地开展培训和服务。

安徽六和同心风能设备有限公司就是一家在这一系列鼓励政策激励下落户凤台的高新企业。据了解，该公司新型能源风光互补离网型系统路灯，获得国家知识产权局授予的11项实用新型专利权和1项知识产权，是哈尔滨工业大学、中国空气动力研究与发展中心、北京航空航天大学、第二炮兵工程大学的产学研基地。公司产品已远销美国、英国、俄罗斯、法国等几十个国家和地区。

目前，全县已累计认定高新技术企业8家。其中，2014年高新技术企业产值达1.7亿元，并有11家企业纳入省市高新技术培育。2015年申报高新技术企业3家。

新型工业化，是“先行者”的良机。凤台精准发力，连续打出加快新型工业化精彩的“组合拳”，铸造出动力十足、振兴县域经济的“主引擎”。博观而约取，厚积而薄发，凤台正迎着“全省创一流、皖北争第一”目标昂首挺进。

（本文原载于2015年11月6日《淮南日报》一版）

长桥卧波　不雩何虹

——写在凤台淮河公路二桥通车之际

"长桥卧波，未云何龙？复道行空，不雩何虹？"莫非是巧合！？诗人杜牧一千多年前竟然写出了今天凤台淮河公路二桥的美景！

不信你看，一道弯弯的长虹，宛如腾云驾雾的巨龙，横卧长淮，波光倒影，水天相映，远远望去，就像是一幅浓淡相宜的水墨画。这就是建成后的凤台淮河公路二桥给人的第一印象。

公元2016年7月1日，对凤台人民来说，注定是一个值得纪念的日子。

这一天，不仅是中国共产党95周年生日，它还是万众翘首期盼的凤台淮河公路二桥胜利竣工通车的日子。

凤台淮河公路二桥的顺利通车，不仅是凤台人民向党的95周年生日献上的一份厚礼，也是全市乃至全省经济社会发展中的一件大事、好事、喜事，必将掀开凤台发展崭新的一页。

一

桥因水而立。淮河水哺育长大的凤台儿女，对桥的重要性理解更为深刻。大桥，关乎百姓生活，牵动着区域经济社会的发展命脉。

凤台县位于淮河中游北部，煤炭资源丰富，是全国重要的煤、电能源基地，已建成投产的张集煤矿、顾桥煤矿、顾北煤矿、丁集煤矿和新集煤矿等，均分布在淮河北岸。

千里长淮，绕凤三弯；跨河发展，从未止息。1990年，凤台淮河大桥通车，天堑变通途，华东煤电基地顺势崛起，凤台一跃成为全国中部百强县、全省经济十强县、全省财政第一县。然而，接下来的十几年里，全县仅有这座凤台大桥跨越淮河，沟通淮河两岸，交通十分拥堵。随着国民经济的快速增长和城市结构调整、布局空间的发展，这座大桥不堪重负，已不能满足交通发展的要求。本世纪初，凤台就积极谋划拟建凤台淮河二桥，奋力打破制约凤台发展的交通瓶颈。

2010 年 6 月，凤台淮河公路二桥预可行性研究报告正式通过省发改委审批，同意立项。

据了解，凤台淮河公路二桥起于凤台县城南湖大道，向东南跨越省道 102，穿越淮河后，经魏家台孜，终于李冲回族乡并与省道 102 平交。路线全长 5254 米，引桥长 4070 米，路基长 814 米；桥面全宽 32 米，双向六车道一级公路技术标准，设计行车速度 80 公里/小时。项目总投资约 8.6 亿元，工期 36 个月，被列为省“861”工程。

2013 年 3 月 16 日，凤台淮河公路二桥实质性开工仪式举行。

二

凤台要崛起，交通须先行。跨越天堑，打破交通瓶颈制约，是 64 万凤台人民的梦想。

为了圆梦，凤台县委、县政府决定在凤台淮河二桥建设中创造“凤台速度”。为此，县里及时成立了由有关县领导和全县各有关职能部门、乡镇主要负责同志为成员的凤台淮河二桥建设指挥部。县委、县政府主要领导亲自担任政委和指挥长，并且每周调度项目进度，及时解决制约项目推进的难题。

在大桥建设期间，县政府聘请省内 7 名权威桥梁专家成立技术专家组，解决二桥建设过程中遇到的各种问题。专家组的成立，极大地提高二桥建设的管理水平，对二桥如期、保质、保量和安全建成通车，起到较大的推进作用。

为保证大桥早日建成发挥效用，各级相关领导干部和建设者们长年坚守在工程一线，战严寒、斗酷暑，五加二、白加黑、晴加雨，竭尽全力，攻坚克难，谱写了一曲感人肺腑、可歌可泣的建设者之歌。

三

百年大计，质量第一。桥梁工程质量的好坏直接关系到成桥的使用效果。

为保障凤台淮河二桥质量，二桥建设指挥部成立了技术质量部，制定了《质量管理办法》《材料管理办法》《首件产品认证制度》等10余项管理办法。各参建单位也成立了质量管理机构，建立了从试验、检测到验收一条完整的质量管理体系。推行首件产品认证、各部门联合检查、专家咨询检查、群众举报督查、阶段性评比考核和质量目标考核等一首三查二考核制度。省交通建设工程质量监督局每月对凤台淮河公路二桥进行一至两次质量安全检查和指导，从技术上提供了强有力的支持。

为确保施工安全，项目建设中，二桥建设指挥部在实行全省首家安全风险评估机制的同时，特别强化在醒目处竖立警示牌、划分预警单元、科学划分预警级别、以不同方式发布预警信息、严密监控预警信息和正确评价预警信息的六项预警措施，使所有施工项目都在安全平稳的条件下运作，从而有效地避免了恶性事故的发生。另外，项目建设各相关部门还举行了“牢记质量责任、安全从我做起”集体签名承诺活动。

倒排工期计划，将各施工部位全部细化分解，并确定每个阶段的完工时间，厉行督促检查和责任追究是二桥指挥部为保证工期而创新的重要举措。另外，冬季施工是薄弱环节。为此，二桥建设指挥部制定应急预案，实施防爆、防火、防冻、防滑、防风、防煤气等“六防”措施，确保冬季施工安全生产形势稳定，保证了项目建设的顺利推进。

四

经过广大建设者一千多个日日夜夜的艰苦奋战，2016年2月1日，主桥成功合龙。2016年7月1日，凤台淮河公路二桥全面竣工通车。

这是一个值得纪念的日子。这一天，承载着全县64万人民的期盼。

这是一个见证奇迹的时刻。从2013年3月实质性开工建设，历时三十多个月，凤台淮河公路二桥就全面竣工通车，成为千里淮河上的一个新地标。

这是一个让人倍感幸福的时刻。二桥的建成，在拓展城市格局、完善城市功能、缓解交通压力、改善发展环境、扩大对外开发、促进地区转型等方面都具有十分重要的意义，是我县建设史上浓墨重彩的一笔。

在这激动人心的时刻，我们不能忘记，在凤台二桥建设中的每个除夕夜和团圆日，县委、县政府主要领导总是与二桥建设者们在一起度过，为大家加油鼓劲，为加快施工解决问题。

在这激动人心的时刻，我们不能忘记，在向工程每个节点冲刺施工前，像“倒排时间，挂图作战”“大干一百天，建好优质桥”这样的活动一个接着一个的开展。在工程施工关键部位，建设者采取24小时无间歇轮班的施工方式，争分夺秒抢工期。

在这激动人心的时刻，我们不能忘记，2014年春节期间，项目施工到了关键阶段，100多名来自全国各地的凤台淮河公路二桥建设工人们自愿留在工地加班。“我们春节加个班，就能为二桥早日通车提供保障”是他们朴实的语言和真实的心愿。

在这激动人心的时刻，我们不能忘记，在2015年10月8日这天，二桥建设者夜以继日，夜晚11点开始浇筑，仅用了25个小时就浇筑混凝土897立方米，顺利完成了20#墩承台的浇筑任务。

五

桥，是水的眼睛和灵魂，充满着魅力。城无水不活。凤台淮河二桥的建成通车，不但凸显了凤台县城的水城特色，也大大丰富了城区景观。

桥，让天堑变通途，充满着活力。凤台二桥是沟通南北的交通大动脉，也是一座承载着经济发展希望的桥。它的建成，将成为串联三条跨淮省道、贯通两岸三区的主动脉，必将改写凤台的城市版图、产业布局、开放格局，对于加快资源型城市转型发展具有深远的历史影响。

桥，拓展空间、加快互融，充满着动力。如果凤台淮河大桥是创业发展之桥，那么凤台淮河公路二桥就是转型发展之桥，凤台淮河二桥通车，必将成为凤台发展史上又一座里程碑。

（本文原载于2016年7月1日《凤凰台》特刊一版）

精准发力　加快调转促

习近平总书记指出："一个地方的发展，关键在于找准路子。"加快调转促，是省委省政府纵观大势、保障发展的战略之选：是一个系统工程，是一场宏大的"战役"。"战场"情况瞬息万变，唯有登高望远，持续在思想共识、思路目标、确保实效上精准发力，方能争得调转促的战略主动，赢得最终的胜利。

统一思想，凝聚共识。纵观国际办内大势，加快调转促，是抢占发展高地、赢得发展先机的战略之选，是破解难题、增添动力的根本之策；是抢抓机遇、加快转型的关键之举。这是大势所趋，全县上下必须统一思想共识，切实增强加快调转促的思想自觉和行动自觉，以坐不住的紧迫感、等不起的责任感、慢不得的危机感，坚定不移地投身到加快调转促"战役"中。

理清思路，明确目标。思路决定出路，目标决定高度。日前出台的以"485"行动计划为核心内容的《凤台县加快调结构转方式促升级实施意见》，是县委、县政府根据凤台实际，顺应新常态下经济发展基本规律，着眼凤台未来，充分酝酿、理情研判后做出的重大战略性决策。我们要按照意见要求，全面贯彻执行省委省政府"4105"行动计划和淮南市"1235"发展思路、"四煤"转型战略、"235"产业发展路径，把"485"行动计划作为当前和今后一个时期推动全县经济转型升级的主引擎和总抓手，凝心聚力，踏石留印，抓铁有痕，不达目标不罢手。

狠抓落实，确保成效。落实有分量，发展才有含金量。全县加快调转促动员大会统一了思想，凝聚了人心，指明了方向，明确了目标，接下来就是要凝聚强烈共识，形成合力，在保障措施上做文章，完善机制和监督，重点强化调度、联动、督查、考核，为实现目标任务提供强力支撑。

毋庸置疑，加快调转促是一场硬仗。面对这场硬仗，我们要以习近平总书记

“困难是一道坎，是一道分水岭。就像鲤鱼跳龙门，跳过去就是一片新天地，进入一种境界”的谆谆教导为指引，以“严”的作风、“实”的精神，精准发力，积极进取，全力打好打赢加快调转促攻坚战，顺利实现“全省创一流、皖北争第一”奋斗目标。

（本文原载于2014年第3期《凤台财经与发展》）

耿文娟作品（9篇）

耿文娟，新闻工作者，现为《凤凰台》编辑。从业22年来，撰写的新闻稿件和拍摄的新闻图片先后被《人民日报》《光明日报》《经济日报》《农民日报》《中国气象报》《安徽日报》《新安晚报》《江淮晨报》《淮南日报》等中央、省、市级新闻媒体采用刊登。部分作品曾获淮南市新闻奖。

文化厚积提升转型发展的承载力

——发挥叠加优势、打造县域经济“升级版”系列述评之四

文化是一方热土的灵魂，也是一个城市的发展载体。

凤台，自古物华天宝，人杰地灵，淮河文化沉积深厚。

历史文化的厚重，民俗文化的传承，现代文化的创新，证明了这片热土上文化传统之脉细悠长，证明了凤台文艺工作者之才思敏捷，更是证明了凤台县委、县政府打造文化强县的战略布局之高瞻远瞩。凤台文化之花绽放得如此娇艳、夺目，一切皆缘于凤台文化的厚积薄发，缘于水到渠成。

打造县域经济“升级版”，必须清醒审视和准确把握我县拥有的文化叠加优势。

优势一：悠久的历史沉淀彰显文化底蕴

悠久的历史让凤台的文化源远流长，彰显了“淮上明珠”深厚的文化底蕴。

据记载，淮夷部落早在夏商奴隶制时期，就分布在包括凤台在内的淮河中下游一带。西周时期，凤台已经作为州来古国存在，地域涵盖今天的淮南、寿县及凤台；春秋时期，蔡国迁都于州来，史称下蔡。清朝雍正十一年，因境内有凤凰山而始改名为凤台县，并沿称至今。县衙设在寿春城，与寿州分疆而治，同城办公。同治四年后，县衙复移至下蔡，即今天的城关。新中国成立后，凤台县发展迅速，物质和文化生活有了很大的提高和改变，不是江南胜似江南，是名副其实的鱼米之乡，凤台也因此被冠以“淮上明珠”的美称。

凤台县人杰地灵，这里还出过许多名人，比如：杂家始祖史举，十二岁称上卿的甘罗，威震三国的周泰，在北宋称相称臣的吕夷简、吕公著父子，宋代名医许希，诗人吕本中及清朝的苗沛霖等。清嘉庆年间，凤台来个名叫李兆洛的县令，他大力治水、广兴文化、精修县志，对凤台的影响直接深远。现代更是人才辈出，不胜枚举。

优势二：丰富的自然景观赋予人文环境

丰富的自然景观形成了凤台独特的文化名片，赋予了这块宝地别样的人文气息。

凤台县地处淮河中游，依偎着淝水之湾，紧靠着八公山麓。西部土壤疏松肥沃，是一望无际的良田，其沟河湖泊纵横交错，水系发达，便于水上运输及农业灌溉。东南部山峦起伏，树木花草茂盛，山上地下矿藏种类繁多，是一个资源丰富的好地方。

有道是青山增骨气、秀水添灵气、沃土育福气、宝地有名气。得天独厚的自然条件，孕育出了“州来八景”，即：寿阳烟雨、峡石晴岚、东津晓月、西湖晚照、茅仙古洞、珍珠涌泉、紫金叠翠、八公仙境。“州来八景”是凤台历史文化和自然景观有机融合的精华，是历代勤劳智慧的凤台人民双手创造的文化奇葩。每个景点都有一段历史、一个传说、一种民俗，透过“州来八景”我们看到了博大精深的凤台文化，透视了一段天人合一的历史风物。在这样的环境中，触景可生情了。因此，各种文化也就在劳动、生活中滋生、传承、发展和繁荣了。

优势三：厚重的文化遗产催生文化发展

厚重的“文化遗产”证明了凤台历史之悠久，如今已成为凤台的“文化品牌”。

凤台的文化遗产十分丰富，有形的物质文化遗产近百处，如凤凰镇境内古墓群、十八连城、清天观、刘金定的梳妆台、过街楼、慰农亭、摩崖石刻、三观楼、拴马桩等等，现在可见的还有55处。

凤台的非物质文化遗产更是种类繁多，它反映了人民世代相传的文化轨迹和积淀。我县有民间舞蹈、民间音乐、民间文学、民间习俗、民间礼仪等，其中国家级的有两项，即：花鼓灯和火老虎；省级的有三项，其中包括沿淮一代老百姓喜爱的推剧；市县级列入名录的达22项之多。在传承人方面，我县有国家级2人、省级7人，传承人的数量和规格在全国县级层面上都是靠前的。按照“保护为主、抢救第一、合理利用、传承发展”的方针，我县将这些非物质文化遗产及传承人视为珍宝，必将通过“它们”和“他们”催生和繁衍着凤台文化。

优势四：坚实的文化队伍演绎艺术经典

坚实的文化队伍执着地演绎着地方民俗文化，他们已成为凤台的“文化财富”。

凤台县专业和业余文化队伍十分活跃，各种学会、协会、研究会、表演创作团体、工作室等文化组织有近百家之多。其中专业团体有凤台县花鼓灯艺术团、凤台县推剧团、安徽省花鼓灯艺术中专学校。花鼓灯艺术团出国演出多次获国家级、省级大奖，每年参加大型活动可达50多次；被称为“东方芭蕾”的花鼓灯艺术已闯出了广阔的新天地，赢得了荣誉和市场。县推剧团也走出国门，并登上全国大舞台勇摘大奖；剧团每年200多场的精彩演出，丰富了群众的文化生活，目前，推剧团能上演的精品剧目达20个，显示了极强的实力。

除专业团体外，各群团组织也百舸争流，县作协、诗协、书协、美协、摄协、舞协、音协、曲艺协会和业余的艺术团，以及各镇村区的业余团体等，可谓名目繁多、各得其乐。同时，我县还关注对少儿的培养，全县各类民办文化艺术学校就有10多所。这些民办文化艺术学校对少儿多个角度进行文化教育，让少儿从小就培养起对文化的兴趣和爱好。我县以此为依托，多次在国家及省、市少儿文化活动比赛中获得了好名次，为凤台的文化建设备足了后劲，运足了底气。

凤台文化事业欣欣向荣，文化产业也方兴未艾。符合政策的歌厅、网吧、动漫游戏随处可见，书店、音像制品店比比皆是，文化传媒公司的开办运营争先恐后，“2131 文化惠民工程”遍布到乡村的每一个角落。特别是县体育文化场馆自开放以来，多次举办国家级、省级体育赛事及文化活动，为凤台人民的文化生活又增添了一抹色彩。

文化一词古已有之，以文教化的思想古已有之。凤台的时代精神能否如实传承，后世之人能否从凤台的各类艺术作品中感受到当代凤台人创造历史的激情，体会凤台人在新时代中昂扬的人文信念与崇高的价值追求，这需要当代凤台人以更为虔诚的态度来从事好文化事业。凤台理应以更高的文化自觉和文化自信，以文化的厚积薄发，来促进凤台的转型发展，提升凤台的软实力。

凤台有悠久的历史，凤台有深厚的文化基础，凤台有广泛的文化资源，想必，凤台的文化之树一定会快速成长，并随之根深叶茂，参天入云，成为打造县域经济“升级版”的可用之材！

（本文原载于 2014 年第 6 期《凤台财经与发展》）

抢占农业现代化新高地

——凤台县实施县域经济振兴工程系列报道之一

仓廪实，民心安。凤台之“安”，离不开现代农业的持久发力。粮食实现大丰收，九次被评为全国粮食生产先进县；实施“走出去”战略，机插秧技术走出国门；推动农业转型升级，“三大”特色园区初步形成……一项项农业成果，一个个农业亮点，绘就凤台推进农业现代化的一幅幅美丽画卷。

特色农业活“血脉”

推进农业现代化，调整农业结构是关键。凤台县从优化农业生产区域布局入手，整合各乡镇农业优势，打造特色农业，亮点频现。

——以尚塘为中心的生态循环农业。初步形成牛、羊养殖粪便生产有机肥，发展食用菌、设施蔬菜栽培，猪场粪便堆放发酵肥田、池塘喷洒繁殖菌类、水藻喂鱼的生态循环农业。

——以朱马店为中心的优质糯稻。全国马店糯米地理标志和马店糯稻全国绿色食品原料标准化生产基地成功获批。以朱马店镇为核心区的省级现代农业示范区，现已发展优质糯稻生产 20 万亩。

——以茨淮新河区域为中心的苗木花卉药材。“八一”林牧场通过合作社、家庭农场、种植大户带动农户种植桂花、紫薇、冬青、香樟等花卉苗木 2000 多亩，桃、枣、葡萄等果树面积 1500 多亩。

——以丁集为中心的蔬菜瓜果。以丁集为中心，带动关店以及凤蒙路两边，已发展复式瓜菜种植面积 2 万多亩。

——以岳张集采煤沉陷区为中心的水产养殖。目前，岳张集镇已发展大水面养殖2000多亩，养殖品种以“四大家鱼”为主，深水面已发展网箱养殖5000平方米，养殖黄颡、青、草鱼等本地畅销品种。

特色农业路，“调”活发展“血脉”。据估算，这个县特色农业的比重占全县农业的三分之一左右。

服务农业强“筋骨”

农业生产市场化催生服务业，“服务农业”在凤台颇有市场。大兴集乡后王村村民赵祖东近年来流转30多亩土地，加上自己的承包地，种粮面积约50亩，由于没有大型农机具，加上管理需要劳动力，赵祖东夫妻俩种起地来非常吃力。从去年开始，赵祖东把50亩地全部托管给了凤台县仓硕粮食种植专业合作社，每亩托管费用295元，比自己管理每亩还要便宜320元。让赵祖东受益的，就是凤台县大力推广的农业生产全程社会化服务。

凤台县自2013年9月开展农业生产全程社会化服务试点工作以来，培育新型农村经营主体，健全乡镇农技推广服务中心，提升农业生产全程社会化服务水平，成为全省的一面旗帜。如今在凤台县，越来越多的农民从繁琐的插秧、收割等劳作中解放出来，将土地交给合作社，实施全程机械化耕作。

农民专业合作社是发展服务农业的主体。早在2008年，为解决外出打工农民土地利用率低的问题，尚塘乡开始试行土地托管模式，并在桂集、杨村等乡镇逐步推开。这一做法，受到各级媒体的关注，更给凤台土地托管工作增添了活力。中央许多智囊机构也多次前来调研，2013年中央一号文件首次提出了土地托管。近年来，该县又初步探索由农旺植保、禾谷香农机、丰壮机插秧三家联合社组建成全县农民专业合作经济组织总社。目前，该县依法登记农民专业合作社841家，其中国家级示范社6个，社员6.86万人，总产值16.25亿元，带动农民人均增收500元。

高效农业立“脊梁”

如今，走进凤台县现代农业示范园，只见玻璃温室内的蔬菜在立体棚架上培植，通过智能化的长季节海绵栽培技术，将水肥一体的营养液输送至蔬菜根部。工作人员根据蔬菜生长的不同阶段，调节温室内的湿度、温度，整个温室俨然是一个生产新鲜蔬菜的自动化工厂。据园区有关负责人介绍，这叫“无土栽培”，蔬菜生长全程不需要农药，是真正的无公害绿色生产。来到这里参观的人，无不称奇。

“用工业理念抓农业”是凤台县发展高效农业的“一剂良方”。为进一步推动农业转型升级，这个县通过园区建设引领现代农业发展，目前拥有省级农业科技示范园5个，市级标准化示范区31个。凤台县现代农业示范园建设经过两年多的紧张推进，目前，园区7000余亩起步区接近完成，入驻农业企业8家、各类经营组织50余家；园区内“三纵三横”路网基本建成，智慧农业温室、苗木花卉培育工厂等入园项目已投产，初步形成农业科技探索、苗木花卉、观光采摘三大特色园区。

农业现代化，给“淮上明珠”凤台披上新“嫁衣”。站在新起点，该县县委、政府已出台“调转促”激励政策，决心抢占现代农业新高地，用智慧和汗水书写“希望的田野”。

（本文原载于2015年10月29日《淮南日报》一版）

拿起相机，记录下这一副副或激动或平静的表情，这些表情的背后，是凤台人记忆中最为沉痛的一页。风烛残年的这些老人们，都很清楚自己作为幸存者、遇难者家属、资料收集整理者的历史责任和意义……

不容忘却的记忆

——谨以此文纪念中国人民抗日战争暨世界反法西斯战争胜利70周年

今年是纪念中国人民抗日战争暨世界反法西斯战争胜利70周年，可以说，这是一个伟大而又不堪回首的日子，交织着惨烈、屈辱、反抗、愤怒与自豪……

70年过去了，我们回想历史，纪念胜利。

凤台人民不会忘记，自1938年农历五月初七，日寇占领我县后犯下的滔天暴行；凤台人民更不会忘记，1940年农历四月十六，日寇血洗三里沟村犯下的累累罪行。

1940年农历四月十六这个日子，深深地刻在每一位三里沟村民的心中。

为了不忘却这段屈辱，如今的三里沟建起了“侵华日军三里沟大屠杀遇难同胞纪念碑”；为了让后人牢记历史，我们寻觅到了当年的幸存者、遇难者后代和资料收集整理者，每一位讲述者，都带着一种决绝的表情，有的甚至是潸然泪下……

今年83岁的蒋炳道，是日寇血洗三里沟时的幸存者。当年只有8岁的蒋炳道，从小就跟随父母到凤台县城里以给别人种地为生。当天上午，蒋炳道独自跑回三里沟老家来玩，住在三婶家中，不料，日本鬼子晚上就进村了，当时一个炮弹正好扔在三婶家的院子里，墙根都被炸得一块一块的。他只有跟着三婶一家往北面跑，一口气没歇的跑到了新集村，这才幸免一难。第二天，蒋炳道和三婶一家回来时，只见整个村庄在日本鬼子的“三光”政策下，已面目全非。当时，村民蒋炳文一家五口人死在了日本鬼子屠刀下。鬼子先是又杀又烧，后来天亮了，鬼子也不杀人了，他们让老百姓把被国民党保六团杀死的100多个鬼子的尸体，全部背到东河沿上的船上运走。

在遇难者后代中，年龄最大的是三里沟八队的胡广保老人，今年已经78岁了。当年只有3岁的他还没有什么记忆，从母亲的口中他得知了当年的惨烈。那年，胡广保家的四间堂屋后有一间磨房，当时日本鬼子进村后，其祖父胡志让、父亲胡廷友、叔叔一家三口和三个邻居，都躲藏在磨房里。被鬼子发现后，祖父胡志让攥着鬼子的枪说："俺们都是良民，不要杀俺们!"可凶残的鬼子怎么可能发善心，一刀刺向了胡志让的左胸，鲜血流了几个小时后，老人才咽的气。当时，躲在磨房里的总共8人全部被日本鬼子杀害，胡广保一家就有5人。后来，胡广保的母亲只有带着孩子们逃荒要饭，直到新中国成立后才回到家中。如今，胡广保老人已经有2个儿子和3个孙子，有了幸福的一大家人了。每到年关，胡广保老人都会把母亲告诉他的那段惨痛往事，讲给儿孙们听，让孩子们不忘历史，好好学习，立志报国!

谈及过往，今年76岁的李士敬老人悲痛愤慨。当年只有1岁的他在母亲的怀抱中跑鬼子反，而躲过一难。据老人讲述，当天，鬼子一进村，村民们都四处躲逃，他家留下奶奶李余氏一人在家看门。鬼子在搜到他家时要烧房子，奶奶因舍不得祖屋，就磕头求鬼子不要烧，可凶残的鬼子二话没说就一刀把奶奶刺伤了，然后把奄奄一息的奶奶拉到牛槽里，又抱了一些蚕豆秸秆，一把火把奶奶活活烧死了。后来，李士敬的父亲母亲回到家中目睹此惨状时，都痛哭流涕。李士敬虽然没见过奶奶的面，但随着长大后听了父母的述说，他也甚是伤心难过。如今，李士敬老人和老伴种了几分地，老两口还经常上街去卖菜，生活得十分幸福。老人还常常带着小孙女到位于村里的"侵华日军三里沟大屠杀遇难同胞纪念碑"前去看看，告诉小孙女她的曾祖母是被可恨的日本鬼子杀死的，教育她不忘国耻。

一家被日本鬼子杀害掉七口人的73岁老人胡恩友，每每说到这段惨痛的往事时，都是潸然泪下，泣不成声。从老人时断时续的述说中，我们得知，日本鬼子一进三里沟村的时候，其他家的人都跑掉了，而胡恩友的一家人没跑，他们躲到屋里，把大门插上，可是日本鬼子砸开了大门，闯进屋里，见人就杀，最后，胡恩友老人的爷爷、奶奶、二叔一家三口，以及来走亲戚的一个姑奶奶和他二叔的岳母等7人全部遇害，前面的鬼子杀过人了，后面的鬼子就拿着火把见房子就烧。那时候，胡恩友的父亲在武汉上学，其姑姑在他奶奶怀里抱着，鬼子一刺刀把奶奶杀死了，没刺到姑姑，姑姑才幸免一难。房子里面一共 8 个人，死了 7 个。后来，胡恩友的四爷发动群众凑钱买了七口棺材，待过了那年的大寒后，其父亲回到家后，才把 7 位亲人入了土。如今，胡恩友老人已经儿孙满堂了，相对于过去的生活，老人说现在真是太幸福了，老人还经常告诫子女，一定不能忘记过去，同时感谢党为百姓创造出今天和平安定的生活！

“蒋二先、胡广水、李氏、王哑巴……”这些是镌刻在“侵华日军三里沟大屠杀遇难同胞纪念碑”上的 84 位遇难同胞的名字。而对于这些遇难同胞名单的收集，三里沟村村民胡恩璋可谓是功不可没。

今年 74 岁的胡恩璋，原是城北乡新湖小学的校长，还是一位有着 35 年党龄的老党员，2000 年从工作岗位上退休。回想当年，胡恩璋老人娓娓道来。2005 年，是中国人民抗日战争胜利 60 周年。当年，凤台县新四军研究会、县委党史办、县委宣传部决定在三里沟建造一座侵华日军三里沟大屠杀遇难同胞纪念碑，必须是在 2005 年 8 月 15 日之前建成。可是当时只知道那年三里沟村村民被日本鬼子杀了 84 人，被伤 100 多人。县委党史办只掌握了四十多人的名单，始终未突破五十人。由于时间紧迫，三里沟村支部一研究，决定将这个重任交给胡恩璋老校长来完成。

“我是怀着一颗炽热的爱国心和对日军的深仇大恨，接受了党交给我的这项任务。作为一名教育工作者，又是一名共产党员，我感觉有责任来完成这项任务，也是我对党做的一点贡献吧。”接受任务以后，胡恩璋几个晚上都翻来覆去睡不着觉，考虑究竟怎么着手？虽然县里已经掌握了四十多人的名单了，可越是人数少越是难度大，加上时间紧，任务重，老人感到压力很大。从 2005 年元月开始，胡恩璋就在整个三里沟村展开了搜集整理材料行动。白天，他走村串户，足迹涉及每家每户，他访问八九十岁的老人，被访问的老人怀着对日军的仇恨，总是耐心细致地向胡恩璋讲述着那段过往，有时访问后，胡恩璋几天后又产生了疑问，便跑去再向老人们询问，即使老人们当时正在打牌或下棋，也是停止娱乐，不厌其烦地讲解给胡恩璋听；对于老人们提供的线索，胡恩璋总是一遍一遍地求证。他还访问了每一位遇难者家属，并认真做好记录，每当突破并确定了一个遇难同胞的名字时，胡恩璋总是特别兴奋。晚上，胡恩璋总在灯下，把白天访问的内容进行梳理整理，并查阅相关资料，重新做好记录。最终，胡恩璋用了半年的时间，通过细致的调查，总算把 84 位遇难同胞的姓名落实了。“我觉得对得起死去的 84 个同胞，对我们来讲也是一个安慰，心里踏实一点。他们死在敌人的屠刀下，一个方面说明了日军的残忍和惨无人道，另一个方面，纪念碑的建成对我们的子孙后代是个警示教育，我们不能忘了历史，我们只有记住了过去，化悲痛为力量，才能把我们的国家建设得更加富强。特别是青年一代，更应该努力奋斗，把我们伟大的祖国建设得更加强大。”当看到纪念碑上刻上经过自己半年心血求证得来的名单时，胡恩璋终于长长地舒了一口气。

从纪念碑建成开放到现在已经十年了，这十年来，胡恩璋都义务负责纪念碑的讲解工作。“为了更好地教育下一代，使我们的子孙永远不忘历史，不忘过去，虽然我已经年过七旬了，但是我还不能‘卸任’，只要党需要我，我责无旁贷地当好这个讲解员，一直把这段历史、这段故事讲述下去，使更多的人受到教育，让他们牢记历史、珍爱和平。”十年来，已接待参观凭吊者达万人次以上。

三里沟社区书记胡泽波告诉记者，小时候，他的爷爷和父母就经常教育他，一定要铭记历史，不能忘掉这段血的教训。今年是中国人民抗日战争胜利70周年，在这个特殊的日子里，除了缅怀先辈，更重要的是要把我们的国家建设富强了，那样才能真正在世界上有一席之地，才能实现广大人民的中国梦。近年来，三里沟有了翻天覆地的变化，特别是这几年棚户区改造，以及凤凰湖新区的建设，三里沟社区的道路现在是三纵两横，南有职高和凤台四中，北有正在建设的新长征医院，全都在三里沟辖区以内，这与党的领导、国家的好政策是分不开的。在今后的发展道路中，三里沟社区两委将带领全村群众发家致富，使每家每户都过上更好的日子。

（本文原载于2015年8月12日《凤凰台》）

共同铭记的岁月

前事不忘，后事之师。

今年是中国人民抗日战争暨世界反法西斯战争胜利70周年，在我们欢庆和纪念胜利的时刻，不要忘记这场胜利来之不易。全中国人民同仇敌忾，众志成城，前赴后继的与侵略者展开了一场伟大的抗日战争并取得了胜利。

今天，我们缅怀历史，听抗战老兵讲述抗战故事，做到痛定思痛，奋勇前进，为中华民族的伟大复兴而努力奋斗……

在凤台县新四军研究会的大力协助下，近日，我县几位老新四军再次引领我们走进那战火纷飞的岁月……

【人物档案】许克友，淮南市潘集区人。1949年6月加入中国共产党。1944年8月参加革命，在新四军一师特三团一营二连任战士。1946年6月起先后任华东后勤卫生部野战四院理发员、三野九兵团后勤卫生院20院班长、山东省卫生厅康复大队一中队学员；1952年8月转业到地方工作，先后任凤台县古沟乡（公社）主任、组织委员，凤台县委工作组组员；1961年起先后任凤台县展沟区农技站站长、凤台县河南林场人武部长、南平山革命公墓主任。1982年离休。

今年92岁高龄的许克友老人，目前由二儿子许瑞安照顾生活起居。许瑞安告诉记者，父亲是一等伤残军人，曾经立过二等功3次，三等功4次；由于父亲的大脑中现在还有6块弹片，所以留下了后遗症，加上有耳聋，视力也模糊了，已无法与人正常交流了。

回忆父亲的生平，许瑞安娓娓道来。他说，父亲十六岁时就到三里沟村学理发，当了两年学徒，一次，父亲在给一地主理发时，由于父亲个子小，就站在板凳上为地主理发，可一不留神踩空了，把地主的头皮划伤了。看自己闯了祸，父亲害怕挨打，就跑走了。后来，父亲又帮别人卖了两年的油条。1940 年，日本鬼子血洗三里沟村时，父亲在逃难的途中，被国民党抓了壮丁，仅仅半个月后，父亲便逃了出来，投奔共产党参加了新四军。由于父亲自幼跟着三里沟“胡铁头”的爸爸练过武，身体素质好，所以，父亲在战场上杀敌勇猛，一人能拼过二、三个鬼子。最让父亲难忘的是那次在苏中邵伯战斗中负伤和负伤后的转移。那是 1945 年 8 月 15 日日本宣布无条件投降的当年，在某些战场上，部分日、伪军只向国民党部队缴械，而不向八路军、新四军投降，这激起了我军官兵和广大抗日民众的满腔义愤，他们继续拿起武器，向拒不缴械的日、伪军进攻，以取得抗战的最后胜利。当时，父亲在新四军苏中特三团一营二连当战士，面对顽固不化、拒不投降的日、伪军，我军于 1945 年 10 月至 11 月间，在兴化、邵伯、如皋等地组织了几次较大战斗，彻底摧毁了敌军的各个据点。在当年 11 月份的一次激烈的战斗中，父亲和战友们冲锋陷阵，奋勇杀敌，就在父亲追击敌人的时候，突然感到头脑轰的一下，一时天旋地转，便倒在地上失去了知觉。当战友们把父亲从火线上抢回来时，父亲双眼紧闭，四肢已没有反应，据说，部队当时已为父亲准备了棺材。就在这时，部队卫生员在检查伤员时查到父亲这个“死人”，发现四肢还未僵硬，便剪开血衣一摸心脏还在跳动，便没有入棺。后来按照部队的安排，父亲这批伤员要从水路向盐城方向转移，就在上渡船时，船老大看父亲满身是血，不能动弹，以为已经死去，硬是不让上船，并说：“我们只装活人，不装死人。”战友们经过耐心解释，并扳了扳父亲的腿给船老大看。当船老大看到父亲的腿还发软时，这才深信人的确活着才让上船。经过两天两夜的运送，父亲等一批伤员先后被转移到新四军第一、第二、第三后方医院，经过医护人员和当地百姓长时期的多方救治和护理，父亲的身体才慢慢恢复起来，但因受伤严重尚难痊愈。

说到父亲的家教，许瑞安说，父亲一辈子老实，但个性强，特别对子女要求严格，小时候哪个孩子犯了错，父亲就罚站。为了养活五个孩子，父亲省吃俭用，有时一个星期就花两角钱。自从父亲离休后，他所在单位县民政局的每任领导对他都非常照顾，以前专门派人来照顾他。2002 年，80 多岁的父亲在一次去单位交党费时，遇到了车祸，这次，县民政局研究决定让自己放下工作，专门在家照顾父亲，到现在，许瑞安已经服侍多病的父亲长达 13 个年头了。

为了照顾父亲，他 44 岁就放下了工作；为了照顾父亲，他每天晚上只能睡两个多小时。可许瑞安说：“父亲是国家的功臣，我只是尽我作为子女的一份孝心，让他安享晚年!”

【人物档案】李年新，原名李乃辰，江苏省泰州塘湾镇人，1947年6月加入中国共产党。1940年9月在江苏省东台参加新四军，历任新四军二旅九团、二旅旅部机要通讯员，江苏省兴化县县大队通讯员，新四军新安旅行团学员，江苏省兴化县委宣传部宣传员；1945年12月起先后在江苏省三分区卫校、华野六纵、三野一军区干训班任卫生员、医助、学员，三野24军71师医院、侦察队任医助、护士，华野新兵第九兵团24军71师任助理军医、医助；1953年2月起历任安徽军区、热河军区军医、学员；1954年9月起先后任凤台县医院医务股长、凤台县新圩医院医生。1991年6月在凤台卫校离休。

走进李年新老人的家中，扑面而来的是潮湿和闷热。没有装饰，没有明亮，家具简单而陈旧，一切显得那么简朴自然。

李年新老人和老伴的热情感染了我们。交谈中，我们得知，今年89岁的李年新老人和79岁的老伴刘成兰都是江苏人，经人介绍，他们于1962年结婚，育有一儿一女。

说起自己的战斗经历，李年新老人侃侃而谈。他说，自己是1940年9月志愿参加新四军的，当时只有13岁的他在新四军第一师第二旅，师长是粟裕，旅长是王必成。自己开始在营部学吹号没学成，因年龄小扛不动枪，组织上安排他当勤务兵。

最让老人印象深刻的是在江苏东台县一个小镇子上打日本鬼子的战斗。老人说：“东台县紧靠运河边有个小镇子，日军对这个镇子不放心，为保证运河运输畅通，日军在小镇子上驻守了300多人，还有1000多伪军，伪军受日军的指挥。为了不让日军运输畅通，我军准备用游击战重重打击这个镇子上的日军，经过侦查，我军摸清了情况。1941年9月的一天，我军调动两个团的兵力分别在镇子的南北两地阻止敌人增援，警卫营攻打日军驻地敌人，一连打了三天三夜。第三天，我军安插在伪军内部的伪军官发电报告诉我军他们的计划。随后，伪军官向日军军官报告：已经打了两天两夜了，新四军不会来打了，要把枪擦擦油以利再战。日军军官采纳了伪军官的意见，第三天下午，日军军官命令日军全部擦好枪做准备。当天下午，日军把枪炮全部拆掉，零件摆了一地。这时伪军官向我旅部发来消息，旅部随即命令吹冲锋号，冲锋号一吹，新四军战士一齐冲上去，仅十几分钟就冲到了敌人的住处。这时，日军的枪炮还未来得及安装，日军见到那么多人突然冲到面前，措手不及，非常恐惧。这一仗，日军300多人被打的只剩下了6个人，且全都受了伤。这6人中有一个是中国山东人，他的父母早年到日本定居，他是日本征兵来到中国的，其余5人全是日本人。我军对这6人进行了教育，他们非常敬佩新四军，认为新四军作战勇敢，纪律严明，经过教育，有5个人加入了反战同盟。”

回忆那段激情燃烧的岁月，李年新老人显得十分兴奋。他说，自己参加抗日战争6年，参加解放战争4年。由于自己在部队时就被培养成一名医务工作者，所以1954年他转业到了凤台县医院工作，1964年又被调到位于大兴集乡的新圩医院，直到1979年6月才回到凤台工作。他从来不向组织上提出任何要求，老伴一直没有工作，只是干干零工；他还不让子女接班，让孩子们自己考学校。

采访中，老人还特地找出一枚纪念章佩戴在胸前，让我们拍摄。“虽然生活清贫了一些，但安康的生活使我感到欣慰，我们经历过战争的人，懂得现在幸福生活的来之不易，总要比其他人倍加珍惜！”李年新老人的话语中透着满足。

“忠厚家声远，和平继世长。”李年新老人门上的这副对联正好印证了老人一生的品行和老人维护世界和平的心愿。

【人物档案】梁儒林，河南省杞县于镇人，1940年6月在河南睢杞太地区参加新四军，任新四军四师独立团二营五连通讯员；1942年12月起任冀鲁豫军区豫东分区司令部宣传队宣传员、豫东军区豫剧团负责人、豫皖苏军区一分区特务连文化干事；1947年9月起任豫皖苏军区二分区界首支队副指导员、二分区教导大队一中队文化教员；1948年秋起任二分区司令部支前指挥部参谋，二分区教导大队一中队文化教员；1950年10月转业到界首市联运办公室任管理员；1951年调安庆市人民法院任司务长；1952年6月起到安徽师范学校附属工农速中、师院体育班学习；1954年9月起在凤台县岳张集中学、凤台师范学校任教。1982年离休。

梁儒林老人今年已是89岁的高龄了，怀着一颗爱国之心，老人向记者讲述了他的新四军战斗生活经历。

老人的叙述犹如电影画面，在我们眼前放映。“我是1940年6月参加新四军的，最初在四师豫东独立团二营五连当通讯员，团长是兰桥，营长是孟海乐，连长是孟照然。当时，我们在河南睢（县）、杞（县）、太（康）敌占区活动。可我们的武装力量十分薄弱，一个连40多人只有步枪20支、机关枪2挺，每个战士只有10多颗手榴弹。我们以游击战为主，白天休息，晚上活动。根据上级‘敌进我退、敌驻我扰、敌走我进’的指示，与日、伪军周旋，不让敌人安身。敌人扫荡了，我们就转移到一个地方，这个地方就封锁起来，白天只准进、不准出，防止消息外露。我们每到一处，就宣传党的政策，宣传新四军是老百姓的队伍，做群众工作，发动群众抗日。我们和老百姓的关系十分密切，住在群众家里，临出发前，我们总会把百姓的水缸挑得满满的，房子打扫得干干净净的，所以老百姓都拥护我们，把自己舍不得吃的送给我们吃，部队打散了，百姓们主动把我们保护起来，他们给我们做鞋子、送衣服，很多有志青年都参加了新四军。1942年，我们的武装力量不断扩大了，独立团改为豫东军分区，下辖4个团，5、6个县大队和10多个区分队。年底，我被调到军分区司令部宣传队当宣传员。我原来不识字，是部队首长教我识字学的文化，是党培养了我，我打心眼里感激党。我当宣传员那时，主要是宣传发动群众起来抗日，由于我的字写得好，组织上还分配给了让我写抗日宣传标语的任务。那时条件极其艰苦，用麻捆起来当笔，从锅底上铲些锅灰兑水当墨，然后在墙上书写标语。1944年，军分区司令部成立剧团，派我去负责。我到剧团后，排了两个新戏让战士们演出，还教大家唱歌。当时我不识谱，先学后教，教唱的都是《义勇军进行曲》《黄河大合唱》《大刀向鬼子们的头上砍去》等抗日歌曲。当年4月，在河南通许县，日本鬼子出来抢粮，我们在欧阳岗与四所楼之间，与日伪军打了一场突击战，日伪军出动5辆汽车200多人。当时，我们除了从正面攻打以外，还拿出一个团打援兵，经过五个多小时的激战，我们将其全部歼灭。被俘虏的日本兵十分顽固，我方狠狠地教育了他们一顿。为了庆贺这次战斗的胜利，我们剧团去进行了慰问演出。1945年，日本投降后，我被分配到豫皖苏军区一分区特务连当文化干事，直到1947年2月新四军改编。”

1982年，梁儒林老人从凤台师范学校离休后，一直居住在凤台三中。由于旧城改造，老人原来的住房被拆迁了，现在生活在外地。他还经常回凤台走走，去县新四军研究会看看，聊聊过去和现在，过着幸福安定的晚年生活。

（本文原载于2015年8月14日《凤凰台》）

安徽微信群成瓜农的“活课堂”

春耕春播将近，安徽省淮南市凤台县关店乡的种植户已经做足准备。

与往年不同的是，获取春耕春播服务信息的“新形式”受到不少种植户的青睐，那就是微信平台。“最近几天的温度达到10度以上，请及时建好大棚，有利于提高地温……”这是关店乡农技站在为服务广大农户开通的微信群里，发布的最新服务信息。

关店乡农技站站长赵亚介绍，关店乡共有土地3.9万亩，去年羊角酥瓜的种植面积达4000亩以上，农户的亩效益达8000元以上；今年的种植面积将达到6000亩以上。因此，羊角酥瓜已成为关店乡农业经济发展、农民增收的增长点，更是农民增收较快的重要组成部分。

为促进酥瓜产业的发展，去年9月，乡农技站在微信上建立起了拥有72位农户的“凤台县瓜菜种植技术交流群”，开展技术指导、瓜苗订购、气象信息等服务。同时，农技站的专家们还可以通过微信视频与瓜农们面对面交流，随时解决农户在生产中遇到的问题。乡农技站还注册了“关店乡农技站”微信公众号，让广大酥瓜种植户打开手机就可以了解到各项农业政策，以及农作物的生长情况、当地的气象服务信息等。

一条条服务农户的微信发出，一个个种植问题随之解决。在关店乡大程村，瓜农关立昌正和家人忙着准备栽植瓜苗。“过去电话里说不清，现在图像发过去就能准确诊断蔬菜病害。”他说。

微信群也让乡里的农技站更加了解瓜农的种植难题。2016年9月，乡农技站与凤台县蔬菜办联系，帮助酥瓜种植户订购新品种的酥瓜苗，并通过微信平台发布技术指导信息。截止到今年2月，乡农技站共为农户订购酥瓜苗50多万株。

建立了“上通专家、下联农户”的微信平台后，老关每天白天在地里侍弄自己的大棚，晚上就在微信里提出技术问题。微信群成了种植户的“活课堂”。

（本文原载于2017年3月17日《中国气象报》二版）

“托”来春潮育沃野

——凤台县杨村乡店集村“土地托管”工作纪实

“如今，俺们村农民种地可以全部托管给‘土地托管中心’，实行科学种地，农民再也不需要农闲在外务工、农忙回家务农了。”谈到“土地托管中心”，凤台县杨村乡店集村村民苏传富的喜悦之情溢于言表。

苏传富所说的就是店集村创新土地流转模式，探索出的一条以服务业带动现代农业发展的新的生产模式，即土地托管服务新模式。苏传富家种了20亩地，以往农忙时节是他最累最怕的时候，因为家中两个孩子都在上学读书，只有他和妻子两个人干地里的活，一干就是半个月，特别是水稻插秧，即使亲戚来帮忙也要10来天才能做完。自从村里有了土地托管中心，他就把土地全部托管。他告诉记者：“以前出去打工挣钱把地也荒芜了，现在在家做生意，土地交给托管中心，种地、挣钱两不误。”

店集村共有11个村民组，耕地4898亩，人口3247人，常年在外打工的就有840人。针对这种现状，为解决群众的后顾之忧，近年来，杨村乡以政府引导为主，以乡镇农技推广服务中心为依托，以农业专业合作组织为抓手，整合全乡机插秧、机防、农机等14个农业专业合作组织资源，实现资源、信息全乡农民共享，积极探索用“一产三产化”的理念推动传统农业向现代农业转型，在可由社会化运作的部分引入管理、科技、信息、销售等不同性质与功能的第三产业来运作，大力实施土地托管的服务新模式，使得农业生产中农业服务比重逐步上升，从而实现粮食增产、农业增效、农民增收。

据店集村党总支书记陈宏斌介绍，土地托管的服务新模式就是合作社坚持“农户加入自愿、退出自由、服务自选”的原则，根据当地一稻一麦的种植模式，由合作社为农户提供从种到管、从技术服务到物资供应，即“产前、产中、产后”的全程“保姆式”服务。不过，群众可以托管某一环节，也可以全部托管给合作社；在付款上，可以付现金购买服务，也可以最后以谷物分成冲抵种植费用。通过这种“土地托管”模式，从而达到“生产规模化、专业化、机械化”，把农民从繁重的农事中解放出来，很受当地群众欢迎。

采访中记者了解到，针对农村农业生产的现实，合作社把粮食生产的各个环节进行细化，制定出了统一供种、统一供肥、统一旋耕、统一机条播（机插秧）、统一开沟、统一管水、统一防治、统一收割、统一销售、统一秸秆综合利用的“十统一”种植模式，实行菜单式服务。农民向村级土地托管服务站或乡土地托管服务中心反映自己的需求，村级服务站向土地托管服务中心上报。乡土地托管服务中心向农户介绍各合作社的服务内容、价格表，由农户自己选择。由乡土地托管服务中心与合作社联系后，农户与合作社签订书面服务合同，乡土地托管服务中心备案，为了保证合同真实性，合作社对每户农民都设立了托管档案，并留农户影像证明。合同明确托管的数量、质量、时间、年限、费用标准、支付方式、当事双方的权利义务和违约责任等。服务费用由乡土地托管服务中心暂收，经监督检查农户托管服务项目合格后，费用才全部付给合作社，土地托管服务中心不收任何中介费用。近两年来，合作社托管了全村近90%的土地，并且为了适应这种规模化粮食生产模式，在村委会的提议下，全村农民召开了会议，同意对原有的承包地进行调整，目前店集村的耕地全部进行了调整后的整理，使小田变大田，田成方、路取直，更适应了机械化耕种。

土地托管的优势十分明显。据县农委副主任贺明军介绍，土地托管采用了大规模、机械化作业，提高了土地利用率，搭建起了接受、吸纳先进实用科技成果的服务平台，使一家一户分散种植难以实现的规模化种植的潜在优势得到充分发挥；同时，集中采购种子、化肥、农药，实行机械化播种、喷药、收割、节水灌溉等增收节支措施的综合配套应用，大大提高了资源利用率和劳动生产率。通过土地托管的模式，村民托管的土地每亩每年可增收200—300斤粮食，年增收粮食90万斤，亩增收660元，人均增收1000元，经济效益和社会效益都十分明显。

（本文曾荣获2012年度“淮南新闻奖”二等奖）

农民种地有了“田管家”

——凤台县开展农业生产全程社会化服务工作纪实

金秋十月，稻浪飘香。

在大兴集乡武集村，记者采访了承包25亩土地的农户李道奎。他告诉记者，由于他在武集街上开了个服装店，所以没有时间管理庄稼，前几年他承包的土地亩产量比其他农户低100—200斤。今年初，他听说凤台县祖秀粮食种植专业合作社在本村开展了农业生产全程社会化服务工作，李道奎就把25亩土地全部托管给合作社，与凤台县祖秀粮食种植专业合作社签订了统一机耕、统一播种、统一开沟、统一病虫害防治、统一机插秧等托管合同。

李道奎给记者算了一笔账：经过托管后，今年午季时，他承包的小麦亩产达到1100斤，总产达30000斤，按照市场价每斤1.2元，共收入33000元，比没有托管土地的农户每亩多收100斤，每亩多增收120元；今年水稻亩产达1240斤，25亩水稻预计能收获31000斤，按照市场价格每斤1.5元左右计算，可收入46500元，比其他农户每亩多增收90元。25亩稻、麦总收入达79500元，扣除托管费用和化肥、农药、种子成本等，托管后，他的纯收入达6万余元。

李道奎家的这一变化，得益于凤台在全县范围内大力推广农业生产全程社会化服务。如今在凤台县，越来越多的农民从繁琐的插秧、收割等劳作中解放出来，将土地交给合作社，实施全程机械化耕作。

记者在采访中了解到，凤台县试点推行的农业生产全程社会化服务，已成为不少农民信赖的“田管家”，社会化农业服务机构的介入，更对粮食作物稳产、丰产发挥出积极作用。

大兴集乡后王村村民赵祖东近年来流转了30多亩土地，加上自己的承包地，种粮面积约50亩，由于没有大型农机具，加上管理需要劳动力，赵祖东夫妻俩种起地来非常吃力，特别是插秧时节，要雇人插秧，每亩 200 元的插秧费是一笔很大的费用，雇工管吃管喝，插的质量还不好，往往因为管理跟不上造成人为的减产。今年，赵祖东把 50 亩地全部托管给凤台县仓硕粮食种植专业合作社，每亩托管费用 295 元，比自己管理每亩要便宜 320 元，今年的水稻亩产在 550 公斤左右，比去年增产 100 斤，50 亩地节约成本和增产两项就多增加收入 23500 元，全年下来纯收入 10 万元左右。

据大兴集乡农技站站长、农艺师李刚介绍，大兴集乡有 26300 人口，常年外出务工劳动力有 8655 人，造成农业劳动力季节性紧张。为了解决生产季节劳动力紧张局面，按照县农委的具体部署，大兴集乡仓硕粮食种植专业合作社等 6 家合作社在全乡开展了农业生产全程社会化服务工作，2013 年 10 月与全乡 2420 户签订了 20000 亩全程社会化服务协议，大力推行“十统一”生产模式，探索农业生产全程社会化服务新模式。2014 年，全程社会化服务面积均按照小麦高产攻关技术要求实施，创建了两个万亩部级小麦高产攻关示范片，辐射带动其他 10 个村的小麦生产，高产攻关面积达 3.86 万亩；水稻机插秧订单面积突破 3.5 万亩；开展统防统治面积 10 万亩次，实现亩增产粮食 150 斤以上，亩节本增效 200 元以上。

记者从县农委了解到，我县自 2013 年 9 月开展农业生产全程社会化服务试点工作以来，培育了新型农村经营主体，提升了农业生产全程社会化服务水平，开启了现代农业发展的新征程，希望正在凤台广袤的田野上孕育。

试点工作一开始，县政府就专门成立了农业生产全程社会化服务工作领导小组，领导小组下设办公室，办公室设在县农委，具体负责项目的实施、监管、考核和验收等工作，为农业生产全程社会化服务工作的顺利开展提供了强有力的组织保障。遵循着公益性与经营性相结合、综合性与专项性相协调的方针，我县择优选择扶持了凤台县田埂香粮食种植专业合作社、捷仓机插秧服务专业合作社、硕益粮食种植专业合作社等 21 个农民专业合作经济组织，在大兴集乡和杨村镇开展小麦、水稻生产全程服务 5 万亩。

为了加强对试点工作的督查和技术指导，我县成立了 3 个工作督查组和技术指导组，选派 42 名技术指导员，深入合作组织驻点开展技术指导，县农村工作领导小组要求每个农民专业合作经济组织成员在 20 名以上，配备大型拖拉机及其配套机具 4 台（套）、水稻高速插秧机 4 台、植保机动喷雾器 20 台以上、大型联合收割机 4 台，拥有生产车间 200 平方米以上、农机库和办公管理用房在 100 平方米以上，提供统一供应良种、统一测土配方施肥、统一机械耕地、统一机械条播、统一机械开沟、统一机插秧、统一病虫害防治、统一机械收割、统一订单收购、统一技术指导的“十统一”服务，农业生产全程社会化服务面积2000亩左右。为了明确职责，进一步加强对农业生产全程社会化服务的指导、检查、考核和验收，县农委下发了《关于印发农业生产全程社会化服务技术指导组职责的通知》、县农村工作领导小组下发了《关于制定凤台县农业生产全程社会化服务考核（暂行）细则的通知》，同时将技术指导员的入户指导情况纳入基层农技推广补助项目考核管理目标，有力地推进了全县农业生产全程社会化服务进程。

在农业生产全程社会化服务工作中，我县定期不定期地开展调度，县农委负责人要求各合作组织要用诚信的态度实施好农业生产全程社会化服务试点项目，做到公开、公平、公正，不坑农、不害农；要依法实施项目，合作组织要严格按照章程依法办事；要依据政策实施项目，确保农业生产全程社会化服务试点项目圆满完成。为了加强试点工作的宣传，我县在凤台农业信息网上发布农业生产全程社会化服务信息8条，在农技“村村通”智能无线广播上发布信息39条，集中召开观摩会、培训会十余次，印发技术资料、明白纸2万多份；同时利用《凤台农业》、电视、报纸、网站等媒体，广泛宣传农业生产全程社会化服务的效果，使广大农户切实体会到农业生产全程社会化服务的益处，主动接受农业生产全程服务。

为了强化对农业生产全程社会化服务项目资金的管理，县财政局、农委认真制定了《凤台县农业生产全程社会化服务试点项目资金管理办法》。工作中，县农委组织财政局、农机局、农技中心、小麦原种场等有关单位专家，分成2个组对21个农民专业合作组织的农业生产全程社会化服务开展情况，采取实地查看现场、翻阅资料、入户调查、电话抽查等形式，对完成的服务环节进行考核验收，根据考核验收结果和补助标准，严格兑现补助资金。

我县还不断完善工作机制，进一步创新管理模式，在农业生产全程服务中，严格执行“一户一清册、一项一验收、三方共签证”的管理办法，即每一户农户都建立服务清册，并进行公示；每完成一项服务环节，将及时开展验收；服务面积和财政补贴资金由农户、合作组织、验收组成员共同签字认可，确保了农业生产全程社会化服务顺利开展和补助资金的据实拨付。

在去年几个月努力的基础上，今年以来，我县根据省财政厅、省农委《关于做好2014年农业生产全程社会化服务试点工作的通知》精神，采取农民专业合作经济组织申请，乡镇政府推荐，县农委、财政局组织现场考核和评审，择优选择扶持了凤台县婧婧水稻机插秧合作社等20个农民专业合作经济组织，每个农民专业合作经济组织的农业生产全程社会化服务单季面积达5000亩以上。今年，我县在大兴集乡、杨村镇、尚塘乡、新集镇单季试点服务面积10万亩，每个区域集中服务面积2万亩以上。

为了减轻合作组织负担，在与县农委签订服务合同后，县财政预付总补助资金的30%，技术指导组全程开展技术指导，严格执行“一户一清册、一项一验收、三方共签证”的管理办法，每季作物收获前，县农委、财政局组织人员进行入户调查、电话抽查等综合考评，根据考评结果按100元/亩兑现补助资金。同时，今年我县结合职业农民培训项目，将合作服务组织管理人员和拖拉机手、插秧机手、植保员等列入培训计划，培训合格，发放职业农民证书，提升农业生产全程社会化服务能力。

如今在凤台，随着农业生产全程社会化服务的深入推进，已有越来越多的农民像李道奎、赵祖东一样离开了土地，但他们没有离开乡村，不用种田，却同样喜获丰收。

（本文原载于2014年10月22日《凤凰台》）

顾桥镇："党员先锋队"活跃田间地头

骄阳似火，旗帜鲜亮。2016 年 5 月 31 日，顾桥镇顾桥村的田埂上，一面鲜红的党旗正迎风高高飘扬。与之相呼应的，十几名胸前佩戴"争做秸秆禁烧先锋"小红牌的党员，正活跃在田间地头，履行党员义务，宣传禁烧政策，督查焚烧隐患，帮助群众抢收。

眼下正值午收季节。为做好全镇的秸秆禁烧工作，顾桥镇党委结合"两学一做"学习教育，号召全镇党员在秸秆禁烧工作中开展"亮身份、做承诺、当先锋"活动，让党员干部投入到禁烧秸秆的一线中去，要求凡是参与秸秆禁烧工作的所有党员，在禁烧期间均佩戴统一标识，亮出自己的党员身份，发出自己的先锋信号，接受群众监督；党员要向组织做出"自己坚决做到不焚烧秸秆，劝说和监督亲戚朋友不焚烧秸秆，带头开展秸秆综合利用工作"的承诺，组织再向社会做出承诺，所做承诺事项均向广大群众公示，接受群众监督；同时，全体党员要增强政治意识、模范意识，勇当先锋，在秸秆禁烧工作中，要带头执行镇党委政府的工作要求，团结带领广大群众禁烧秸秆，实现综合利用，做到一个党员就是一面旗帜、一种宣传、一个榜样、一份监督。从而确保实现"不燃一把火，不冒一处烟"的目标。

据顾桥村党总支书记王传新介绍，当前，顾桥村结合镇里开展的"亮身份、做承诺、当先锋"活动，把全村的 187 名党员分成五个小组，组成"党员先锋队"，驻扎秸秆禁烧一线，把秸秆禁烧政策宣传到户，宣传到田间地头，使广大党员立足岗位，铭记党员身份，带头承诺践诺，强化群众观念，当好宣传员、监督员和抢收抢种员。通过实行 24 小时全天候驻守巡逻，使秸秆禁烧工作不留死角，不留盲点，实现了"零火点"。针对下一步如何开展秸秆综合利用工作，王传新告诉记者，顾桥村将采取三种措施，一是把一些秸秆进行还田，增加土壤的肥力；二是送给一些养牛户当作饲料，节省养殖成本；三是做好堆场，集中运送到凤台电厂，进行综合利用。

正在地里帮助群众抢收小麦的李友成是个有着40多年党龄的老党员，他也是顾桥村秸秆禁烧第一片区的党小组长，自从午收工作开展以来，他顾不上自家七亩地的收割，义务帮助村里一些无劳力户和贫困户抢收小麦，搬运秸秆包，发挥了党员的先锋模范作用，树立了党员的良好形象，受到群众好评。

目前，“亮身份、做承诺、当先锋”活动正在全镇各村扎实开展。“党员先锋队”已成为该镇秸秆禁烧一线上的一道亮丽风景。

（本文原载于2016年6月1日《凤凰台》一版）

16年前，儿子在一起意外中右脚残疾；6年前，丈夫在一起务工中不幸被砸伤而导致瘫痪。面对多舛的命运，她没有屈服，而是用柔弱的身躯撑起了一个家……

——题记

赵兰萍，用坚守期盼奇迹

她是一位平凡的母亲，16年来精心照顾右脚残疾的儿子，无怨无悔；

她是一位普通的妻子，6年来用爱守护瘫痪的丈夫，不离不弃；

十多年来，她用一个人的肩膀撑起一个家的重担，她就是凤台县大兴集乡银杏小学的教师赵兰萍。

母爱无言

赵兰萍的家位于大兴集乡银杏村村部东边。走进她家的家门，堂屋里很干净，可看不到一件像样的家具。屋子一角的床上睡着她的丈夫武进成，放假回家的儿子正在陪着她说话，赵兰萍则在不停地织着围巾。

赵兰萍原本有个幸福的家，丈夫退伍后一边在家务农，一边还外出务工，两个儿子活泼可爱，夫妻俩勤俭持家，虽然日子并不十分富裕，但也过得有滋有味。可1998年9月28日的下午，一场变故打破了他们家的平静。那天，丈夫带着小儿子武海涛下地干活，大约4点钟的时候，小海涛在田埂上玩时，不料右脚被正在收割的收割机剪掉了，当时仅连着一点皮。面对危情，夫妻俩几番周折最后转到了蚌埠医学院，专家看了以后对夫妻俩说，这孩子的脚保不住了，你们尽快连夜把孩子转到上海第6人民医院去吧。听了专家的话，夫妻俩为难了：当时交通那么落后，不可能在几个小时就能转到上海6院。于是夫妻俩只好留在了蚌埠医学院，专家看到孩子的痛苦和夫妻俩的无奈，只好对赵兰萍夫妇说，你们这孩子的脚连1%治好的希望都没有，所以我们只有死马当活马医，做做看吧！听了专家的话，丈夫武进成当时就昏倒在医院的楼梯旁。后来经过3个多月的抢救和恢复，儿子的脚竟然接上了，可是恢复却是个漫长的过程。

从此以后，赵兰萍就成了儿子的“右脚”。小学时，儿子全靠她背着上学；中学时，因为儿子右脚受伤，右腿比左腿发育慢，导致一条腿长一条腿短，加上儿子一直以来都是靠右脚右侧掌来行走，所以一双鞋最多只能穿半个月，她不知为儿子做了多少双“特制”的鞋子，每只右脚鞋的鞋底都纳得厚厚的；高中时，儿子到县城上了凤台二中，为了儿子的恢复，赵兰萍白天工作，每隔2天就在傍晚前往县城，帮儿子打打开水、按按摩……特别是每年的暑假，赵兰萍都会带着小儿子抱着一丝希望，奔赴北京、上海、南京、杭州等各大医院，不断地求医问药。功夫不负有心人。2012年，赵兰萍从网上查到了，上海第6人民医院在治愈儿子这类病方面全国有名，可要等到儿子18周岁时才可以做手术。于是，2013年7月，在儿子满18周岁时，赵兰萍毅然带着儿子踏上了求医的路。在上海，经过骨延长和校正手术后，儿子原本相差8厘米的两腿终于一样长了，脚掌也正了，赵兰萍看到了儿子康复的希望。同年9月，她又带着儿子前往上海做了第二次手术。后来，一个月4次去上海的复查，经济和精力上的双重压力，让赵兰萍身心疲惫。可为了儿子早日康复，她硬是咬着牙坚持着。每次她带着儿子去复查时，都是晚上坐车去，省去了住宿费；早上到上海时，不吃早饭就去医院，上午看完医生后，就只吃中午一顿饭，母子俩人每次都是花费29元，儿子吃16元一碗的13个饺子，而赵兰萍则吃13元一碗的10个饺子；下午就坐车回来了。一个女人经常带着孩子往返上海和家，赵兰萍也感到过无助和伤心，可为了儿子，她无怨无悔。

“不当家不知柴米贵，不养儿不知报娘恩。”这是赵兰萍儿子武海涛经常挂在嘴边的一句话，“妈妈为我付出的太多太多，等我以后恢复了，我一定好好孝顺她！”

相濡以沫

然而，天有不测风云，灾难再一次降临在这个幸福的家庭。2009年5月10日，赵兰萍的丈夫武进成在帮助邻居的亲戚拆房子时，不慎被倒塌的房子砸断了腰椎，致使脊椎骨错位，骨髓溢出，腰椎神经损伤，导致身体大小便失禁，生活完全不能自理。那时，孩子正在上初二。

听到这一消息时，赵兰萍感到天都塌了，到了医院后，她一时接受不了这个残酷的现实，想要跳楼轻生。她娘家的父母拦住了她，父亲坚定地对她说："花多少钱，我们都出！只要活着就有希望！"父亲的话让赵兰萍清醒了，是啊，如果自己放弃了，这个家就没有一点希望了。从医院抢救回来后，丈夫武进成不止一次的和赵兰萍讲过，让妻子放弃，不要照顾自己了，从而全身心的去照顾孩子和认真工作。可赵兰萍却对丈夫说："只要我活着，有我就有你，除了将来有一天我不在了；即使我不在了，你和孩子的生活也要继续。"

那些年，赵兰萍每天早上 3 点到 6 点，晚上 6 点到 9 点，坚持为丈夫按摩、拉腿、翻身、搓背、刷牙、洗脸、喂饭、熬药……出院后的第一年，由于丈夫受伤导致身体没有感觉，赵兰萍 15 天要为丈夫掏一次大便；每天夜里，赵兰萍都要起来为丈夫翻 3 到 4 次的身，现在丈夫自己能翻身了；只要是从电视上看到有治愈的良药，就赶紧买来药材熬制；丈夫从第一次只能站立 2 分钟，到手术半年后，每天能站立二、三个小时，这其中，赵兰萍侍候丈夫比侍候小孩还要细心。由于妻子的悉心照顾，丈夫恢复得非常好。

"她确实不容易，照顾孩子 16 年，照顾我 6 年。这些年她为这个家庭付出的太多太多，除了照顾孩子和我，家里的 8 亩地也是她一个人耕种，一开始撒种、打药、耙地她都不会，全靠跟那些有经验的人去学习，每一次看到她下地的时候，我的眼泪都往肚里滚。我的逐步康复与妻子的不离不弃、吃苦耐劳是分不开的。"谈到妻子，丈夫眼含热泪。

"日子再难，也要陪着他们，我永远不会放弃。"经历过这么多的磨难，赵兰萍没有一丝怨言，她盼望着奇迹的发生……

守望奇迹

由于给丈夫和儿子看病花费了不少钱，还欠下了许多外债，可在亲戚朋友们的接济下，赵兰萍总算熬过了最艰难的日子。为了尽早还债，赵兰萍忘我的工作，从没耽误过孩子们的一节课；繁重的农活，致使她劳累过度，患上了贫血、心脏病、胃病等疾病；暑假中，她还帮助别人织围巾，织一条仅得加工费 4 元 5 角。

长期的辛苦劳作加上营养不良使赵兰萍的身体疲惫不堪，原来110斤的她，如今只有90多斤。丈夫看在眼里，疼在心里，“假如将来有一天我能站起来，我一定终身报答你。你是我的救命恩人，也是孩子的救命恩人。没有你就没有孩子的健康，我也活不到今天。”

赵兰萍感到最对不起的是大儿子，由于家中出事，年仅16岁的大儿子初三毕业后就放弃学业，外出打工了。儿子的懂事，让赵兰萍感到心酸。可在儿子的眼里，母亲是世上最坚强的妈妈，她总是忙里忙外，帮丈夫按摩擦身，给儿子调支架螺丝，小跑去学校上课，匆忙到地里干农活，再为一家人做好饭菜……

“如今，儿子做过手术了，我心里的一块石头落地了，丈夫现在也可以自己照顾自己了，我的负担也轻了许多！”但是，在赵兰萍的心中还有一个未了的心愿，那就是希望丈夫能够重新站起来。“最近听说北京解放军304医院能通过做骨髓移植手术治愈我丈夫这种病，可手术费最少需要10万元。等再攒点钱，我就带他去北京治。”

日子在赵兰萍的坚守中流逝着，日子也在赵兰萍的期盼中前进着，正是因为有着这份期盼，为赵兰萍饱受磨难的心灵，增添了几分希望。赵兰萍仍在用坚守与爱书写着另一种人生。

（本文原载于2014年8月1日《凤凰台》）

岳荣作品（6篇）

美景次第入眼来

——我县美丽乡村建设纪实

初秋时节，漫步在朱马店镇联民村太庙中心村道路上，一座座房，错落有致；一户户窗，干净明亮。放眼望去，在浓浓绿意紧密环绕下，白墙黛边的鲜明色调游走在村落街巷，道路两侧图文并茂的文化墙古香古色，让人陶醉其中，流连忘返……这是凤台县美丽乡村建设的缩影。

从柴草乱堆、污水横流、牲畜满街跑，到如今街道整洁、绿树成荫、文明和谐。党的十八大以来，我县按照创新、协调、绿色、开放、共享五大发展理念，把美丽乡村建设作为农村全面建成小康社会的重要抓手，按照保持田园风光、增加现代设施、绿化村落庭院、传承优秀文化的总要求，将改善农村人居环境与发展现代农业、推进扶贫攻坚、搞好乡村旅游、加强生态建设有机结合，高点站位、统筹推进，美丽乡村建设由点及面、串点成片，不断向全域拓展，展现出一幅幅乡土气息浓郁、人文特色鲜明、人居环境优美的美丽乡村画卷。

加强工作部署，坚持规划引领。我县及时调整美丽乡村建设领导小组成员，制定了《2017 年美丽乡村建设工作实施方案》等文件，进一步明确各有关部门、各乡镇的工作职责，乡镇是美丽乡村建设责任主体，实行主要领导主管、人大主席主抓的工作机制，各有关部门根据自身职能在美丽乡村建设中发挥作用，县美丽办持续加强组织、协调、督查和考核等日常工作力度。我县在充分调研、结合自身实际基础上，统筹考虑绿地覆盖、水系治理、基础设施建设、污水收集处理、公共服务设施布点等多种因素，突出“生态、宜居、宜业、宜游”，将美丽乡村建设规划、产业规划与《凤台县采煤塌陷区综合治理“十二五”规划》《凤台县采煤塌陷区产业发展规划》《“十二五”安置工程建设规划》相衔接，切实做到“五规合一”，目前，我县2017年33个省级中心村和8个乡镇政府驻地建成区规划已全部完成。

项目突出环境整治，狠抓项目建设。结合“向垃圾宣战、建美丽家园”农村环境集中整治行动，我县全面开展2016年度建设点环境卫生集中整治，同步实施2017年度建设点治脏治乱、房前屋后环境整治和沟塘清淤工作，通过“三清两化”集中攻坚，打造一批环境整治示范村，目前，全县美丽乡村建设点共转运垃圾1.3万吨，清理乱搭乱建2341处、乱堆乱放2754处、乱拉乱挂1568处。我县建立美丽乡村建设项目库，各乡镇及美丽乡村建设点项目全部上墙，坚持倒排工期、挂图作战，每周一报送建设进度，及时盘点销号，为规范美丽乡村工程项目的建设管理，严把施工程序，严格工程质量，出台《凤台县美丽乡村建设工程项目暂行办法》，目前，我县2016年度建设项目均已完工，正在集中力量进行房前屋后环境整治工作，同时加强“五小园”建设，2017年度美丽乡村建设已建立项目库，梳理省级中心村建设项目437个，乡镇政府驻地建成区整治项目110个，各建设点均已全面开展建设，垃圾处理、沟塘清淤、环境整治等各项工作稳步进行。

严格督查考核，规范资金管理。建立常态化的督查调度工作机制，实行一周一督查、一周一调度、一周一通报、一季度一考核排名，2017年以来开展季度考核2次，下乡督查32次，印发通报12期，反馈问题251个，已整改223个，整改率达到89%，实现奖惩结合，对建设进度滞后的通报处理、建设进度较好的通报表扬。严格按照《凤台县美丽乡村建设资金使用管理暂行办法》要求，强化美丽乡村建设专项资金管理，实行专户管理、专账核算、专款专用。专项资金的使用实行公示制度，各中心村在公共场所和公示栏公示建设内容、资金概算和资金使用管理情况，接受群众监督，有效提高了资金使用的透明度，2017年至今拨付专项资金8215万元，有效保障了美丽乡村建设工作的顺利推进。

注重乡风文明，提升产业发展。我县积极开展形式多样的农村精神文明创建活动，评出星级文明户216户，“好儿女、好婆媳、好夫妻”163户，开展关爱农村三留守人员活动27次，群众文体活动16次。按照“一村一品”、“一村多策”的原则，加快推进农业综合开发、农田水利建设等项目实施，扎实推进田、水、路、渠综合配套建设；大力实施省级农业产业化示范区创建，高标准建设现代农业示范园；全县96个集体经济薄弱村实施光伏发电项目，充分利用沉陷区水面和陆地，采取对外租赁方式，发展壮大集体经济，努力打造“一村一企”、“一村多业”的发展格局，目前，累计发展规模养殖企业32家，农民合作社164个，86家民营企业，流转土地7.4万余亩，为美丽乡村建设积累了坚实的物质保障。

截至目前，该县已完成2015年12个省级中心村建设任务，并于2017年2月通过省考核验收；2016年度7个乡镇政府驻地建成区整治和6个省级中心村建设项目已经完工，于6月份通过市级自验，现正在进行环境整治提升的收尾工作，并于8中下旬迎接省考核验收；同时推进2017年8个乡镇政府驻地建成区、33个省级中心村、22个市县级中心村和28个自然庄建设。

通过几年来的建设，如今的凤台农村，环境改善了，基础设施和公共服务设施完善了，农民的钱袋子鼓了，群众幸福指数提高了，一处处“望得见山、看得见水、记得住乡愁”的乡村美景次第入眼，犹如一幅幅挥洒自如的泼墨画卷，正在徐徐展开。

（本文原载于2017年9月11日《淮南日报》）

“扶贫车间”让百姓在家门口致富

初冬的凤台，尽管室外寒气逼人，但凤台县古店乡北王集村的扶贫车间里却暖意融融。厂房里几十台缝纫机有序排开，一块块皮鞋面料在缝纫机板上来回穿梭，工人们正忙着赶制一批出口欧美订单的运动鞋。

“我年纪大了，没想到在家门口剪个线头还能挣钱！”正在车间忙碌的63岁徐燕丽高兴地告诉记者。

“老公在上海打工，两个孩子在村里上学，公公婆婆年纪大了没法照看孩子，我只好留在家里，多亏村里介绍我到扶贫车间就业，让我在家门口既能打工挣钱，又能照顾老人和两个小孩读书。”熟练操作缝纫机的管占菊言语之中带着满足。

古店乡北王集村是凤台县的贫困村，外出务工是村民的主要收入来源，但为了照顾老人和孩子，许多农村妇女不得不留守在家。为此，县财政局、县统计局、县扶贫办和古店乡联合出资70余万元将北王集村原粮站改造后建成扶贫车间，市林业局驻村扶贫工作队通过招商引资，引进浙江省温岭市路正鞋业有限公司入驻车间，让附近农民在家门口就业，实现了挣钱、顾家两不误。

据了解，这个扶贫车间2017年9月改造完成，建成400平方米标准化厂房，整修场地1000多平方米。该项目先期投放设备50台，带动周边群众60多人在家门口就业，其中贫困户2人，人均月收入2000元左右。每年增加村集体经济收入约3万元，其中一半用来增加贫困户收入，目前该村已整村脱贫。

自脱贫攻坚工作开展以来，古店乡抓好脱贫责任精准落实，坚持挂图作战、层层签订军令状、强化各方主体责任，确保精准扶贫责任扛在肩上、抓在手上、落在行动上；强化党政一把手负总责的责任机制，聚焦精准、持续发力，注重在扶贫思路、规划、方法、资源配置、管理上进一步精准，建立脱贫可持续发展机制，形成精准脱贫的有力支撑体系，全乡脱贫攻坚工作取得了一定成绩。

截至目前，古居乡两个贫困村新河村和北王集村已出列，310户841人已脱贫。

（本文原载于2018年1月23日《淮南日报》）

凤台县举行书画义卖助扶贫

9月28日，凤台县“翰墨迎盛会丹青助脱贫”——喜迎党的十九大书画作品义卖扶贫活动举行，随着拍卖师手起锤落，84幅书画佳作找到主人，共筹得善款21万余元。其中，国家一级美术师张蒲舲的作品国画《苍鹰图》以9200元成交，夺得全场最高价。此次义卖捐赠活动善款将全部用于凤台县脱贫攻坚事业，真正造福百姓。

凤台县委、县政府高度重视脱贫攻坚工作，不断加大扶贫工作力度，通过产业扶贫工程、智力扶贫工程、就业脱贫工程、健康脱贫工程、社保兜底脱贫工程等重大工程的强力推进，该县贫困村已由38个下降到17个，贫困人口由5554户、12695人，下降到828户、2471人。

（本文原载于2017年9月29日《淮南日报》）

告别“因病致贫”　阻击“因病返贫”

——凤台县大力实施健康脱贫工程

“张医生，你看看我最近的血压是不是正常?”8 月初的一天，凤台县古店乡北王集村姚集庄贫困户王殿发看到县人民医院的张医生又来巡访了，赶紧从家里搬出凳子招呼张医生坐下。

王殿发一家是北王集村姚集庄的建卡贫困户，全家生活靠妻子每年务农的几千元收入来维持。有时连吃饭都成问题，更不要说去正规的大医院看病了。

“现在政策好了，不仅报销我住院的大部分费用，而且还有医生定期上门巡访，像我这样的贫困户也终于能看得起病了。”王殿发说，这一切真要感谢健康脱贫的好政策。

同样，新集镇曹庄村七组贫困户曹允敬谈起健康脱贫工程满脸笑容。他告诉记者：“今年 7 月，我在安徽医科大学第一附属医院做了一个肝硬变伴食管静脉曲张破裂出血手术，总共花去医疗费 92696 元，新农合补助 55619 元，大病保险补助 19770 元，民政救助 9269 元，我自家只花了 8038 元钱。幸亏今年我家享受了健康脱贫政策，否则又会让本来就贫困的家庭雪上加霜。”由于曹允敬刚做完手术行动不便，该县卫计委还为他签约了家庭医生，让他就医更加便捷。现在，他是随时电话邀约医生，医生随时上门服务。

今年以来，凤台县以推进健康脱贫、防止因病致贫、因病返贫为工作重点，大力实施健康脱贫工程，不断加大投入，加大宣传力度，形成强大合力，创新途径和形式，推动实施健康脱贫工程取得实效。

为让贫困户健健康康脱贫奔小康，该县建立健康脱贫政策体系，相继出台了《凤台县健康脱贫工程实施方案等三个脱贫攻坚配套文件的通知》《凤台县困难群众医疗救助实施办法的通知》等相关配套文件，成立了健康脱贫工作领导小组，明确职责分工，抓好责任落实；利用多种形式和渠道，大力宣传健康脱贫政策，做到家喻户晓、人人皆知，让所有人看得起病、看得好病，让这一得民心的民生工程惠及更多的民众。

该县健全健康脱贫保障机制，着力推进“三保障一兜底”，形成贫困人口基本医保、大病保险、医疗救助和“351”兜底保障、“180”补充医保相互衔接的医疗保障体系；完善贫困人口大病分类救治和先诊疗后付费的结算机制；扩大医保报销范围，重大疾病由12组增加到40组以上。目前，该县已建成农村贫困人口综合医疗保障一站式结算信息系统，实现了贫困人口身份识别和动态管理，精准解决“因病致贫、因病返贫”问题。2016年该县因病致贫返贫户数3001户，因病致贫返贫人数7572人；贫困患者全部享受综合医保待遇。

该县开展分类救治和疾病防控有力推进，贫困户家庭医生签约服务全覆盖；贫困人口电子健康档案建档率100%；大病专项救治任务完成数82例，完成率100%；贫困患者县域内救治率94.58%；贫困人口高血压、II型糖尿病规范管理全覆盖，贫困人口艾滋病、结核病、手足口病救治全覆盖；贫困家庭妇女“两癌”免费筛查570人，贫困家庭新生儿疾病免费筛查141人；饮用水质卫生监测任务完成率50%，贫困人口健康促进覆盖率100%。

截至目前，该县贫困患者享受综合医保报销政策12569人次，累计补偿1368万元，平均实际报销比例83.80%；贫困患者享受“351工程”政策2448人次，补偿金1039万元，其中政府兜底保障支出金额12.75万元；贫困人口享受“180工程”政策537人次，补偿金额12.11万元。

（本文原载于2017年9月14日《淮南日报》）

凤台首个国家财政部 PPP 项目库在库项目成功签约

日前，凤台首个国家财政部 PPP 项目库在库项目——中山街道 PPP 项目成功签约，中山街道 PPP 项目总投资 13.4 亿元，标志着凤台县与新兴铸管建设工程有限公司合作项目中山街道 PPP 项目正式启动实施。

近年来，凤台主动适应经济新常态，以改革创新的精神积极破解要素制约，加快推进转型发展，特别在创新融资方式上，坚持间接融资与直接融资相结合，大力推进 PPP 项目融资，全方位拓展融资渠道，打出了一系列创新组合拳，为经济社会平稳健康发展注入了新的动力。中山街道 PPP 项目内容涵盖棚户区改造、淮河凤台段水系生态修复、老城区道路及泵站建设三个子项目，是彻底改变旧城面貌、提升凤台形象的民心工程和德政工程，项目建成后必将加快城市建设、提升城市品位，满足市民不断升级的居住需求。

（本文原载于 2017 年 6 月 29 日《淮南日报》）

凤台县旧城改造惠及百姓民生

旧城改造拆迁户乔迁新居之后，他们过得怎么样？对新生活能适应吗？日前，凤台县城关镇负责同志率凤台县旧城改造指挥部办公室全体工作人员开展了一次老城改造拆迁安置户回访活动，受到了居民的欢迎。“没有这么好的政策，这辈子我们都住不到新房子啊。”2017 年 6 月搬进新家的居民王立冬感慨道。

王立冬一家人原本住在城关镇中山街王家巷，祖孙三代 5 人居住在面积仅为 65 平方米的老式平房里，饱受房屋狭小、老化等问题困扰，却因经济条件不足无力购买新房。旧城改造工程开始后，王立冬家的老房子被拆掉了。由于家中人口多，王立冬在凤凰湾小区挑选了一套 95 平方米的大房子。“补的差价其实不多，我的房子最后总共补了 10 万元。如果没有好政策，哪里有机会住到这么好的地段，这么大的房子啊。”走进王立冬家，只见大厅宽敞明亮，沙发、电视、冰箱等家电家具一应俱全，一家人脸上满溢喜悦之情。

居住环境同样得到改善的居民张士进对比当初与现在，仍觉得犹如做梦一般。“当初我们祖孙三代人住在 57 平方米的老房子里，母亲身有残疾，家中条件很不好。谁能想到，如今竟能住到这么好的房子里来。”从东城社区搬迁出来的张士进，如今也住进了凤凰湾小区一套面积 84 平方米的电梯房内，居住条件发生了翻天覆地的变化。

像王立冬、张士进搬入新居、过上幸福生活这样的情景，是城关镇旧城改造工作取得成效的缩影。

多措并举破解旧城改造难题

城关镇辖 15 个社区 56 个网格，管辖面积近 10 平方千米，人口近 10 万。作为凤台县中心镇的旧城区，遍布着“先生产、后生活”的历史遗留产物棚户区，这些房屋建筑密度大、建设年限久远、人均住房面积狭小、配套设施不全且交通不畅，严重限制了居民生活质量的提升，成为城市发展的桎梏。对此，凤台县委县政府高度重视旧城改造工作，并先后组织人员奔赴浙江、苏北等地考察旧城改造的经验，将先进的理念引入凤台城关镇的旧城改造项目中。

根据城区总体规划，严格按照县委、县政府提出的“统一规划、成片改造、先易后难、成熟先行、程序规范、市场运作、稳步推进”的28字方针，扎实开展了棚户区改造工作。

强力推进建设宜居美丽家园

2012年以来，城关镇重点实施了“旭日蓝湾”、“稻香花园”、“凤凰湾”三大棚改项目。“旭日蓝湾”项目已全部完工，安置户已回迁入住。“稻香花园”一期及一期续项目安置房已建成，531户安置户回迁入住。全县最大的棚改项目“凤凰湾”项目有序推进，项目共分三期建设，涉及中山、人民、东城、菜市四个社区，拆迁面积53.7万平方米，建设面积95.9万平方米，共涉及拆迁征收6070户。其中一期回迁户已入住，二期安置房正在进行覆土、防水施工。项目三期通过创新融资方式，实行PPP项目融资，已与北京新兴铸管工程有限公司签订了协议，总投资约17.7亿元，内容涵盖三期棚改项目、城防堤公园、老城区道路及泵站建设三个子项目。现如今，城南小区、酒厂小区、润地佳苑、桂花苑、人民家园等旧城改造工程早已完成，社区内楼群林立，道路宽敞整洁，庭院干净卫生，花草郁郁葱葱，满目尽是祥和温馨的城镇生活。

以人为本突出凤台地域文化特色

城关镇旧城改造项目始终坚持“以人为本”的根本理念，充分尊重周边环境和建筑文脉，倡导与自然和谐共生，建设性地维护自然生态状况，合理利用土地并适度突出凤台地域文化特色，营造多文化交融共存的美好氛围。为提升新城区的服务功能和品位，在改造旧城危楼的同时，将旧城改造与城市基础设施配套建设相结合、与整治“城中村”相结合、与城区的产业提升相结合，拓展城区服务产业发展空间。在改造过程中，同步建设道路、供排水、供电、通信、有线电视、绿化、照明等基础设施，彻底改变脏、乱、差的居住环境。放眼望去，景观绿化已初具规模，所到之处，绿意充盈；交通道路体系布局合理，来往车流通畅便捷；夜间路面照明配置齐全，保障市民出行安心、舒心。

（本文原载于2018年3月22日《淮南日报》）

刘明勇作品（5篇）

干群戮力固堤保家园

——刘集乡花家湖圩堤保卫战纪实

2015年6月27日，花家湖圩堤（刘集乡杨刘村李咀段）出现脱坡下沉现象。险情就是命令，该乡数百名干群第一时间冲上危堤，夜以继日加固圩堤，保卫家园安全。

遭受连日强降雨袭击及采煤沉陷区塌陷的影响，致使花家湖（刘集乡杨刘村李咀段）迎水坡堤身脱坡下沉，导致1200多米长的堤坝脱坡达到600余米。6月27日出现的脱坡下沉现象，若不被坚守在一线的巡防值班人员巡堤及时发现，将严重威胁该乡杨刘村及周边乡村群众的生命财产安全。

据了解，自从进入汛期，刘集乡及杨刘村就及时组织村民迅速成立了防汛应急小分队，储备好各种防汛物资，并组织防汛人员坚持24小时值班巡堤，密切观察汛情发展及堤坝的安全。在6月27日，巡堤值班人员在花家湖（李咀段）堤坝巡堤时发现有些堤坝的迎水坡出现了脱坡下沉现象后，立即向村、乡领导汇报。乡、村主要领导高度重视，立即向县领导汇报，同时与所涉矿方有关领导协商解决办法，并多次深入现场研究加固堤坝办法，积极筹备物资。

目前，乡村干部在堤坝一线与200多民工24小时坚守在一起加固脱坡下沉的堤坝。挖掘机、农用车、钢管、木桩、铁丝、防浪布、泥土袋等一批加固堤坝车辆和物资已陆续到位，民工帐篷、电等也已全部安装到位，全体民工正积极奋战在堤坝一线保卫家园。

据现场指挥的刘集乡党委书记高斌，乡长桂伟介绍，由于近期雨水过多，外河水位涨得快，再加上此处位置的特殊和采煤的沉陷，致使堤身含水量高，圩堤迎水坡才发生脱坡下沉的情况。若再遇强降雨的话，圩堤就会出现严重塌坡，日益上涨的花家湖水将直接威胁到周边上万村民的生命和财产安全。为了确保圩堤的安全，乡党委、政府迅速与矿有关领导协商解决圩堤迎水坡下沉的事，并邀请了水利专家亲临现场查看指导，目前采取用挖掘机对整个圩堤进行打压，用钢管、木桩打桩，防浪布覆盖、泥土袋加固等办法对圩堤进行加固。同时，全乡200多干群连续奋战，确保在最短时间内把当前的险情全部排除。另外，在积极排除险情的同时，刘集乡还将继续组织防汛应急人员，对全乡境内河、湖汛情发展情况进行不间断巡查，随时做好加固危险圩堤准备，全力以赴、最大限度减少群众的损失。

（本文原载于2015年7月3日《凤凰台》）

邮乐购：成就更多农民“掌柜梦”

如今，住在偏远农村的农民对网络不再陌生，他们也正在享受着网络带来的便利。近日，在县邮政分公司农村电商服务组有关负责人的陪同下，记者来到古店乡童圩村，对该村“电子商务服务点”进行了采访。

记者在村口就远远看见“中国邮政邮乐购”标识的门牌，门牌上注明了服务内容，包括公共服务、电商服务、金融服务、寄送服务等。秦双喜和王艳夫妻二人是该村唯一“邮乐购”村点的“掌柜”。

记者在采访中得知，夫妻二人患有先天不同程度的残疾，无法从事重体力劳动，便在村里开了一家超市。夫妻二人勤勤恳恳、诚实守信，经营了15年的小超市一直生意很好。“可能我与爱人都是残疾，我们一直把这个超市当成一份‘事业’来经营。”王艳满脸笑容地告诉记者。在她看来，能守住这份“事业”，把它做大做强，是维护家人的承诺，也是自己的梦想。

说起开设“邮乐购”，秦双喜说，在去年3月份，县邮政分公司古店支公司的负责人找到他们夫妻二人，告诉他们想在他的商店设立“电子商务服务点”。刚开始，他们还有些犹豫，毕竟从没有接触过网络，但他们又一想，电子商务服务点的确能便民，而且自己也有点文化，慢慢学不就可以了吗？于是，他们爽快地答应了。

布线、安装、业务指导，很快县邮政分公司农村电商服务组为秦双喜的电脑里安装了“邮掌柜”系统，同时他的超市成为全县首批、全村里唯一的“邮乐购”点。王艳说：“安装‘邮掌柜’后进货方便多了，这个系统全国联网，很多本地没有的货物也能采购到，货品比以前更多了，生意也更好了。”王艳还告诉记者，“邮乐购”还能向村民提供便民缴费、农产品销售、物流配送、网络代购等便民服务，村民们可以在实体店内感受、体验相关网购产品的品质和效果，并选择心仪的商品交由工作人员现场网上订购，由邮政部门送货上门。

“邮乐购”运行一年多来，王艳的“订单”越来越多了，目前他们经营的实体店铺已扩展到300多平方米，经营品种达到2800多个，并且安排了就业人员。附近的村民告诉记者，他们有需要网购的东西，就直接找到“王掌柜”，网购的价格不贵，款式多样，也很方便。手机欠费了，也会告诉“王掌柜”一声，让她代交一下，大家也渐渐喜欢这个“邮乐购”了。王艳告诉记者，安装“邮乐购”一年多以来，电子商务服务人员经常上门了解经营情况，为他们理货、现场指导业务，及时帮助解决一些专业问题。现在超市店面内的简易装修，网络、电视也都是邮政部门提供的。

据了解，像秦双喜和王艳夫妻这样的“农村电子商务服务点”目前在全县各乡镇村已有310个，预计年底将发展到700个左右。“这些‘电子商务服务点’对村民来说，简直就是免费的‘服务员’。”县邮政分公司农村电商服务组吴红菊告诉记者，电子商务服务点的核心在于一款名为“邮乐购”的软件，客户可以通过“邮乐购”实现缴费、购物等服务，足不出户，只需向“掌柜”一个电话便可。“‘掌柜’是对经营者的称呼，整个系统由‘掌柜’来操作，村民有任何需求，掌柜可通过‘邮乐购’系统第三方实现任何服务。”

据介绍，县邮政分公司为了对接好省政府提出的“电子商务进万村”工程，从2016年初开始探索农村电商道路，村“邮乐购”就是为此展开的农村电商发展新模式。针对农民无法和城里人一样享受到电商发展带来的种种便利与实惠，县邮政分公司依托遍布城乡的村邮站、便民服务中心以及农村小商超，为农民量身打造了“邮掌柜”新系统。线上打造中国邮政唯一电商平台“邮乐网”和唯一操作系统“邮掌柜”，线下依托实体网络深入“千乡万村”建设村邮乐购点，着力打造购物、销售、生活、金融、创业等不同的现代农村生活模式，并且村民可以在村邮乐购点进行网购、缴费、充值取款等。同时，为了尽快得到百姓的认可，邮政分公司重点选择那些人气较旺、掌柜熟悉电脑操作、有兴趣和能力做网购业务的小商超优先建成村邮乐购点。全面加快打造农村电商新增长极战略部署，推进批销业务“五统一”，量质并重建渠道，组建团队强招商，加大投入建仓配，业务联动促协同，完善措施强保障，发挥示范县引领作用，努力推动全县邮政农村电商批销业务跨越式发展。

目前，县邮政分公司已与多家经销商达成合作关系，经销商以更优惠的价格为掌柜们提供线上、线下各种农副产品、生活用品，简单、方便、快捷的进货方式深受小商超老板们的喜爱，现初步形成县中心——乡镇分中心——村邮乐购点三级农村电商体系，基本能满足农村百姓网购需求。

（本文原载于2017年5月2日《凤凰台》）

优化营商环境　打好发展组合拳

“我当天通过网络申报注册的公司，由于材料齐全当天就申报下来了，而且连工作人员的面都没有见。这在以前是不知道要跑多少趟、走多少部门、盖多少章才能申报下来，因为以前申报注册的公司涉及的部门多、程序复杂，原本估计最少需要20天才能办完手续，没想到现在从材料送达到审批完成当天就成功。”对于凤台县近年来进一步优化营商环境、办事效率的提升，凤台县树起汽车运输有限公司负责人刘树起深有感触。

企业最怕的是“跑断腿”、“瞎折腾”、“一碗水端不平”等问题。为此，凤台县认真贯彻落实《安徽省人民政府关于创优“四最”营商环境的意见》和《中共淮南市委、市人民政府关于营商环境优化年活动的实施意见》，全面优化营商环境，不断优化服务效能，通过简化审批程序联审联办大大缩短了审批时间，从项目审批一开始，企业就放下了包袱，轻松上阵谋发展，来提升城市的软实力。

经济要发展，环境是关键，良好的营商环境是一个地方发展的软实力、竞争力和内生动力。凤台县开展“营商环境优化年”活动中，进一步结合“全面学合肥、对标提效能”活动，在全县范围内开展“营商环境人人有责”大讨论，要求各级各部门要把单位及个人摆进去，按照“对标先进、查找差距，明确目标、加快整改”的要求，聚焦干部思想、作风和工作等方面存在的突出问题，深入查摆和纠正本单位不符合形势发展的观念、阻碍优化营商环境的做法，深入查摆和纠正党员干部在营商环境方面存在的不良作风。同时针对查摆出来的问题，单位及个人撰写对照材料，剖析问题产生根源，制定整改措施，引导广大党员干部增强担当意识，改进工作作风，提升服务效能，切实解决市场主体和广大群众反映强烈的突出问题。

连日来，凤台经济开发区里的安徽六合同心设备有限公司、海锂子项目、洁偌德项目等一家家中小微企业里热闹非凡，在这里，凤台县政府部门负责人和技术人员，正在帮助研究解决企业发展中遇到的重大突出问题和重要事项，帮助企业建立帮扶长效机制，宣传当前经济形势、解读中央和省市县支持企业发展的政策措施，为扶持企业发展壮大而忙碌着。

为进一步优化营商环境，我县进一步建立完善领导干部联系企业帮扶制度，开展领导走访企业活动，了解企业运营、项目建设、政策落实等情况以及存在问题，帮助企业在发展中解决资金、土地、人才等难题；加强与企业进行有效对接，帮助企业加速项目落地，提高企业科技水平和产品科技含量，推动企业转型升级。同时，按照“能减则减、能合则合”的原则，全面深化商事制度改革，加快推进项目审批标准化及简化优化工作。推行“不见面”审批服务，整合政务服务资源与数据，构建政务服务“一张网”；推进集中统一审批，通过投资项目在线审批监管平台，实行“一口受理、网上运转”；推行线下办事“一次办结”，通过改革创新、窗口整合、流程优化、服务配套，全面实现办事“最多跑一次、多次是例外”；大力推进“13550”行动，提高办事效率；推进“减证便民”，健全部门间联络会商、业务对接机制，减少不必要的重复举证。制定出台凤台县招商引资项目扶持政策指导意见，支持民营经济发展若干政策，提高招商引资签约率和企业扩大再生产积极性，激发民间投资活力。清理规范政府性基金和行政事业性收费政策。

根据《方案》部署，“营商环境优化年”活动分动员部署、组织实施、总结完善和考核评估等四个阶段，从1月持续到12月。县委、县政府还成立了“营商环境优化年”行动领导小组，负责全县营商环境建设的政策制定、协调指导、服务管理和问题督办等工作。

（本文原载于2018年4月26日《凤凰台》）

我县铁拳整治非法采砂船

4月20日下午3时，随着“轰”的一声爆炸声，滞留在我县淮河境内的3只非法采砂船只瞬间支离破碎。这是我县严厉打击淮河河道非法采砂行为、震慑不法分子、进一步巩固打击非法采砂的又一成果，此举宣示了政府打击非法采砂的决心与力度。

县委常委、副县长何涛，县长助理张信军及经济开发区、公安、水利等部门负责人现场进行指导，并安排了60名公安干警、50名特警、10名交警及县海事处执法人员等，此次行动还专门聘请了安徽舜泰天成爆破公司爆破专家，现场对2018年2月7日、2月16日、2月22日查获的3艘非法采砂船只进行“爆破销毁”，彻底拆解所有船体，治标治本，不留后患。

此次，我县重拳整治及打击危害大堤安全较大、影响恶劣的三艘非法采砂船只，是我县首次以爆破形式整治非法采砂船只，具有极大威慑作用。据了解，下一步，我县将采取有力措施，继续保持高压态势，再挥重拳严厉打击淮河非法采砂，以确保实现主汛期全面禁采目标。

（本文原载于2018年4月20日《凤凰台》）

刘集镇：凸现美丽乡村特质化

“垃圾靠风刮、污水靠蒸发，柴禾到处是、墙上乱贴画”是以前很多村庄的真实写照。如今，走进刘集镇乡村，整齐划一的农民公寓，宽敞整洁的乡村道路，绿意盎然的村庄环境，村民的脸上写满了的幸福，全镇许多村庄正从点滴细节上实现着从“垃圾围村”到“美丽乡村”的转变，一幅幅多彩多姿的画卷也正在刘集镇徐徐展开，让老百姓见证了美丽乡村建设的丰硕成果。

近年来，刘集镇围绕“生态宜居村庄美、兴业富民生活美、文明和谐乡风美”的建设目标的全面推进美丽乡镇建设、中心村建设和自然村环境整治，努力打造农民幸福生活美好家园。以富民为抓手，结合基础硬件、产业发展等内容，注重规划引领，合力推进美丽乡村建设工作。强化责任主体，对美丽乡村进行网格化管理，做到每一步都有专人负责；建立长效机制，各村制定美丽乡村管理、村规民约、人员管理制度、奖惩制度，以制度促进美丽乡村建设各项工作的顺利完工，力求把美丽乡村建成百姓心坎上的民生工程。

自美丽乡村建设启动以来，该镇坚持规划先行，成立美丽乡村规划建设领导小组，高起点规划，组织住建、规划、国土等部门专业技术人员，深入各镇实地勘察、调研，结合其他地区美丽乡村建设先进经验，并充分结合村民意愿，将村民诉求与美丽乡村建设相结合，编制美丽乡村建设规划，以规划定思路，突出亮点，打造特色。“美丽乡村建设的根本目的是打造更加优美、和谐、幸福的新农村，需要突出各村特色，形成具有自身特色的美丽乡村。”刘集镇宣传委员张羽介绍道。

该镇通过实施村庄环境改善、绿化亮化提升等重点工程建设，对照镇村布局规划和村庄建设发展规划，2017 年把刘集镇建成区、山口行政村北庄台、淝北行政村唐郢新村作为美丽乡村建设的重点。按照宜居是美丽乡村的基本要求，以美丽乡村建设为契机，全力打造绿色宜居新村庄。邀请有关公司实地勘查，制定了《刘集镇建成区整治建设规划》《刘集镇淝北行政村唐郢中心村美丽乡村建设规划》《刘集镇山口行政村北庄台中心村美丽乡村建设规划》，并充分利用召开会议、制作展牌、悬挂横幅、文化墙等各种形式，大力宣传美丽乡村；召开镇、村、组干部大会，层层动员，层层落实；通过拆除、改造、新建、配套、整治等办法多举并施，加大美丽乡村建设涉及村庄的环境整治力度，开展专项治理，完善配套设施，村容村貌焕然一新。同时，该镇借助美丽乡村建设契机，加大规划区周边环境治理力度，由外部环境整治向农民家中环境整治推进。鼓励、支持农民发展各类产业，重点发展设施农业和观光农业，打造硖山口慰农亭集观光、旅游、养殖为一体的多模式农业发展体系。

在实施美丽乡村建设进程中，该镇注重提升村庄内涵，进一步完善文化设施，通过增设乡村大舞台、开办道德讲堂等方式，丰富村民业余文化生活，处处彰显文化内涵，让村民在潜移默化中改变。“美丽乡村不仅注重宜居宜业，更要打造村风文明的新农村，村民互帮互助、争做好人的现象在我们村随处可见。”在刘集镇高潮社区采访时，该社区负责人介绍说，高潮社区利用文化墙、道德讲堂等平台载体，倡导文明、和谐村风，助力美丽乡村建设。

“美丽乡村是我家，农村不比城里差。”这已成为很多刘集镇村民的共同感受。置身于城乡结合部的刘集，美丽、舒适、和谐的人居环境让人心旷神怡——村庄更美更靓了，村民们的笑容透着幸福。

（本文原载于2018年4月28日《凤凰台》）

李娟作品（7 篇）

从“线下”到“线上”，从仿制到拥有自己的创意品牌，“继红”牌系列产品畅销网络，退伍军人强祖春凭着自己的努力和坚持，在凤台走出了一条创意新奇特电商之路——

退伍军人在网络中实现创业梦

位于大桥公园的继红新奇特网店里，年轻的客服双手在键盘上不停地打字、接单；美工在给新产品进行图片拍摄、后期图文美编；仓库里数以千计的产品正在被工人验货、打包、贴标签和装车……近日，记者走进继红新奇特网店，了解强祖春的电商世界。

2000 年底，20 岁的强祖春从西藏退伍回到了家乡泾县。过完春节后，他就打起了行囊前往温州寻梦。一年多的推销员经历帮助他走上了培训道路，成了一名培训讲师，主讲市场营销方面的知识。2003 年，在义乌拜访客户时，强祖春发现客户居然在淘宝上开起了网店，每天能销售几十件产品。好学的他就开始了自己的网购生涯，通过网络与店主交流，他渐渐弄懂了网络销售的门道。与此同时，强祖春在网上结识了在凤台工作的女网友，并在相互了解的过程中相恋了，为了女友，他放弃了在外闯出的一片小天地，只身来到凤台，一切从头开始。

强祖春开始在凤台找工作，由于是外地人，文凭又不高，一般的工作也不想去做，一番碰壁下来，他还是决定自己做生意。于是在亲戚朋友的资助下，2005 年 6 月，强祖春在凤台西城河开起了主营跑步机等运动健身器材的实体店。然而，理想是美好的，现实是残酷的，由于生意冷清、不景气，经营了 9 个月后亏了近

2 万元，无奈之下，他只有把健身器材店关门。强祖春说：“当时真是欲哭无泪，一方面女友有正式工作，而我是创业失败，倍感压力。此时，我将压力转化为动力，不断寻求新的创业机遇，思来想去，还是准备用以前学的网购经历，在网上开店。”说干就干，强祖春开始在网上做代销，所谓淘宝代销，就是你在淘宝开店，帮别人卖货，你不需要把货拿到自己这里来，而是有顾客下订单了，你再到供货商处下订单，就这么简单，无库存压力，只管尽情卖货。强祖春告诉记者：“万事开头难啊，什么事情都是想着容易，真正做起来，会遇到各种各样的问题。我干了几个月代销后，弊端也渐渐显露出来，自己看不到货，不知道质量到底怎么样，别人在网上咨询的时候也不能尽善尽美地回答，生意也因此慢慢的惨淡了。”

创业的路上是跌跌撞撞的，强祖春却从不停脚，想要做大做强，就必须有充足的货源。随即，他来到义乌小商品市场进行考察，自己进货卖，回到凤台后，又招聘了一个包装工人和一个客服，网店的雏形在他的努力下渐渐有了规模。强祖春说：“不管是售前还是售后都要有热情真挚的态度，对买家负责任也就是对自己负责任。晚班客服招不到人，我就自己上晚班，每天到深夜三四点钟睡觉，累得像头牛一样，眼睛睁不开的时候用冷水洗一把脸，实在扛不住的时候就靠在椅子上眯一会。”机会总是眷顾有准备的人，强祖春的辛苦付出终有了回报，当月销售营业额就达到了 10 余万元，他也赚到了来凤台的第一桶金。随着电商日新月异的快速发展，淘宝网又成立了“天猫”，想要进驻“天猫”就必须有自己的品牌。强祖春注册成立了公司、商标，乘势进驻“天猫”。由于仓促进驻“天猫”，没有自己的专利发明，一直是仿制别人的产品，遭到了原品牌的投诉，被“天猫”查实后进行了封店处理，强祖春遭遇了开店以来的最严重打击。不断积累优势等风来，痛定思痛，强祖春下决心拥有自己的专利，从以前的杂货铺向小微、精细、收纳、日用转型，他开始吸纳人才，精心钻研、设计，打造属于自己的品牌。截至目前，公司现拥有继红、奇尔汇等 17 个在国家工商总局注册的商标，自有外观专利 4 个，并以“实用、生态、简约、创意”为主要特点，在注重产品实用性的同时兼顾产品的创意外观，引领个性化、多样化消费主流，让买家足不出户就可以采购到数千种家居礼品。

经过 8 年的艰辛打拼，强祖春除了在淘宝天猫上有 2 家店，还在京东网上商城开了 2 家店。如今强祖春的继红商贸有限公司越做越大，从“光杆司令”到拥有 27 名员工，公司面积也从最初的 20 平方米，发展到现在的 1000 余平方米，每天走 4000 余单产品，年营业额达千万元，更是带动了凤台物流业的飞速发展。

一枝独秀不是春，百花齐放才是春。强祖春说："当时做电商由于没有人引导、带领，全是靠自己一步一个脚印摸索出来的，十分艰辛。所以，我现在建立了凤台电商 QQ 群，帮助一些想开店、而不知如何下手的卖家去创业，这样可以使他们少走弯路。同时，想要自己的产品有特色，能够吸引买家，就要在图片上进行美化。一些刚起步的卖家受到资金限制，请不起网店美工，我初步设想由我店里的美工为这些卖家提供网店的美化工作，他们可以象征性的支付一些报酬，通过这种方式，扶持这些卖家更快地发展壮大。"

蓝图已经绘就，目标已经确定。谈及下步发展，强祖春充满了信心，他告诉记者："现在电子商务的快速发展，已经成为一种趋势、潮流。而未来电商的发展必将向精准化、社交化、垂直化等方向发展。公司经过几年的发展，已经进入了常态化管理，有了节余的时间，我现在正在筹备为凤台的电商进行培训，主要讲授网上开店、运营推广、活动策划和电商发展趋势等方面的知识，让大家在最短时间内掌握网上店铺的运作技巧。"谈及政策扶持，强祖春渴望政府在税收、人才、服务、房屋租赁等诸多方面出台扶持政策，更大力度地推动凤台县电子商务发展。

电子商务是我县适应经济发展"新常态"、推动转型发展的新动力。县长袁祖怀，县委副书记宫传敏先后到继红新奇特公司调研，对该公司取得的成绩给予了充分肯定。此外，在县委十届八次全体（扩大）会议上，县长袁祖怀在讲话中专门对继红电子商务给予了肯定。

新的一年开始了，强祖春有了自己的新年谋划。随着规模越来越大，客服代表、管理员、技术员及储备干部这些工资待遇相对较高的岗位都严重缺员。他渴望通过《家·天下》感召更多的有识之士与他一起创业。谈及条件，他坦然一笑：只要你有梦，我们就一起追梦！

（本文原载于 2015 年 2 月 28 日《凤凰台》特刊《家·天下》）

放弃高薪圆梦小老板

一个刚毕业的“90 后”大学生，放弃在大城市安稳的工作，回到家乡创业。在很多人看来，这种举动不可理解也不可能成功，而他却秉持“诚信”这一法宝，在逐梦创业的路途上，点亮自己的青春梦想。他的名字，叫刘骜。

诚信作为中华文明的传统美德，几千年来备受人们的自觉信奉和推崇。90 后创业大学生刘骜就是这么一个视“诚信”为生命的人，现为凤台群顺路桥公司股东之一。2013 年，走出象牙塔的刘骜，凭靠优异的学业成绩，在杭州的一家外资高企里觅得一份令人艳羡的工作，不仅十分稳定，而且收入不菲。但这仍没有“稳”住他那颗年轻奔放的心，在他的心里一直涌动着一个创业的梦。心随梦动。2013 年年底，刘骜不顾家人的反对，毅然辞职，回到家乡开启自己创业的征程。虽然未来对自己还是个未知数，但刘骜清醒地知道，干事业最重要的是要先人一步、快人一拍、高人一筹。在家人的帮扶下，刘骜凭借自己的专业所长，和几位年轻人一起成立了一家路桥公司。创业之初，刘骜就将“诚实守信”视为公司成长与发展的“生命线”，牢牢地放在心里，抓在手上。

突出特色，打造诚信团队

作为一家刚刚起步的地方企业，刘骜把团队诚信体系建设作为开展优质服务、提升企业形象的重要工作来抓，提出了“诚实做人，守信兴业”的核心发展理念。在公司的大、小会议上，他都将“诚信”二字融入到会议精神里，落实在工作部署里。他常常说，事业靠实干，更要靠诚实守信安身立业。为此，他还在公司月例会的基础上，创新思路，开设公司内部的“诚信课堂”，作为打造诚信团队、发展精品企业的一个有力抓手，对全体员工进行了三德、三观教育。与此同时，开展了以“假如我是一名‘路’人”、“做诚实守信的路桥人”、“立诚信的业、筑幸福的路”等为主题的换位大讨论活动。在每一次“诚信课堂”里，刘骜都通过各个诚信案例影响和引领着公司的每一名员工。一系列的创新举措，不仅全面提高了全体员工的业务修养和诚信水平，使“推己及人，方便他人”的发展经营准则深入人心，更是将全体员工的力量凝聚了起来、智慧汇集了起来、心气提升了起来、决心树立了起来，使公司的诚信体系建设和优质服务工作不断上了水平、上了台阶。

亲力亲行，诚实守信服务

刘骜不但对公司团队要求严格，对自身要求更是从不含糊。虽然是初出茅庐，但刘骜丝毫也不逊色于那些出道多年的人。无论是哪一项工作，他都是闯在所有工程的第一线，凡事亲力亲行，想在前，干在前。特别是，他始终把诚实守信作为立身之本，将其作为一把尺子时刻衡量着自已的一言一行。与他共事的人一提起他，没有不竖大拇指的，都说他虽然年纪轻，但心眼实、重信誉、讲原则，办事实在。一次，公司财务办收到一个政府部门2000多元的转账支票，而几天前，该部门已经通过现金缴纳过这笔款项，再三核实后，刘骜马上将情况反映给了公司财务办和相关负责人，核实后，立即打电话通知了对方，并把多付的款项退了回去。还有一次，一位村民跑到公司里，反映他们刚刚修过的路又出现了一道裂痕。得知此事后，刘骜立即跟着村民赶到现场，并让公司的技术员反复核准问题出在哪里，后来才得知，原来并非是修路时质量不过关，而是因为原先的路基受采煤沉陷的影响而出现了裂痕。真相查明后，虽然不是公司的问题，但刘骜想，路终归是公司修建的，不能让村民们有想法。随后，刘骜便组织人员对出现裂痕的路面进行了重新修复和路基加固，村民们无不交口称赞。2013年春节前一天早晨，刘骜刚到公司，几位民工就跑来大闹，讨要工资，刘骜当时一头雾水。“决不能拖欠农民工工资！”在公司大大小小的会上，他都三令五申，并与公司的每一个项目施工队签订了承诺书和责任状，而且几天前，他就对公司农民工工资发放情况进行了详细了解，不存在拖欠的现象了。于是，他把几位民工请到办公室，仔细询问了情况，并将他们所在的项目施工队负责人喊到办公室一问究竟。当得知施工队负责人办事拖沓还没来得及将到账的款项取出来发下去后，刘骜狠狠地批评了该施工队负责人，并责令他立即去取，当场发放，让民工们过个安心年。

关爱他人，无私奉献社会

在刘骜的奔波和打拼下，不到一年的时间，刘骜的公司就在地方崭露头角，赢得了良好的市场效益和社会口碑。创业的初步成功，并没有满足刘骜拼搏向上的心。在创业中，他不仅不断丰富提升自己，还经常帮助身边的那些同龄人。刘骜说："一次，在顾桥镇的工程项目现场，听到别人说，附近有一位农村青年由于家贫失学常年在家游手好闲，无所事事，并且还常到施工现场闹点小事。对此，我主动找到这位小青年，以自己短暂的创业经历跟他促膝长谈，以心换心，并鼓励他到自己的公司来，跟着自己一起创业。"这位小青年想也没敢想过，事后他既惭愧又感动地跟家人说，刚开始以为黝黑的刘骜也不过是公司找来的小混混找自己算账的，真的没想到他小小年纪能有这样的侠义之心。2013 年春节期间，刘骜回到老家桂集镇福镇村时发现家乡的村路由于年久失修，损坏严重。春节刚过，刘骜就组织公司工程队斥资十几万元，将家乡的村路全部铺上柏油路，乡亲们无不拍手称快。除此之外，他还经常性地帮扶贫寒学子继续学业，帮助鳏寡老人艰难度日，只要是力所能及，他都尽其所能地去帮助。2014 年暑假的一天，一位一脸学生气的大男孩来公司应聘了好几次都没成功，原因是年龄不够，连身份证都没有。刘骜得知后，特地找到这个男孩。原来，男孩开学后就读高三了，却因父亲重病住院家里债墙高垒，无法继续学业。两天后，刘骜亲自来到男孩的家，不仅看望了男孩卧病在床的父亲，还当场承诺自己一定供孩子读完大学。几年来，刘骜通过创业，先后帮扶了当地 60 多名农村富余劳动力实现了就业和再就业，其中有 17 名为共青团员。

"我们无法做伟大的事，但是我们可以用伟大的爱去做些小事。诚实是无价的，诚信不在事的大小，诚信体现的是做人起码的诚实。美丽要从朴素的诚信开始！"刘骜在自己的《创业日记》里这样写道。

（本文原载于 2015 年 4 月 15 日《凤凰台》特刊《家·天下》）

焦志明："裁剪"出别样精彩

曾经，他拿着高薪，是家乡人羡慕的"白领"。如今，他是"凤返巢"企业的负责人，创办了凤台县明昌服饰有限公司，带动周边乡邻走上了致富路。他就是大兴集乡赵王村的焦志明。

踏入社会酸楚自知

1998年，22岁的焦志明只身前往江苏张家港寻梦。到了地方后才发现，除了课堂中学到的一些理论知识，他还真的什么都不会，踏入社会的艰辛，超乎焦志明的想象，这些并没有让他打起"退堂鼓"。他进入了一家服装加工厂，从普通的缝纫工人做起，"吃的苦中苦，方为人上人"这是焦志明心里的信念，抱着这样的想法，他在工作上变得非常积极。焦志明说："当时并不计较有多少薪酬，只是想多学点东西，当工友去吃饭或玩耍的时候，我还在车间学习，就这样干了二年后，我每天可以加工衣服100多件。"缝纫工熟悉后，焦志明又有了新的想法，他先熟悉服装款式，再向老师傅学习裁剪的技艺，遇到难题就请教，就这样一边工作，一边学习，慢慢地掌握了裁剪技艺，由于严格按照公司规定的制衣工序做，保证每件衣服的质量，因此，他做的衣服返工率很低。有志者事竟成，焦志明肯吃苦、善钻研，很快由一名什么都不会的门外汉变成了一个懂缝纫、会裁剪的能手，也因此获得了公司领导的信任，一步步从工人升为组长、主管和分管厂长。

由于业绩出色，在此期间，焦志明又被江苏国泰集团贸易公司的总经理看上，被高薪聘请到该公司任业务主管，主抓内部生产成本核算、技术指导以及外发加工品质管控等工作。

就在事业蒸蒸日上时，他却做出了一个出乎所有人意料的举动——返乡创业。“风筝飞得再高再远，线总是在家乡系着啊。”焦志明感慨地对记者说。2010年他回到家乡，和爱人开始了创业之路，他把这几年在外辛苦赚的钱，加上向亲戚朋友借了一点，从江苏采购了一套先进设备，招了100多名工人，在大兴集乡租房子创办了明昌服饰有限公司，主要生产针织外贸服装，产品全部出口欧美市场。但是，工厂开业的喜悦并没有维持太久，虽说焦志明有着丰富的实践经验，也有着管理经验，但毕竟单独管理的经验不足，加上欧美经济疲软、不景气，订单骤减，导致资金周转不过来，工厂一度陷入僵局。就在此时，焦志明以前所在的公司江苏国泰对他伸出了援助之手，让焦志明的公司成为了国泰公司在安徽淮南地区的唯一定点服装加工基地，并且先打货款。这样一来，焦志明就可以进布样、给工人发工资了，大大缓解了资金不足带来的压力。通过自身不懈的努力，焦志明终于渡过了难关，化解了危机。

经过4年的刻苦拼搏和当地政府的大力支持，公司已经慢慢走上了轨道。现有工人70多人，年生产服装200万件套，工人工资平均达3000多元，产品质量得到国外客户的认可，年销售额达800多万元。目前公司业务稳定，走上了可持续、稳健发展之路。下步焦志明将继续扩大生产规模，计划2015年再开一条生产线，可解决周边150人的就业问题。

时间可以改变一个人，环境同样可以造就一个人。如今的焦志明对人生有了深刻的感触：“只有经历了这么多时间、这么多事，对自己的社会价值、人生价值才有了一个清醒的认识，这是我最大的收获。”在追梦的路上，进入青年后渐渐褪去当初的青涩，青年不经意间变得成熟，心也在不同的阶段发生着蜕变。焦志明，在一个个陌生的城市里，从一名普通工人到分管厂长，再被江苏国泰高薪聘请为主管，到12年后，成为服装行业中的一位老板，历经各种艰辛、困惑后，他用实际行动在自己的人生阅历上“裁剪”出了别样的精彩。

（本文原载于2015年3月20日《凤凰台》特刊《家·天下》）

棚外寒风凛冽，棚内春意浓浓，虽然时值隆冬，但岳张集镇童广喜的阳光温室大棚里，却是温暖如春，果红叶绿、硕大的草莓格外诱人。自与草莓结缘之日起，童广喜的心底里就一直藏着一个梦，那就是做凤台的“草莓大王”，带动更多的农户走上草莓致富之路。

——题记

童广喜：我想做凤台的“草莓大王”

年近六旬的童广喜原先是岳张集镇电灌站的一名普通职工。2010 年，全家搬至岳张集新区，每天早上他都要到家附近跑步锻炼身体。在锻炼的时候，童广喜发现在柏郢村境内有一大片荒废地，上面野草丛生，闲不住的童广喜就想到，趁自己身体还能干的动，把这片地利用起来，那肯定是一件好事。

2011 年，童广喜退休了，这让他有了更多的时间去琢磨如何在这片荒废地上做文章。童广喜告诉记者：“退休以后，我就想在这块土地上做文章，刚开始想种点大白菜、萝卜、芹菜这类蔬菜，可是这些当地都有，市场也不乐观，投入劳动力大，收回的效益也不好，当时我就想凤台没有什么，我就种什么。”想到长丰县草莓在全国来说比较有名，长丰离我们凤台又不远，他们能种植，我们凤台也能种植出来。说干就干，童广喜便到长丰去找亲戚朋友，走访考察，再请他们种植专业户和技术人员到凤台来看，了解情况，技术人员讲凤台可以种。随后，他就开始着手联系草莓苗，当家人得知童广喜要种草莓，都投反对票，说那东西太娇贵，不如种菜好料理，当地也没有规模种植的先例，万一失败了，一辈子的积蓄就全部打水漂了。可当兵退伍的童广喜身上有一股韧性，决定要做的事情就一定去做。2013 年，童广喜不顾家人反对，流转了近 60 亩土地，从长丰县聘请了有多年草莓种植经验的技术员，整地、开沟，建了 47 个草莓棚，栽种了丰香、红颜等品种。当年就见到了效益，一亩地去掉成本，纯收入达 8000 元。第一年种植草莓就获得成功，这让童广喜备受鼓舞。2014 年他成立了绿之喜家庭农场，又流转了 100 多亩土地，将草莓的种植面积扩大到 160 多亩，85 个大棚，还增加了新品种京藏香。童广喜又给记者算了笔经济账，草莓是一种高产的农作物，定株后三个月就可以采摘，而且繁殖周期性比较长，一棵苗种下地，能结 4 茬果实，草莓 8 月底下地，来年 5 月初起苗，剩下的将近四个月的时间，根据当地习性特点，可以栽羊角酥、甜瓜、西瓜，这也是一大笔收入。

随着种植面积扩大，相应需要的劳力也增加了。童广喜让自己的儿女也回来帮自己干，另外还聘请了 20 多个人，带动大家一起勤劳致富。他告诉记者："因为有这些大棚这些地，需要这些功夫，我一年这杂工钱都得三、四十万，这三、四十万我能带动二十多个人致富，他们这剩余劳动力多，所以不但我富了，我还可以带动周边的群众富裕。"

记者随后来到草莓大棚里，听到"嗡嗡"的响声，仔细一看竟然都是蜜蜂。问其原因，老童说："自己的草莓好吃，这蜜蜂可是帮了大忙。蜜蜂采授花粉的果实色泽鲜艳口感好，而且产量也比较高。以前老的种植方法，都是用喷雾器喷授花粉，那喷授花粉的草莓容易长畸形，且口感不好。我就采取人工养殖蜜蜂授粉，这样使它自然授粉，温度均匀，果实色泽亮，口感比较好，产量也比较高。"想草莓个头大口感好，蜜蜂授粉只是其一，选择好的肥料也很重要。童广喜种的草莓全部使用农家肥，搭配一些钾肥、钙肥，采取低灌的方法输送肥料。

经过两年多的学习和摸索，种草莓对老童来说已经不算是难事了，现在童广喜又开始打起了自己大棚里那 45 箱蜜蜂的主意。当初买这 45 箱蜜蜂，就花了 4 万多元，每天买花粉和白糖搭配在一起喂食蜜蜂，开销不小。看到现在的人都越来越注重养生，优质的蜂蜜能够起到润肠养颜的功效。而凤台还没有专业的养蜂人，童广喜想让自己的女婿去南方学习养蜂育蜂技术，与自己的草莓行业联系起来形成一条产业链，增加盈利。"蜜蜂现在只会养，蜂蜜采集不出来，因为蜜蜂这一块我们原来没接触过，打算去投师学艺，既然蜜蜂它可以采花授粉，产的也有蜜，我可以把这个蜜回收起来，再进行深加工，既拓宽了销售渠道，也增加了一笔收入。"童广喜说。

从外行到内行，从不懂到有了初步的经验，他付出了别人难以想象的艰辛，也吃了别人没有吃的苦。对于未来的发展，童广喜有着清晰的思路。2014 年，由于资金、土地的原因，也为了节省成本，童广喜在长丰县草莓基地租赁了 30 亩地专门供育苗，长丰县技术成熟，大棚建设比较规范，降温、通风、掌握湿度都有一定的现代化水平，省力省工。一亩地可育草莓苗9000棵，现在育出来的苗就完全够自己的农场使用，如果有剩余苗还能够帮助附近的零散种植户使用，也为下步扩大生产夯实了基础。

现代农业发展，科学技术是第一位的，童广喜希望能聘请到专业院校毕业的大学生，也可以由大学生出技术，童广喜出资金共同合作，用先进的科学技术武装自己的家庭农场。他说："我毕竟是50年代出生的人了，文化水平有限，想要获得更大的成功，就要重视吸纳人才，比如说有些药物，配比的计量是多少，对于我来说有些吃力，有时候要打电话去咨询专家，所以在技术方面我想聘请一个专业技术人员。"

正是凭借这种不服输的精神和要强的韧劲，让童广喜成了岳张集镇远近闻名的草莓种植能手，谈及下步发展，童广喜告诉记者："想通过这两年的实践摸索，继续做大做强，把草莓打造成凤台一个新的品牌。"现在，童广喜的草莓已经远销石家庄、沈阳、北京等地，供不应求。目前，童广喜正在积极寻觅更加适合草莓种植的基地，希望再扩大种植规模，在他心里，有一个愿望，那就是要做凤台的"草莓大王"，带领更多的群众致富。

（本文原载于2015年1月15日《凤凰台》特刊《家·天下》）

我也有宽敞明亮的房子了

昔日的蜗居不敢留亲朋，今年76岁的刘华说，“她在老城区住了30多年，之前一直居住在两间低矮的瓦房里。由于房子年代久远，经常是外面下大雨、屋内下小雨。一到下雨天，污水横流，粘虫横行，我是欲哭无泪。”两间小瓦房，加上一间加盖的小厨房，总共才六十平方米。最让刘华伤心的是，每年过年子女回来看望他们也没有多余的房间睡，想留孩子们睡一晚多陪陪他们都不行。在蜗居了30多年后，她和老伴终于如愿以偿。他们居住多年的老房子在县里的棚户区改造政策下，终于光荣“退休”了。根据安置政策，老两口有了一套两居室70多平方米的楼房。

今年68岁的高大爷现在每天早上晨练的时候，总是喜欢到以前的西菜市附近转悠。记者好奇地问：“大爷你每天在这转悠什么呢？”“记者丫头，你知道以前中山社区的房子吗？”“我知道啊！”“我以前的小房子，一进门所有的家当涌到眼前，床、电视机，吃的用的东西伸手就能碰到，挤得不像样子。还一年四季不见阳光，家里一股霉味，下雨还常积水。”以前家住中山社区的高大爷说：“现在政府拿钱帮我们改造房屋，我毫不犹豫地与政府签订了协议，上哪里去找这样的好事？如果靠我自己的力量买新房，也只能想想了。现在好了，让我老了还能住上宽敞明亮的房子。”

（本文原载于2016年7月5日《凤凰台》）

昔日寻梦大都市　而今重返小乡村

对于很多年轻人来说，外出闯荡，尤其是在大城市能够立足，就象征着成功，可是当他们真的在外面取得一些成就时，想要回到家乡的愿望就会越来越强烈，把自己的梦想扎根在家乡的土地上也许才是他们内心深处的愿望。今年 32 岁的丁延德是丁集镇耿王村人，2003 年，丁延德 20 岁时，中专毕业后有机会去深圳打拼，凭借自己的努力，在 TCL 集团总部做到了销售总监的职位，年薪 20 万，有车有房，在深圳闯出自己的一片天地。如今他放弃在深圳年薪 20 万的稳定工作，毅然回到小村庄追逐自己的创业梦。

这个季节正是产草菇的高峰期，走在蘑菇棚里，蘑菇的清香扑面而来。记者见到丁延德时，他正在自己的蘑菇棚里忙活，对于创业初期的他来说，很多事还都需要自己亲力亲为，相比于在大城市工作时的西装革履，而今的他，每天都要挽起裤管，穿着拖鞋，在自己的蘑菇棚里从早忙到晚。丁延德告诉记者，这种长得有点像芋头的草菇，可是蘑菇界的翘楚，具有肉质脆嫩、味道鲜美、香味浓郁等特点，素有“放一片，香一锅”之美誉。在古时候，草菇刚问世不久，就开始进贡皇家，充作御膳，据说慈禧太后对它“十二分的喜欢”。同时，我国草菇的出口量较大，故国际上也称之为“中国蘑菇”。

当记者问他，创业的过程压力大吗？丁延德说：“就是压力太大了，好多事情都要操心，我从 190 多斤瘦到现在的 140 多斤，也明白做一件事情要成功，必须要先付出一定的心血和努力，你才能实现。”

2003 年初，丁延德从学校毕业后就直接去了深圳，到了企业后，从最低层的销售开始干起。凭借自己不懈地努力，在企业做到了销售总监的职位，做到一定的位置后，慢慢地经济条件也好了，通过十一年时间的打拼，他有了一定的积蓄，就想回到家乡创业。

树高千尺也忘不了根，虽然在深圳丁延德有了稳定的工作、安稳的生活，但是他总觉得没有归属感，那里再富裕再繁华，但毕竟不是自己的家乡，而且怀揣梦想的他，一直觉得打工挣的再多都是给别人干的，自己创业赚的再少，都是给自己干的，那种成就感是只有在创业的过程中才能体会到的。丁延德说："打工永远是给别人赚钱，以前做销售的时候，我一年都做一个亿的营业额，但是自己拿的很少，如果这个市场我自己做一个亿的营业额，利润最低时十个点五个点那就不一样了。但是创业要比你打工、上班付出的时间多，压力要大一点，但是我想去创业，毕竟年轻，还有一股闯劲。"

众所周知，创业是艰难的，选择一个好的创业项目是成功的关键，多年来从事销售行业的丁延德具有极强的洞察力，迅速将创业项目定位在农产品上。虽然大方向已经确定，但是农产品有成千上万种，自己是搞种植还是养殖，种又种什么？养又养什么呢？思索中，丁延德发现，越来越多的人开始注重养生保健，如果能够种一些食疗代替药疗的农产品，市场前景肯定是一片光明。于是丁延德四处走访，左右打听，最终决定种植蘑菇。定好了目标，找准了方向，丁延德说干就干，他辞掉自己的高薪工作，回到广袤的农村，租地、建厂房、种蘑菇，从一个成功的打工者，变成刚创业的小老板，一切都是新的，一切都要自己慢慢摸索。

丁延德告诉记者，以前深圳人就是对养生比较重视，喜欢煲汤。而今的人们也越来越重视健康养生了，都讲究用食疗代替药疗。所以我想去做这个市场。说干就干，2013 年 5 月份开始租地，6 月底开始建厂房，现在丁延德的种植食用菌规模有六千平方米，两栋厂房。

绿色健康是丁延德的种植理念，在他的种植基地里我们没有发现任何的农药产品，而且为了促进秸秆利用，他尝试使用秸秆种植蘑菇，为秸秆的综合利用寻找了新的出路。丁延德说："我种植的食用菌一个是双孢菇，一个是草菇，当时看到每当午、秋两季秸秆焚烧带来的污染太大了，我就考虑用秸秆种植，我一年的秸秆用量将近是五百吨左右，这样不仅减少对环境的污染，还实现了绿色种植。"当记者问到秸秆种植蘑菇成本高不高时，他憨憨一笑说："如果为了赚钱，种植一些食用不安全的蘑菇，良心上也会受到谴责的。"

丁延德种蘑菇不仅在一定程度上解决了秸秆利用问题，更是带动了自己周边村民的就业，采摘蘑菇时最高峰都需要 20 至 30 人，丁延德说自己可以少赚点，但是不能亏待来给他干活的父老乡亲们，所以村民们都愿意到他这里来干活，有些长期在他厂子里工作的村民，每月可以拿到 3000 多元钱的工资。

丁延德在大企业就职过，也让他养成了严谨务实的工作作风，他特别重视产品的品质，所以他种出来的蘑菇，品质特别好，再凭借自己曾经积累的人脉关系，丁延德的蘑菇从来不愁销路，而且还很抢手。

天将降大任于斯人也，必先苦其心志，劳其筋骨，饿其体肤。创业的过程中，丁延德遇到过这样或那样的困难，但是他一直咬牙坚持，他相信风雨之后才会有彩虹，因为他的创业路才刚刚开始，他还有更长远的梦。

问及以后的发展，丁延德说："今年初我又流转了五十亩土地，准备种植葡萄，打算打造一个采摘、垂钓、有特色的生态农庄。再者就是准备用互联网线上线下一起销售，还有包括加工过的产品进行销售，打造养生的、高端的农产品出来，向全国各地经销。"

创业的蓝图已经规划，丁延德说，他剩下的就是努力，努力，不断地努力，在创业的路上，只有朝着目标不断前行，梦想才会离你越来越近。

（本文原载于 2014 年 11 月 3 日《凤凰台》）

凤城的“光明使者”

每当夜幕降临，华灯初上，信步走在城区街头，一排排路灯宛如一条灯火通明的长廊，照亮了人们回家的路。极目远眺处，鳞次栉比的楼宇演绎着光与影的交融，点亮了城市的黑夜。跳跃的灯光下，宽阔平整的道路向远处延伸，一路上不时有散步的行人、锻炼的老人和玩耍的儿童，这就是本文主人公给全县人民带来的方便和幸福。

周士利，是我县唯一的一名路灯维修工，做这份工作有20年了，人们习惯称他为“光明使者”，但这个“光明使者”可不好当，不仅要爬高上低，别人天黑了下班，他天黑了要上班。记者见到周士利的时候，他背上自己的工具箱上了工程车，正准备出门巡逻看看城区的景观灯和路灯有没有破损。周士利告诉记者：“我们基本上每天白天都要去巡逻，看景观灯和路灯有没有破损，如果有破损的当时就维修，晚上我们主要看有没有不亮的，然后我们记录好第二天去维修。”记者跟着他来到州来路，只见他娴熟的打开开关，站在路边观察所有的灯，才几秒钟，他就迅速发现水厂对面有一盏路灯不亮，于是来到损坏的路灯下面，准备维修。记者目测灯杆大约有十几米高，周士利利落地走上升降车，操作升降杆，在半空中调整合适的位置，将升降杆固定住，开始维修。打开灯盖，换掉灯泡，再合上灯盖，这些看似简单的动作，在高空中操作无疑是有很大的难度，就是记者在底下看着，腿都有点抖，拧着一把汗。

当他换好灯下来的时候，记者问他：“怕不怕?”周士利说：“现在习惯了，不怕，我是1995年开始接触路灯维修工作的，刚开始跟着老师傅后面学，边学边看书自己研究，那时条件差，是人字梯，挺不安全的，现在好了，换成了车，安全系数也高了，工作效率也跟着上去了。”周士利还说现在有严重的职业病，每次出门的时候，都由不得想去看路灯。

是不是每天都会出现有问题的灯？基本上都是什么样的问题？当这些问题问出的时候，周士利说："这个说不准，有时灯罩经过风化会烂，一些就是人为破坏，还有的灯是自然的损坏，路灯和其他的室内灯不一样，它的寿命短，一般就是几千个小时。"这份工作特别苦，还有一定的风险，有时灯亮着亮着突然不亮了，这个时候去修，灯的温度会很高，一不小心手就会被烫着。所以这份工作没几个愿意干的，20 年来，全县的路灯维修工作几乎都是他一个人，也曾有过埋怨，但是随着时间的推移，周士利觉得这已经不仅仅是一份工作，更是自己的一份责任。采访结束时，周士利动情地说："既然干了这份工作，它就是我的一种责任，就要把它干好，每当看到破损的灯被自己修好、重新亮的时候，我都有一种说不出的激动，有一种自豪感，当别人夸我们凤台亮化做得好的时候，我觉得我这份付出是值得的。"

截至目前，经周士利的手修过的灯接近 20 万个，他还说："他喜欢久久地伫立在路口，看着满城亮起的路灯，一直延伸到远方。"

（本文原载于 2015 年 4 月 20 日《凤凰台》）

朱红颖作品（5 篇）

“物联网”引领凤台步入现代农业时代

“有了这个物联网，今后我们就能够与这里的小麦‘对话’了。”近日，在凤台农业科研机构实验示范基地，县农业技术人员指着即将投入使用的物联网向记者介绍。“农业专家远在千里，只要轻点鼠标就可以知道该示范田小麦的生长状况。麦田里有了病虫害，农业专家通过视频‘会诊’为我们支招，省时省力。”

据了解，2012 年，我省被列为全国农业物联网试点省，凤台县是试验示范县之一。该农业科研机构实验示范基地启用的物联网综合服务平台，是通过远程视频监控、实时数据监测、计算机智能处理，并能提供远程专家诊断和农技培训等为农业生产服务。通过农业物联网技术的应用，对农作物进行生长状况及历史形成的病虫害信息等统计与综合分析，辅助政府实时决策，为政府预估粮食产量提供数据支撑。

“现在已经安装完毕，只要经过正式调试即可投入使用。”安装技术人员向记者介绍，想要查验买的粮食是否安全，消费者通过物联网可追溯系统，可直观查看农作物从种子购买、播种、施肥、收获、运输到进入超市各个环节。

农业物联网系统，堪称是我县农业生产的“千里眼，顺风耳”，该系统的应用，必将有力推动全县经验农业向数据农业、粗放农业向智能农业的转变。

（本文原载于 2013 年 4 月 17 日《凤凰台》）

福利院“闺女”的幸福婚礼

6月1日，吉祥又如意的好日子。下了整整一夜的大雨，可能点数已够，也可能怕给新娘凤夏华的婚礼带来不便，此时雨止风清，给人神清气爽的感觉。

孤儿不孤

上午8时，记者赶到福利院。远远地看见院门口两侧贴着大红“囍”字，大院内到处喜气洋洋，柱子上、墙壁上、扶手边都挂着五颜六色的气球、彩带，福利院内每一位工作人员和孩子们都穿戴整齐，满面春风。大厅内堆满了大大小小贴有“囍”字的家电和各式日用品。

“冰箱、电视、洗衣机、空调、棉被……这些嫁妆都是福利院、妇联、县民政局，还有其他单位和个人为凤夏华添置的。”福利院的一位负责人告诉记者。“我们把福利院里的每个孩子都当做自己的子女对待，今天凤夏华出嫁，她是第一个从福利院出嫁的‘闺女’，作为‘娘家人’尽其所能为她操办。”这位负责人说到这里已是热泪盈眶。

记者来到新娘凤夏华的“闺房”，房里挤满了人，大家都在为婚礼忙碌着。“他们都是我的兄弟姐妹，大部分是弃婴，社会上都叫我们孤儿。”凤夏华与记者说话间，不时地看着手机，回复信息。“我虽然是孤儿，但我不孤独。瞧，一大早就有许多朋友给我发来微信向我道贺，还有这么多‘娘家人’为我操办，我感到很幸福。”

传递爱心

12 年前，一位 8 岁的女童被领进了县福利院的大门。从此，福利院就成了她的家，与许多来到这里的孩子一样，这位女童有了一个特殊的姓氏——凤，起名为凤夏华。打从来到福利院，凤夏华就帮着福利院的工作人员照顾与她有同样遭遇的弟弟妹妹，给他们喂饭、教他们唱歌、为他们讲故事……

凤夏华长大了，但她没有与别的青年一样到大城市打工、追逐名利，她选择了留下。“我不想出去，我舍不得这些弟弟妹妹，他们还小，大多数都有残疾，需要我的照顾……”凤夏华一边与记者说着话，一边低头为一个站在身边的孤儿整理衣领。

据福利院一位工作人员介绍，凤夏华初中毕业后，虽然没有继续学习，但她不甘就此沉沦，买来了许多医疗书籍，悉心研读。细心的院领导揣摩出她的心思，便推荐她给当地一家医疗诊所当帮手。凤夏华很珍惜这份学习实践的机会，在诊所医生的指导下，勤勉好学，不辞辛劳，每天为病人端茶送药，打吊水，短短时间内，一般的小病症她就能应付了。福利院一直都缺少懂医的工作人员，所以她就理所当然地成为了福利院的医生。“福利院里的孩子大多都是婴幼儿，孩子们经常会有感冒、发热，有她在，我们省心了不少，孩子们也能得到及时就诊。”这位工作人员说。

提到当初为什么会学医，凤夏华说：“我是一个弃儿，如果没有福利院这些叔叔阿姨的好心收养，没有全社会的温暖，没有党和国家对我的培养，我不可能会活到今天，我要把我得到的爱心传递下去，为这里的弟弟妹妹做榜样，也算是我对国家养育之恩的一点回报。”

幸福婚礼

上午 9 时，迎亲队伍赶到，鞭炮齐鸣。新郎桂安云则带着一群小伙子挤门、找鞋。突破重重关卡，新郎终于挤到了新娘身边。“不能让他这么轻松就把新娘娶走，讲讲你们的爱情故事，你们看上对方什么了？”有人说。桂安云脸红了，凤夏华说：“我就是觉得他实在。”

桂安云是桂集镇中郢村人，经人介绍两人相识。他也是个苦命的孩子，在他还没有成年，父亲就突发脑溢血去世，桂安云与母亲、姐姐相依为命。作为家中唯一的男丁，生活的重担压得他喘不过气，但为了生活，桂安云硬是咬着牙挺了过来……两个苦命的孩子从相识、相知到今天步入婚姻的殿堂，一路走来得到的是满满祝福。

9时50分，新人拜别，福利院的负责人拉着新娘凤夏华的手说，“你就是我的女儿，福利院永远是你的娘家。”

迎亲队伍在鞭炮的催促声中向男方家返程，凤夏华与新郎桂安云步入婚姻的殿堂，成为我县第一个从福利院出嫁的孤儿，他们也将翻开生活的崭新画面……

（本文原载于2016年6月2日《凤凰台》）

秸秆“摇”出致富经

12月24日，大兴集乡曙光村村民李兴龙起了个大早，为了这一天，他已经忙前忙后张罗了好一阵子，他创办的凤台县文华秸秆综合利用有限公司今天正式挂牌开业。

“我们这里水稻种植面积多，秸秆大多都堆在路边，看着实在可惜。”李兴龙告诉记者，以前他就琢磨着怎么才能变废为宝，把丢弃的秸秆利用起来，最后在别人的指点下，想到了加工草绳。

“加工草绳没有太多的技术含量，留守妇女、老人，还有一些残疾村民都可以操作。”顺着李兴龙手指的方向，记者来到加工草绳的车间。首先映入眼帘的是几排高高堆起的草垛，厂房内10余台摇绳机呼呼转动，喂草工手指飞转着添草，约20分钟，一只圆盘状的草绳扁就脱盘而出了。“加工草绳熟练后，每位工人每天可以挣到60元左右，留守在家的妇女、老人都乐意来，贫困户我们优先录用。”李兴龙还告诉记者，前期因为厂房有限，购置的60台摇绳机没有全部投入使用，现在只招收40名工人，其中就有12名贫困户。

李兴龙说，其实秸秆的作用很大，制绳可以用来捆绑花木的树干，起到保暖保湿的作用，还可以深加工作肥料、饲草、燃料、造纸、制炭、建材等。“工厂正式营业后，我想尽快把厂房建好，增加设备，扩大生产品种，吸纳更多的村民来这里，让他们在家门口也能挣钱，带动周边乡村一起把秸秆‘摇’出钱来。”李兴龙充满信心地说。

（本文原载于2016年12月25日《凤凰台》）

葡萄园孕育新希望

“走，老伙计，干活去了喽!”3 月 22 日，杨村镇彭庄村贫困户苏俊龙站在路口向同村村民苏传本家的方向吆喝。苏传本放下饭碗，急匆匆地跟了上来，他们朝着同一目的地走去。

彭庄村曾是贫困村，经过一系列脱贫举措，于 2016 年底从贫困村出列。苏俊龙要去干活的地方就是村集体创办的特色产业葡萄种植园，参加劳动，挣取工资，增加收入。

苏俊龙告诉记者，他在早年间就患有腿疾，干不了重活，两个孙辈还没有成年，老伴身体也不好，家里一直入不敷出，生活十分困难。直到去年，他们家进行了危房改造，一家几口才告别了“外面下大雨，屋里下小雨”的日子。“国家政策好，去年我家住上了新房，有了医疗保险，生病也敢去看了。这不，村里还安排俺在葡萄园里干活，每天能挣到 60 元，总算家里有个稳定收入了，生活也有了希望。”苏俊龙面对记者采访如是说。

彭庄村第一书记张辉告诉记者，去年，彭庄村发展了约 30 亩特色产业葡萄种植，吸纳了像苏俊龙类似的贫困户约有 10 余人，“只要有一定劳动能力，我们村里就会优先考虑贫困户，让他们从事一些村集体劳动，增加他们的收入，帮助他们尽快脱贫。”

近年来，县、镇、村十分重视扶贫工作，加大了扶贫工作力度，针对彭庄村实际制定了切实可行的扶贫攻坚措施。通过考察与市场调研，结合彭庄村土地资源丰富，种植经验丰富等条件，引进了大棚鲜食葡萄园建设项目，大力发展设施农业。同时，村里为了在技术、管理、市场方面有保障，又与葡萄种植大户达成联产联营联销协议发展大棚优质葡萄园项目。目前，订购的 3000 余株葡萄苗已经栽植完毕，若如期完成相应项目建设，丰果期时可为彭庄村集体经济每年带来

6—8 万元的经济效益，以加快该村脱贫致富共奔小康的步伐。另外，2016 年彭庄村还率先实施了省光伏精准扶贫工程 60KW 光伏发电站试点工程，2016 年 5 月 1 日正式并网发电，目前已发电 5. 6 万多度。

采访中，记者了解到，杨村镇积极贯彻落实上级坚决打赢脱贫攻坚战的决定，结合镇况村情，自加压力、自增动力，坚定信心，精准发力，继续加大对扶贫工作的支持力度，帮助贫困村以整村推进脱贫工作为契机，通过项目建设带动一批、雨露计划资助一批、社保帮扶兜底一批、医疗保障帮扶一批、产业发展助推一批，巩固脱贫成果，带领村民脱贫致富奔小康。

（本文原载于 2017 年 3 月 23 日《凤凰台》）

新型菜农的新年愿望

2月8日，农历小年。记者来到凤凰镇酒东村，碧波如镜的池溏倒映着蓝天白云，干净整洁的乡村道路延伸到村民家门前，沿路两边的居民在门前高悬大红灯笼，整个乡村美景如画。

“收割时要注意不要用力，叶子要摘干净，摆放整齐，上车时更不要挤压，芦蒿送到外地才不会受到损伤，保持新鲜。”在酒东村蔬菜大棚旁，正在现场给大家讲解芦蒿收割、分拣包装的男子名叫赵功进。40岁的他，种植蔬菜已有12个年头，也算得上是个“老菜农”。由当初在上海种植蔬菜到回乡发展，他的蔬菜种植技术一年比一年好。

赵功进是凤凰镇酒东村村民，10多年前，他与同村的伙伴一起来到上海种植蔬菜，不知不觉已有10多个年头。2015年，赵功进因为有事从上海回到了家乡，无意中听说当地政府对农村农业发展有一定的扶持力度和优惠政策，便萌生了回乡种菜的想法。在得到了家人的支持与鼓励后，他拿出多年来在外辛苦攒下的所有资金回到家乡流转了28亩土地，购置机器、建棚、种植一气呵成，当年种植的西瓜、芹菜等蔬菜就得到了丰收。2016年，赵功进种植的西瓜因为比别人早上市半个月，西瓜的价格便每斤提高了1.5元，单单种植西瓜这一项，赵功进便比别人多赚了不少。

尝到甜头的赵功进就想着能不能在蔬菜上也打起上市的时间差，增加更大的利润。经过他多次走市场、搞调研，发现近年来百姓们更注重养生保健。作为野菜类的茼蒿经常出现在百姓的餐桌上，而它的市场前景、经济效益都比较好。赵功进还了解到芦蒿比一般的蒿子更具有食用保健价值，它抗逆性强，很少发生病虫害，是一种无污染的绿色食品，于是决定种植芦蒿。

说干就干，他只身前往南京，专心学习种植技术、虚心请教同行前辈、潜心研究市场需求。功夫不负有心人，经过一段时间的努力，赵功进在圆满完成南京学习后，直接回乡种起了芦蒿。“今天是小年，俺也图个吉利，开始收获头批芦蒿。”赵功进告诉记者，按市场价格每斤 1.3 元，今天的这 8 个大棚，第一批芦蒿就可获利 18 万元。“最近天气好，拉芦蒿的车前一天就候在这儿了，就赶着春节这个市场，过年后，可能价格就要下降了。”

当记者问到种菜辛不辛苦时，憨厚的赵功进说，虽然每天起早贪黑，但能够与一家老小生活在一块，心里乐滋滋的，种菜也是干劲十足。“听说，国家对咱农村农业方面出台了许多有利的政策，支持农民搞特色种植，这就更增加了俺创业的信心。”赵功进说。

新的一年，新的愿望。赵功进在忙于种植蔬菜的同时，还着手在绿色种植、有机蔬菜上下功夫，他也盼望政府和有关部门在资金上进一步加大对蔬菜产业的扶持，不断壮大自己的种植规模，带动更多群众参与蔬菜种植，实现增收致富。

赵功进说：“新年的愿望就是进一步扩大种植蔬菜的面积，让我种植的蔬菜能够出现在千家万户的餐桌上，也让更多的人吃上安全、绿色、有机的蔬菜。”

（本文原载于 2018 年 2 月 9 日《凤凰台》）

第四部分 《凤台报》寄语篇

《凤台报》初创寻访记

孙友虎

今年是县委机关报《凤台报》创办61周年、复刊25周年，累计办报近30年。县档案馆，无《凤台报》创办存报。作为复刊编辑及更名为《凤凰台》报的现任负责人，知复刊，不知创刊，委实纠结。

据《凤台新志·文化·新闻出版与图书发行》载，“1957年为了使广大群众能普遍的了解国内外大事，为更广泛、更及时向群众贯彻党的方针政策，并使群众中无数动人的事例、社会上的新道德、新风尚得以迅速传播，广泛交流先进经验，推广新技术，鼓舞群众情绪，鼓足更大干劲，推动工农业生产迅速发展，经县委研究报经安徽省委批准，《凤台报》于5月1日正式创刊。这是中共凤台县委的机关报。为加强对凤台报的领导，建立了党报工作委员会，由县委书记藏秀生同志亲自抓，并委托宣传部具体管理。初创刊时，《凤台报》为八开四版，五日刊。平均每期发稿约为17~20篇，平均发行量达3139份。1958年是工农业生产和各项工作全面大跃进的一年，原来的五日一刊已经远远不能适应新形势的需要，从11月1日起，县委决定将报纸改为八开两版双日刊，大大缩短了刊期。这一年平均发行量达5066份。1959年元月一日又改为四开四版双日刊，平均每期发稿量便增至35篇左右。同年9月改为八开两版双日刊，发行数字也有所下降，平均为1964份。1960年4月1日又复改为四开四版双日刊。”报纸根据需要开辟了“党委书记手记、支部生活、光荣榜、农业技术、技术交流、要紧话、学理论、科学与卫生、生活顾问”等不定期专栏及“慰农亭”文艺专栏，“做到了地方化、通俗化、工农化，因而深受群众欢迎。”“从1959年7月起，原凤台县人民印刷厂正式划归报社，成为报社印刷厂，实行了以厂养报。”

《凤台县志·文化·地方报刊》（1998年版）则载，“《凤台报》：1957年5月1日创刊，中共凤台县委机关报。岳平、梅怀让、李多寿先后任主编……主要栏目：党的生活、读者来信、生活顾问、茶话会、故事园地、四方八达、谈天说地、科学与卫生等。最高期发行量达8000多份，1962年春停刊。”《凤台县志·工业·凤台县印刷厂》载，“（1956年）7月，归属县委宣传部，改称凤台县报社印刷厂，主印《凤台报》，1962年10月《凤台报》停刊，该厂归属县工业局，正式更名地方国营凤台人民印刷厂。”

前后两个县志所载，至少有三个疑问：一、创刊期间，三任主编任职时间不详；二、县报停办时间不一；三、县印刷厂划归报社时间不一。这促使我寻找办报人、知情人。

9月5日中午下班途中，遇到原县政协办公室主任俞志华，探求《凤台报》创办期间三位主编任职时间及停办情况，俞主任答应帮助寻找知情人。

9月6日上午9：30~10：10，在县档案馆查找线索。据电子档案资料显示：“经县委11月12日会议研究决定：李多寿同志任报社副主编”；1959年3月18日下午1点半县委宣传部“第2次支部书记会议”，出席者有“李多寿、韩荣芳”等，研究4月份发展新党员问题，其中，“报社支部：刘文丙（炳）、王若华”；1959年3月31日下午1点半宣传部“第3次支部会议”，参加者有李多寿等，部署肃反清查及干部下放劳动问题；1959年5月25日宣传部召开会议，出席者有於少农、陈可乐、李多寿等，研究干部下放、麦收等事宜，从中可知当时李多寿可能是报社支部书记。李多寿任副主编的时间，当为1958年11月12日。

6日上午10：30左右，俞主任打来电话说有线索。我立即赶到俞主任所在的县新四军研究会办公室。他说，他电话询问了程子光、梅怀让等老同志。程子光的妻子在《凤台报》搞校对，停办后，她于1961年下半年调到县印刷厂。梅怀让是《凤台报》最后一任副主编（注：当时是副主编负责日常工作），则说，1960年出版过《凤台报》创办三周年纪念文集，估计1961年春停办，因为他三月份已下派到陈桥公社蹲点。

当天下午3：10左右，我与俞主任赶到梅主编在凤台二中附近的家中，求证有关细节。见他家门旁仍挂着十多年前定制的《硖石晚报》报箱，倍感兴奋。梅老，现年87岁，清瘦，矍铄，健谈。据他介绍，《凤台报》首任副主编是岳平（当时是副主编主持工作）；第二任是李多寿，主编由县委常委、宣传部长王运法兼任。他是1958年9月任报社编辑部副主任，1959年12月任副主编，主编由县委常委、县委办主任杜默，县委书记胡成功（注：胡成功时任县委第二书记）先后兼任。他提供一份工作简历，其中在报社的任职履历是“1958.9~1962.7”任“副主任、副主编”。他解释说，办报期间曾被“批”，查无实据，由于当时他没在处理意见上签字，1961年报社停办，被派到陈桥公社蹲点，县委没下文免他的副主编职务，直到一年后蹲点结束、改任新职。

7日上午，到县委组织部查阅相关档案。岳平、李多寿无相关信息，据说他们早已调离凤台，人事档案也被提走。梅怀让在报社的任职履历是“1958.9~1962.7”任“副主任、副主编”，与梅老之前提供的情况一致，只不过时间节点仍不明晰。

10日上午，星期一。我带着疑问，再次到梅主编家。近几天，梅老一直在寻找办报“印迹”。他“扒”到一个“小本本”，上面记载的比较详细：1958.9~1959.5，任报社编辑部副主任；1959.6~1959.12，在省委党校（注：参加新闻业务培训班）学习；1959.12~1961.2，任报社副主编。对县印刷厂划归报社的时间，他当年的“工作日志”中记有1959年8月研究印刷厂并入有关事宜，确信正式划归报社的时间，当在1959年9月。1961年3月至次年7月下乡蹲点，任凤台陈桥公社工作组组长，后调任岳张集中学任副校长。

历史，总有痕迹。《凤台报》初创持续出版3年零8个月，复刊于时值毛泽东诞辰100周年的1993年12月26日。创刊、复刊，凤台不会忘记，其中停办长达32年的空白，凤台更应铭记。

传承“报业梦” 交出“新答卷”

——写在《凤台报》复刊25周年之际

耿文娟

2018年，我们迎来了改革开放40周年；

2018年，我们也迎来了《凤台报》复刊25周年。

《凤台报》创办于1957年，1962年停办。然而，经过31年的“沉思”，它又确立了新的定位。

1993年12月26日，停刊31年的《凤台报》于毛泽东同志诞辰100周年复刊了，在当时一无地点、二无设备、三无人才、四无资金，靠着县里一次性拨给的3万元开办费，白手起家、自力更生走到了今天的一条创新创业之路。

历史永远铭记：1993年12月26日，出版复刊《凤台报》第一期，把“坚持政治家办报、用延安精神创业”作为办报理念，重新托起“报业梦”；

历史永远铭记：1996年1月8日，《凤台报》更名为《硖石晚报》，集党报特色、晚报风格于一身，办出党和群众的“放心报”、“贴心报”，凸现“民生梦”；

历史永远铭记：2004年1月8日，伴随“报业整顿”，由报社转型而成的县信息产业中心，推出再次更名的《凤凰台》，让金凤“浴火”而生。

凤台县信息产业中心从一开始《凤台报》复刊、《硖石晚报》创刊到转型为信息产业中心，历经了25年的艰辛。

25年历经风雨，25年茁壮成长。25年来，在各级领导的关心关怀下，在广大读者的热情支持下，经过中心全体新闻工作者的努力，县信息产业中心由原来《凤台报》半月一期到旬报、周报、周二，发展到《硖石晚报》的周三，再到如今的《凤凰台》周四；从四开四版小报到对开四版大报；从黑白、套色印刷到彩色印刷，从纸质报到数字版上网，技术装备升级，办报水平提高，信息传递加快，报纸发行量也由开始的3000份增加到现在的8000份，发行范围由县内辐射到周边县市，交流发行扩大到省内外近十个省市地区，并在读者心中深深扎根。

25年沧桑巨变，25年岁月留香。25年来，无论是在如火如荼的经济建设年代，还是在生机勃发的改革开放时期；无论是在进入飞速发展的世纪之交，还是在新思想引领新时代、新使命开启新征程的今天，《凤台报》都能够立场坚定、旗帜鲜明、引导在前，出色完成了各个历史时期的新闻宣传任务，充分发挥了党和政府的喉舌作用，记录了凤台经济社会发展中的每一个精彩瞬间，见证了勤劳纯朴的凤台人民善谋善为、奋勇争先的意气风发……

25年辛勤耕耘，25年春华秋实。25年来，县信息产业中心人始终不忘初心，忠实履职尽责，中心领导带出了一支政治可靠、业务精湛、作风优良、纪律严明、品德高尚、敬业爱岗的专业新闻队伍，中心肯干事、能干事、干成事的团队精神，以及社会形象、经营管理和发展速度，都受到各级领导和社会各界的关注好评。如今，在全体报业人的共同努力下，凤台县信息产业中心已拥有“两报”（《凤凰台》《凤台手机报》）、“三网”（凤台政府网、凤台新闻网、凤台县人民政府信息公开网）、“两微”（微博、微信）等几大媒介，这些媒介坚持团结稳定鼓劲、正面宣传为主，注重热点引导，着力提升舆论引导力，凝聚了“全省创一流、皖北争第一”发展目标的正能量。

二十五载奋斗，二十五载同行。自复刊之日起，《凤台报》及一脉相承的《硖石晚报》《凤凰台》，汇聚成“凤台报业”的新精彩。

不忘“时代记忆”，交出新的答卷。朝气蓬勃的县信息产业中心将秉承创新精神，坚持正确舆论导向，突出本土文化特色，写出更多有“温度”的新闻作品，努力奏响凤台新闻事业的最强音！

愿“凤台报业”一路芬芳……

《凤台报》，受众寄希望于你

——写在《凤台报》复刊25周年之际

潘丰家

和着改革开放的节拍，踏着凤台经济社会发展的鼓点，《凤台报》1993年复刊至今的25年，可以说是“一番拼搏一番情，一路风雨一路歌”。我见证了她从呱呱坠地开始，到现在蓬勃旺盛的艰苦历程。

初创阶段，一无办公场所，二无编辑记者，三无印刷设备，以岳炯为社长的《凤台报》在白手起家中，开始了创业。没有办公场所就租用，没有编辑记者就借调，没有印刷设备就求援购置，就这样报社一天天发展壮大，终于成为一张县域报纸中的佼佼者和深受广大群众喜爱的报纸。实在是难能可贵！

弘扬主旋律，传递正能量，这是《凤台报》的第一个特色。每当中央和省市有重大新闻和大政方针出台，都第一时间登载，尤其是县委县政府一个时期的重要工作也都及时跟进，让全县各级领导和广大人民群众知晓，增强大局意识、看齐意识、执行意识。

宣传真善美，鞭挞假恶丑，这是《凤台报》的第二个特色。改革开放以来，凤台这片既古老又年轻的土地，焕发出勃勃生机，出现了许多新鲜事物，报纸都给予了及时报道，而对社会上出现的不文明现象，予以及时曝光和鞭挞，净化了社会风气，提升了文明素质。

体现本土特色，传承淮河文化，这是《凤台报》的第三个特色。增强文化自信，发掘淮河文化，宣传具有凤台特色的地方文化，报纸开辟了《凤台关注》等专栏，刊登了一大批具有浓郁乡土气息的文章，把花鼓灯、推剧等人民群众喜闻乐见的文化载体予以推介，深受老百姓的喜爱。

开设专题栏目，打造普法阵地，这是《凤台报》的第四个特色。守护一方平安，构建法治社会，《凤台警方》《检察纵横》《硖石法苑》等栏目利用活生生的实例普及法律，提高公民学法、遵法、守法、依法、护法意识，为凤台社会治安稳定起到舆论引导作用。

《凤台报》之所以能取得较好的社会反响，是报社全体编辑记者共同努力的结果。作为一名爱好写作的老通讯员，我与全县许多喜爱看《凤台报》的读者一样，希望《凤台报》百尺竿头更进一步，在版面安排、栏目设计、文章选采等方面再跃升一个台阶，把目光聚焦在人民群众关注的热点难点上，真正办出凤台特色。我还有一些不成熟的建议，如小消息报道要有特色，会议性报道突出重点，文艺类作品增加知识性、趣味性、可读性，多刊登一些凤台名人轶事，挖掘一些凤台历史文化和风土人情，对在经济和社会发展中涌现的新人新事及时宣传报道，激发更多的人用奋斗创造幸福，用勤劳和智慧建设美好、富庶、康宁、和谐的新凤台！

《凤台报》，受众寄希望于你！

《凤凰台》，我的最爱

李义春

随着新媒体时代的到来，各种信息充斥着人们的眼球，让人眼花缭乱，但我始终最爱《凤凰台》的那份墨香，那种一报在手、心安神静的感觉，抹去了那种飘浮急躁的心绪。

这种感觉始于十几年前我刚上班，那是一个偶然的机会，我到乡党政办公室拿文件，发现桌上有一份《硖石晚报》（《凤凰台》前身），随手翻了翻，发现内容丰富，贴近农村生活，说的都是老百姓身边事，对于一个在农村长大的我来说，很有吸引力，越看越想看，越看越喜爱。如今的《凤凰台》虽没有《人民日报》的权威，没有《安徽日报》的大气，但却有着一种平凡的朴实，记录着凤台每天发生的变化，报道的人和事贴近我们的生活。所以每天报纸送来，我必先睹为快，且看完之后归档整理留存。

后来，我就尝试将我们乡的发展、变化写成信息，投到《凤凰台》，没想到竟意外地发表了，这就更激发了我对《凤凰台》的喜爱，之后，我又陆陆续续地发表了一些“豆腐块”。同时我也见证了《凤凰台》的发展。《凤凰台》每次改版，在内容上都有很大的改进、办刊形式也有很大的提升，内容涉及政治、经济、时事、文化等。特别是当前针对新媒体的发展，《凤凰台》又推出了数字报，同时在手机上推送每天的最新信息，满足不同人群的需求。

今年正值《凤台报》复刊 25 周年之际，衷心祝愿《凤凰台》越办越精彩，也希望更多的人关注《凤凰台》。

结缘《凤台报》

陈　明

屈指数来，我与《凤台报》结缘已经整整25年了。作为凤台人，可以说，自她复刊以来，在所有的媒体中，我最关注的就是《凤台报》。这些年来，《凤台报》促我学习，催我进步。她对我工作的支持，对我写作的奖掖，令我心存感激，永记不忘。

每天上午，当办公室人员把一沓散发油墨清香的报纸送到我案头的时候，我总是习惯地先翻看一遍，看见《凤台报》就抽出来一读为快，因为在我看来，家乡报最可亲、可爱。新闻时政、民生热点、文艺副刊，每个版面我都仔细阅读。她是我了解国家大事和全县各行各业发展动态的窗口，同时也是我发表作品收获希望最大的园地。

无论从复刊时的《凤台报》，还是后来更名的《硖石晚报》，抑或是现在的《凤凰台》报，我都与她结下了深深情谊。这些年来，她一直是我发表作品的平台，我从来也没有因为是县报而小看她，我的很多作品都是先刊登在县报后再往上面的媒体刊物投稿的。我的多篇稿件发到报社后，《凤台报》的编辑给予精心润色修改再发表，让我备受感动。

至今报社的发展情景我历历在目：从当初复刊时租用原县委一所的几间房屋，到更名为《硖石晚报》时租用原振兴旅社四楼的几间房办报，后又搬至老二所一个简易大厅和老党校院内，直至现在的政务中心C楼办公，报社从当初的几张桌子到目前先进的微机室，办公实现了自动化。我知道报社初创时的艰辛，在县委、县政府的领导和支持下，报社全体同志统一思想、齐心协力埋头苦干。从抓班子带队伍入手，狠抓采编人员的政治业务素质提高，调集精兵强将让新闻业务、经营收入一起上，拓宽渠道、扩大发行，更新照排印刷设备，打了好几个翻身仗，使报社得以快速发展。单一的《凤台报》也发展成为“两报三网”融合的信息产业中心，向县委、县政府交出了合格答卷。

作为一个读者，我喜欢《凤台报》。无论是新闻还是副刊都独树一帜，极具党报性质又富有凤台地方特色。尤其令我欣喜的是报纸上经常出现一个个熟悉的朋友的名字，每当读到他们的文章，心里总是暖暖的、甜甜的。我读报阅报，业余时间写稿的积极性更加高涨，对于《凤台报》每期必读，每版必看，好的文章剪贴下来供写作参考。茶余饭后，静下心来细读一下剪贴文章十分惬意，从中学到了许多写作技巧和方法，对我提高写作水平帮助很大，投稿“命中率”也越来越高，我也成为报社的骨干通讯员，与报社的编辑记者结成了挚友。

我对写作有着浓厚的兴趣，30多年来，在各级媒体刊发了大量的宣传报道。作为一名基层通讯员，我强化工作责任感和压力感、荣誉感，深入到基层一线认真进行采访。到目前，《凤台报》累计发表我的新闻稿件有1000余篇，其中有多篇稿件在社会上引起了强烈反响，较好地展示了当地在建设美丽乡村中的好人好事和精神风貌。更让我感激的是，《凤台报》给我搭建了文学创作的平台，发表了我的很多副刊文章，助我成为省作家协会会员。多年来，我有七篇文章荣获国家级大奖，四次出席在北京人民大会堂召开的表彰大会，受到国家领导人的接见并合影留念，作品入选《共和国颂歌》《共和国赞歌》。我的散文集《岁月如歌》，里面有多篇作品都是刊发在《凤台报》上的，谁能说这里面没有凤台报社和编辑的功劳呢！

是的，因为多年关注着这张报纸，我早已把她当成自己精神上依赖的老友和心灵上的知己。多年来，每期《凤台报》都有我爱看的文章，她不但充实了我的生活，还为我的闲暇时光增添了不少色彩。作为一个最忠实的读者，在这里，我衷心祝愿《凤台报》：25岁正年轻，越办越精彩！

结缘《凤台报》　荣耀我人生

刘长明

前一段时间，新闻同仁冯岭老兄和我闲聊时由衷地感慨说，不是《凤台报》报刊登几篇“豆腐块”，使我们从“土记者”变为“正规军”，说不定我还在家斜眼调线推刨子，做木工活呢？是的，比起其他的业余新闻工作者，我和冯岭、陈明两位老兄算是比较幸运了，因为结缘《凤台报》，勤奋写作，经机构改革和各项考核审定，编制在正式事业单位工作岗位。

不知不觉中我从事新闻宣传工作已超过 30 年了，其中 25 年前的《凤台报》复刊，让我与她结缘，也使我早已养成了天天读报的习惯，每周散发油墨香味的《凤台报》是我重点关注的报纸，不仅每期必读，而且每期编辑、记者和通讯员所写的稿件，经栏目编辑精心设计都显得格外亲切，都会拨动心弦，勾起我与报纸结缘的回忆。

由于工作关系，我与《凤台报》报社记者接触较多，见证了他们深入现场、跟踪报道的敬业精神，不遗余力大张旗鼓宣传县委、县政府和基层干部与群众同呼吸共命运心连心的无私奉献精神。他们用青春和汗水，用妙笔生花的锦绣文章，在党和政府与人民群众之间架起了一座通向幸福生活的桥梁。

许多往事历历在目，仿佛就在昨天。那些既有深度又有温度的精彩报道，仍在我的脑海中。

忘不了，《凤台报》记者编辑将我发表的处女作变成铅字文稿，有时虽是三言两语，但经过编辑的妙手圈点，成为短小精悍、言之有物、激浊扬清、褒贬鲜明的精品佳作。

忘不了，炎炎夏日，《凤台报》记者为了采访到我乡在上海异地办学的第一手资料，不惜顶烈日、冒高温随行上海实地座谈调研的一幕幕。

忘不了，寒冬逼人，《凤台报》记者为采访我乡从义乌招商引资企业落户尚塘，解决一大批渴求致富的贫困户进厂，实现家门口就业的兴旺场景。

岳炯、孙友虎、常开胜、耿文娟、金磊、彭春晗、岳荣、高峰、刘明勇……这些编辑记者的呕心沥血鼓与呼，促使《凤台报》的风生水起、蒸蒸日上。

在我近30年的新闻写作生涯中，我与《凤台报》的情缘，深得像一片海洋。她带给我欢笑，带给我自信，也带给我很多志同道合的朋友。在《凤台报》报社编辑记者的指导下，我的不少稿件竟然上了头版或二版头条，这对一个通讯员来说，是巨大的鼓舞。

由于《凤台报》编辑记者的引领，宣传工作成绩突出，这些年来，我由一名基层通讯员成长为《凤台报》的新闻骨干。在不断地写作中，我实现了自己的人生梦想，拥有了“怒放的生命”。

其实，我与《凤台报》的情缘，归根结底是与办报人的情缘，是《凤台报》帮助了我的成长，见证了我“怒放的生命”，荣耀了我的人生。

《凤台报》伴我行

刘甲军

《凤台报》自复刊之日起，我与她风雨同舟度过了25个春秋。她是我的良师益友，我是她的忠实读者。

我在学校读书时就偏爱语文，喜爱写作文，从中学到高中一直是班级学习园地的“主编”。尤其是在高中期间，每学期都在学习之余向《淮南报》《淮南文艺》、淮南广播电台、凤台广播站投稿，当时虽然没有见到过我写的稿子刊登的报刊，但从班主任老师带给我的几角钱稿费的汇款单上，可以看出有些稿件被采用了。从1981年开始，我经常向《淮南报》、淮南广播电台、凤台广播站投寄新闻稿件，稿件也时常见诸报端，1983年被《淮南报》、淮南广播电台聘为特约通讯员，每年被邀请参加全市骨干通讯员业务培训班学习，宣传报道的稿件质量也有了提高。

我与复刊后的《凤台报》结缘就是因为一篇报道。事情经过是这样的。1991年，凤台发生了百年不遇的特大洪灾，这场特大洪涝灾害引起国内外的关注。灾后的1992年凤台县掀起灾后重建的热潮，当时位于西淝河入淮口的刘集乡属重灾区，但灾后重建的积极性很高，刘集乡许多外出经商务工的农民纷纷回乡参加兴修水利，我很受启发，于是采写了一篇题为《灾后想到灾时有钱想到损失——刘集乡外出务工农民积极返乡兴修水利》的稿件，稿件寄出后，很快被《淮南报》在二版头条加编辑评论见报。那时《淮南报》还是四开小报，报纸订阅和发行量有限，我当时也未见到那期报纸。1993年12月的一天，乡教育组领导通知我到乡政府去，说乡党委书记和乡长要见我（我当时在刘集乡高潮小学代课）。接到这个通知，我是丈二和尚摸不着头脑，心里忐忑不安，不知祸福。到了乡政府，当工作人员把我介绍给素不相识的张书记时，看见书记和颜悦色的表情，我悬着的心才落了下来。张书记从抽屉里拿出两份报纸，一份是刊登我那篇报道的四开小报《淮南报》，一份是《凤台报》复刊号。

“小刘，你去年在《淮南报》上的这篇报道写得很好，刘集乡动员务工农民返乡修水利的做法受到县领导的表扬，你很会抓新闻宣传角度，现在《凤台报》复刊了，乡党委研究决定聘请你为刘集乡通讯员，借助《凤台报》这个宣传平台，帮助乡党委、政府搞好对外宣传工作。”从此，我与《凤台报》结下不解之缘，我用辛勤的耕耘，在《凤台报》上留下我成长的足迹。

《凤台报》复刊以来，我参加了复刊后的第一批骨干通讯员培训班学习，而后多次参加《凤台报》《硖石晚报》《凤凰台》举办的业务培训和报社领导召集的历次提高办报质量座谈会，积极为报纸转型发展献计献策。

自从复刊了《凤台报》，我也把投稿的重点放在了本县的这张报纸上，因为她是我们凤台老百姓的报纸，最能反映凤台的建设成就和群众的呼声。20 多年来，我为报纸采写了大量的稿件，所发表的每篇“豆腐块”、每幅图片，我都按年度认真地剪下来，稿件剪贴本积累了 10 多本，时常拿出来浏览回味，欣感与报同行的喜悦。尤其是近年来，我在报社领导和各位编辑老师的关心指导下，写稿热情、稿件质量、见报稿件都有所提高。

我深感现在的《凤凰台》与前身《凤台报》《硖石晚报》已是天壤之别，办报理念、采编团队、版面设计、印刷质量、发行规模都取得长足发展，她已成为我的良师益友，每天必读，对这张报纸情有独钟，我将永远与她相伴前行。

一份报纸　一生挚友

张传虎

岁月如梭。《凤台报》从1993年复刊至今，转瞬间整整25年。一份报纸，25年的坚守和耕耘；25年破茧化蝶、凤凰涅槃的过程，昭示了凤台县委、县政府重视新闻宣传、建设文化阵地、构筑精神高地的历程。25年来，《凤台报》记载了凤台发展的辉煌，也谱写着凤台发展的新篇章。

25年来，《凤台报》与凤台这座县城同成长。25年，从复刊时的《凤台报》到更名后的《硖石晚报》，到今天的《凤凰台》，从创刊时的小报到今天的大报，从创刊时的黑白报到今天的彩色报，从创刊时借房办公到今天在政务中心用计算机办公，走过了一段艰辛的岁月，走过了一段光辉的历程。一路走来，《凤台报》发生了翻天覆地的变化。它是社会进步、时代变迁的缩影，是全体凤报人25年如一日的辛勤劳动，是他们的青春、智慧、心血、激情和汗水的凝结。

25年来，《凤台报》记录着凤台发展的心路历程。她为这片热土鼓与呼，带我们感知社会生活的变化和美好，记录着凤台人前行的艰难，写下凤台人奉献的精神。在这里，我们可以读到内容丰富、文体多样、编校认真、质量上乘的各种新闻、信息、评论和副刊作品，有许多精心设计和创新性安排。"县外媒体看凤台"打开对外宣传的一扇窗，"时政新闻"权威发布，"特别报道"凡人故事，"综合新闻"传递来自基层的声音，"州来聚焦"、"州来文苑"拓展视野，这些都在社会上和广大读者中产生了深刻影响。

25年间，《凤台报》经常敏锐地发现社会的正能量，并加以关注和引导。例如2017年，对我县最美教师李元芳的专访，引起全省乃至全国的瞩目，一时间洛阳纸贵，成为专题人物报道的典范。同样，走进基层乡镇撰写专版、聚焦花鼓灯传承人的采访、烧饼哥的励志故事、唐氏大救驾的报道及追寻淮商的历史沿革等等，选题有眼光、内容有深意、采写见功夫，每每看到这些身边人物鲜活的事迹，禁不住要感谢报社编辑、记者们的辛勤劳作。难能可贵的是，25年间，《凤台报》从无到有、从小到大，在上级的重视和社会各界的支持下，迅速发展成为“两报三网”融合的信息产业中心。这是《凤台报》紧扣时代脉搏，为改革创新鼓与呼，是撸起袖子加油干不可或缺的创业精神。

25年来，我与《凤台报》相遇相知同成长。《凤台报》让我爱上写作，使工作有了新的动力，生活别样精彩；是《凤台报》让我克服了新闻写作中的枯燥和艰辛，耐得住寂寞，静下心来，认真阅读与创作。25年来，我从一名读者慢慢成为一名通讯员。因有报社编辑为伴，我在《凤台报》并通过编辑的润色修改在全国各类媒体发表新闻稿件、工作信息达700余篇。这些作品的编发，都浸润了《凤台报》编辑的大量心血。他们对通讯员的每篇稿件慎重对待，有时稿件中某个细节没写清楚，某个数据编辑有疑惑，他们都要打电话核实或问个明白。每次到报社培训的时候，宣传部的领导、报社的编辑、记者都热情接待我们从各乡镇基层来的通讯员。《凤台报》成为我学习的老师、生活的益友。

25年来，阅读《凤台报》已经成为我的一种习惯，就像是与老友对话一样，亲切随意。打开散发着墨香的报纸，关注着决策动态、社会热点、党政新闻、乡镇信息、文艺副刊，这是我每天早间的必修课。她给我憧憬、期待，给我温暖、力量，给我知识、营养，滋养着我的精神生活。纵使在当今电子阅读时代，但看到那些笔尖流露出的情怀，文字中凝结的力量，铅字里锻成的刚性，还是深深为之着迷。

时间记录历史，文字书写生活，真情在心中流淌。25年的美好时光里，《凤台报》已成为凤台的城市名片，成为城区普通百姓生活的一部分。二十五年芬芳遍地，二十五年前程似锦。

衷心祝愿《凤台报》：雄关漫道真如铁，而今迈步从头越。

我与《凤台报》的情缘

栾绪标

《凤台报》是我们家乡唯一一份充满着乡土气息的报纸。25 年来，《凤台报》进入了我的生活，成了我生活中最亲密的伙伴和学习上的良师挚友。

《凤台报》更是培养我从事新闻写作的摇篮，每当我捧着家乡的这张报纸阅读时，一种难以抑制的情感就油然而生。

90 年代初，我是家乡一名普通的代课教师，唯独的个人爱好就是喜欢写写画画，1992 年，钱庙乡政府聘任我到乡政府从事文化宣传工作，帮助乡里写写会标、标语、壁字、办公室制度和各类宣传橱窗等。从此以后我有机会结识了《凤台报》。《凤台报》坚持正确的舆论导向，传递正能量，解读方针政策，贴近百姓生活，内容朴实深邃，形式清新明快，近民生、接地气，字里行间散发着浓重的乡土气息。上面宣传刊登的都是家乡的人，身边的事，是一份贴近生活实际的报纸，我在上面看到了家乡的变化和人民生活的幸福，仿佛看到了多彩的世界。1994 年，时任钱庙乡乡长的王德才，鼓励我既要多看报多学习，还要多练笔多写作。那一年我写了一篇《米桂林养鹅走上富裕路》的稿子，邮寄到凤台县振兴旅社四楼《硖石晚报》编辑部，几天后，这篇稿件作为一个"豆腐块"发表了，当我看到文字变成了铅字，心情无比激动，受到了极大的鼓舞。

回想起那篇在《硖石晚报》上发表的文章，其实写得并不成熟，当时都不知新闻稿件怎么写，言语啰嗦，我知道这是孙友虎编辑经过大量删改后发出来的，看到这篇"豆腐块"，无疑提升了我的写作兴趣，从此便一发不可收拾，于是我坚持 20 余年笔耕不辍握笔爬"格子"，让我惊喜的是大部分稿件竟然陆续发表出来，文章频频见诸报端，有力地提升了我的写作自信心。

通过多次参加报社举办的新闻宣传培训班的学习和编辑老师的指导，使我的写作方法和写作技巧有所提高，25 年来在《凤台报》上发表各类新闻稿件、新闻图片 1200 余篇（幅），经过《凤台报》编辑老师们精心润色和雕琢过的，有 300 多篇稿件发表在省、市及国家级媒体上，有 3 幅新闻图片发表在 2012 年 6 月 10 日的《人民日报》上，多次被各级媒体评为“优秀通讯员”，回想起这微不足道的一点成绩，我感谢《凤台报》，感谢各位编辑老师帮助我所付出的辛勤劳动。

25 年的风雨兼程，25 载的艰辛奋战，《凤台报》既成了党和政府的宣传喉舌，又勇于为人民鼓与呼，把报纸办到了老百姓的心坎上，赢得了读者的赞誉和推崇。记得 2002 年 3 月，我乡关庄希望小学二年级学生吕祥身患重病，家庭遭受了五年痛失三位亲人的遭遇，小吕祥又患上血管闭塞性脑动脉炎，家中债台高筑，无钱医治，一个年幼的生命濒临萎缩的边沿。《凤台报》社毅然以《用爱心托起生命的绿洲》为题，进行连续报道，发动社会各界踊跃捐款奉献爱心，在社会上掀起了一股“献爱心”热潮，使小吕祥家枯木逢春，病情得到了及时医治。近几年本人在《凤台报》上发表的《闪烁的烛光》《港河湾里跃珍珠》《绿洲春意正盎然》等稿件在社会上引起了强烈反响。

岁月冲刷不掉我与《凤台报》25 年的“情缘”，时间难以割舍我与《凤台报》25 年来的“情感”。作为《凤台报》的一名基层骨干通讯员，每当我翻看那一摞摞已经有些泛黄的剪报册和一沓沓获奖证书时，心头难免一阵阵激动。刹那间，我与《凤台报》的沥沥“情缘”，就像一幕幕重叠的影像，在眼前不停地展现……

今后，我在新闻写作上将继续振作精神，不言放弃，坚定信心，持之以恒地坚持多写新闻稿件，弘扬主旋律，传播正能量，为宣传家乡，宣传凤台，做出自己应有的贡献。

在纪念《凤台报》复刊 25 周年之际，我衷心地祝愿《凤台报》越办越好！

25年，我与《凤台报》一路同行

王玉进

在《凤台报》复刊25周年之际，回想起与《凤台报》相识相伴相守的过程，心潮起伏，感慨万千。

我是乡镇一名老通讯员，对新闻有着难以割舍的情缘。我县原先只有一家新闻单位，就是凤台广播电台，每次县电台播发之后根本无法保存稿件资料，心想凤台能办一张报纸就好了。终于，这个梦想变为现实。1993年12月26日，停刊31年的县委机关报《凤台报》复刊了，我又多了一位良师益友。从此，《凤台报》采用我的每篇稿件，我都认真地剪贴下来，因为《凤台报》是县委机关报，她在我心中有一定的分量。

1996年1月8日，《凤台报》更名为《硖石晚报》，集党报特色和晚报风格于一身，各个版面新颖活泼，可读性极强。

正当《硖石晚报》蒸蒸日上的时候，2004年1月，伴随报业整顿，报社转型为县信息产业中心，《硖石晚报》更名为《凤凰台》，后来改成大报，彩色印刷，高大上。

随着网络的发展，新媒体逐渐走进人们的生活圈。凤台信产人主动适应新形势，不断做大体量，抢占竞争制高点。目前拥有“两报三网”，实现了全媒体发展。

转眼25年过去了，每当我打开《凤台报》剪贴本，就不由自主地回想起与《凤台报》一同走过的岁月。这个剪贴本照亮了我的心田，也照亮了我继续前行的道路。

坚守是一种信念

唐家林

每天，当投递员把报刊送到单位，我总是第一个要看看《凤凰台》。就是进入祥泰超市购物第一件事也要先睹一下柜台上的《凤凰台》，过把读报瘾。特别是现在的报纸版面设计新颖，栏目多且内容丰富，信息量大，不能不让人驻足观看。

作为报社的一名通讯员和忠实读者，我对《凤台报》（《凤凰台》前身）情有独钟。从当年“牙牙学语”把第一篇新闻稿件投到报社变成墨香的文字开始，就注定了这一生要与《凤台报》相伴。这些年，虽然一路坎坷，但始终没有泄气，没有忘记自己是《凤台报》的一名通讯员，促使自己笔耕不辍。多年来，报社的通联工作一直没有中断，这也是我们通讯员坚持写稿的动力吧。报社对通讯员关怀备至。早在上世纪八、九十年代，报社就坚持培养基层写作队伍。有的通讯员的作品刊登在全国、省市各大报刊上，有的作品还获得大奖。有的通讯员依靠这片土地的养分走上了不同岗位，依然散发出不一样的文采和光芒。25 年来，在报社编辑老师的指导下，我在《凤台报》和各级网站上发表了多篇稿件，圆了一个又一个上稿梦。

《凤台报》复刊是时代需要，是百姓的期盼。县委、县政府给予高度重视，社会各界、各部门、各乡镇提供了大力支持。孜孜不倦的办报人以及广大通讯员都付出了很大努力。众人拾柴火焰高。如今的《凤凰台》经过多次改版，变得更大气、更耐看。

25 年是一个漫长的过程。从当年赴淮南排版，到现在拥有先进照排设备；从当年 3 个人办报，到目前拥有一支高素质的编采队伍；从当年一张报纸到目前“两报三网”，显示出历届办报人不忘初心的执着追求和无私奉献。

坚守是一种信念。如今已进入信息化时代，作为通讯员，我们要紧跟时代步伐，不断提高写作水平，当一名合格的通讯员。

牵手《凤台报》21 年情未了

岳　荣

1997 年 9 月，我大专毕业后，选择回到家乡凤台，来到《凤台报》，投入到报社大家庭的怀抱，感受着集体的温暖与力量。弹指一挥间，我和《凤台报》已结下 21 年的情缘。

21 年前，新闻对我来说，几乎就像是一张白纸。21 年来，投入《凤台报》的怀抱，我就像孩子一样，有了依靠，有了力量，有了方向，也有了目标，我一天天的成长，学会了自立与自强。

我清楚地记得，刚参加工作时，我与父亲在凤台县城居住，母亲要照顾爷爷奶奶在老家居住，从我上班的第一天起，父亲就对我说："从今以后，你就要独立了，自己要挣钱养活自己！"父亲的话久久在耳边萦绕。上班后，我暗自给自己定了目标，努力工作和学习，依靠《凤台报》给予我的力量和智慧，做一个实实在在的优秀新闻工作者。

为了更好地适应在《凤台报》工作，我每天都到阅览室学习各大报纸写作技巧，尤其是《凤台报》，从第一版读到第四版，从第一篇稿件读到最后一篇稿件，看到别人的文章写得那么好，心里是无比的羡慕和崇拜，从那时起我就下定决心好好学习新闻写作，将来用自己手中的笔，把我看到的身边的真善美，通过文字的形式去表达和传播，让更多的人去看到他们的真善美。每次到阅览室学习我都将各大报纸的新闻综合整理，找准新闻的分类，找好每则新闻的宣传媒点，认真领会每个新闻的核心内涵，从而提高自己的写作水平。由于我是非新闻专业毕业，刚开始工作的几年，我一边学习新闻的采访，一边学习报纸的印刷，抓住空闲时间和机会，跟着报社的前辈们到现场采访。应该说，报社原总编岳炯是我的第一任老师，也是我新闻路上的领路人，在新闻的采写上，凡是我有问的，他都会帮助一一解答，直到我理解为止，这为实现我的"新闻梦"打下了良好的基础。

人人都有第一次，“第一次做饭”、“第一次上学”、“第一次洗衣服”……而我的“第一次采访”，却让我感触深刻。清楚地记得刚上班的第二天，我还是实习记者，岳炯总编让我拿着相机去城关镇古城社区，采访县医院内科医生高松在社区开展义诊活动。当天上午，我很早就赶到了古城社区，找到了高医生义诊的地方，可还没有人来呢！我只好站在窗子旁边开始一遍一遍地背诵采访提纲，模拟和医生的对话。不知过了多久，我抬起头发现高医生已经坐在那儿了！正在我犹豫的时候，一大群人把高医生严严实实地“包围”了。我暗自叹了口气，然后随着人群走到高医生的身后，观察他给病人诊治的一举一动，还给他拍了很多张义诊的照片。等他身边的人渐渐散去后，我鼓起勇气走到高医生的面前，却不知怎么开口。倒是高医生微笑着对我说：“哟，报社新来的小记者呀！真棒！小姑娘，别紧张，你可以的。”看着和蔼的高医生，我也笑了！准备好的问题就像潮水一样涌了出来，我认真地开始采访了。回来后写的稿子都记不清让岳炯总编修改了多少次，最后才登到《凤台报》上。看着自己的稿件登了报纸，还配了照片，心里有一种说不出的兴奋和激动。

就这样，在报社，我经历了第一次采访、第一次写稿、第一次编版面……我的生命与报社紧紧联系在了一起。我经历了报社的数次增版，经历了报社的4次搬迁，经历了报社复刊15周年和20周年，现在又经历了复刊25周年……

21年间，我与报社一起成长，没有这21年，我将不是今天的我。能让自己的青春见证报社蓬勃发展的年代，我自豪，我荣幸。

与《凤台报》的2190天

朱红颖

2012年，是我从事新闻采编工作的第一个年头。转眼已是6个春秋，而当初从文印转换到新闻记者，一时间让我惶恐不安。孙友虎主任知道后鼓励我：只要用心、认真地对待每一次采访，没有什么事情是难的，而且还可以发现一个不一样的自己。

新的机遇，新的挑战。为了这个“不一样的自己”，我把所有的空闲时间都用来学习与新闻采编相关的知识。通过网络、报刊和向同事们请教，渐渐地我扔下了思想包袱，坦然地背起相机、拿起纸笔开始了我的采访之路……

六年，采访路上有喜悦，有泪水，也有感动，时常也会发生一些让人猝不及防、啼笑皆非的事儿。记得那是我记者生涯中的第一个夏季，由于天气太热，我穿了一袭长裙随县领导下乡调研。可能前一天才下过一场暴雨，乡下的田间地垄积了许多泥水，我要拍摄的对象是蹲在地上，因而我也选择下蹲拍摄，以便能抓拍到拍摄对象的面部表情。紧按几下快门后，我缓缓起身，便查看相机里拍摄的照片，此时，我的一袭长裙也慢慢地从泥水里“拖”了出来。当时自己并没注意到这些，仍端着相机继续采访，待到朋友提醒时，这“洋相”估计已是出了一路。从此，不管天气再热，采访路上我再也不穿裙子了。

在实践中学习，在学习中实践。作为一名记者，采访中被拒之门外的尴尬无处不在，直到现在我还清楚地记得第一次被拒的经历。当时，采访拆迁改造的有关信息，我致电给对方时，还没有完全说明采访来意，就被一句“最近很忙，不接受采访”冷冷地顶了回去。原来，那天早上，这位我要采访的主人公刚刚与施工方有过一场“唇枪舌剑”，心情自然很烦躁，所以那时接到我的电话自然不乐意。于是，我决定从侧面进行第二次采访。先从他的同事那儿了解一些改造项目、工程概况等，再在他工作的间隙完成信息采集，这样也不会打扰到对方的工作。果然，采访进行顺利，所需信息很快就采齐了。所以，通过这次采访被拒，我又学到了一“招”：从侧面了解采访对象，通过被采访者的同事或身边人，打探一下他的日常工作，当采访被拒的时候，可以用打探来的消息寻找共同话题，起到暖场迂回的作用。

作为新闻记者，不是在采访，就是在采访的路上，就是因为在这条路上，我感受到了不一样的温暖，确切地说是感动。2016 年 6 月 1 日，我接到采访任务，说有一个在福利院长大的女孩要结婚了。正常家庭的子女，结婚都会大操大办、宾朋满堂，然而一个孤儿结婚，是怎样的情景？

怀着疑惑的心情，我来到县社会（儿童）福利院，此时，大院内早已布置妥当。柱子上、墙壁上、扶手边挂着五颜六色的气球、彩带，大厅内堆满了大大小小贴有“囍”字的家电和各式日用品，许多“亲戚”都在忙前忙后。见到新娘凤夏华时，她正在与福利院的“弟妹”们合影留念。“你就是咱们的女儿，福利院永远是你的娘家……”福利院的负责人拉着新娘的手哽咽着，仿佛出嫁的就是她的女儿。此情此景，感动了在场的每一位见证者，新娘更是抑制不住自己的泪水……后来，这篇采访稿被多家媒体转发或刊登，在社会上受到了无数人的点赞。

一份份《凤凰台》报纸，划过指尖的，是一幕幕成长的印记。回看这六年来的码字经历，那些初入行时心心念念的“头条”，现在写得少了，相比之下，我更愿意关心的是广大群众之间的邻里旧情、生活日常，这些读来毫无波澜的文字，让我感到温暖踏实。

今年是《凤台报》复刊 25 周年，无论未来去向何方，这份身为记者时的温暖踏实将始终伴随于我，同她一起见证这座县城和自身的点滴变化。

我与《凤台报》的不解情缘

詹茂君

当看到《凤台报》复刊25周年征文活动时，我心潮澎湃，思绪万千。回想起过去的十年，我与《凤台报》相遇相知相伴一路走来，各种滋味涌上心头。

2009年，城关镇党委政府打破用人机制，不拘一格选拔人才，把我从社区抽调到镇新闻宣传办公室，从此我就成了一名乡镇基层通讯员。由于本人不是新闻专业毕业，写点东西只是个人兴趣爱好，真正要从事新闻写作水平还差得很远，但天生骨子里就有股不服输倔劲的我，暗暗下定决心，一切从零开始打拼。于是我主动放弃周末休息时间，放弃和家人朋友团聚时间，不断向书本学习、向新闻前辈们学习、向各级领导学习。此外，我还钻研摄影和摄像技术。

功夫不负有心人，我的第一篇稿件变成铅字在《凤台报》发表了。当时我欣喜若狂，从此便一发而不可收，爱上了《凤台报》，爱上了新闻写作。10年来，我笔耕不辍，撰写了600多篇新闻稿件，多次在人民网、新华网、中国文明网、中国日报网、中安在线、《淮南日报》《凤台报》等多家媒体刊登。每当我翻开《凤台报》剪贴本上大大小小的“豆腐块”时，还真有点成就感，虽然这些作品不能跟那些资深记者作品相提并论，但毕竟这是本人10年的些许收获。这些成绩的取得，当然离不开《凤台报》编辑对我长期的点拨、支持和帮助。

25年来，《凤台报》与凤台这座城市一同成长。从最初复刊时的《凤台报》，到更名后的《硖石晚报》，到今天的《凤凰台》；从创刊时的黑白印刷到今天的彩色印刷，从无到有、从小到大，从最初的“一张报纸”迅速发展成为今天拥有“两报三网”全媒体；25年来，凤台报人坚持县委、县政府正确的舆论导向，传递正能量，解读党和政府的方针政策，贴近百姓生活，内容朴实深邃，形式清新明快，贴民生、接地气；25年来，凤台报人紧扣时代脉搏，为凤台改革创新鼓与呼，风风雨雨，一路走来，倾注了无数心血和汗水。

10 年来，阅读《凤台报》早已成了我的生活习惯，同时，我也是《凤台报》的“铁杆粉丝”。《凤台报》的“时政新闻”、“特别报道”“综合新闻”、“州来聚焦”栏目是我时刻关注的焦点。10 年来，我与《凤台报》早已结下不解情缘，感激《凤台报》给我提供了如此宽广的平台。通过写作，我结识了许多新闻媒体的资深记者，10 年来，报社编辑、记者早已成了我的良师益友。我亲眼目睹了他们冒着严寒深入老城改造一线工地，顶着烈日采访一线环卫工人，不顾个人安危亲赴抗洪抢险第一线……正是这一批爱岗敬业、无私奉献的编辑记者们用相机记录下了难忘的一幕幕，用妙笔谱写出凤台儿女的冲天干劲！

树高千尺也离不开根的滋养。我对《凤台报》的感情，追根溯源，就是树叶对根的情意。我清楚地知道，是《凤台报》给我带来了这一切的变化。因此，在《凤台报》复刊 25 周年之时，我借此机会表达我对报社以及报社编辑的感谢之意。今后，我还会续写家乡的秀美山川、风土人情和发展篇章，续写与《凤台报》的不解情缘！

《凤台报》，一路的陪伴

颜　春

2018年《凤台报》复刊25周年，值得庆贺，让人感动。她虽是地方报却如苔花也学牡丹开。它是群众了解政府的窗口，也是群众弘扬正能量的展示台。

1996年《凤台报》更名为《硖石晚报》，正值我踏入工作岗位。那时没有网络也没有太多的信息途径，《硖石晚报》便成我的主要阅读资料。时政要闻、政府新闻、乡域传递等等都是了解外界信息的主要渠道。文艺副刊是我最喜爱的版面，常常像一个孩子吃一顿可口的菜，将最大最美味的一块肉埋在碗底留在最后慢慢咀嚼享受。渐渐地我也喜欢上练笔，偶有文字变成铅字，心上是满满的欢喜。可以说，《硖石晚报》伴着我走过青春岁月，也在潜移默化着我对文字的爱好。

在后来的工作中，我常写些工作动态并配图，这都是《硖石晚报》的功劳，她教我如何用精练的文字说事。《硖石晚报》的编辑及通讯员们我不识其容却熟其名，他们的名字我能说上一串，看完每一版就像与每个老友重逢叙谈一次，幸福感满满的。直到现在我还常常习惯地称之为硖石报。

2004年的一天，我发现《硖石晚报》更名为《凤凰台》，版面也变成彩色印刷，甚是欢喜。像一个认识多年的女子突然一天施了淡妆相见，更让人喜爱。作为县委主办的报刊，她不断地改版创新，不断地与时俱进，让读者时时享受着常新的精神盛宴。

有段时间，奔波于医院间，疲乏枯燥，疏远了《凤凰台》。打电话给好友："帮我收集《凤凰台》吧。"与《凤凰台》再相见，像相逢一位久违了的益友，她懂你。报上都是我周边的事，满满的正能量让我慢慢地沉淀、慢慢地平静，慢慢地释放生活重压。

从相遇《硖石晚报》到如今的《凤凰台》陪伴，已有二十多年的时间。她陪我喜陪我忧，增我见闻长我知识，无论现在拥有多少报刊杂志，关注了多少微信公众平台，但《凤凰台》仍是我不离不弃的老友、挚友。

如今的《凤凰台》有电子版，又有微信微博，更能随时随地阅读，形影不离了。谢谢一直以来为《凤凰台》工作的人，是他们让《凤凰台》期期亮丽多姿。谢谢《凤凰台》一路的陪伴，有你，真好！祝《凤凰台》越办越好！

笔耕不辍写春秋　凝心聚力谱新篇

——《凤台报》复刊25周年记

吕德春

若从复刊之日算起，《凤台报》已经度过了25年的峥嵘岁月；若从创办之日算起，《凤台报》已经走过了61年的风雨历程。

60多年来，跟随着天安门广场的郑重宣言，《凤台报》于上世纪50年代诞生了。《凤台报》见证了新中国坎坷曲折而又波澜壮阔的发展历史，记录了淮上明珠凤台栉风沐雨日新月异的旧貌新颜，也铭刻了自我上下求索追求卓越的成长印记。

《凤台报》的童年经历并不平静。《凤台报》创办于1957年，受到时事环境的影响，五年之后就停办了。这一停就是31年，直到1993年才复刊。复刊之后，《凤台报》才逐步走上稳步前行的车道。

复刊至今的25年，《凤台报》取得了不俗的发展成绩，背后的原因值得我们认真思考。

首先，是中国共产党的正确领导。如果没有党的正确领导，就不能有国家的繁荣富强，就没有和平稳定的社会环境，《凤台报》就如同无源之水，无本之木，失去赖以生存的基本条件。这充分说明个体的命运与国家的命运是休戚相关、密切相连的。正如习近平总书记在参观《复兴之路》展览时所说：我们每个人的前途命运都与国家和民族的前途命运密切关联。国家好，民族好，大家才会好。

其次，是县委、县政府的高度重视。舆情反映民情，为人民服务的宗旨，客观要求及时准确传递党的路线、方针、政策，客观要求了解民情，关注民生，汇聚民智，顺应民意。作为新闻宣传的阵地，《凤台报》得到了县委、县政府的高度重视和亲切关怀。

最后，是凤台报人的品格与情怀。从复刊《凤台报》的“领办人”岳炯，到信息产业中心主任孙友虎，一代代凤台报人初心不改，执着探索，体现的不仅仅是职业操守，更是事业精神。从《凤台报》到《硖石晚报》，再到《凤凰台》报，报名的三次变化生动体现了凤台报人的报业理想与报人品格。

凤台是一座平凡的县城，却拥有不平凡的故事；《凤台报》是一份普通的报纸，却拥有不普通的情怀。

如今，迎着新时代的春风，县信息产业中心已经形成了“两报三网”的媒体格局，进入了崭新的发展阶段，谱写了新的发展篇章。

作为一名《凤凰台》的忠实读者，我想以一首词表达对她的衷心感谢与美好祝福：

念奴娇·《凤凰台》

八公叠嶂，襟淮水，舸舰巨浪碧透。一代报人，风华茂，秉承延安传授。传递党声，聚焦桑梓，时代强音奏。初心不忘，谁怕雨肥身瘦？

下蔡凤凰来仪，重生浴烈火，硖石之后。高擎党旗，导舆论，汇聚正向气候。两报三网，年华正豆蔻，百看不够。江淮报业，风景这边更秀。

我爱家乡的《凤台报》

胡纪奎

《凤台报》是凤台的主流媒体，也是我关注、喜欢的一份报纸。不仅仅是故乡情深，更是因为她给予我个人成长的帮助与关怀。一想起与《凤台报》结缘的那些事，心中总是升起无限暖意。

我虽是凤台人，但小的时候乃至工作很长一段时间内却没有机会见到家乡的报纸。1996 年 12 月，我应征入伍，依依不舍地离开家乡远赴西南边疆参军入伍，光荣地成为一名中国人民解放军战士。为了不放弃入伍前动动笔头、投投稿子的爱好，我到部队后利用训练间隙和休息时间，不断加强学习，积极写稿、投稿，但写稿的内容以部队训练生活为主，投稿的载体以部队内部的刊物为主。由于部队封闭式管理和规章制度的约束，我与外界的联系逐渐减少，对家乡的情况了解甚少，对《凤台报》的印象较为模糊。2009 年 4 月，我从军 12 年后，脱下军装退伍回到了家乡工作，但对《凤台报》的接触仍然不多。

时间转眼到了 2017 年 3 月，我被单位领导安排负责信息宣传工作，真正地与写稿、投稿、阅报打上了“交道”，尤其《凤台报》更是摆在我桌前、记在我心中的一道重要精神食粮，给基层新闻宣传工作者提供了交流学习的机会，也让我学到了很多新闻写作技巧和业务知识。3 月 29 日，为贯彻落实人社部“12333 全国统一宣传日”部署，我采写了一条图片新闻《社保政策集中宣传》，抱着试试看的想法，第一次将稿件投至《凤台报》邮箱。4 月 1 日，该稿被《凤台报》一版采用，当时真的很激动、很兴奋，这也是我与《凤台报》的第一次结缘。第一次向家乡的报纸投稿并被采用，极大地激发了我写稿、投稿的积极性。一年来，我先后有 20 余篇稿件被《凤台报》采用。

苦中有乐、自得其乐、知足常乐。我与《凤台报》的结缘虽然只有短短一年的时间，在人生的长河中只是一瞬，可对于我来说却是激励与美好的开始。我切身感受到了《凤台报》的发展和凤台经济社会的发展，特别是经过报社编辑的悉心指导与帮助，使我的写作水平有了很大的提高，更拉近了我与《凤台报》的距离。

今年是《凤台报》复刊25周年，作为人社部门的一名信息宣传员，我衷心祝愿《凤台报》越办越好。我将通过《凤台报》这个平台，更好地宣传人社部门的工作职能，提升广大群众对就业创业和社会保障工作的认知度，让政府的人社惠民政策“飞”入寻常百姓家。

我爱凤台，更爱家乡报——《凤台报》!

我与《凤凰台》心连心

郑兆双

我爱我的故乡，更爱故乡的《凤凰台》，她在给予我知识和信心的同时，记录着凤台的发展历史，承载着凤台的荣耀和梦想，见证着凤台的创新进程。

我喜欢《凤凰台》，挚爱《凤凰台》，品读《凤凰台》，抒写《凤凰台》，赞美《凤凰台》，是因为我与《凤凰台》有着特殊的浓浓情缘。

我爱《凤凰台》，是因为她哺育我成长，培养我进步。2009 年 5 月，我从部队退役回来，到县劳动局农保所工作。当时正值“新农保”开展之际，看到党的好政策如此受到群众拥护，于是我拿起手中的笔，尝试着写了一篇《李大爷的感恩日记》，并向《凤凰台》投送了稿件。让我感到吃惊和意外的是，我的这篇处女作很快变成了铅字。可以说，《凤凰台》给予了我信心和力量，自此我与写作结下了不解之缘。几年来，我在省级以上媒体发表稿件 50 余篇，从一个“门外汉”成长为一名小有名气的通讯报道员。

我爱《凤凰台》，是因为她丰富了我的精神生活，陶冶了我的情操，让原本单调的生活增添了无限乐趣。《凤凰台》是凤台县委主办的报刊，是党的喉舌，是党和政府联系人民群众的纽带，更是全面展示凤台经济、社会以及精神文明发展的重要舞台。她高唱时代主旋律，弘扬传统文化，褒奖先进，传递正能量。从小事入手，从细微入手，真实、及时、准确、全面地报道凤台各条战线的干部、群众，在党和政府的领导下，在改革开放的大潮中搏击风浪的雄壮场面，以及勤劳的凤台人自力更生、艰苦创业的历程。《凤凰台》版面新颖、栏目精致、印刷精美、内容丰富、图文并茂，既有时政要闻、天下事、要闻点击、权威发布、美丽乡村、凤台警方，又有科普讲座等栏目，集思想性、时效性、知识性、艺术性、地方性、可读性为一体。

我爱《凤凰台》，是因为我与《凤凰台》有着一段难以割舍的浓浓情缘。1998年春节，我从部队回乡探亲休假期间，遇到本村村民家中因煤炉取暖引燃衣柜发生失火，火借风势，迅速窜至房顶，屋内还有两个嗷嗷待哺的孩子，危险至极，我和乡亲们奋力扑救，不仅救出了孩子，还保住了三间瓦房。原本是一件不经意的小事，假期结束我回到部队，也没把这件事当回事，没想到扑火救人的事通过王玉进老师的报道，引起了县人武部的高度重视，给部队发去了请功函和刊登此报道的《硖石晚报》（《凤凰台》前身），为此我立了功，同年加入了党组织。每每回想起这事，我心中十分感谢《硖石晚报》及王玉进老师。

我爱《凤凰台》，是因为她超凡脱俗，与时俱进。《凤凰台》定位准确，虽然没有大报的权威，但也颇具小家碧玉风范。特别是近年来《凤凰台》在做足、做实纸质宣传的同时，又新增了电子报、手机客户端等新型媒介传播平台，这使得《凤凰台》如虎添翼，如龙入海。

《凤凰台》的存在，承载着我的昨天和今天，甚至是未来。我唯有尽自己的绵薄之力，用心深爱着她，祝福着她。

我永远与《凤凰台》心连心。

《凤台报》，我的良师益友

胡仲昌

《凤台报》悄无声息地走过了25个春秋。她是我挚爱的一份报纸，是我生活中无言的老师。

1998年1月，我从淮北来家探亲。一次，我初中时的一位老同学来我家做客，偶然给我带来一份《硖石晚报》，我认真阅读报纸内容，感到特别亲近。从此，我就跟她结下了缘分。有了她，我心灵的窗棂洒满了金色的阳光；有她做伴，我的心灵之路充满着温馨和浪漫。

我知道，虽然我全身心投入，至今还没有写出好文章。但这并不重要，重要的是我一心一意地按自己的意愿做了。因为我热爱生活，热爱生命，热爱我们老家的一草一木，所以我大胆而执着地写了，努力持之以恒地写了。我用自己的心血去写，用一腔热忱去写，即使我笔下的文字不是那么精彩，但在当时的《硖石晚报》见报了，我还是倍感欣慰、兴奋，因为我看到了自己笔下流淌的真诚的声音，那是我在为自己的家乡建设放歌。

在报社编辑的帮助下，我的写作水平不断提高。长期的采访接触，感到家乡的父老乡亲可爱的像一首诗，家乡的每个角落都迷人般地像一幅画，村嫂讲的每个故事都动听的像一首歌。这种特殊的奇妙情感，是我心灵的真切体验。有时我与采访人促膝交谈，听到高兴的事，就陪着他们笑；讲到痛苦的事，也陪着落下辛酸泪。着重投入的采访，使写出的新闻有了“灵气”，长了“精神”。我的新闻稿件像大河湾里飞出的“金凤凰”，不但飞上《凤凰台》，还飞出了县、市、省；一些稿件被《中国劳动保障报》《中国安全生产报》《中国煤炭报》《安徽工人报》等采用。在20年的时间里，我在市级以上新闻媒体发稿2000多篇。

总而言之，自己的进步得益于《凤凰台》这个良师益友。我常常向朋友推荐

《凤凰台》，说她是我的好朋友、好老师。通过学习《凤凰台》上的精品，我知道了如何才能站得更高，看得更远，想得更明白，知道了如何使写出的新闻彰显自己家乡的特色；知道了如何用工作生活中的小事，折射出家乡经济建设和新时代发展的大跨越。

我现在是《凤凰台》的一名通讯员，为了全面提高自己的写作能力，我总是在别人喝酒打牌的时候，独自一人躲在角落里读书、写稿，并在枕头底下备有笔和本子，唯恐灵感来了记不下来。工作之余，我每天还坚持抽出 2 个小时看书，多年雷打不动。

除此之外，我还是一位收藏爱好者，至今我一期不漏地连续收藏了 17 年的《凤台报》。

后 记

望，眼与神的携手，需要自信。

回望《凤台报》的办报史，初创持续3年零8个月，间隔32年复刊，当下迎来复刊25周年，《凤台集》也即将付梓。

展望，在肩膀上，在招手间。

展望，与担当与使命相关，承载着凤台报业人行进的脚步。

我们自当努力。

我们感谢，伸出的双手和关注的温度。

我们无悔，因为创生传说的宝地注定会留下佳话。

编 者

2018年12月